BASTEI
LÜBBE

CODENAME: SPARTA

PAUL PREUSS

DIE STERNENKÖNIGIN

Science Fiction Roman

Ins Deutsche übertragen von
Caspar Holz

Mit Computer-Zeichnungen von
Darrel Anderson

BASTEI
LÜBBE

BASTEI-LÜBBE-TASCHENBUCH

Science Fiction Abenteuer
Band 23 088

Erste Auflage: März 1989

Deutsche Lizenzausgabe 1989
Bastei-Verlag Gustav H. Lübbe GmbH & Co., Bergisch Gladbach
Originaltitel: Venus Prime – Breaking Strain
Ins Deutsche übertragen von Caspar Holz
Lektorat: Reinhard Rohn
Titelillustration: Jim Burns

Umschlaggestaltung: Quadro Grafik, Bensberg
Satz: Fotosatz Schell, Bad Iburg
Druck und Verarbeitung:
Brodard & Taupin, La Flèche, Frankreich
Printed in France
ISBN 3-404-23088-4

TEIL
1

DER FUCHS
UND DER IGEL

1

»Hat das Wort Sparta irgendeine Bedeutung für Sie?«

Die junge Frau saß auf einem lackierten Stuhl aus Kiefernholz mit Speichenlehne. Sie hatte ihr Gesicht dem großen Fenster zugewandt; in dem diffusen Licht, das das Zimmer durchflutete und von der Winterlandschaft draußen reflektiert wurde, wirkten ihre unauffälligen Gesichtszüge blaß.

Ihr Gegenüber spielte mit seinem sauber gestutzten, graumelierten Bart und blickte sie über den Rand seiner Brillengläser an, während er auf eine Antwort wartete. Er saß hinter einem 150 Jahre alten Eichenschreibtisch; ein freundlicher Mensch, der alle Zeit der Welt zu haben schien.

»Natürlich.« Die Augenbrauen in ihrem ovalen Gesicht wirkten wie Tuschestriche über den Augen aus flüssigem Braun; der Mund unter ihrer nach oben gerichteten Nase war wohlgeformt, und ihre Lippen wirkten unschuldig in ihrer zarten, natürlichen Röte. Weder das ungewaschene braune Haar, das ihr in glatten Strähnen über die Wangen hing, noch der schlichte Morgenmantel konnten ihre Schönheit verbergen.

»Und was bedeutet es für Sie?«

»Was?«

»Das Wort Sparta. Welche Bedeutung hat es für Sie?«

»Sparta ist mein Name.« Sie sah ihn immer noch nicht an.

»Und was ist mit dem Namen Linda? Hat er irgendeine Bedeutung für Sie?«

Sie schüttelte den Kopf.

»Oder zum Beispiel Ellen?«

Sie antwortete nicht.

»Wissen Sie, wer ich bin?« fragte er.

»Ich glaube kaum, daß wir schon einmal das Vergnügen hatten, Doktor.« Sie starrte weiter aus dem Fenster und betrachtete irgend etwas in weiter Ferne.

»Aber Sie wissen doch, daß ich Arzt bin?«

Sie bewegte sich auf ihrem Stuhl, sah sich im Zimmer um, betrachtete die Diplome, die Bücher, dann sah sie ihn wieder mit einem dünnen Lächeln an. Der Arzt erwiderte ihr Lächeln. Obwohl sie sich im letzten Jahr tatsächlich einmal pro Woche gesehen hatten, wurde ihr Verhalten akzeptiert – wieder einmal. Natürlich wüßte jeder vernünftige Mensch, daß er sich in einer Arztpraxis befindet. Ihr Lächeln verschwand, und sie wandte sich wieder dem Fenster zu.

»Wissen Sie, wo Sie sind?«

»Nein. Man hat mich in der Nacht hergebracht. Normalerweise bin ich im ... Programm.«

»Wo ist das?«

»In ... Maryland.«

»Wie lautet der Name des Programms?«

»Ich ...« Sie zögerte. Sie runzelte die Stirn und verzog die Brauen. »... das kann ich Ihnen nicht sagen.«

»Können Sie sich nicht erinnern?«

Ihre Augen blitzten verärgert. »Das gehört nicht zur weißen Kategorie.«

»Sie meinen, es ist geheim?«

»Ja. Ich kann mit niemandem darüber sprechen, der keine Q-Vollmacht hat.«

»Aber ich habe eine Q-Vollmacht, Linda.«

»Das ist nicht mein Name. Woher soll ich wissen, daß Sie eine Vollmacht haben? Nur wenn mein Vater mir sagt, daß ich mit Ihnen über das Programm sprechen kann, werde ich es tun.«

Er hatte ihr oft erzählt, daß ihre Eltern tot waren. Sie reagierte ausnahmslos ungläubig auf diese Nachricht. Wenn er sie nicht alle fünf oder zehn Minuten wiederholte, vergaß sie sie sofort; blieb er jedoch hartnäckig und versuchte, sie zu überzeugen, wurde sie wütend vor Kummer und Verwirrung – nur um ein paar Minuten später, nachdem er sich hatte erweichen lassen, wieder in ihre ruhige Traurigkeit zurückzufallen. Er hatte schon lange damit aufgehört, sie mit vorübergehenden Schrecken zu quälen.

Von all seinen Patienten war sie diejenige, die am stärksten sein Bedauern und ein Gefühl der Ohnmacht hervorrief. Er sehnte sich danach, ihr verlorenes Innerstes wiederherzustellen, und war überzeugt, es auch schaffen zu können, vorausgesetzt, ihre Wärter gestatteten es ihm.

Aus Enttäuschung, vielleicht auch aus Langeweile, verließ er den vorgeschriebenen Ablauf des Gesprächs. »Was sehen Sie dort draußen?« fragte er.

»Bäume. Berge.« Ihre Stimme war ein sehnsüchtiges Flüstern. »Auf der Erde liegt Schnee.«

Wollte er in der Routine fortfahren, die ihnen zur Gewohnheit geworden war, einer Routine, an die er sich im Gegensatz zu ihr erinnern konnte, dann müßte er sie jetzt bitten, zu erzählen, was sie gestern erlebt hatte, und sie würde bis in alle Einzelheiten Ereignisse wiedergeben, die mehr als drei Jahre zurücklagen. Er stand unvermittelt auf – zu seiner eigenen Überraschung, denn er variierte seinen Arbeitsplan nur selten. »Möchten Sie etwas nach draußen gehen?«

Sie schien genauso überrascht zu sein wie er.

Die Schwestern machten sich murrend an ihr zu schaffen und wickelten sie in zwei Wollhosen, ein Flanellhemd, einen Schal, pelzgefütterte Lederstiefel, einen dicken Mantel aus glänzendem grauen, gesteppten Stoff – eine märchenhaft teure Garderobe, die sie allerdings nicht in Erstaunen versetzte. Sie war durchaus in der Lage, sich selber anzuziehen, aber sie vergaß oft, ihre Kleider zu wechseln.

Man fand es einfacher, sie in Morgenmantel und Pantoffeln umherlaufen zu lassen und sich einzureden, sie sei hilflos. Jetzt half man ihr, und sie ließ es mit sich geschehen.

Der Arzt wartete draußen auf den eiskalten Stufen der Steinveranda auf sie und betrachtete die Flügeltüren, an deren Rahmen bereits die Farbe abblätterte, die vergilbte Lackfarbe, die in der dünnen, trockenen Luft zu Staub wurde. Er war ein großer und sehr rundlicher Mann, was durch seinen massigen schwarzen Mantel mit dem eleganten Samtkragen noch betont wurde. Der Mantel war soviel wert wie ein durchschnittliches Einfamilienhaus. Er war ein Zeichen für die Kompromisse, die er gemacht hatte.

Die junge Frau wurde von den Schwestern aus dem Haus getrieben und rang in der schneidenden Kälte nach Luft. Zwei rosige Flecke blühten auf ihren Wangenknochen unter der durchsichtigen, blau-weißen Haut. Sie war weder groß noch ungewöhnlich schlank, aber ihre Bewegungen waren flink und von einer selbstverständlichen Sicherheit, die ihn daran erinnerte, daß sie Tänzerin war. Unter anderem.

Er lief mit der jungen Frau über das Gelände hinter dem Hauptgebäude. Von dieser Höhe konnten sie hundert Meilen weit über den Flickenteppich aus braunem und weißen Flachland im Osten sehen, einer Wüste aus abgegrastem, unfruchtbarem Geröll. Das Weiße war nicht alles Schnee, einiges davon war Salz. Die Nachmittagssonne spiegelte sich in den Fenstern einer Richtung Süden fahrenden Magnetbahn, die zu weit entfernt war, um sie deutlicher erkennen zu können. Wo das Sonnenlicht die Schneedecke geschmolzen hatte, knirschten braune, von Eisschollen zusammengehaltenen Grashalme unter ihren Füßen.

Die Wiese wurde durch kahle Baumwollpflanzen begrenzt, die dichtgedrängt parallel zu einer uralten Ziegelmauer gepflanzt waren. Der drei Meter hohe elektrische Zaun hinter der Mauer war vor dem Berg kaum zu erkennen, der abrupt anstieg und sich im Schatten verlor; weiter oben hielten sich bläuliche Schneewehen hartnäckig unter dem Kriechwacholder.

Sie saßen auf einer Bank in der Sonne. Er zog ein kleines

Schachbrett aus seiner Manteltasche und legte es aufgeklappt zwischen sie. »Wie wär's mit einer Partie?«

»Spielen Sie gut?« fragte sie, statt zu antworten.

»Es geht. Nicht so gut wie Sie.«

»Woher wissen Sie das?«

Er zögerte; sie hatten schon oft gespielt, aber er war es leid, sie mit der Wahrheit zu konfrontieren. »Es stand in Ihrer Akte.«

»Die Akte würde ich gerne irgendwann einmal sehen.«

»Leider komme ich nicht mehr an sie heran«, log er. Die Akte, die sie meinte, war eine ganz andere.

Sie bekam die weißen Figuren und eröffnete. Im vierten Zug brachte sie den Doktor in Schwierigkeiten, indem sie den Bauern vor den Läufer auf G3 zog. Um Zeit zum Nachdenken zu gewinnen, fragte er: »Gibt es sonst noch etwas, das Sie gerne tun würden?«

»Sonst noch etwas?«

»Gibt es irgend etwas, das wir für Sie tun können?«

»Ich möchte meinen Vater und meine Mutter sehen.«

Er antwortete nicht, sondern dachte statt dessen über die Stellung nach. Wie alle Dilettanten hatte er damit zu kämpfen, zwei oder drei Züge voraus zu denken, und war nicht in der Lage, alle Veränderungen im Kopf zu behalten. Sie dagegen dachte wie fast alle Meisterspieler in Konstellationen; es spielte nicht einmal eine Rolle, daß sie sich in diesem Augenblick nicht mehr an ihre Eröffnungszüge erinnern konnte. Vor Jahren, als ihr Kurzzeitgedächtnis noch nicht zerstört worden war, hatte sie unzählige Figurenkonstellationen speichern können.

Er drückte die Knöpfe für die Figuren und beantwortete sofort ihren Zug. Mit ihrem nächsten Zug nagelte sie einen seiner Läufer fest. Er lächelte wehmütig. Ihm stand wieder eine vernichtende Niederlage bevor. Trotzdem gab er sein Bestes, um mithalten und ihr eine interessante Partie bieten zu können. Viel mehr hatte er ihr ohnehin nicht zu bieten, solange ihm durch ihre Wärter die Hände gebunden waren.

Es verging eine Stunde – Zeit bedeutete ihr nichts –, bis sie zum letztenmal ›Schach‹ sagte. Er hatte seine Königin schon lange verloren, seine Situation war hoffnungslos. »Gratuliere«, sagte er. Sie lächelte, bedankte sich bei ihm. Er ließ das Schachspiel in seine Manteltasche gleiten.

Als das Spiel verschwunden war, kehrte ihr sehnsüchtiger Blick zurück.

Sie gingen ein letztes Mal an der Mauer entlang. Die Schatten waren lang, und der Atem gefror ihnen vor den Gesichtern; der dunstige Himmel wurde von tausend eisigen Kondensstreifen durchzogen. An der Tür erwartete sie eine Schwester, der Doktor blieb jedoch draußen. Als er sich verabschiedete, sah ihn die junge Frau fragend an; sie hatte vergessen, wer er war.

So etwas wie ein plötzliches Gefühl der Auflehnung veranlaßte den Doktor, auf die Tastatur des Telefunks zu drücken. »Ich will Laird sprechen.«

Das Gesicht auf dem Videoschirm war zuvorkommend und höflich. »Tut mir schrecklich leid. Der Direktor nimmt keine unangemeldeten Anrufe an.«

»Es ist privat und äußerst dringend. Bitte sagen Sie ihm das. Ich warte solange.«

»Doktor, glauben Sie mir, es besteht keinerlei Möglichk...«

Er verbrachte lange Zeit am Telefunk, sprach mit einer Angestellten nach der anderen, schließlich gelang es ihm, der letzten das Versprechen zu entlocken, der Direktor würde ihn am nächsten Morgen anrufen. Diese starrsinnigen Begegnungen verstärkten sein Gefühl der Auflehnung erst recht, und als die letzte Verbindung abgebrochen wurde, war der Doktor zutiefst verärgert.

Seine Patientin hatte ihre Akte sehen wollen – die Akte, deren Gegenstand sie bis vor einem Jahr vor ihrer Ankunft im Krankenhaus gewesen war. Er hatte auf die Erlaubnis warten wollen, aber wozu eigentlich? Laird und all die anderen würden es vermutlich nicht glauben, aber es bestand keinerlei Möglichkeit, daß sie das Gesehene ge- oder gar mißbrauchen könnte: Sie würde es praktisch augenblicklich wieder vergessen.

Schließlich bestand darin auch der Zweck dieser ganzen schändlichen Übung.

Er klopfte oben an ihre Zimmertür. Sie machte auf und trug immer noch die Stiefel, das Hemd und die Hose, die sie für den Spaziergang angezogen hatte. »Ja?«

»Sie wollten Ihre Akte sehen?«

Sie betrachtete ihn. »Hat mein Vater Sie geschickt?«

»Nein. Jemand aus dem M. I.«

»Ich darf meine Akte nicht einsehen. Niemand von uns darf das.«

»In Ihrem Fall hat man ... eine Ausnahme gemacht. Aber es steht Ihnen vollkomen frei. Natürlich nur, wenn es Sie interessiert.«

Sie folgte ihm wortlos durch den hallenden Korridor und die knarrenden Treppen hinunter.

Der Kellerraum war hell und warm und dick mit Teppichboden ausgelegt, ganz anders als die zugigen Gänge und Krankenzimmer des alten Sanatoriums. Der Doktor führte sie zu einer Lesenische. »Ich habe den passenden Code bereits eingegeben. Falls Sie irgendwelche Fragen haben, ich bin ganz in der Nähe.« Er setzte sich mit dem Rücken zu ihr zwei Nischen weiter auf die andere Seite des schmalen Ganges. Er wollte ihr zumindest ein wenig das Gefühl geben, ungestört zu sein, aber ganz sollte sie seine Anwesenheit nicht vergessen.

Sie betrachtete den in der Tischplatte eingelassenen Bildschirm. Dann strichen ihre Finger geschickt über die Halbkugeln der manuellen Eingabe. Auf dem Bildschirm erschienen Alphanumerics »ACHTUNG: Unbefugter Zugang zu dieser Akte wird nach dem nationalen Sicherheitsgesetz mit Geld- oder Gefängnisstrafe belegt.« Nach ein paar Sekunden erschien ein stilisiertes Kennbild, die Darstellung eines Fuchses. Dieses Bild verschwand und wurde durch weitere Worte und Zahlen ersetzt. »Fall L. N. 30851005, Fähigkeits- und Talenttestprogramm, Auswertung. Zugang durch andere, nicht dem Institut für multiple Intelligenz angehörigen Personen strikt verboten.«

Sie strich erneut über die Eingabeknöpfe.

Auf der anderen Seite des Ganges rauchte der Doktor eine Zigarette – ein uraltes und widerliches Laster –, während er wartete und vor sich auf dem Schirm das gleiche Bild sah wie sie. Die Vorgehensweise und die Auswertung dürften ihr vertraut sein, sie waren in ihr Langzeitgedächtnis eingebettet, denn sehr viel von dem, was sie gelernt hatte, war nicht einfach Information, sondern Verhaltenstechnik und angewandte Phantasie ...

Sie erinnerte sich an Dinge, die zum Teil ihrer selbst geworden waren. Man hatte ihr eine Menge Sprachen beigebracht – darunter auch ihre eigene –, indem sie sich auf einem Wortschatzniveau unterhielt und etwas vorlas, das weit über das in ihrem Alter Übliche hinausging. Man hatte ihr beigebracht, Violine und Klavier konzertreif zu spielen, und zwar schon im frühen Kindesalter. Auf die gleiche Art hatte man ihr Tanzen, Turnen und Reiten beigebracht, indem man sie unablässig zum Üben anhielt und immer das Maximum von ihr verlangte. Sie hatte räumliche Darstellungen auf einem Computer erzeugt und Zeichnen und Bildhauerei von Meistern des Fachs gelernt; man hatte sie in Mengenlehre, Geometrie und Algebra unterrichtet, seit sie ihre Zehen unterscheiden und die Lehre von Piaget beweisen konnte. »L. N.« hatte man eine lange Nummer an ihren Aktennamen angehängt, dennoch war sie die erste Versuchsperson des Sparta-Projekts, deren Schöpfer ihr Vater und ihre Mutter waren.

Ihre Eltern hatten versucht, die Beurteilung der Fähigkeiten ihrer Tochter nicht ungebührlich zu beeinflussen. Aber selbst wo im Doppelt-Blind-Versuch ein Punkten unmöglich war, war ihre Meisterschaft unverkennbar. So wie es sich hier auf dem Bildschirm darstellte, hatte sie es noch nie zu Gesicht bekommen, und ihre Vortrefflichkeit genügte, um ihr die Tränen in die Augen zu treiben.

Der Doktor stand sofort neben ihr. »Stimmt etwas nicht?« Sie wischte sich die Tränen ab und schüttelte den Kopf, aber er ließ sich nicht so einfach abweisen. »Es gehört zu meinen Aufgaben, anderen zu helfen.«

»Es ist nur – ich wünschte, *sie* könnten mir helfen«, sagte sie. »Und es mir selber sagen. Daß ich alles richtig mache.«

Er zog einen Stuhl heran und setzte sich neben sie. »Das würden sie auch, wenn sie könnten. Aber sie können es wirklich nicht. Nicht unter diesen Umständen.«

Sie nickte, antwortete aber nicht. Sie las weiter in der Akte.

Wie würde sie auf das reagieren, was als nächstes kam? fragte er sich und beobachtete sie mit, wie er hoffte, rein beruflicher Neugier. Ihr Erinerungsvermögen brach in ihrem 17. Lebensjahr plötzlich ab, nicht jedoch die Akte. Jetzt war sie beinahe 21 ...

Sie betrachtete den Bildschirm stirnrunzelnd. »Woher stammt diese Bewertung? ›Zellenprogrammierung‹. Das habe ich nie studiert. Ich weiß nicht einmal, was das ist.«

»So?« Der Doktor beugte sich vor. »Wie lautet denn das Datum?«

»Sie haben recht.« Sie lachte. »Das muß das sein, was für nächstes Frühjahr geplant ist.«

»Aber sehen Sie doch, man hat Ihnen bereits Noten gegeben.«

Sie lachte wieder und amüsierte sich köstlich. »Wahrscheinlich meint man, das sind die Noten, die ich erreichen müßte.«

Für ihn war das letzten Endes keine Überraschung – und ihre Gedanken ließen keine Überraschungen zu. Der Wirklichkeitsbezug, den ihr Verstand für sie wiederhergestellt hatte, konnte nicht von ein paar Nummern auf einem Bildschirm verdrängt werden. »Sie glauben, Sie recht gut zu kennen«, sagte der Doktor trocken.

»Vielleicht kann ich sie hereinlegen.« Der Gedanke schien ihr zu gefallen.

Die Akte endete plötzlich mit dem Abschluß ihres Standardtrainings vor drei Jahren. Auf dem Bildschirm war nur das Erkennungszeichen es Instituts für multiple Intelligenz zu sehen: der Fuchs. Der schnelle, rote Fuchs. Der Fuchs, der viele Dinge weiß ...

Der Doktor bemerkte, daß ihre gute Laune länger als gewöhnlich anhielt, während sie das Erkennungszeichen betrachtete. Vielleicht beließ es sie in einer Gegenwart, die irgendeine Verbindung mit der Vergangenheit hatte.

»Ja, vielleicht«, murmelte er.

Er trennte sich von ihr an ihrer Zimmertür – sie begann bereits, ihn zu vergessen, und hatte schon vergessen, was sie beide gesehen hatten – und bewegte seinen massigen Körper die alten Treppen hinunter zu seinem Büro. Das zugige Ziegelgebäude mit den hohen Räumen, das man im späten 19. Jahrhundert am Fuße der Rocky Mountains als Tbc-Sanatorium gebaut hatte, erfüllte jetzt, 200 Jahre später, seinen Zweck als Privatsanatorium für gestörte Mitglieder aus relativ wohlhabenden Familien. Der Doktor tat sein Bestes für diejenigen, die man unschuldig hier eingewiesen hatte, aber der Fall L. N. 30851005 war etwas ganz anderes und nahm immer mehr seine ganze Aufmerksamkeit in Anspruch.

Auf seinem eigenen Bildschirm rief er die klinische Akte ab, die das Sanatorium seit ihrer Ankunft angelegt hatte. In diesem Augenblick ergriff ihn ein seltsames Gefühl – wenn ein Entschluß die Gedanken überrascht, und sei es auch nur ein ganz normaler, geschieht dies oft so rasch, daß er die Spuren seines eigenen Ursprungs auslöscht –, und plötzlich durchfuhr den Doktor ein warmer Schauder, die Gewißheit der sich offenbarenden Wahrheit.

Er drückte einen Finger gegen sein Ohr und tippte an seinem Kommfunkgerät die Chiffre für das Sanatoriumspersonal ein. »Ich mache mir Sorgen. Linda hat diese Woche nicht gut geschlafen.«

»Tatsächlich, Doktor?« Die Schwester war überrascht. »Tut mir leid. Wir haben nichts Außergewöhnliches bemerkt.«

»Nun gut, dann versuchen wir es heute abend mit Sodium Pentobarbital, was meinen Sie? 200 Milligramm.«

Die Schwester zögerte, dann willigte sie ein. »Gewiß, Doktor.«

Er wartet, bis alles außer den beiden Nachtpflegern schlief. Der Mann würde vermutlich durch die Korridore schleichen und würde so tun, als wäre er auf alle Schwierigkeiten vorbereitet. Dabei pflegte er eigentlich nur seine Schlaflosigkeit. Die Frau dürfte vor ihren Videomonitoren auf ihrer Station auf der Hauptetage dösen.

Er nickte ihr auf dem Weg nach oben im Vorbeigehen zu. »Ich sehe mich nur noch einmal kurz um, bevor ich nach Hause gehe.« Sie blickte auf, wurde aber erst allmählich aufmerksam.

Alles, was er brauchte, ließ sich ohne weiteres in seinem luxuriösen Mantel verstauen, ohne seinen Umfang nennenswert zu vergrößern. Er stieg die Treppen hoch und ging den Korridor im zweiten Stock entlang, wobei er seinen Kopf pflichtbewußt in jede Station und jedes Privatzimmer steckte.

Er kam zu dem Zimmer von L. N. 30851005 und trat ein. Die Fotogrammkamera beobachtete ihn unsichtbar von ihrer Position hoch oben in der Ecke. Er konnte ihr den Rükken zudrehen, wer jedoch zufällig den Korridor entlangkam, hätte ihn von der anderen Seite sehen können, deswegen zog er die Tür beiläufig halb hinter sich zu.

Er beugte sich über ihre schlafende Gestalt, dann drehte er ihr Gesicht rasch nach oben. Sie atmete ruhig und tief. Als erstes zog er einen flachen CT-Leuchtschirm von der Größe eines Scheckheftes aus der Tasche. Er legte ihn ihr über die geschlossenen Augen; auf seinem Schirm erschienen die Umrisse ihres Schädels und Gehirns, als hätte man sie mit einem Schnitt durchtrennt. In einer Ecke des Bildschirms erschienen Digitalkoordinaten. Er stellte den Tiefenmesser des CT-Leuchtschirms so ein, daß die graue Materie des Hippocampus genau im Zentrum lag.

Er stand immer noch über sie gebeugt. Er zog eine lange Injektionsnadel aus dem Ärmel, ein primitives Instrument, dessen Funktion einem Angst einjagen konnte. Aber innerhalb des Schaftes der Stahlnadel waren weitere Nadeln verborgen, immer eine in der anderen. Sie wurden im Durchmesser immer feiner, bis die feinste von ihnen dünner war als ein menschliches Haar und unsichtbar. Diese Nadeln besaßen ihre eigene Intelligenz. Er tauchte die Spitze des Kolbens in eine kleine Phiole mit Desinfektionsmittel. Er ertastete ihren Nasenrücken, drückte ihn mit seinen Fingern nach unten, um die Nasenlöcher zu weiten, dann schob er sachte, aber unerbittlich den langen, teleskopartig auseinanderfahrenden Schaft in ihr Gehirn – und beobachtete sein Fortschreiten auf dem winzigen Bildschirm.

2

Die Geruchswindungen sind die vielleicht atavistischsten Teile des Gehirns. Sie haben sich aus den Nervensystemen von blinden Würmern entwickelt, die sich ihren Weg durch die trüben Gewässer des cambrischen Meeres getastet haben. Um funktionieren zu können, müssen sie in engem Kontakt zur Umgebung stehen. Aus diesem Grund liegt gleich unter der Nasenwurzel das Gehirn für die Außenwelt beinahe vollkommen offen. Das ist eine gefährliche Sache. Das Immunsystem des Körpers hat keinerlei Einfluß auf die Vorgänge im Gehirn, es ist durch die Barriere, die zwischen Blut und Gehirnmasse besteht, davon abgeschlossen – bis auf die Nasenöffnungen, wo Schleimhäute die einzige Abwehr des Gehirns bilden und dadurch jede winterliche Erkältung zu einem alles beanspruchenden Kampf gegen eine Erkrankung des Gehirns wird.

Wird dieses Abwehrsystem durchbrochen, spürt das Gehirn selbst nichts; die Blüte des zentralen Nervensystems enthält selbst keine Nerven. Die Mikronadel, die an L. N.s Geruchswindungen vorbei bis in ihr Hippocampus vordrang, hinterließ keinerlei innere Empfindung. Sie hinterließ allerdings eine Infektion, die sich schnell ausbreitete …

Als sie – spät – aufwachte, verspürte die Frau, die sich für Sparta hielt, ganz oben in der Nase ein Jucken, gleich neben ihrem rechten Auge.

Erst gestern noch war sie in Maryland gewesen, in den Anlagen des Projekts nördlich der Hauptstadt. Sie hatte sich mit dem Wunsch im Wohnheim schlafen gelegt, sie könnte in ihrem eigenen Zimmer im Haus ihrer Eltern in New York sein, akzeptierte aber die Tatsache, daß dies unter den gegebenen Umständen nicht möglich war. Alle waren hier sehr gut zu ihr gewesen. Eigentlich hätte es eine Ehre für sie sein müssen, hier zu sein – und sie versuchte auch, es so zu sehen.

An diesem Morgen befand sie sich woanders. Das Zimmer hatte eine hohe Decke, und die hohen, mit verstaubten Gardinen verhangenen Fenster waren mit unregelmäßigen Glasscheiben versehen, in denen winzige Bläschen das Sonnenlicht brachen, daß es Galaxien aus flüssigem Gold bildete. Sie wußte nicht genau, wo sie war, aber dieses Gefühl kannte sie längst. Man hatte sie bestimmt in der Nacht hierher gebracht. Sie würde sich schon zurechtfinden, wie an den vielen anderen fremden Orten auch.

Sie mußte zweimal niesen und fragte sich, ob sie sich möglicherweise erkältet hatte. Der schale Geschmack in ihrem Mund war so intensiv, daß er unangenehmerweise alle anderen Wahrnehmungen überdeckte. Sie hatte den Geschmack des gestrigen Abendessens so deutlich im Mund, als stände es vor ihr, nur daß alle Geschmäcker auf einmal da waren, die grünen Bohnen vermischten sich mit der Vanillesoße, der Reis roch nach Leinensack, und die Hackfleischbröckchen brodelten im Speichel ... Vage erfaßte Formeln von Aminosäuren, Ester und Kohlenhydraten tanzten gleitend und kribbelnd durch ihr Gehirn. All das kam ihr bekannt vor, aber sie hatte keine Ahnung, was die Formeln bedeuteten.

Sie sprang rasch aus dem Bett, zog Morgenmantel und Pantoffeln an – sie nahm bloß an, es seien ihre – und zog los, um sich irgendwo die Zähne zu putzen. Der Gestank in dem zugigen Korridor war überwältigend – Bohnerwachs,

Urin, Salmiak, Galle und Terpentin –, durchdringende Gerüche mit ihren dazugehörigen, ungreifbaren mathematischen Entsprechungen, die Geister hervorriefen, Geister längst verschollener Bittsteller und Wohltäter, Arbeiter und Insassen dieses Gebäudes sowie ihrer Wärter und Besucher und all jener, die ein Jahrhundert lang hier verkehrt hatten. Sie mußte immer wieder niesen, doch schließlich ließ der betäubende Gestank nach.

Sie fand das Bad ohne Schwierigkeiten. Als sie sich sich im Spiegel über dem hölzernen Waschtisch betrachtete, wurde sie plötzlich aus sich selbst herausgestoßen – ihr Bild schien zu wachsen –, bis sie auf ein ungeheuer vergrößertes Bild ihres Auges starrte. Es war dunkelbraun und an der Oberfläche feucht, ein Auge von glasiger Perfektion. Im gleichen Augenblick konnte sie im Glas ihr normales Spielgelbild sehen; das gigantische Auge war über ihr vertrautes Gesicht geblendet. Sie schloß das eine Auge – und sah nur ihr Gesicht. Dann schloß sie das andere – und schon starrte sie in die flüssige Tiefe einer ungeheuren, offenen Pupille. Die Schwärze darin war unergründlich.

Irgend etwas ... schien mit ihrem rechten Auge ... nicht zu stimmen.

Sie zwinkerte ein paarmal, und das Doppelbild verschwand. Ihr Gesicht war wieder es selbst. Dann fiel ihr wieder ein, daß sie sich die Zähne putzen wollte. Nach einigen monotonen Minuten versetzte die vibrierende Bürste sie in einen Dämmerzustand ...

Als der Helikopter draußen auf dem Rasen landete, machte er ein derart lautes Geräusch, daß die Fenster heftig zu beben begannen. Das Personal huschte eilig umher. Gewöhnlich bedeutete die unangekündigte Ankuft eines Hubschraubers eine Inspektion.

Als der Doktor aus seiner Wohnung nach oben kam, wartete bereits einer der Gehilfen des Direktors in seinem Büro. Das gab ihm zu denken, aber er versuchte, sich nichts anmerken zu lassen.

»Wir haben Ihnen versprochen, daß der Direktor sich wieder an Sie wenden würde«, sagte der Gehilfe. Er war ein kleiner, überaus höflicher Bursche mit orangefarbenen Haaren, die in kleinen Locken eng um seinen Kopf lagen.

»Ich dachte, Sie wären immer noch in Fort Meade.«

»Der Direktor hat mich gebeten, Ihnen die Nachricht persönlich zu überbringen.«

»Er hätte doch auch anrufen können.«

»Der Direktor wünscht, daß Sie mich zum Hauptquartier begleiten. Und zwar sofort. Tut mir leid.«

»Das ist unmöglich.« Der Doktor setzte sich, kerzengerade vor Anspannung, auf seinen hölzernen Schreibtischstuhl.

»Ja, ja.« Der Gehilfe seufzte. »Sehen Sie, deswegen hätte ein Anruf auch nicht genügt.« Der Kerl mit den orangefarbenen Haaren trug immer noch seinen Kamelhaarmantel und um den Hals seinen peruanischen Wollschal, ebenfalls in kräftigem Orange. Alles aus natürlichen Materialien, mit denen er sein hohes Gehalt zur Schau stellte. Vorsichtig öffnete er seinen Mantel und zog einen Colt, Kaliber 38 mit einem zehn Zentimeter langen Schalldämpfer aus dem offenen Halfter unter seiner Achselhöhle. Er war ein Symphonie in Orange. Die Waffe war aus mattblauem Stahl. Er richtete sie auf dem massigen Bauch des Doktors. »Bitte kommen Sie jetzt mit.«

Auf dem Weg zurück in ihr Zimmer verspürte Sparta einen Schmerz in ihrem linken Ohr, der so heftig war, daß sie ins Stolpern geriet und sich gegen die verputzte Wand stützen mußte. *Das Surren und Stöhnen eines Stromes von Schwingungen durch den Mörtel und den Putz einer Wand, das Klappern von Töpfen, die in der Küche gespült wurden, das Stöhnen einer alten Frau* – die alte Frau aus Zimmer 206, stellte Sparta fest, ohne allerdings zu wissen, wieso sie wußte, daß in 206 eine eine alte Frau lag –, *andere Zimmer, andere Geräusche, zwei Männer, die sich irgendwo unterhielten, Stimmen, die ihr bekannt vorkamen …*

Der Doktor zögerte. Er war eigentlich nicht überrascht, aber das Spiel kam schneller in Gang, als er gehofft hatte. »Angenommen …« Er schluckte einmal, dann fuhr er fort, »ich komme nicht mit.« Er hatte das Gefühl, als geschähe dies jemand anderem, und wünschte, es wäre so.

»Doktor …« Der Mann schüttelte einmal wehmütig seinen Kopf. »Die Angestellten hier sind vollkommen loyal. Ich versichere Ihnen, daß nichts, was zwischen Ihnen und mir vorfällt, je außerhalb dieses Raumes diskutiert werden wird.«

Daraufhin stand der Doktor auf und ging langsam auf die Tür zu. Der Mann in Orange stand ebenfalls auf und behielt den Doktor ständig im Auge. Es gelang ihm sogar, zuvorkommend und rücksichtsvoll zu wirken, während er den langen Lauf des Colt fast ohne jedes Schwanken auf die Brust des Doktors gerichtet hielt.

Der Doktor nahm seinen Mantel vom Kleiderhaken und verwickelte sich beim Anziehen in seinen Schal.

Der Mann in Orange lächelte mitfühlend und sagte, »Tut mir leid«, womit er andeutete, daß er ihm zur Hand gegangen wäre, hätten es die Umstände erlaubt. Schließlich schlüpfte der Doktor in den Mantel. Er warf einen Blick nach hinten; seine Augen waren feucht, und er zitterte, sein Gesicht war angstverzerrt.

»Nach Ihnen, bitte«, sagte der Mann in Orange freundlich.

Der Doktor zerrte am Türknauf, riß die Tür auf, trat auf den Korridor hinaus – und tat so, als würde er in drohender Panik über die Türschwelle stolpern. Als er in die Knie ging, kam der Mann in Orange herbei und hielt ihm mit einem verächtlich verzerrten Lächeln seine linke Hand hin. »Es besteht wirklich keinerlei Anlaß, sich derart aufzure…«

Aber als die Hand auf ihn zukam, sprang der Doktor blitzschnell auf, quetschte den eleganten Herrn in Orange mit seiner massigen Schulter gegen den Türrahmen und schleuderte die Faust, die die Waffe umklammert hielt, zur Seite. Der Doktor brachte seine Rechte rasch und mit brutaler Gewalt nach oben, wischte die Linke des Mannes zur Seite und stieß ihm hart unter das Brustbein.

»Ahhh ...?« Es war kein Schrei, eher ein überraschtes Keuchen, das mit wachsender Angst lauter wurde. Verblüfft ließ der Mann in Orange seinen Blick auf seine Magengrube sinken. Der Zylinder einer übergroßen Injektionsnadel, die der Doktor immer noch fest umschlossen hielt, ragte in Höhe seines Zwerchfells aus dessen Kamelhaarmantel hervor.

Es war kein Blut zu sehen. Die Blutung war innerlich.

Doch der Mann in Orange war noch lange nicht tot. Sein Mantel war dick, und die Kanüle der Injektionsnadel zu kurz, um bis in sein Herz zu dringen. Die teleskopartig auseinanderfahrenden Nadeln im Innern schoben sich auf der Suche nach seinem Herzmuskel immer noch weiter vor, als er sein rechtes Handgelenk verdrehte, den Lauf des Revolvers in Anschlag brachte und in wilden Zuckungen auf den Abzug drückte ...

In Spartas empfindlichen Ohren klang das Ffft, Ffft, Ffft der schallgedämpften Waffe wie das Geheul einer Raketenabschußrampe. Sie fuhr zusammen und lief stolpernd den Korridor entlang zu ihrem Zimmer. In Ihrem Kopf hallten die Schreie und das schmerzhafte Keuchen wider, und das durch rennende Füße verursachte Vibrieren ein Stockwerk tiefer schüttelte sie wie ein Erdbeben.

Vor ihre Gedanken schob sich plötzlich, wie ein Dia, das auf einer Leinwand aufblitzt, ein Bild, das zu einer der Stimmen paßte, die sie gehört hatte – das des kleinen Mannes, der ständig teure und zu auffallende Kleidung trug, und das des Mannes mit den orangefarbenen Locken, eines Mannes, den sie kannte und nicht mochte, und vor dem sie Angst hatte. Die verstärkten Geräusche verschwanden sofort, als sich dieses Bild in ihrem Bewußtsein geformt hatte.

Mittlerweile liefen die anderen Insassen verwirrt über den Korridor und drückten sich gegen die Wände, denn auch mit normalem Gehör konnte man jetzt den Tumult unten vernehmen. In ihrem Zimmer riß sich Sparta den Morgenmantel herunter und zog sich rasch die wärmsten Kleidungsstücke über, die sie in dem unvertrauten Kleiderschrank finden konnte, Kleidungsstücke, die sie nicht eigentlich wiedererkannte, die aber offensichtlich ihr gehörten. Aus Gründen, die ihr Gedächtnis nicht preisgab, wußte sie, daß sie fliehen mußte.

Die Leiche des Doktors lag mit dem Gesicht nach oben quer über der Türschwelle, unter seinem Kopf bildete sich eine Lache aus Blut. Gleich neben ihm wand sich der Mann in Orange auf dem Boden und zerrte an dem Ding, das in seiner Magengrube steckte. »Hilfe, Hilfe!« keuchte er die Krankenschwestern an, die bei aller Hektik bereits ihr Bestes gaben, um ihm zu helfen. Eine Frau in Pilotenuniform schob die Krankenschwestern beiseite und beugte sich über ihn, um seine Worte verstehen zu können, aber plötzlich erfüllte Sirenengeheul die Luft. »Hinterher! Ihr müßt sie schnappen ...«, keuchte er die Pilotin an und versuchte, sie aus dem Weg zu schieben. Er kreischte vor Schmerzen – er hatte die Injektionsnadel in der Hand, jedoch nicht die ganze. »Bringt sie zum Direktor!« Dann wurde seine Stimme zu einem beängstigenden Geheul. »Hilfe, so helft mir doch.« Der immer noch suchende haarfeine Nadelrest hatte sein Herz durchbohrt und gelähmt.

Eine Krankenschwester stürzte in L. N.s Zimmer und stellte fest, daß es leer war. Eine Seite des Bettes war zusammengebrochen und lag auf dem Boden. Der untere Teil eines der Fenster war hochgeschoben, und die vergilbten Gardinen wehten draußen in der kalten Luft. Jemand hatte eine Eisenstange wie ein Speer durch das dicke Drahtgitter gebohrt und es so zur Seite gebogen. Die Eisenstange im Gitter war ein Teil des Bettgestells gewesen.

Als die Krankenschwester ans Fenster rannte, erreichte das Aufheulen der Doppelturbine fast ein Überschallkreischen. Ein Schatten stieg auf und blieb in der Luft stehen. Unter dem dumpfen Schlagen der gegeneinander drehenden Rotoren suchte die viperngleiche Schnauze mal in dieser, mal in jener Richtung.

Die Pilotin stolperte mit gezogener Waffe ins Zimmer und stieß die Krankenschwester vom Fenster weg. Unten stieg der Helikopter wieder ein paar Meter höher, kippte nach vorne und glitt, dicht über dem Boden fliegend, zwischen zwei Pappeln über den Zaun.

»Verdammt!« Die Pilotin sah ungläubig zu und machte sich gar nicht erst die Mühe, ihre Munition auf die gepanzerte Maschiene zu verschwenden. »Wer zum Teufel sitzt in dem Ding?«

»Sie«, sagte die Krankenschwester.

»Und wer, zum Teufel, ist das?«

»Die, die wir hier versteckt haben und die Sie zum Direktor bringen wollten.«

Die Pilotin blickte dem Helikopter nach, bis er hinter der Hauptstraße in einem ausgetrockneten Flußbett verschwunden war und nicht wieder auftauchte. Sie fluchte, drehte sich um und ging.

Sparta hatte keine klare Vorstellung von dem, was sie tat. Der gefrorene Boden raste ein oder zwei Meter unter ihren Kufen dahin, die niedrigen Ufer des ausgetrockneten Flußbettes aus Schlamm und Geröll kamen den wirbelnden Rotorspitzen taumelnd immer näher, während sie mit dem Steuerknüppel und den Pedalen herumfuchtelte. Mit einer Kufe schleuderte sich Geröll in die Luft, die Maschine geriet ins Schlingern, drohte sich zu überschlagen, flog weiter.

Eine sich mitbewegende Geländekarte wurde in den Luftraum direkt vor Sparta projiziert und mittels einer Holographie über die tatsächliche Landschaft gelegt, die sie durch die Windschutzscheibe sehen konnte. Im Augenblick flog sie bergauf; die Gleise der kontinentalen Magnetbahn, die sie vor der Entdeckung des Flußbettes überquert hatte, tauchten jetzt wieder vor ihr auf. Sie wurden von einer Stahltrasse getragen, die ihr den Weg versperrte. Sie flog unter der Trasse hindurch. Für den Bruchteil einer Sekunde hörte sie das hallende Aufheulen der Maschinen ihres Flugkörpers, und ein Rotor schepperte metallisch klar und scharf von der Berührung mit einem der Stahlmasten.

Das Flußbett wurde enger, und seine Wände stiegen höher auf; es war allmählich, über die Jahrhunderte hinweg, in ein aus den Bergen stammendes Schwemmland eingeschnitten worden. Vor ihr stieg die Schlucht abrupt himmelwärts, durch die die erodierenden Wassermassen flossen; ein Einschnitt in dem roten Felsen, so präzise wie die Zieleinrichtung eines Gewehres.

Sie flog immer noch per Handbetrieb und wurde mit jeder Sekunde sicherer, die sie sich in der Luft halten konnte. Sie dachte über ihre Fähigkeiten nach, ein kompliziertes technisches Gerät zu bedienen, das sie, soweit sie sich erinnern konnte, zuvor nicht einmal gesehen hatte. Dennoch wußte sie ohne nachzudenken sofort, wozu es diente, wie es funktionierte, wie die Bedienungsinstrumente angeordnet waren und wozu die intelligenten Subsysteme in der Lage waren.

Sie kam zu dem Schluß, daß sie daran ausgebildet worden war. Dann wurde ihr klar, daß es einen gewichtigen Grund für ihren Gedächtnisverlust geben mußte.

Sie überlegte weiter, daß es auch für ihre Angst vor dem Mann in Orange einen Grund geben mußte, die Angst, die sie bewegt hatte, zu fliehen. Sie schloß des weiteren – denn sie konnte sich an den ganzen Tag erinnern (wieso war das an sich schon merkwürdig?) –, daß man ihr absichtlich einen Teil aus ihrem Leben gerissen hatte, daß sie genau aus diesem Grund in Gefahr schwebte und daß der Mann in Orange irgend etwas mit diesen fehlenden Jahren und ihrer gegenwärtigen Bedrohung zu tun hatte.

Sparta – ihr fiel ein, daß das nicht ihr richtiger Name war – redete mit dem Helikopter. »Snark, hier ist L.N. 30851005, erkennst du mein Kommando an?«

Nach einer kurzen Pause sagte der Helikopter: »Ich erkenne Ihr Kommando an.«

»Westliche Richtung, minimale Höhe und maximale

Bodengeschwindigkeit in Übereinstimmung mit Fluchtprogramm. Umschalten auf automatische Steuerung, bitte.«

»Automatische Steuerung, verstanden.«

Auf beiden Seiten des Hubschraubers ragten glatte Wände aus rotem Jura-Sandstein auf und flogen vorbei. In der rasch ansteigenden Schlucht führte ein Flußbett voller durcheinandergeworfener Granitbrocken bergan; bis auf einige Schneereste war es jetzt trocken, während der Unwetter im Spätsommer würde es sich in einen reißenden Strom verwandeln. Einen Augenblick streifte der Helikopter die Äste ineinander verflochtener Weiden im Flußbett, dann flog er fast senkrecht den Berghang hinauf, wobei er überhängenden Basaltklippen ausweichen mußte, bis die Schlucht plötzlich enger wurde und sich in einen flachen Hohlweg quer durch einen Kiefernwald verwandelte. Dann flachte der Berg ab und wurde zu einer mit Espen übersäten Wiese.

Sparta hatte die Skala der Geländeprojektion, die sich vor ihr abrollte, richtig eingestellt und betrachtete sie genau. Sie suchte das Bild ab, bis sie die gesuchte Geländeformation gefunden hatte. »Snark, geh auf 40 Grad Nord, 105 Grad, 40 Minuten und 20 Sekunden West.«

»40 Nord, 105, 40, 20 West, verstanden.« Der Helikopter wurde plötzlich langsamer und zögerte am Rand der Espenwälder, seine Schnauze bebte, als versuchte er, eine Spur zu erschnuppern.

Augenblicke später raste die Maschine über offene verschneite Ebene auf die weit entfernte und viel höhere Bergkette zu, deren Gipfel in der Sonne glänzten.

»Objekt erfaßt.«

In einem Kellerraum 1500 Meilen weiter östlich verfolgte eine kleine Gruppe von Männern und Frauen auf einem Videoschirm, wie der Helikopter über den Boden hinwegraste. Ein Satellit in 400 Meilen Höhe lieferte das gestochen scharfe und stark vergrößerte Bild.

»Wieso benutzt sie die Fluchtprogramme nicht?«

»Vielleicht weiß sie nicht, wie sie funktionieren.«

»Auf jeden Fall weiß sie, wie man das Ding fliegt.« Der Sprecher war ein Mann in den Fünfzigern mit silbergrauen, kurzgeschorenen Haaren. Er trug einen dunkelgrauen Wollanzug und eine graue Seidenkrawatte ohne Muster über einem hellgrauen Baumwollhemd. Es war ein Geschäftsanzug, hätte aber auch eine Militäruniform sein können.

Sein Ausruf stellte einen Vorwurf dar, zu dem niemand etwas zu sagen hatte; außer einem nervösen Scharren der Füße bekam er keine Antwort.

Eine Frau berührte ihn am Ärmel, er wurde auf sie aufmerksam, und sie zuckte mit dem Kinn. Sie traten in eine dunkle Ecke des Kontrollraums, wo sie die anderen nicht stören konnten. »Was gibt's?« knurrte er.

»Wenn McPhee ihr tatsächlich synthetische Zellen eingepflanzt und so ihr Kurzzeitgedächtnis wiederhergestellt hat, könnte sie wieder Zugang zu den Fähigkeiten erlangen, die sie vor dem Eingriff erlernt hatte«, flüsterte sie. Sie war eine hübsche Frau, wenn auch genauso grau und steif wie er. Ihre dunklen Augen wirkten in dem schummrigen Raum wie dunkle Schatten.

»Und Sie haben mir weisgemacht, sie hätte bereits alles vergessen, was sie in den vergangenen drei Jahren gesehen oder getan hat«, sagte er gereizt und hatte Mühe, seine Stimme im Zaum zu halten.

»Dauer und Ausmaß retroaktiver, durch einen Verlust des Kurzzeitgedächtnisses hervorgerufener Amnesie sind oft nicht vorhersehbar ...«

»Und warum erfahre ich das erst *jetzt*«, brüllte er laut genug, daß sich alles nach ihnen umdrehte.

»... allerdings können wir uns wie immer hundertprozentig darauf verlassen, daß sie sich nie an irgend etwas erinnern wird, was *nach* dem Eingriff geschehen ist.« Die Frau in Grau hielt inne. »Jedenfalls nicht bis zum Wiedereingriff, also bis heute.«

Die beiden wurden still, und einen Augenblick lang sprach in dem abgedunkelten Raum niemand. Sie alle beobachteten den Helikopter, der vor seinem eigenen Schatten über verschneite Hügel und gefrorene Teiche floh und sich steile Hohlwege hinabstürzte. Mit seinen verzahnten Rotoren, die wie Flügelmembrane im Fadenkreuz des Verfolgersatelliten flatterten, glich er einer dahinrasenden Libelle.

Das Bild geriet vorübergehend ins Flimmern, stabilisierte sich dann wieder unter einem etwas veränderten Blickwinkel. Ein neuer Satellit hatte die Verfolgung übernommen.

»Mr. Laird«, sagte der Mann am Verfolgungsbildschirm, »ich weiß nicht, ob es von Bedeutung ist ...«

»Reden Sie schon«, sagte der graue Mann.

»In den letzten zwei Minuten hat sich das Ziel ständig leicht gegen den Uhrzeigersinn gedreht. Es fliegt jetzt in südöstlicher Richtung.«

»Sie ist erledigt«, meinte ein enthusiastischer Gehilfe kommentieren zu müssen. »Sie fliegt im Blindflug und hat keine Ahnung, wohin es geht.«

Der graue Mann ignorierte ihn. »Geben Sie mir den gesamten Ausschnitt.«

Augenblicklich weitete sich das Bild auf dem Schirm aus, und man konnte die große Tiefebene sehen, die wie ein großer Ozean gegen die ersten Bergketten brandete, wo die Städte wie Treibgut lagen: Cheyenne, Denver, Colorado Springs. Der Helikopter war diesem Maßstab nicht zu erkennen. Ein zentriertes Fadenkreuz markierte seine Position allerdings immer noch deutlich genug.

»Das Objekt scheint stetig auf Kurs zu bleiben«, sagte der Mann am Bildschirm.

»Verdammt, sie fliegt geradewegs auf das Raumfahrtkontrollzentrum zu«, sagte der graue Mann. Er sah seine Partnerin verbittert an.

»Vielleicht sucht sie Schutz?« entgegnete sie sanft.

»Wir müssen sie abschießen«, platzte der Gehilfe heraus. Sein Übereifer hatte sich mittlerweile in Panik verwandelt.

»Womit denn?« wollte der graue Mann wissen. »Das einzige bewaffnete Fahrzeug, das wir im Umkreis von 500 Meilen um ihre Position besitzen, ist ihre Maschine.« Er drehte sich zu der Frau um und stieß die Worte zischend hervor, ohne sich die Mühe zu machen, sie vor den anderen zu verbergen. »Wenn ich nur nie auf Ihre klugen Ratschläge gehört hätte ...« Er biß vor Wut die Zähne zusammen, verkniff sich den Rest und beugte sich über das Schaltpult. »Sie benutzt kein Fluchtprogramm. Wie stehen die Chancen, sie mit einem Störsender zu erwischen?«

»Wir können die Navigations- und Kontrollschaltkreise des Ziels nicht stören, Sir. Sie sind gegen alles abgeschirmt.«

»Und mit Standardtransmissionen?«

»Das wäre eine Möglichkeit.«

»Versuchen Sie es sofort.«

»Sir, das ist nicht gerade eine einwandfreie Operation. Dem Luftverteidigungsbüro wird eine Sicherung durchbrennen.«

»Spielt keine Rolle. Fangen Sie sofort damit an. Um das LVB kümmere ich mich selbst.« Er wandte sich einem Gehilfen zu. »Eine Geheimverbindung mit dem diensthabenden Kommandanten von NORAD. Und zeigen Sie mir das Profil, bevor sie durchstellen.«

Der Gehilfe reichte ihm ein Telefunkgerät. »Der DHK von NORAD ist ein gewisser General Lime, Sir. Sein Profil erscheint auf Schirm B.«

Der graue Mann sprach etwas in den Telefunk und überflog, während er wartete, auf einem kleinen Bildschirm das psychologische Profil des Generals. Als er seine Aufmerksamkeit dem großen Schirm zuwandte, überlegte er sich, was er sagen wollte.

Das Fadenkreuz des Spionagesatelliten bewegte sich unerbittlich auf das Raumfahrtkommando der Luftwaffe östlich von Colorado Springs zu. In der Leitung war ein kurzangebundene Stimme zu hören, und der graue Mann beeilte sich mit der Antwort. »General, hier ist Bill Laird.« Seine Stimme klang warm, vertrauenerweckend, ergeben. »Tut mir sehr leid, Sie stören zu müssen, aber ich stehe vor einem ernsthaften Problem, und ich fürchte, ich habe die Kontrolle darüber verloren – und das, wie ich gestehen muß, in einem Maße, das es auch zu Ihrem Problem macht. Ich hoffe, das erklärt die Störungen, die Ihre Leute jetzt auf den Verteidigungkanälen empfangen ...«

Das Telefongespräch beanspruchte die Kräfte des Direktors für Freundlichkeit und Überzeugungskraft über die Maßen. Es war nicht der letzte Anruf, den er zu erledigen hatte. General Lime weigerte sich, irgend etwas ohne die Zustimmung von Lairds Vorgesetztem zu unternehmen.

Weitere ernstgemeinte Lügen zogen durch den Äther, und als der Direktor schließlich den Hörer auflegte, zitterte er hinter seinem verkniffenen Lächeln. Er zerrte die graue Frau am Ärmel in eine dunkle Ecke. »Wenn das Programm, wie ich vermute, abgesetzt werden muß, haben wir das Ihnen zu verdanken«, sagte er verärgert. »Die jahrelange Arbeit war vergebens. Meinen Sie, nach diesem Debakel kann ich meine Stellung noch halten? Wir können froh sein, wenn man uns nicht vor Gericht stellt.«

»Ich bin überzeugt, der Präsident wird nicht ...«

»Ach was! Haltet sie am Leben, haben Sie gesagt.«

»Sie war großartig, William. Zumindest am Anfang. Sie war wie geschaffen dafür.«

»Sie hat sich dem WISSEN nie anvertraut.«

»Sie ist doch noch ein Kind!«

Als Antwort hatte er für sie nur ein verärgertes Hüsteln. Er lief grübelnd hin und her, dann blieb er kopfschüttelnd stehen. »Also gut. Es ist Zeit, daß wir unsere Bande lösen und in der allgemeinen Herde aufgehen.«

»William ...«

»Oh, wir bleiben in Kontakt«, sagte er bitter. »Ich bin sicher, daß es in der Regierung für uns beide einen Platz gibt. Aber vor uns liegt ein gewaltiger Neuaufbau.« Er verschränkte seine Finger, streckte im Jackett seine Arme und knackte mit den Knöcheln. »Das Sanatorium wird verschwinden müssen. Alle dort werden verschwinden müssen. Und jetzt ist genau der richtige Augenblick dafür.«

Die graue Frau war nicht so dumm, zu widersprechen.

»Diese Kiste ist ferngesteuert?« sagte der weibliche Sergeant ungläubig. Zügig tippte sie die Koordinaten des sich nähernden Helikopters in das LALS, das Luftabwehrlenksystem.

»Es handelt sich offenbar um eine Art experimentelles ECM-Schiff, das durchgedreht ist«, antwortete der Captain. »In der Zentrale heißt es, die Leute, die das Ding losgelassen haben, glauben wohl, es wäre auf unseren Bodenstationen zu Hause.«

Draußen auf dem Verteidigungsgürtel des Hauptquartiers der Raumfahrtbehörde schwangen und ruckten ganze Batterien von TEUCER-Abwehrkanonen auf ihren Podesten.

»Können die Interzeptoren es nicht erwischen?«

»Doch, schon. Eine F-41 könnte ihr geradewegs aufs Dach steigen, auf sie herunterblicken und -feuern. Haben Sie schon einmal eine von den neuen fliegenden Geschützen der Armee in Aktion gesehen, Sergeant? Sie fliegen mit 600 Sachen ungefähr einen Meter über dem Boden. Und was befindet sich von hier bis zu den Bergen auf der Erdoberfläche?«

»Ach so.«

»Eben. Häuser, Schulen und so weiter. Deswegen müssen wir vom Verteidigungsgürtel ran.«

Der Sergeant sah auf den Radarschirm. »Tja, in ungefähr 20 Sekunden wissen wir Bescheid. Es kommt immer noch auf uns zu.«

Noch bevor der Captain etwas von ihr verlangen konnte, hatte sie dem LALS befohlen, sich bereitzuhalten.

Heulend überflog der Snark die Dächer der vorstädtischen Farmhäuser, die Schwimmbecken hinter den Häusern, die Steingärten, überquerte breite Boulevards und künstliche Lagunen, hob lockere Ziegel von den Dächern, riß die letzten toten Blätter von den Zierespen, erschreckte Fußgänger, wirbelte Staub auf und hinterließ auf dem Teich mit dem geklärten Wasser eine schlammige Welle in seinem Kielwasser. Als er sich der Basis näherte, sendeten die Antennen des Helikopters laufend auf allen gesperrten und offenen

Kanälen, erhielten jedoch auf ihre drängenden Mitteilungen keinerlei Antwort. Das kahle, flache Gelände der Abwehrgürtels kam rasch näher ...

Als der Helikopter kreischend über die Zäune flog, über die wartenden Feuerwehrwagen, Ambulanzen und Polizeifahrzeuge hinweg, bemerkten einige Beobachter – was sie später auch bezeugten –, daß das Fahrzeug offenbar nicht auf den Wald aus weltraumwärts gerichteten Radioantennen zusteuerte, der das am deutlichsten erkennbare Merkmal des Hauptquartiers der Raumfahrtbehörde darstellte, sondern auf das Verwaltungsgebäude zuhielt, vor dem sich ein Hubschrauberlandeplatz befand. Das war ein feiner Unterschied, zu fein eigentlich, um daraufhin in Sekundenbruchteilen eine Entscheidung fällen zu können.

Als der Helikopter den Verteidigungsgürtel überquerte, jagten drei hyperschnelle TEUCER-Fernlenkgeschosse in die Luft. Sie waren eigentlich nichts weiter als geformte Stahlstäbe, blinde Munition, die keinerlei Explosivstoffe enthielt, aber sie schlugen mit der Gewalt eines Meteoriten, eines fliegenden Bulldozers, auf. Zwei Zehntelsekunden nachdem sie das Abschußgerät verlassen hatten, durchschlugen sie den gepanzerten Helikopter. Es gab keine Explosion. Das in Stücke gerissenene Luftfahrzeug verstreute sich ganz einfach wie eine Handvoll brennenden Konfettis über den Exerzierplatz. Die größeren Teile rauchenden Metalls rollten zur Seite wie verkohltes, zusammengeknülltes Zeitungspapier.

3

Sparta wartete zwischen den kahlen Espen auf dem gefrorenen Feld, bis das sanfte Licht im wolkenverhangenen westlichen Himmel verblichen war. Ihre Zehen, Finger, Ohrläppchen und auch ihre Nasenspitze waren taub, außerdem knurrte ihr der Magen. Im Gehen hatte ihr die Kälte nichts ausgemacht, aber als sie jetzt gezwungen war, stehenzubleiben und auf das Einbrechen der Dunkelheit zu warten, hatte sie angefangen, zu zittern. Jetzt, da es endlich dunkel war, konnte sie weitergehen.

Von dem Snark hatte sie wertvolle Informationen gespeichert, bevor sie herausgesprungen war und ihn weiter auf seinen Weg schickte. Zum Beispiel, wo genau sie sich befand; welcher genaue Tag, Monat und welches Jahr es war. Diese letzte Information war ein Schock für sie gewesen. Mit jeder Minute, die verstrich, hatten sie ihre Erinnerung immer dichter umschwärmt, und jetzt hatte sie erfahren, daß selbst die jüngste davon über ein Jahr alt war. Und in den Stunden seit ihrem Sprung hatte sie durch den Schnee stapfend über die aufkeimende Fremdartigkeit ihre Selbstgefühls nachgedacht.

Tief im Innern spürte sie – selbst wenn sie sich nicht so eingehend mit sich selbst beschäftigt hätte –, daß ihre vehement an die Oberfläche drängenden Wahrnehmungen begonnen hatten, sich zum Teil unter ihre bewußte Kontrolle zu begeben. Es war ihr sogar gelungen, sich daran zu erinnern, wozu einige dieser Wahrnehmungen dienten … auf diese Weise konnte sie die nachdrückliche Lebhaftigkeit ihrer Sinne besser abstimmen – den Geschmacks- und Geruchssinn, das Gehör, den Tastsinn. Und ihren auffallend ausgeprägten Gesichtssinn.

Aber all diese Sinne liefen ihr immer noch davon – nur sporadisch zwar, dann aber überwältigend. Die beißende Süße der in den Schnee gefallenen Kiefernnadeln drohte mehr als einmal, sie in schwindelerregende Ekstase zu versetzen. Das schmelzende Perlmutt der untergehenden Sonne brachte die für sie sichtbare Welt kaleidoskopartig durcheinander und erzeugte in ihrem pulsierenden Gehirn eine göttliche Lichterscheinung. In diesem berauschten Momenten blieb ihr nichts übrig, als abzuwarten. Sie wußte, daß ihr das durchaus immer wieder passieren konnte, aber wenigstens wäre sie dann, wenn auch nur mit Mühe, in der Lage, es zu unterdrücken. Dann kämpfte sie weiter dagegen an.

Sie verstand jetzt sehr viel besser die Art ihrer mißlichen Lage. Sie wußte, daß es lebensgefährlich werden konnte, wenn jemand von ihren einzigartigen Fähigkeiten erfuhr, ebenso lebensgefährlich wurde es, wenn sie sich in die Hand der Behörden begab, egal, welcher.

Schließlich war es dunkel genug, um ihr Näherkommen zu decken. Sie stapfte über das verschneite Feld auf ein paar weit entfernte Lichter zu, dort, wo zwei erst kürzlich neu angelegte, schmale Asphaltstraßen im rechten Winkel aufeinandertrafen. Von der rostigen Dachrinne eines der wettergebleichten hölzernen Gebäude hing ein Schild. Es wurde von einer einzigen, gelblichen Glühbirne erleuchtet: »BIER. ESSEN.«

Vor dem ländlichen Gasthaus parkte ein halbes Dutzend Autos, Sport- und Geländewagen, mit Skihalterungen auf dem Dach. Sie blieb draußen stehen und lauschte …

Sie hörte die hellen und dumpfen Geräusche von Flaschen, eine Katze, die nach ihrem Futter schrie, das Knarren von Holzstühlen und Dielenbrettern, eine Toilettenspülung weiter hinten und über all dem eine Soundanlage, die man bis fast zur Schmerzgrenze aufgedreht hatte. Unter der Musik – der heiseren, energiegeladenen Wut eines Sängers, dem Donnergrollen einer Baßgitarre, dem verschlungenen Sinusgeheul eines Synthekords als Begleitung und drei verschiedenen Perkussionsinstrumenten – schnappte sie einige Gespräche auf.

»Himmelherrgott«, sagte ein Mädchen, »daß die sich noch trauen, ein Liftticket zu verkaufen.« Irgendwoanders versuchte ein Junge, einem Klassenkameraden vom College irgendwelche Mitschriften abzuluchsen. An einer anderen Stelle – der Bar, wie sie annahm – erzählte jemand etwas über Umbauarbeiten auf einer nahe gelegenen Ranch. Sie lauschte einen Augenblick, dann stellte sie sich ganz auf dieses Gespräch ein; es klang am vielversprechendsten …

»… und die andere Puppe mit langen, blonden Haaren stand einfach da und starrte durch mich hindurch. Und dabei hatte sie nichts weiter an als eins von diesen durchsichtigen, rosa Seidendingern, die man in den Kaufhausreklamen sieht. Es war, als wäre ich nicht im selben Raum.«

»Hatte wahrscheinlich irgendwas geschluckt. Da oben schlucken sie doch alle was, Mann. Kennst du diesen Hirnverdreher, den sie da haben, mit dem sie angeblich den Laden finanzieren. Der Typ, der den Laden schmeißt, ist die ganze Zeit derartig vollgedröhnt, daß mir nicht vorstellen kann, wie er überhaupt noch etwas mitkriegt …«

»Aber die Puppen da«, sagte die erste Stimme. »Die haben mich schon beeindruckt. Stell dir vor, wir laufen einfach immer hin und her und schleppen jedesmal ein Kiefernbrett für die Holzvertäfelung mit. Und diese blonden, brünetten und rothaarigen Puppen sitzen und stehen da einfach rum, manche räkeln sich auf den …«

»Die meisten Leute, die hier durchkommen, reden davon, daß sie die Studios mieten wollen? Mann, die wollen doch nur das Beste für sich herausschlagen«, sagte die zweite in vertraulichem Ton. »Die haben nichts anderes im Sinn als ihre Geschäfte …«

Sparta hörte zu, bis sie gehört hatte, was sie wissen wollte. Sie blendete die Kakophonie aus und widmete ihre Aufmerksamkeit den Autos auf dem Parkplatz.

Sie stellte ihre visuelle Wahrnehmung auf Infrarot, bis sie auf den Türgriffen warme Handabdrücke sehen konnte; die hellsten waren erst einige Minuten alt. Vermutlich würden die jeweiligen Besitzer der Autos noch nicht so bald wieder aufbrechen. Sie lugte in das Innere eines schlammbespritzen Zweisitzers. Unter einer Wickeldecke, die als Bündel auf dem Boden vor dem Beifahrersitz lag, versteckte sich ein weiterer warmer Gegenstand. Hoffentlich war es das, wonach sie gesucht hatte.

Sparta streifte ihren rechten Handschuh ab. Hornpanzerartige Stachel schoben sich unter ihren Fingernägeln hervor. Geschickt schob sie die Sonden ihres Zeige- und Mittelfingers in die Magnetkartenöffnung an der Beifahrertür. An ihren leitenden Polymeren spürte sie das winzige Kribbeln von Elektronen. An der Schwelle ihres Bewußtseins tanzten Bilder von Zahlenmustern. Die Oberflächenmoleküle ihrer Sonden stellen eigenständig ihre Programme um – all das ging so schnell, daß ihr nur die Absicht bewußt war, aber nicht der Vorgang selbst. Als sie ihre Fingerspitzen wieder herauszog, wurden auch die Sonden wieder eingezogen. Die Autotür sprang auf, das Alarmschloß war unschädlich gemacht.

Sie zog ihren Handschuh über und hob die Decke an. Darunter befand sich eine Handtasche, die erst kurz zuvor jemand noch in der Hand gehabt hatte. Sie holte die ID-Magnetkarte heraus und hinterließ die Tasche so, wie sie gewesen war – und zwar ganz genau so: Sie legte die Decke wieder so zusammen, wie sie zuvor gefaltet war, und hielt sich dabei genau an ein Bild, das sie vorübergehend in ihrem Gedächtnis gespeichert hatte. Sie drückte die Tür zu.

Auf der überdachten Veranda trampelte sie sich den Schnee von den Stiefeln und schob sich durch die schmutzigen Schwingtüren, wo sie von einem Schwall verrauchter Luft und dem Gedröhn einer schlecht verstärkten Soundanlage empfangen wurde. Es waren nicht viele Gäste da. Die meisten waren Paare und Collegeschüler auf dem Rückweg aus den Skiferien. Ein paar Männer aus dem Ort in zerrissenen Jeans und abgetragenen karierten Flanellhemden lungerten am Ende der langen Mahagonitheke herum. Sie starrten Sparta unentwegt an, als sie mutig auf sie zuging.

Der Tischler, den sie belauscht hatte, war leicht auszumachen. Es war der mit dem Lasermeßstab im abgetragenen Lederhalfter an der Hüfte. Sie kletterte auf den Barhocker neben ihm und sah ihn lange verächtlich an, indem sie ihre Augen auf einen Punkt kurz hinter seinem Kopf richtete. Dann erst blickte sie den Barkeeper an.

Die orangefarbenen Locken des Barkeepers erschreckten sie. Der Schrecken verging jedoch rasch – außerdem trug er einen zottigen Bart. »Was darf's sein, Lady?«

»Ein Glas Roten. Gibt es hier irgend etwas Vernünftiges zu essen? Ich bin vollkommen ausgehungert.«

»Das Übliche aus dem Autochef.«

»Du lieber Himmel ... also gut, einen Cheeseburger. Halb durch. Mit allem, was dazugehört. Und Fritten.«

Der Barkeeper ging zu dem fettbeschmierten Gehäuse aus rostfreiem Stahl hinter der Theke und drückte auf vier Knöpfe. Aus dem Regal über seinem Kopf nahm er ein Glas, hielt einen Schlauch hinein und füllte es mit sprudelndem roten Wein. Auf dem Rückweg holte er den Cheeseburger mit den Fritten aus dem stählernen Autochef, hielt beide Teller in seiner riesigen Rechten und schob alles vor Sparta auf die Theke. »Macht 43 Dollar. Inklusive Bedienung.«

Sie gab ihm die Magnetkarte. Er zeichnete die Transaktion auf und legte die Magnetkarte vor ihr hin. Sie ließ sie dort liegen und fragte sich, welche der Frauen in der Gastätte wohl ihr Abendessen bezahlte.

Dem Barkeeper, der Tischler und den anderen Männern an der Bar war offenbar der Gesprächsstoff ausgegangen. Sie alle starrten Sparta schweigend beim Essen an.

Die Eindrücke des Riechens, Schmeckens, Kauens und Schluckens waren beinahe zuviel für ihre ausgehungerten inneren Systeme. Das geronnene Fett, der verbrannte Zukker und die halbverdauten Eiweißstoffe erregten in ihr gleichzeitig Übelkeit und verzweifelte Gier. Nach ein paar Minuten siegte der Hunger über den Ekel.

Dann war sie fertig. Aber sie sah erst auf, als den letzten Tropfen Fett von ihren Fingern geleckt hatte.

Jetzt blickte sie wieder zum Tischler hinüber und starrte ihn genauso kalt und lange an wie zuvor. Den schwarzbärtigen Mann hinter ihm, der sie mit hervortretenden Augen fasziniert betrachtete, beachtete sie nicht.

»Ich kenne Sie irgendwoher«, sagte der Tischler.

»Ich habe Sie in meinem ganzen Leben noch nicht zu Gesicht bekommen«, sagte sie.

»Doch, ich kenne Sie. Waren Sie nicht eine von denen auf der Cloud Ranch heute morgen?«

»Erwähnen Sie diesen Ort bloß nicht mehr in meiner Gegenwart. Davon möchte ich mein Lebtag nichts mehr hören.«

»Sie waren also dort.« Er nickte zufrieden und warf dem Barkeeper einen bedeutungsvollen Blick zu. Sein bärtiger Freund warf ihm einen ebensolchen Blick zu, worin allerdings diese Bedeutung liegen sollte, war allen ein Rätsel. Der Tischler wandte sich wieder Sparta zu und ließ seinen Blick langsam an ihr auf und ab gleiten. »Ich wußte, daß Sie es waren, schon allein, weil Sie mich so angestarrt haben. Natürlich haben Sie sich seit vorhin ziemlich verändert.«

»Meinen Sie, Sie würden besser aussehen, wenn Sie den ganzen Tag durch den Schnee gelaufen wären?« Sie zog an einer Strähne ihrer zerzausten, braunen Haare, als hätte er ihre Gefühle verletzt.

»Hat Ihnen niemand angeboten, Sie mitzunehmen?«

Sparta zuckte mit den Schultern, starrte geradeaus und tat so, als tränke sie einen Schluck von dem miesen Wein.

Er blieb hartnäckig. »Ist Ihnen irgend etwas über den Kopf gewachsen?«

»Was, zum Teufel, sind Sie eigentlich, ein gottverdammter Seelendoktor?« fuhr sie ihn an. »Ich spiele Geige. Wenn mich irgend jemand dafür bezahlt, Geige zu spielen, dann erwarte ich genau das und sonst nichts, basta. Wie kommt es bloß, daß die einzigen Leute, die in diesem Geschäft Geld verdienen, Idioten sind?«

»Verstehen Sie mich nicht falsch, Lady.« Der Tischler fuhr sich mit der Hand durch seine verfilzten blonden Haare. »Ich hatte angenommen, jeder hier wüßte, daß sie da oben noch was ganz anderes als Musikstreifen produzieren.«

»Ich bin nicht von hier.«

»Dacht' ich mir.« Er nippte nachdenklich an seinem Bier. Sein Kumpel ebenfalls. »Also gut ... es tut mir leid.« Eine Zeitlang starrten alle in ihre Drinks, eine Versammlung von Philosophen, in tiefsinnige Betrachtungen versunken. Der Barkeeper wischte gedankenverloren mit seinem Lappen über die Theke.

»Und woher kommen Sie dann?« nahm der Tischler das Gespräch voller Hoffnung wieder auf.

»Aus'm Osten«, antwortete sie. »Und ich wünschte, da wäre ich auch jetzt. Sie brauchen mir bloß zu sagen, wo hier in zehn Minuten ein Bus abfährt, dann verschwinde ich sofort.«

Daraufhin lachte er bärtige Typ hinter dem Tischler, der Tischler selbst fand es allerdings nicht komisch. »Hier kommen keine Busse durch«, sagte er.

»Wundert mich nicht.«

»Verstehen Sie mich nicht falsch, aber ich fahre heute abend nach Boulder. Von dort könnten Sie mit dem Bus weiterfahren.«

Er schien nichts Böses im Schilde zu führen, aber natürlich war er ein Mann und wollte sehen, ob er Chancen hätte. Sie hatte nichts dagegen, solange sie dadurch wieder in die Nähe der Zivilisation gelangte.

Schließlich brachte der Tischler sie mit seinem Lieferwagen den ganzen Weg bis zum Shuttleport in Denver, eine Strecke von beinah hundert Meilen. Er machte ihr während der 70minütigen Fahrt keinerlei Schwierigkeiten. Er schien mit dem bißchen Unterhaltung zufrieden zu sein, auf das sie bereit war, sich einzulassen, und verabschiedete sich von ihr gutgelaunt und mit einem festen Händedruck.

Sparta betrat das Flughafengebäude und ließ sich in der geschäftigen Eingangshalle froh in den nächstbesten körpergerechten Sessel aus Chrom und schwarzem Plastik fallen. Der Lärm und die verlockenden Neonreklamen, die grell schimmernden Videoanzeigetafeln und das diffuse, grüne Licht, das ihr von jeder reflektierenden Fläche in die Augen sprang, hatten eine beruhigende Wirkung auf sie. Sie zog den gefütterten Mantel eng um sich, wickelte sich fest ein und ließ sich von der Ermüdung und Erleichterung hinwegspülen. Endlich war sie wieder zurück, wieder unter den vielen Menschen, hatte wieder Zugang zu den Transport- und Kommunikationsmitteln, den Geldinstituten, zu dem gesamten, weiten Netzwerk elektronischer Nervenstränge, die das gesamte Land, die Erde und die Raumkolonien zusammenhielt. Sie konnte sich besorgen, was sie brauchte, ohne daß man Rückschlüsse auf ihre Person ziehen konnte. Sie konnte sogar ein paar Minuten lang hier in aller Offenheit dasitzen und sich ausruhen, ohne sich verstecken zu müssen, und konnte ganz darauf vertrauen, daß ihr unscheinbares Äußeres keine Aufmerksamkeit erregte.

Als sie die Augen aufmachte, mußte sie feststellen, daß ein Flughafenpolizist sie argwöhnisch von oben herab ansah, und seinen Finger bereits an seinem rechten Ohr hatte, um sein Kommfunkgerät einzuschalten. »Sie waren eine halbe Stunde weggeschlummert, Lady. Wenn Sie Schlaf brauchen, nehmen Sie sich eine Wabe in Nummer fünf.« Er tippte gegen sein Ohr. »Oder wollen Sie, daß ich die Sozialaufsicht rufe?«

»Du liebe Güte, Officer, das tut mir schrecklich leid, ich habe es gar nicht gemerkt.« Sie sah aufgeschreckt an ihm vorbei und blickte auf den Bildschirm, auf dem die Flüge angezeigt wurden. »Oh, sagen Sie bloß nicht, daß ich den jetzt auch noch verpasse!« Sie sprang auf und raste zum nächstgelegenen Personenförderband, das sich auf die Abschlußplattformen zubewegte.

Sie sah sich erst um, als sie mitten unter den anderen Passagieren war. Die Menschen auf dem Förderband hatten etwas Verdrießliches an sich, wie sich in ihre schicken Plastik- und Folienkleider gewickelt hatten. Wahrscheinlich waren für die meisten von ihnen die Ferien vorbei, und sie mußten zurück in die Reservate. Diskret tat Sparta so, als suchte sie verzweifelt ihre Taschen ab, bevor sie an der ersten Kreuzung das Förderband verließ und in den Wartebereich zurückging.

Sie lief geradewegs in die Damentoilette und betrachtete sich im Spiegel. Sie bekam einen Schreck. Unscheinbar war keinesfalls der richtige Ausdruck, sie war vollkommen verdreckt. Ihr braunes Haar hing ihr schlampig in fettigen Strähnen herunter, unter den Augen hatte sie dunkle Ränder, ihre Stiefel, die Hose und die Schöße ihres Mantels waren bis in Kniehöhe mit rotem Schlamm bespritzt.

Kein Wunder, daß der Polizist sie im Verdacht hatte, sie könnte anti-R sein. Er hatte natürlich recht – nur eine einzige Agentur hatte ihre Kennung gespeichert –, aber aus den falschen Gründen, und gegen diese Gründe mußte sie so schnell wie möglich etwas unternehmen.

Sie wusch sich das Gesicht, bis sie endlich hellwach war. Dann ging sie hinaus, um sich nach der nächsten Informationszelle umzusehen.

Sie glitt in die Zelle und betrachtete den leeren Horizontalschirm. Hier, auf dieser kleinen, flachen Scheibe mit der leicht hervorstehenden Tastatur konnte man mit Lichtgeschwindigkeit mit jedem auf der Erde oder im Raum Kontakt aufnehmen, der erreichbar sein wollte; Kontakt zu Personen, die nicht erreichbar sein wollten, dauerte etwas länger. Hier war der Zugang zu enormen Datenbibliotheken ›Zugang zu geschützten Dateien dauerte etwas länger‹. Hiermit konnte man Geld leihen oder verleihen, Schulden bezahlen, investieren, wetten, alle vorstellbaren zugelassenen Waren oder Dienstleistungen kaufen oder einfach Geld verschenken ›die Abfertigung anderer Waren, Dienste oder

Transaktionen dauerte etwas länger‹. Das einzige, was der Kunde brauchte, war eine gültige Identifikationsmagnetkarte und ausreichend Kredit auf einem registrierten Konto.

Die Magnetkarte, die Sparta gestohlen hatte, besaß sie nicht mehr, sie hatte sie gleich vor der Tür des Gasthauses in den Bergen in den Schnee geworfen, denn sie hatte nicht die Absicht, eine Spur aus gesetzwidrigen Transaktionen zu hinterlassen. Aber in der intimen Abgeschlossenheit einer Informationszelle – eine Art Abgeschlossenheit, die nur ein Ort vermitteln konnte, der von Menschenmassen umgeben war – war das Fehlen einer Magnetkarte nicht ihre größte Sorge.

Genau wie der lange Kampf zwischen Leuten, die Panzerungen entwerfen, und denen, die panzerbrechende Geschosse entwerfen, war auch der lange Kampf zwischen denjenigen, die Software entwerfen, und den Leuten, die sie zu knacken versuchen, eine endlose Spirale der Evolution. In diesen Tagen des späten 21. Jahrhunderts war es selbst für Leute mit Insider-Wissen nicht einfach, mit den Programmen, die für öffentlich zugängliche Dateien zuständig waren, herumzuspielen.

Dennoch war Sparta überzeugt, daß auch dies zu den Dingen gehörte, für die sie ausgebildet worden war – zu welchem Zweck, wußte sie nicht mehr. Wenn sie ihre Finger tief in die Magnetkartenöffnung steckte, konnte sie die Codierung umgehen.

Aber leider gab es dort keine glitzernden Informationslandschaften, keine hübschen, kristallinen Datenstrukturen, weder glimmernde Interferenz- noch Bedeutungsknotenpunkte. Elektrizität birgt keine Bilder außer denen, die verschlüsselt eingegeben worden sind – Licht übrigens auch nicht –, und die Bilder, die es dort gibt, müssen erst durch außenliegende Analoggeräte gefiltert werden, unter Zuhilfenahme gesteuerter Lichtstrahlen, schimmernden Phosphors, lichtempfindlich gemachter Dioden, sich windender, flüssiger Magnetfelder und einem Raster. Aber obwohl es keine Bilder innerhalb der Elektrizität gibt, so gibt es doch Beziehungen. Es gibt Muster, Harmonien, Konfigurationen.

Datenströme sind Zahlen, riesige Mengen riesiger Zahlen, noch gewaltigere Mengen kleinerer Zahlen, eine im Grunde genommen unendliche Anzahl von Bits. Der Versuch, auch nur einen Teil dieses Stroms sichtbar zu machen, übersteigt die Kapazität jedes allgemein anwendbaren Systems, das je entstanden ist. Geruch und Geschmack sind etwas anderes. Der Tastsinn ist etwas anderes. Das Gespür für Harmonie ist etwas anderes. All diese Sinne reagieren heftig auf Muster, und da es hochentwickelte Analoge dieser Muster gibt, sind einige Menschen in der Lage, sich an Zahlen zu erfreuen. Rechenkünstler – Genies,und noch häufiger *idiots savants* – treten ganz natürlich in jeder Altersstufe auf; um einen bewußt zu erschaffen, ist schon einen an ein Wunder grenzenden Zugriff auf die spezielle Neurologie eines Zahlenbegabten vonnöten. Bis jetzt war diese Ziel nur ein einziges Mal erreicht worden.

Sparta wußte das nicht einmal. Sie war wie alle guten Rechner von den Primzahlen fasziniert; außerdem fiel ihr der Umgang mit ihnen leicht. Im Gegensatz zu anderen guten Rechnern beherbergte ihre rechte Gehirnhälfte künstliche Nervenstrukturen, die die Menge und Größe der Primzahlen, mit denen sie umgehen konnte, enorm erweiterte. Es waren Strukturen, von deren Existenz sie noch nichts wußte, selbst dann nicht, wenn sie sich ihrer bediente. Es ist keinesfalls reiner Zufall, daß Datencodierungssysteme häufig mit Schlüsseln aus riesigen Primzahlen arbeiten.

Sparta saß still in der Denver-Informationszelle, beobachtete den Horizontalbildschirm und schien den Tanz der Alphanumera zu studieren. Die verschwommenen Symbole auf dem Bildschirm hatten jedoch keinerlei Bedeutung, denn Spartas Suche erstreckte sich weit über die Schnittstelle hinaus und folgte dem scharfen Klang eines vertrauten Kennworts durch das Netzwerk der Kommunikation wie ein Lachs, der die Spur seines Heimatflusses durch das Labyrinth eines Ozeans verfolgt – nur daß Sparta sich nicht bewegen konnte und der Ozean aus Informationen durch ihr Hirn brandete. Sie saß ganz still und kam dennoch ihrer Heimat immer näher.

Die Haushaltspläne der meisten Geheimdienste mit Regierungsauftrag werden öffentlich nicht als solche bezeichnet, sondern aufgespalten und über die Haushaltspläne vieler anderer Dienststellen, getarnt als unbedeutende Unterpunkte, verteilt. Die Geldmengen fließen dabei häufig über Transaktionen mit kooperativen Industriellen und Privatbankiers. Manchmal geht der Schuß auch nach hinten los – zum Beispiel, wenn ein Abgesandter, dessen Kollegen ihn im dunkeln gelassen haben, laut und in aller Öffentlichkeit zu erfahren verlangt, wieso in den Verteidigungsausgaben Millionen für ›Hubschrauberersatzteile‹ angeführt werden, man aber nur eine Handvoll billiger Schrauben und Muttern als Gegenwert vorweisen kann –, aber im allgemeinen weiß oder kümmert sich nur eine kleine Gruppe von Leuten um den eigentlichen Verwendungszweck des Geldes.

Es handelt sich natürlich um elektronisches Geld, um gespeicherte Zahlen von beständig wechselnder Größe; die Transaktionen werden über elektronische Codierungen abgewickelt. Sparta interessierte sich besonders für den Verlauf einer ganz bestimmten Codierung. Durch eine gesicherte elektronische Sperre gelangte Sparta in den Datenspeicher der First Tradesmen's Bank of Manhattan, und dort entdeckte ihr Bewußtsein die Spur, die sie gesucht hatte.

Die Leute, die sie geschaffen hatten, hatten keinerlei Vorstellung, zu welchen spielerischen Anwendungsmöglichkeiten sie ihre Fähigkeiten gebrauchen konnte.

Hier in der Informationszelle ging es nur darum, einen bescheidenen und angemessenen Betrag, ein paar 100000 Dollar von einem unbedeutenden Unterpunkt im Haushaltsplan ihres Opfers (»Bürokosten und Verwaltung«) einem echten Industriellen zu überweisen, dann dessen tatsächlichem existierenden Nebenvertragspartner, von dort einer bekannten, betrügerischen Beratungsfirma und dann weiter durch eine speziell dafür eingerichtete dunkle Stelle einer anderen Dienststelle. Schließlich sollte das Geld über eine Anzahl willkürlich ausgewählter Adressen auf das Konto eines anderen, viel kleineren New Yorker Instituts gelangen, das ihr wegen der einfachen Pseudoprimzahlencodierung gefiel, und von dort zu einer neuen Kundin – einer jungen Frau mit dem Namen …

Sie brauchte einen Namen, und zwar schnell, nicht ihren richtigen Namen, nicht Linda, oder L.N., nein, Ellen, und dann noch einen Nachnamen, Ellen, Ellen … Bevor der Horizontalbildschirm sie wieder auswarf, gab sie das erste Wort ein, das ihr in den Kopf kam. Ihr Name lautete Ellen Troy.

Sparta brauchte die Informationszelle nur noch ein paar Sekunden, um einen Platz für Ellen Troy auf dem nächsten Überschallflug von Denver zum JFK-Flugplatz zu reservieren. Flugschein und Bordpaß glitten lautlos aus dem Druckerschlitz. Sie zog ihre neu programmierten Fingernagelsonden aus der Magnetkartenöffnung.

Ihr Flug ging erst am Morgen. Sie wollte zur Wabe im Flughafengebäude Nummer fünf laufen, sich für den Rest der Nacht eine Kabine mieten, ihre Kleider reinigen, sich waschen und etwas ausruhen. Es wäre nett gewesen, hätte sie sich neue Kleider kaufen können, aber so wie es um die Wirtschaft heutzutage stand, kümmerten sich Roboter um alle technischen Dinge, und die Menschen stritten sich um das, was übrigblieb, deswegen waren die Geschäfte in stark frequentierten öffentlichen Gebäuden rund um die Uhr voller Verkaufspersonal. Aus Automaten konnte sie noch nichts kaufen, sie mußte abwarten, bis sie sich eine eigene ID-Magnetkarte gesichert hatte, bevor sie in aller Öffentlichkeit einkaufen konnte.

Sie war überzeugt, daß die Great Hook Spar- und Darlehnskasse die Magnetkarte, die Ellen Troy ›verloren‹ hatte, mit dem größten Vergnügen ersetzen würde. Aus ihren Unterlagen würde hervorgehen, daß Miss Troy in der letzten drei Jahren eine treue Kundin gewesen war.

4

Auf den ersten Blick war der Plan gut. Sie wollte ihre Eltern finden oder herausbekommen, was aus ihnen geworden war. In der Zwischenzeit mußte sie irgendwie überleben. Sie brauchte einen Beruf, der ihr bei bei dem nützen konnte, und es dauerte auch nicht lange, bis sie einen gefunden hatte.

Das alte Gebäude der United Nations beherbergte jetzt deren Nachfolgeorganisation, den Council of Worlds. Abgesehen von der Erde, handelte es sich bei den fraglichen Welten um die Raumstationen auf ihren Umlaufbahnen und die kolonialisierten Monde und Planeten des inneren Sonnensystems, die von wechselnden Koalitionen der Erdennationen beherrscht wurden. Die historischen UN-Abkommen zur Vermeidung von Territorialansprüchen wurden dem Buchstaben nach noch befolgt, wenn auch nicht dem Geist nach. Wie die offenen Weltmeere kannte der Weltraum keinerlei Grenzen, und seine Reichtümer fielen an die, die sie auswerten konnten.

Die Behörde für Raumkontrolle gehörte deshalb zu den größten Verwaltungen des Councils. Ihre Aufgabe bestand darin, Sicherheitsbestimmungen aufzustellen und durchzusetzen, außerdem kümmerte sie sich um Frachtraten und Fahrpläne, Einfuhr- und Reisebeschränkungen und interplanetarische Verträge und Gesetze. Die Raumbehörde verfügte über riesige Datenbanken, hochentwickelte Laboratorien, ihre eigenen, strahlend-weißen, schnellen Schiffe, die mit ihrem Emblem, einem diagonalen blauen Band mit Goldstern, versehen waren, und eine Elitetruppe gut ausgebildeter und hochmotivierter Inspektoren.

Die Raumbehörde beschäftigte Tausende nicht zur Elite gehöriger Angestellter – Techniker, Buchhalter und Verwaltungskräfte –, die über verschiedenen Büros auf jeder Raumstation und allen anderen bewohnten Körpern des Sonnensystems verteilt waren, die sich jedoch hauptsächlich auf die Erdenzentrale in der Nähe des Hauptquartiers des Councils in Manhattan konzentrierten.

In interplanetarischer Hinsicht war es zwar die Zentrale, dennoch waren die einzelnen Verwaltungsabteilungen der Behörde über die ganze Stadt verteilt. Die 21 Jahre alte ›Ellen Troy‹ hatte keine Schwierigkeiten, bei der Raumbehörde einen Job zu bekommen,denn ihre Zeugnisse waren ausgezeichnet; es handelte sich um elektronische Transkripte der Queens High School und des Business College in Flushing Meadow, wo sie im Alter von 20 Jahren ihren Abschluß gemacht und bewiesen hatte, daß sie über außergewöhnliche Fähigkeiten verfügte. Zeugnisse eines Arbeitgebers, für den sie im Jahr nach ihrem Examen gearbeitet hatte, eine inzwischen bedauerlicherweise aufgelöste Gesellschaft zur Entwicklung des Luftrechts in Manhattan, belegten, daß sie eine Musterangestellte gewesen war. Ellen bewältigte den Einstellungstest der Raumbehörde mit Leichtigkeit und fand sich plötzlich genau an der Stelle wieder, die sie angestrebt hatte. Dort hatte sie Zugang zu dem größten verbundenen Computernetzwerk des gesamten Sonnensystems, ihre Anonymität war durch einen neuen Namen und ein neues Aussehen sichergestellt. (Spartas Haare waren nicht mehr braun, ihr Gesicht war zwar immer noch schön, wirkte aber nicht mehr so ausgemergelt, und ihre Zähne verbargen sich nicht mehr hinter ständig zusammengepreßten, dünnen Lippen, im Gegenteil, ihre Lippen waren jetzt immer leicht geöffnet.)

Spartas Plan war gleichzeitig verwegen und vorsichtig, schlicht und kompliziert. Sie wollte so viel wie möglich aus den riesigen Informationsspeichern der Behörde in Erfahrung bringen. Später wollte sie, ganz gleich, welche Mühen es sie kosten würde, sich das Abzeichen eines Inspektors der Raumbehörde erwerben. Danach wäre sie dann endlich frei, zu handeln ...

Der Plan hatte nur ein paar kleinere Haken. Sie wußte, daß man sie irgendwann im Verlauf ihres 18. Lebensjahres, dem ersten der drei Jahre, an die sich nicht erinnern konnte, entscheidend verändert hatte, und zwar viel weitreichender, als offensichtlich war; das bedeutet also, daß ihre Veränderung über ihren gesteigerten Geschmacks-, Geruchs-, Gehör- und Gesichtssinn hinausging, sogar noch über die PIN- Sonden unter ihren Fingern, die Einsätze aus Polymeren, die unter den fortschrittlicheren Reichen bereits Mode zu werden begannen. (Sie tat, was sie konnte, um ihre zu verbergen, denn Ellen Troy stammte aus der arbeitenden Klasse.)

Diese Veränderungen hatten in ihrem Körper ihre Spuren hinterlassen, und einige davon zeigten sich bei medizinischen Routineuntersuchungen. Sie hatte sich eine Geschichte zurechtgelegt, was ihr nicht sonderlich schwergefallen war, aber darüber hinaus mußte sie lernen, gewisse außergewöhnliche Fähigkeiten zu kontrollieren. Einige waren deutlich erkennbar, andere tauchten unerwartet auf, und manche manifestierten sich in unpassenden Augenblicken. Meistens schmeckte sie nicht mehr heraus, was sie nicht herausschmecken wollte, hörte nicht mehr, was sie nicht hören wollte, und sah nur noch das, was sie sehen wollte – zumindest, solange sie sich bewußt darum bemühte –, aber von Zeit zu Zeit überkamen sie merkwürdige Eindrücke, und sie verspürte einen Drang, über den sie sich nicht vollständig klarwerden konnte.

In der Zwischenzeit gingen das Leben und die Arbeit weiter. Ein Jahr verging, dann zwei. An einem heißen und drückenden Morgen im August beugte sich Sparta dicht über die Papiere auf ihrem Schreibtisch. Es waren Kopien von Dokumenten und Artikeln, über denen sie schon viele Male gebrütet hatte; nichts davon war geheim, sie waren alle ohne Schwierigkeiten für die Öffentlichkeit zugänglich und belegten die unschuldigen Anfänge des Sparta-Projekts. Einer von ihnen begann mit den Worten:

VORSCHLAG an das Erziehungsministerium der Vereinigten Staaten. Pilotprojekt für die Entwicklung multipler Intelligenzen.

Einführung

Es ist bereits mehrfach darauf hingewiesen worden, daß das menschliche Gehirn über ungenutzte Lern- und Wachstumskapazitäten verfügt – Kapazitäten, die lediglich in einer winzigen, zufällig gefundenen Minorität von Individuen nicht verkümmern, die wir als »Genies« bezeichnen. Immer wieder hat man Erziehungsprogramme vorgeschlagen, deren Ziel es war, die ungenutzten intellektuellen Kapazitäten des Kindes im Entwicklungsstadium zu maximieren. Nie zuvor jedoch sind tatsächlich anwendbare Methoden zur Stimulierung intellektuellen Wachstums präzise erkannt und erst recht nicht bewußt kontrolliert und angewandt worden. Gegenteilige Behauptungen hatten sich im schlimmsten Fall als falsch, im günstigsten als schwer zu verifizieren herausgestellt.

Darüber hinaus hält sich hartnäckig die falsche Ansicht, Intelligenz sei ein einziges, meßbares, vererbbares oder gar genetisches Merkmal, eine Ansicht, die durch die ständige, weitverbreitete Anwendung von seit langem diskreditierten Intelligenztests durch Schulen und andere Institutionen fortgesetzt wurde. Diese anhaltende Anwendung kann nur als Versuch der Verwaltung gewertet werden, eine praktische (und in den meisten Fällen sich selbst-erfüllender) Prophezeiung abzugeben, nach der man dann die zur Verfügung stehenden und als knapp erkannten Mittel verteilt. Die fortgesetzte Anwendung des IQ hat sämtliche Versuche, alternative Theorien in der Praxis zu überprüfen, scheitern lassen.

Die Autoren dieses Vorschlages wollen beweisen, daß es keine eindimensionalen Genies gibt, daß jedes einzelne menschliche Wesen über viele Intelligenzen verfügt und daß verschiedene, vielleicht alle dieser Intelligenzen zu vermehrtem Wachstum angehalten und gefördert werden können, wenn verständige und besonders dafür ausgebildete Lehrer und Erziehungstechniker eingesetzt werden ...

Sah man bei diesem Dokument von seinen akademischen Phrasen ab, so ergab es eine recht gute Beschreibung dessen, was Spartas Eltern sich vorgenommen hatten.

Sie waren Erkenntniswissenschaftler, ungarische Emigranten mit einem besonderen Interesse für die Entwicklung des Menschen. Ihrer Ansicht nach stellte ein IQ eine Zahl dar, die an sich keinerlei Bedeutung hatte, aber einige wenige bevorzugte und viele verdammte. Zudem konnten sich Rassisten nur allzuleicht auf sie berufen. Das schändlichste an dieser eigenartigen Annahme war, daß irgendein mysteriöses Etwas mit der Bezeichnung IQ nicht nur erblich, sondern ein für allemal festgelegt war, und daß nicht einmal das förderlichste Eingreifen in die Wachstumsphase eines Kindes die Menge dieser magischen geistigen Substanz vergrößern konnte, zumindest nicht um mehr als ein paar unbedeutende Prozentpunkte.

Spartas Eltern hatten sich vorgenommen, das Gegenteil zu beweisen. Aber trotz ihrer revolutionären Rhetorik entdeckten die Öffentlichkeit und Behörden, die die Mittel zur Verfügung stellen sollten, etwas Altmodisches in ihren Ideen, und es dauerte mehrere Jahre, bis sich eine Unterstützung in Form eines bescheidenen Stipendiums von einem anonymen Spender abzeichnete. Ihre Überzeugung verlangte es, daß ihr erstes Versuchsobjekt ihre eigene junge Tochter sein sollte. Ihr Name lautete damals noch Linda.

Wenig später trugen der Staat New York und die Ford-Stiftung ihr Scherflein dazu bei, indem sie gewisse Mittel zur Verfügung stellten. Das Projekt SPARTA bekam ein Akronym als Namen, dazu einen kleinen Kreis fest Abgestellter und mehrere neue Studenten. Zwei Jahre nach seinem offiziellen Start erschien in der Wissenschaftsrubrik der New York Times eine kurze Notiz:

> Ein Hoch dem Fuchs, nieder mit dem Igel
> Psychologen der neuen Schule für Sozialforschung hoffen endlich einen Streit beilegen zu können, der bis ins achte Jahrhundert v. Ch. zurückgeht, als der griechische Prophet Achilochos eine rätselhafte Behauptung aufstellte: »Der Fuchs weiß viele Dinge, der Igel nur eines, das aber ganz genau.« In der letzten Zeit hatte diese Bemerkung des Dichters die Auseinandersetzung zwischen denen charakterisiert, die meinen, es gäbe viele Intelligenzen – linguistische, mathematische, körperliche, soziale und so weiter –, und denen, die überzeugt sind, Intelligenz sei eine runde Summe, die sich als IQ-Punktzahl darstellen läßt, sich jeder Veränderung widersetzt und die vermutlich auf die individuellen Gene zurückgeführt werden kann.
> Die neue Schule kann jetzt mit neuen Ergebnissen aufwarten, sie bevorzugt den Fuchs ...

In einem immer größer werdenden Kreis von Experten wie auch in anderen Artikeln und Geschichten wurde das Projekt SPARTA glorifiziert. Das kleine Mädchen, das seine erste und für eine Weile einzige Versuchsperson darstellte, wurde zum Star – ein geheimnisumwitterter Star, dessen Eltern darauf bestanden, daß sie nicht in den Blickpunkt der Öffentlichkeit geraten durfte. Unter all den Zeitungsartikeln und -ausschnitten auf Ellen Troys Schreibtisch gab es kein einziges Bild von ihr. Dann zeigte sich schließlich auch die Regierung des Territorialstaates der Vereinigten Staaten an dem Projekt interessiert ...

»Ellen, Sie verbergen etwas.«

Sparta sah hoch und blickte in das breite, braune Gesicht vor ihr. Die dicke Frau lächelte zwar nicht, aber hinter ihrem vorwurfsvollen Gesicht verbarg sich eine gewisse Schadenfreude. »Wie meinen Sie das, Boß?«, fragte Sparta.

Die Frau ließ ihr beträchtliches Gewicht auf den Stuhl

gegenüber Spartas Schreibtisch sinken. »Das Wichtigste zuerst, Honey, Sie haben schon wieder versucht, sich meinem Einfluß zu entziehen. Meinen Sie etwa, Schwester Arlene weiß nicht, was in ihrer Abteilung vorgeht?«

Sparta schüttelte heftig den Kopf. »Ich verberge überhaupt nichts. Ich habe in den letzten zwei Jahren lediglich versucht, von diesem Schreibtisch wegzukommen. Sooft die Bestimmungen ein Gesuch zulassen.« Sparta gehörte mit fünfzig anderen Kollegen zur Abteilung für Datenverarbeitung des Ermittlungsdienstes der Raumkontrollbehörde, die in einem Gebäude aus rosa Ziegeln und blauem Glas und mit Blick auf den Union Square in Manhattan untergebracht war.

Der Boß, Arlene Diaz, war Managerin der DV-Abteilung. »Wir beide wissen doch ganz genau, daß kein Mensch, der eine derartige Operation hinter sich hat, auch nur die geringste Chance besitzt, vom dem Büro in den Außendienst zukommen. Deswegen möchte ich wissen, wieso Sie es immer wieder versuchen, Ellen. Wollen Sie unbedingt hier raus?«

»Ich hoffe eben, daß eines Tages jemand von denen da oben ein bißchen gesunden Menschenverstand zeigt. Ich möchte nach meinen Fähigkeiten beurteilt werden, Arlene. Nicht nach den Ergebnissen meiner medizinischen Untersuchungen.«

Arlene mußte tief seufzen. »Es sieht allerdings so aus, daß die Inspektoren des Außendienstes verdammt eigensinnig werden, wenn es darum geht, physisch vollkommen intakte Probanden auszuwählen.«

»Mit mir ist alles in Ordnung, Arlene.« Die Farbe stieg ihr ins Gesicht. »Als ich sechzehn war, hat mich irgendein Besoffener mit meinem Motorroller gegen einen Laternenpfahl gedrückt. Na gut, der Roller hatte einen Totalschaden, aber mich haben sie wieder zusammengeflickt – das steht alles in meiner Akte, falls sich jemand dafür interessiert.«

»Sie müssen zugeben, daß man Sie auf eine recht merkwürdige Weise wieder zusammengeflickt hat, Honey. All diese Drähte und Transplantate ...« Arlene zögerte. »Tut mir leid, Sie wissen es wahrscheinlich nicht, aber wenn jemand wechseln will, ist es bei uns Brauch, daß sein Vorgesetzter im Beurteilungsausschuß sitzt. Ich habe mir Ihre Untersuchungsberichte angesehen. Mehr als nur ein paarmal.«

»Die Ärzte, die mich zusammengeflickt haben, haben ihr Bestes gegeben.« Fast machte es den Eindruck, als wäre ihr das peinlich und sie müßte sich für sie entschuldigen. »Sie waren aus der Gegend und sehr talentiert.«

»Sie haben es sehr gut gemacht«, sagte Arlene. »Es war nicht gerade die Mayo-Klinik, aber was sie gemacht haben, hat Hand und Fuß.«

»Das denken Sie« – Sparta sah sich ihren Boß von unten herauf an und wurde argwöhnisch, »und was denken die anderen aus der Abteilung?«

Als Arlene darauf nichts sagte, lächelte Sparta. »Sie Schummlerin«, sagte sie. »Sie sind diejenige, die etwas zu verbergen hat.«

Arlene grinste sie an. »Gratuliere, Honey. Wir werden dich hier vermissen.«

Ganz so einfach war es allerdings nicht.

Sie mußte noch einmal sämtliche körperlichen Untersuchungen über sich ergehen lassen, mußte all die Lügen noch einmal auftischen und darauf achten, daß es keine Widersprüche gab, mußte die gefälschten elektronischen Dokumente, die die neuen Geschichten belegen sollten, sofort an den richtigen Stellen unterbringen.

Und dann die Arbeit. Das sechsmonatige Basistraining für einen Ermittlungsbeamten der Raumbehörde war so hart wie das aller Astronauten. Sparta war intelligent, begriff neue Zusammenhänge schnell und konnte alles einander zuordnen, und sie konnte weit mehr Wissen speichern, als die Ausbilder der Akademie zu vermitteln hatten (eine Fähigkeit, die sie verschwieg), aber körperlich war sie nicht sehr belastbar. Einiges von dem, was man ihr aus Gründen angetan hatte, die sie immer noch zu begreifen versuchte, hatten sie äußerst schmerzempfindlich und schnell erschöpfbar gemacht. Vom ersten Tag an war klar, daß Sparta Gefahr lief, nicht durchhalten zu können.

Die Rekruten waren nicht kaserniert; die Raumbehörde betrachtete sie als erwachsene Menschen, die den Unterricht besuchten, wenn sie wollten, und die in der Zwischenzeit darauf achteten, ihre Nase aus allen Schwierigkeiten herauszuhalten, schließlich waren sie für sich selbst verantwortlich. Sparta meldete sich jeden Tag bei den Einrichtungen der Ausbildungsdivision im Marschgelände von New Jersey und nahm jeden Abend die Magnetbahn zurück nach Manhattan, wobei sie sich jedesmal fragte, ob sie den Mut aufbringen würde, am nächsten Morgen zurückzukehren. Es war eine lange Fahrt, nicht so sehr an Minuten, sondern weil sie ihr wiederholt vor Augen führte, in was für einer Welt sie lebte. Das schöne Manhattan war ein in einen Sumpf gebettetes Juwel. Es lag zwischen Seegras- und Algenfarmen, die die einst wasserreichen Flüsse füllten, die es zur Insel gemacht hatten. Jenseits der Flußufer war es von häßlichen Hütten und zerfallenen Slums umgeben, die wiederum zwischen rauchenden Raffinerien lagen, die organischen Abfall und Müll in Kohlenwasserstoffe und verwertbare Metalle umwandelten.

Fast hätte sie ihre ersten Versuche bei den Belastungstests nicht überlebt. Es ging um Elektrizität, Hitze, Chemikalien, Licht und Lärm und um hohe Beschleunigungen in der Zentrifuge, räumliche Desorientierung im Vogelkäfig – extreme Belastungen, die all ihre Energie verbrauchten, wenn sie auf ihre stille, verschwiegene Art versuchte, ihre empfindlichen Nervenstrukturen davor zu schützen. Sie kämpfte sich über die Hindernisstrecken und durch die Kurse für schwere Bewaffnung, gab in den Mannschaftskontaktsportarten ihr Bestes, wo die brutale Kraft der anderen Mitspieler oft über ihr Geschick und ihre Schnelligkeit siegten. Erschöpft, voller blauer Flecken, mit brennenden Muskeln und zerfetzten Nerven stolperte sie dann in die Magnetbahn, glitt sanft schwebend durch das Feuer und den Rauch der Vorhölle, erreichte spät am Abend das NoHo-Heim und ging in ihrem

Gemeinschaftsapartment, das sie mit drei Fremden teilte, sofort zu Bett.

Manchmal übermannten sie Einsamkeit und Entmutigung, dann weinte sie sich in den Schlaf und fragte sich, warum sie das alles tat und wie lange sie das noch durchstehen konnte. Wenn ihr Glauben ins Schwanken geriet, eine Ausbildung als Ermittlungsbeamte der Raumbehörde könnte ihr die Freiheiten und den Zugang zu dem verschaffen, was sie dringend brauchte, fiel ihre Entschlossenheit schnell in sich zusammen.

Nachts kamen die Träume. Ein Jahr lang hatte sie keine sichere Methode gefunden, sie unter Kontrolle zu halten. Sie fingen immer ganz harmlos mit einem kleinen Detail aus ferner Vergangenheit an, dem Gesicht ihrer Mutter – oder auch aus der jüngsten Vergangenheit, irgendeinem Jungen, den sie am selben Tag kennengelernt hatte, oder einer Unterrichtsstunde, auf die sie sich nicht oder übermäßig vorbereitet hatte –, und dann befand sie sich plötzlich in den dunklen Korridoren eines endlosen Gebäudes, ein vages Ziel vor Augen, wenn sie nur ihren Weg durch das Labyrinth finden könnte. Sie hatte das Gefühl, ihre Freunde bei sich zu haben, dennoch vollkommen alleine zu sein, daß es keinen Unterschied machte, ob sie fand, was sie brauchte oder nicht, daß sie in dem Fall jedoch sterben müßte. Und dann schoben sich ganz sachte von den Augenwinkeln her die farbigen Lichter ins Bild, und das Chaos der Gerüche übermannte sie erneut.

Sonntags hatten die Rekruten frei. Sparta verbrachte diesen Tag gewöhnlich damit, durch Manhattan zu laufen, von der Battery bis zur Bronx, gleichgültig, ob es regnete, schneite, hagelte oder stürmte. Wenn sie auch nicht kräftig war, so war sie doch zäh. 25 Meilen am Tag schaffte sie spielend. Sie lief umher, um ihren Kopf wieder von all den zweckbestimmten Gedanken freizumachen, wie auch von dem Zwang, Daten aufzuspüren, einzuplanen und abzuspeichern. In gewissen Abständen war eine geistige Ruhepause unbedingt erforderlich, um Überlastung und damit einen Zusammenbruch zu vermeiden.

Im ursprünglichen Konzept des Projekts SPARTA waren keinerlei Einpflanzungen künstlicher Gehirnsubstanz vorgesehen gewesen. Aber als die Regierungsstellen sich einmischten, veränderte sich das Projekt. Plötzlich gab es viel mehr Studenten und neue und größere Einrichtungen. Sparta war damals ein Teenager; anfangs schien es durchaus nichts Ungewöhnliches, daß sie immer weniger von ihren vielbeschäftigten Eltern und den anderen, zumeist jüngeren Kindern zu sehen bekam. Eines Tages rief ihr Vater sie in sein Büro und erklärte ihr, daß sie nach Maryland geschickt werden sollte, wo die Regierung eine Reihe von Auswertungen vornehmen wollte. Er versprach ihr, daß seine Mutter und er sie so oft wie möglich besuchen würden. Irgend etwas schien ihren Vater sehr zu bedrükken. Bevor sie den Raum verließ, drückte er sie fest, beinahe verzweifelt, an sich, sagte aber nichts, außer daß er »Mach's gut« und »Wir haben dich sehr lieb« murmelte. Die ganze Zeit über war ein Mann mit orangefarbenen Haaren im Büro dabeigewesen und hatte zugesehen.

Über das, was danach geschah, existierten in ihrer Erinnerung nur noch Bruchstücke. In Maryland hatten sie weit mehr mit ihr angestellt, als sie nur zu testen, aber vieles, was sie ihrem Gehirn angetan hatten, hatte sie erst in letzter Zeit herausgefunden. Was sie mit ihrem Körper gemacht hatten, sollte sie erst noch erfahren.

Sparta lief die Park Avenue entlang und näherte sich dem Grand Central Conservatory. Es war Frühlingsanfang, der Tag war sonnig und warm. Die Kirschbäume entlang der Straße standen in voller Blüte, ihre duftenden rosa Blütenblätter wehten wie parfümiertes Konfetti auf die glitzernde Promenade. Schimmerndes Glas und Stahl, Waschbeton und poliertes Granit türmte sich überall um sie herum auf, und Helikopter peitschen sich ihre Bahn durch die Luftschneisen über den Dächern. Auf dem glatten Straßenbelag zogen Busse und gelegentlich ein Streifenwagen vorbei. Magnetbahnen summten in flinker Selbstsicherheit über dünne Stahlgeleise, die von hohen Stützen getragen wurden, während unter Spartas Füßen, sichtbar gemacht durch blocklange Glaspflasterung, die in freundlichen Farben gestrichenen, die seltsamen uralten U-Bahn-Wagen ratterten und kreischten.

Am Anfang des Jahrhunderts, als die Nordatlantikstaaten aus Gründen verwaltungsmäßiger Vereinfachung zusammengefaßt worden waren, hatte man Manhattan als Demonstrationszentrum der Föderation konzipiert – als ›Nationalpark der Wolkenkratzer‹, wie Zyniker gerne behaupteten. Obwohl die Insel von stinkenden Industrieanlagen und schmutzigen Vorstädten umringt war, waren die Straßen der Modellstadt belebt, und die meisten Leute in der Menschenmenge waren gepflegt, farbig und teuer gekleidet, und machten glückliche Gesichter. Armut war in den Demonstrationszentren der Föderation ein Verbrechen, das mit Umsiedlung geahndet werden konnte.

Sparta gehörte nicht zu den Glücklichen. Der Abschlußtest ihres Trainingprogrammes war noch zwei Monate entfernt. Danach würden sich die körperlichen Belastungen ein wenig legen und die akademische Seite in den Vordergrund treten, aber im Augenblick stand sie kurz davor, aufzugeben. Noch sechzig anstrengende Tage. Im Augenblick hatte sie das Gefühl, sie würde es nicht schaffen.

Als sie sich den Ziergärten in der Passage an der 42. Straße näherte, bemerkte sie einen jungen Mann, der ihr folgte. Sie fragte sich, wie lange er schon hinter ihr ging. Sie hatte bewußt abgeschaltet und war in einem beinahe tranceähnlichen Zustand umhergelaufen, sonst hätte sie ihn längst bemerkt. Er konnte einer von der Ausbildungsdivision sein, der sie überwachen sollte. Er konnte sonstwer sein.

Sie zwang sich zu äußerster Aufmerksamkeit. An einem Blumenstand blieb sie stehen und hielt sich einen Strauß gelber Narzissen an die Nase. Die Blumen waren nicht parfümiert, trotzdem explodierte ihr mächtiger Pflanzenduft in ihrem Gehirn. Sie blickte zwischen ihnen hindurch, indem sie ein Auge schloß. Ihr Makrozoomblick zentrierte sich auf sein Ziel ...

Er war jung, hatte dichtes, braunes, nach der neuesten Mode geschnittenes Haar und trug ein elegantes, schwarz schimmerndes Polymerjackett. Er war ein gutaussehender junger Mann, offensichtlich chinesischer und irischer Herkunft. Er hatte hohe Wangenknochen, sanfte dunkle Augen und ganz wenige Sommersprossen. Im Augenblick wirkte er eigenartig verkrampft und unsicher.

Als sie am Blumenstand stehengeblieben war, hatte er sofort gezögert; einen Augenblick lang hatte sie gedacht, er würde auf sie zu kommen und etwas sagen. Statt dessen drehte er sich um und tat so, als betrachte er die Auslagen im nächsten Schaufenster. Zu seinem deutlichen Entsetzen war es ein Bekleidungsgeschäft, das teure Damenunterwäsche ausgestellt hatte. Als merkte, was er da betrachtete, leuchtete die Haut unter seinen Sommersprossen auf.

Sie hatte ihn sofort identifiziert, obwohl er bei ihrem letzten Treffen ganz anders ausgesehen hatte. Damals hatte er noch mehr Sommersprossen gehabt, und seine kurzgeschnittenen Haare waren rot gewesen. Sein Name lautete Blake Redfield. Er war ein Jahr jünger als sie, doch von allen anderen Studenten des Projekts SPARTA kam er ihr altersmäßig am nächsten.

Aber sie sah, daß er noch nicht ganz sicher war, ob er sie wiedererkannt hatte. Im Gegensatz zu dem Mädchen, an das sie ihn erinnerte und deren Haare lang und braun gewesen waren, war Ellen Troy blond. Sie trug ihre unauffällig mittelhellen Haare praktisch geschnitten: glatt und kurz. Sie hatte blaue Augen und volle Lippen. Doch Ellens Gesichtszüge hatten sich nicht verändert, das wäre mit Sicherheit auch kaum möglich gewesen, und so glich Ellen immer noch stark dem Mädchen, das damals Linda geheißen hatte.

Zum Glück war Blake Redfiel noch immer genauso zurückhaltend und viel zu schüchtern, auf offener Straße eine Frau anzusprechen.

Sparta gab dem Blumenhändler ihre Magnetkarte, nahm die Narzissen und ging weiter. Sie stellte ihr Gehör auf Blakes Schritte ein, sonderte sie aus und verstärkte das deutliche Klick-Klick ihrer Absätze, um es von den vielen anderen klatschenden, tappenden und schlurfenden Geräuschen unterscheiden zu können, die sie umgaben. Sie mußte ihn unbedingt loswerden, aber ohne daß er merkte, daß er gesehen worden war. Wie zuvor schlenderte sie ziellos weiter, bis sie unter den Bögen des Grand Central Conservatory hindurchkam.

Das letzte Mal, als sie das riesige Gewächshaus besucht hatte, hatte die Landschaft aus Sand und Felsen bestanden, und in der Ferne hatten sich schroffe Wüstengipfel erhoben, aber diesen Monat waren die Tropen das Thema. Auf allen Seiten reichten Palmen und Hartholzbäume nach der hoch über allem schwebenden Decke, von der, spitzenartig drapiert, wilder Wein und Orchideen herunterhingen. Ein Eastman-Kodak-Hologramm weitete den Blick in den Dschungel bis zu einer weit entfernt gelegenen Landschaft aus Dunst und Wasserfällen aus.

Das Conservatory war sehr gut besucht, aber die meisten Leute befanden sich auf dem Zwischengeschoß und sahen von dort auf die Baumarrangements hinab, oder sie schlenderten über den breiten Weg, der den Zentralwald umgab. Sparta blieb stehen, dann verschwand sie wie beiläufig zwischen den Bäumen. Die dichte Laubschicht auf dem Boden dämpfte die Schreie der Affen und das Gekreisch der Papageien über ihrem Kopf. Sie war ein paar Schritte weit in die grüne Schattenwelt vorgedrungen, als sie, auch ohne jede Verstärkung, Blakes Schritte auf dem Pfad hinter sich hören konnte.

Sie bog erneut ab, in einen schmalen Pfad hinter einer Wand aus Kletterpflanzen, die hier so dick und verwoben waren wie die Tentakeln eines riesigen Tintenfisches ... Blakes Schritte zögerten kurz, dann bog auch er ab und folgte ihr.

Wieder nahm sie eine Biegung und verschwand hinter dunkel glänzenden Blättern, die so groß wie die Elefantenohren waren, nach denen man sie benannt hatte, nur daß sie fester waren, wie altes, vertrocknetes Leder. Dann wechselte sie wieder die Richtung und verschwand zwischen indischen Feigenbäumen, deren Wurzeln wie eine Hülle aus blassem Holz waren und so glatt und dünn wie Travertingestein. Plötzlich stand sie vor dem mächtigen Wasserfall, der sich hier geräuschlos in den schimmernden Schlund weiter unter ergoß. Blake kam ihr immer noch nach – jetzt allerdings zögernder.

Das echte Donnern des Wasserfalls war etwas gedämpft worden, aber aus Sprinkleranlagen, die man hinter der Projektion der Holographie nicht sehen konnte, nieselte feiner Dunst. Am Rand der illusionären, riesigen Schlucht, in die die Wassermassen stürzten, hing eine Aussichtsplattform mit einem rustikalen Bambusgeländer, auf der sich zur Zeit niemand befand.

Sparta drückte sich hinter einen Baumstamm und überlegte, was sie tun sollte. Sie hatte gehofft, Blake Redfield im Filmkulissen-Regenwald abhängen zu können, aber ganz so leicht ließ er sich nicht abschütteln. Sie riskierte, seinen Aufenthaltsort aus den Ohren zu verlieren, und stellte ihr Gehör auf das Hochfrequenzsummen des Projektionssystems für das Kodak-Hologramm ein. Der Schaltkreis für die Tiefenschärfe war irgendwo in die Wand wenige Meter vor ihr eingelassen. Die Gestalt der elektrischen Impulse ermöglichte ihr eine vage Vorstellung von der Art des Programms, aber sie hatte keine Möglichkeit, direkt an das Kontrollzentrum heranzukommen.

Dann überkam sie ein beunruhigendes Gefühl, es ging von ihrem Bauch aus und verbreitete sich über Brust und Arme. In ihrem Magen fing es an, zu brennen. Das Gefühl war ebenso fremdartig wie vertraut. Als sie sich vor Monaten ihre medizinischen Untersuchungsberichte angesehen hatte, hatte sie die netzartigen Strukturen unter ihrem Brustbein gesehen und geglaubt zu wissen, was sie waren – leistungsstarke Polymer-Batterien –, aber sie konnte sich nicht erinnern, wie man sie benutzt oder auch nur, wozu. Plötzlich kehrte diese Erinnerung zurück, gewissermaßen als Reaktion auf ihre unbewußte Anfrage.

Sie streckte Arme und Hände aus und formte sie zu einer schlaufenförmigen Mikrowellenantenne. Ihr Gesicht erstarrte vor Konzentration zu einer Maske. Datenströme ergossen sich durch ihre Stirnhöhlen; sie sandte einen einzigen Stoß von Instruktionen mitten ins Herz des Betriebsprogramms der Projektion.

Die Holographie machte einen Satz nach vorne. Tonnen von Wasser stürzten auf sie herab ...

... und sie blickte auf die polierte Marmorwand des alten Bahnhofs. Sie senkte ihre Arme und kam aus ihrer konzentrierten Versenkung hervor. Sie ging zu dem nachgemachten Bambusgeländer der Aussichtsplattform, die kaum einen Meter von der Wand entfernt auf dem Boden stand. Über ihr blinkte eine Ansammlung verschiedener Hologrammprojektoren in Gelb, Zyanidblau und Magentarot. Sie drehte sich um und betrachtete die Dschungelbäume. Von innerhalb der Projektion konnte sie nichts von der sich bewegenden Holographie sehen, aber wenn ihre übersandten Instruktionen funktioniert hatten, müßte der Rand des tiefen Schlundes sich jetzt am Ende des Pfades befinden, gleich vor den Bäumen ...

Blake kam aus dem Dschungel hervor, machte zwei Schritte auf sie zu und blieb stehen. Er starrte an ihrem Kopf vorbei in die herabstürzenden Wassermassen. Sein Blick folgte dem Wasser in die Schlucht.

Sie stand mit dem Rücken zum Geländer. Ein Schritt, und sie hätte den Arm ausstrecken und dieses gutaussehende, freundliche Gesicht berühren können. Auf dem Boden zwischen ihnen lag ein zusammengeknülltes Kaugummipapier, genau dort, wo er von Dunst umgebene Abgründe sah. Auf ihn fiel nur das Licht aus dem Oberlicht des Conservatorys und das Weißlicht aus dem Projektor. Zwischen ihnen war absolut nichts – bis auf das Kaugummipapier und dieses körperlose Licht.

Sie wurde daran erinnert, wie sehr sie ihn einmal gemocht hatte, auch wenn sie sich damals nicht sonderlich für jüngere Kinder interessierte – sie war schließlich 17 und weit entwickelt, und er war erst 16 und recht ungeschickt und linkisch – außerdem hatte sie ohnehin nie gut Gefühle zeigen können.

Jetzt konnte er nur durch sein Wissen ihre neue Existenz

zerstören. Blake fuhr sich mit der Hand durch seine braunen Haare, dann drehte er verwundert ab und verschwand im Dschungel. Sparta duckte sich unter dem Geländer hindurch. Sie lief an der glatten Marmorwand entlang, kam hinter dem Wasserfall hervor und verschwand in einem belebten Durchgang, der auf die Madison Avenue führte.

Blake Redfield blieb kurz unter den Bäumen stehen und warf einen Blick zurück auf das herabstürzende Wasser. Er war ein Produkt aus den frühen Tagen des SPARTA- Projekts, bevor die Regierung sich zu sehr einmischte. An seiner physischen Natur hatte niemand herumgepfuscht, man hatte nur die Bedingungen seiner Ausbildung verändert. Er besaß weder Zoomaugen noch einstellbare Ohren, keinen RAM-Speicher in seinem Kopf, keine PIN-Dorne unter seinen Fingernägeln und auch keine Batterien im Magen, und um seine Knochen wanden sich auch keine Antennen.

Aber auch er war multipel intelligent und klug genug, um Linda sofort zu erkennen und zu merken, daß sie nicht erkannt werden wollte. Und er war neugierig genug, um sich zu fragen, warum. Schließlich hatte er fast schon geglaubt, sie wäre tot. Er verfolgte sie, bis sie verschwand. Er war sich nicht ganz sicher, wie sie das geschafft hatte, aber er wußte, daß es Absicht gewesen war.

Er hatte sich schon seit langem gefragt, was aus ihr geworden sein mochte. Jetzt fragte er sich nur noch, wie schwer es sein würde, das herauszubekommen.

TEIL 2

DIE SIEBEN SÄULEN DER WEISHEIT

5

Gegen Ende des 21. Jahrhunderts war der Himmel mehr und mehr bevölkert worden, von den Bodenregionen bis hinauf in den Weltraum, bis die Erde mit Ringen umgeben war wie der Riese Saturn – und zwar mit Maschinen und Fahrzeugen, nicht mit harmlosen Schneebällen. Strahlende Kraftwerke fingen das Sonnenlicht auf und sandten es per Mikrowelle zu Antennenfarmen in Arabien, der Mongolei, Angola und Brasilien. Raffinerien benutzten das Sonnenlicht dazu, Metalle aus Mondsand und eingefangenen Meteoriten herauszuschmelzen, Kohlenwasserstoffe aus kohlenstoffhaltigem Chondrit zu destillieren und Diamanten aus Meteoriten zu gewinnen. Fabriken verwandelten diese Rohstoffe dazu, perfekte Kugellager zu gießen, perfekte Antibiotika zu erzeugen und perfekte Polymere durch Strangpressen zu ziehen. Aufwendige Terminals versorgten die großen interplanetarischen Raumschiffe, und für die Arbeitsfrachter hatte man Docks auf die Umlaufbahnen gebracht. Ein Dutzend Raumhäfen, zwei Dutzend wissenschaftliche Stationen, hundert Wettersatelliten, fünfhundert Nachrichtensatelliten, tausend Spionenaugen blinkten zwischen den Sternen des nächtlichen Himmels, maßen die Erde aus, machten ihre letzten Rohstoffquellen ausfindig und leiteten den

Strom des wertvollen und knapp werdenden Frischwassers, daneben überwachten sie die ständig wechselnden Allianzen sowie die gelegentlich aufflackernden Gefechte auf der Erde – wie zum Beispiel die Auseinandersetzungen im Süden Zentralasiens, in der Panzer und Helikopter eingesetzt wurden. Aufgrund eines ausgetüftelten internationalen Abkommens hatte man sämtliche Waffen mit einer Reichweite von mehr als einem Kilometer aus dem Raum verbannt, dazu gehörten Raketen, Flugabwehrwaffen, Strahlenkanonen sowie alle energiegerichteten Waffensysteme. Natürlich auch die explodierenden Satelliten, deren Trümmer sich unkontrolliert verbreiteten, nicht jedoch Satelliten selbst. Es umkreisten also weiter tausend Objekte die Erde, die im wesentlichen unbeweglich waren, dennoch aber zwischen den Machtblöcken eine Bedrohung darstellten, indem sie die auf einer Umlaufbahn befindliche Einrichtungen durch Kollision zerstören konnten. Daneben gab es die Möglichkeit, auf der Erde ganze Städte durch ferngelenkte künstliche Meteoriten zu zerstören.

Seltsamerweise jedoch herrschte auf der Erde zumeist ein labiler Friede. Die Allianz der nördlichen Kontinente, die aus den Russen, den Europäern, Amerikanern und Kanadiern bestand und die man gewöhnlich Euro-Amerikaner nannte, befanden sich schon seit vielen Jahren in gutem Einvernehmen mit dem Staatenbund unter dem Zeichen des azurblauen Drachen, deren Mitglieder als Nippo-Sino-Araber bekannt waren. Diese Industriekonglomerate hatten beim Bau von Raumstationen im Umkreis und auf den inneren Planeten selbst sowie auf dem Zentralgürtel zusammengearbeitet. Die Latino-Afrikaner und die Indo-Asiaten besaßen ihre eigenen Raumstationen und hatten spärlich bevölkerte Siedlungen auf zweien der Jupitermonde gegründet. Die Verlockung, das Sonnensystem zu kolonialisieren, hatte die Rivalitäten auf der Erde einerseits verschärft und paradoxerweise gleichzeitig abgeschwächt. Die Rivalität war ohne Zweifel echt, aber keine Seite wollte ihre Kommunikationsmittel aufs Spiel setzen.

Reisen durch den Raum war nie billig gewesen, am

Anfang des Jahrhunderts jedoch hatte man sozusagen eine Wasserscheide überschritten. Die Nukleartechnik drang in ihren geeignetsten Anwendungsbereich vor, den äußeren Weltraum. Die technischen Prinzipien waren recht einfach, und die Techniken selbst leicht zu handhaben, so daß es sich auch Privatgesellschaften erlauben konnten, auf den Markt des interplanetarischen Verkehrs zu drängen. Mit den Transportunternehmern kamen die Werften, die Trockendocks und die Ausrüstungslieferanten.

Die Falaron-Werft, eine der ältesten, umkreiste die Erde in einer Höhe von 250 Meilen. Das einzige Fahrzeug, das sich im Augenblick auf der Werft befand, war ein alter, atomgetriebener Frachter, der überholt und aufpoliert wurde – er bekam einen neuen Reaktorkern, ein neues Hauptaggregat, ein modernisiertes Versorgungssystem sowie innen und außen einen neuen Anstrich. Nach Abschluß aller Arbeiten sollte das Schiff wieder in den Dienst gestellt und mit einem neuen, recht protzigen Namen versehen werden: *Sternenkönigin*.

Die riesigen Atomantriebsaggregate waren eingebaut und getestet worden. Arbeiter in Raumanzügen, vertraut im Umgang mit Plasmaschweißgeräten, setzten neue Frachträume ein, riesige Container, die am dünnen Zentralschaft der Schiffes befestigt wurden, gleich unterhalb der kugelförmigen Mannschaftskapsel.

Das Aufflackern und -glühen der Schweißgeräte warf flächige Schatten durch die Bürofenster des Ausrüsters. In diesem seltsamen Licht sprossen aus dem borstigen Schnäuzer des jungen Nikos Pavlakis schwarze Schattenhörner, die seinem Erscheinungsbild etwas Dämonisches gaben. »Verflucht, du bist ein Lügner und Dieb, Dimitrios. Immer wieder hast du uns versichert, daß alles planmäßig verläuft, daß alles unter Kontrolle ist. Kein Problem, kein Problem, hast du immer gesagt. Und jetzt sagst du, daß wir uns um einen Monat verspäten, es sei denn, ich wäre bereit, Überstunden zu bezahlen!«

»Es tut mir fürchterlich leid, mein Junge, aber wir sind dem Arbeitersyndikat vollkommen hilflos ausgeliefert.«

Dimitrios breitete seine Hände aus, um seiner Hilflosigkeit Ausdruck zu verleihen, es war allerdings schwer, in seinem breiten, faltigen Gesicht eine Spur von Bedauern zu entdekken. »Du kannst nicht von mir erwarten, daß ich die gesamten Kosten dieses erpresserischen Wuchers ganz alleine trage.«

»Wieviel fließt von dem Geld wieder in deine Taschen zurück? Zehn Prozent? Fünfzehn? Wie hoch ist deine Kommission, wenn du ihnen dabei hilfst, deine Freunde und Verwandten zu berauben?«

»Woher nimmst du nur die Härte, mir solche Dinge ins Gesicht zu sagen, Nikos?«

»Kein Problem, alter Gauner.«

»Und ich habe dich im Arm gehalten, als wärst du mein eigener Sohn«, wandte der alte Mann ein.

»Dimitrios, ich habe dich seit meinem zehnten Lebensjahr durchschaut. Ich bin nicht blind wie mein Vater.«

»Du kannst doch nicht sagen, daß dein Vater blind ist. Verlaß dich drauf, ich werde ihm diese Verleumdungen berichten. Du solltest jetzt besser gehen – bevor ich die Geduld verliere.«

»Ich werde warten, bis du angerufen hast, Dimitrios. Ich würde gerne hören, was du ihm zu sagen hast.«

»Glaubst du etwa, ich tue es nicht?« brüllte Dimitrios, sein Gesicht wurde immer dunkler. Aber er rührte keinen Finger, um nach dem Radiofunk zu greifen. Auf seiner Stirn braute sich ein großartig finsterer Blick zusammen, der Pan Ehre gemacht hätte. »Mein Haar wird grau, mein Sohn. Dein Haar ist braun. Vierzig Jahre lang habe ich ...«

»Andere Schiffswerften halten sich an ihre Verträge«, unterbrach ihn Pavlakis ungeduldig. »Wieso ist der Vetter meines eigenen Vaters unfähig? Oder steckt etwa mehr dahinter als bloße Unfähigkeit?«

Dimitrios hörte mit der rührseligen Tour auf. Sein Gesicht erstarrte. »Hinter Geschäften steckt immer mehr, als in den Verträgen geschrieben steht, mein kleiner Nikos.«

»Du hast recht, Dimitrios – du bist wirklich ein alter Mann, und die Welt hat sich verändert. Heute unterhält die

Familie Pavlakis ein Frachtunternehmen. Wir sind keine Schmuggler mehr. Wir sind keine Piraten.«

»Du beleidigst deine eigene Familie ...«

»Wir stehen kurz davor, mit diesem Vertrag mit der Ishtar-Minengesellschaft mehr Geld zu verdienen, als du dir in den ganzen Jahren voller armseliger Betrügereien erträumt hast«, schrie Pavlakis verärgert. »Aber dazu muß die *Sternenkönigin* rechtzeitig fertig sein.«

Was zwischen ihnen in der muffigen, künstlichen Luft hing, was beide wußten, aber nicht ausgesprochen werden durfte, war die verzweifelte Lage der einst so mächtigen Pavlakis-Linie, die statt der vormals vier interplanetarischen Frachter nur noch ein einziges, altersschwaches Schiff besaß, das sich zur Zeit in der Werft befand. Dimitrios hatte durchblicken lassen, er wüßte einige Lösungen für solche Probleme, aber davon wollte der junge Pavlakis nichts hören.

»Dann erbitte ich den weisen Rat des jungen Herrn«, sagte er mit giftig zitternder Stimme. »Wie überredet man in deiner neuen Welt Arbeiter dazu, ihre Arbeit zu Ende zu machen, ohne ihnen den gewohnten Anreiz der Überstunden zu gewähren?«

»Es ist bereits zu spät, stimmt's? Dafür hast du gesorgt.« Pavlakis ging langsam ans Fenster und beobachtete das Aufflackern der Plasmaschweißgeräte. Er sprach, ohne den alten Mann anzusehen. »Also gut, sorge dafür, daß sie weitermachen, und steck dir so viele Schmiergelder in die Tasche, wie du nur kannst, Grauschopf. Es wird der letzte Auftrag sein, den du für uns erledigst. Und wer wird danach noch mit dir Geschäfte machen?«

Dimitrios schob sein Kinn vor und entließ ihn.

Noch am selben Nachmittag nahm Nikos Pavlakis ein Shuttle nach London. Er saß da und fluchte über sich selbst, weil er wütend geworden war. Als das Fahrzeug kreischend durch die Atmosphäre sank und Heathrow anflog, ließ Pavlakis eine Bernsteinkette mit Sorgenperlen um seine Finger spielen. Er war sich alles andere als sicher, ob sein Vater ihn gegen Dimitrios unterstützen würde. Die beiden Vetter kannten sich sehr lange, und Nikos wagte nicht einmal daran zu denken, was die beiden in den frühen Tagen, in denen die kommerzielle Raumfracht noch nicht so strikt reguliert war, zusammen ausgeheckt haben mochten. Vielleicht konnte sich sein Vater nicht von Dimitrios lösen, selbst wenn er es wollte. Das würde sich natürlich alles ändern, sobald Nikos die Firma übernomme hatte, vorausgesetzt, sie brach nicht vorher zusammen. In der Zwischenzeit durfte niemand erfahren, wie es in Wahrheit um die Firma stand, sonst käme augenblicklich das Aus.

Die Sorgenperlen klickten, und Nikos murmelte ein Gebet, sein Vater möge sich eines langen Lebens erfreuen – als Pensionär.

Es war ein Fehler gewesen, Dimitrios gegenüberzutreten, ohne sich seiner eigenen Position sicher zu sein, aber jetzt konnte Pavlakis nicht mehr zurück. Er mußte Leute auf der Werft unterbringen, denen er vertrauen konnte und die darauf achten sollten, daß die Arbeit fertiggestellt wurde. Außerdem – und dies war eine sehr viel delikatere Angelegenheit – mußte er alles in seiner Macht Stehende tun, um den Starttermin hinauszuschieben.

Glücklicherweise brach nicht jeden Monat ein Frachter zu den Planeten auf. Es war keine leichte Angelegenheit, Frachtraum für eine solch umfangreiche Lieferung aufzutreiben: Es ging um Roboter der Ishtar-Minengesellschaft. Eine Verzögerung beim Abflug der *Sternenkönigin* zur Venus war nicht gerade der erfolgversprechendste Anfang eines neuen Vertragsverhältnisses, aber mit ein wenig Glück mußte es auch noch nicht das Ende bedeuten. Vielleicht konnte er eine inoffizielle Unterredung mit Sondra Sylvester, der Chefprokuristin der Ishtar-Minengesellschaft, arrangieren, bevor er mit seinem Vater über die Situation sprach.

Während er sich noch seine Argumente zurechtlegte, traf Pavlakis in London ein.

Zur gleichen Zeit flog Miss Sondra Sylvester in einem Rolls-Royce-Helikopter für leitende Angestellte durch den dunkel verhangenen Himmel westlich von London. Sie wurde von einem rotgesichtigen Herrn in Tweed namens Arthur Gordon begleitet. Er war Chef der militärischen Produktion bei Rolls-Royce, und seine große, dunkeläugige Begleiterin in ihren eleganten Seidenstrümpfen und Stiefeln hatte es ihm mächtig angetan. Sein Helikopter flog eigenständig. Sie beide waren die einzigen Passagiere, und sie steuerten das Testgelände der Armee in der Ebene bei Salisbury an.

»Es war ein Glück für uns, daß die Armee so bereitwillig geholfen hat«, sagte Gordon überschwenglich. »Ich will ganz offen sein, Ihre Maschine ist für sie von größtem Interesse. Seit wir mit der Entwicklung begonnen haben, liegen sie uns mit Detailwünschen in den Ohren. Wir haben ihnen selbstverständlich nichts gesagt, was unter den Patentschutz fällt.« Gordon fixierte sie mit einem runden, braunen Auge über den Rand eines Silberbechers, den er in der Hand hielt. »Und sie haben es sich verkniffen, ganz offiziell nachzufragen, also wird es keine Unannehmlichkeiten geben.«

»Ich kann mir nicht vorstellen, daß die Armee Manöver auf der Venus plant«, bemerkte Sylvester.

»Du liebe Güte, nein, ich auch nicht.« Gordon nahm noch einen Schluck Whisky. »Aber ich kann mir vorstellen, sie denken, eine Maschine, die in einer solchen Hölle operieren kann, funktioniert erst recht auf der vergleichsweise harmlosen Erde.«

Zwei Tage zuvor war Sylvester in der Fabrik eingetroffen, um die neuen Maschinen zu inspizieren, die nach den genauen Angaben der Ishtar-Minengesellschaft entworfen und im wahrsten Sinne des Wortes von Hand gefertigt worden waren. Man hatte sie wie zum Appell aufgereiht, wo sie auf dem makellos sauberen Boden der Fabrik auf sie warteten. Es waren sechs Roboter, die wie riesige gehörnte und mit Flügeln versehene Käfer vor ihr standen. Sylvester hatte sich einen nach dem anderen genau angesehen und ihr schlankes Spiegelbild in der polierten Außenhaut aus einer Titaniumlegierung bewundert. Gordon und seine Geschäftsführer hatten strahlend daneben gestanden. Sylvester hatte sich zu den Herren umgedreht und in knappen Worten verkündet, bevor sie die Lieferung übernehme, wolle sie erst einen der Roboter in Aktion sehen. Und zwar persönlich. Es hätte keinen Sinn, all diese Masse auf die Venus zu verfrachten, wenn die Dinger ihren Aufgaben nicht gewachsen waren. Die Leute von Rolls-Royce hatten daraufhin schlaue Blicke und ein selbstsicheres Grinsen ausgetauscht. Das sei überhaupt kein Problem. Sie würden nicht sehr lange brauchen, um alles zu arrangieren.

Der Helikopter legte sich in eine Kurve und kam herunter. »Sieht so aus, als wären wir fast da«, sagte Gordon. »Wenn Sie links aus dem Fenster sehen, können Sie ganz kurz Stonehenge erkennen.« In aller Seelenruhe schraubte er den Verschluß wieder auf die silberne Taschenflasche und steckte sie sich in die Manteltasche.

Der Helikopter setzte auf einem windumwehten Moor auf, wo eine Abteilung von Soldaten in Kampfanzügen in Habt-acht-Stellung stand. Die Hosen ihrer Tarnanzüge flakkerten ihnen um die Knie wie Fahnen bei einer steifen Brise. Gordon und Sylvester kletterten aus dem Helikopter. Eine Gruppe von Offizieren trat auf sie zu.

Ein Lieutenant Colonel, der höchste Dienstgrad unter ihnen, trat forsch vor und senkte seinen Kopf mit einer zakkigen Bewegung. »Lieutenant Colonel Guy Witherspoon, Madam, zu Ihren Diensten.« Er sprach es ›Lef-tenant‹ aus.

Sie hielt ihm ihre Hand hin, und er schüttelte sie steif. Sie hatte den Eindruck, daß er lieber salutiert hätte. Der Colonel drehte sich um und gab Gordon die Hand. »Ein tolles Ding haben Sie da konstruiert. Ungeheuer nett von Ihnen, daß Sie uns einen Blick darauf werfen lassen. Darf ich Ihnen meinen Adjutanten, Captain Reed, vorstellen?«

Wieder Händeschütteln. »Haben Sie vor, die Tests aufzuzeichnen, Colonel?« fragte Sylvester ihn.

»Ganz recht, Miss Sylvester, das hatten wir vor.«

»Ich habe nichts dagegen einzuwenden, daß man die Armee informiert, solange die Informationen streng vertraulich behandelt werden. Ishtar ist nicht die einzige

Minengesellschaft auf der Venus, Colonel Witherspoon.«

»Sehr richtig. Die Araber und Nip... äh, das heißt, die Japaner – werden unsere Hilfe nicht brauchen.«

»Ich bin froh, daß wir uns verstehen.« Sylvester wischte sich eine lose Strähne ihres langen, schwarzen Haares von ihren roten Lippen. Sie hatte eines dieser Gesichter, deren Herkunft man unmöglich erraten konnte – war es kastilisch oder madyarisch? –, und das man ebenso unmöglich übersehen oder vergessen konnte. Sie schenkte dem jungen Offizier mit dem schneidigen Schnurrbart ein warmes Lächeln. »Wir sind Ihnen für Ihre Kooperation sehr dankbar, Colonel. Bitte, fangen Sie an, wann immer Sie soweit sind.«

Die ausgestreckten Finger der rechten Hand des Colonels sprangen an den Rand seiner Schirmmütze, sein Drang, zu salutieren, hatte sich als unbezwingbar erwiesen. Augenblicklich drehte er ab und brüllte einige an die wartenden Soldaten gerichtete Befehle.

Man hatte die Maschine, die getestet werden sollte und die Sylvester zufällig aus den sechs in der Fabrik ausgestellten ausgewählt hatte, gestern per Lufttransport auf das Testgelände gebracht. Jetzt hockte sie am Rand des Landeplatzes auf der nackten Erde. Die sechs untergliederten Beine hielten ihren Bauch nur Zentimeter über dem Boden, aber es war ein fettes Ding, sein Rücken reichte bis in Kopfhöhe. Zwei Soldaten in weißen Anzügen mit Kapuze und Gesichtsschutz standen lässig neben der Maschine. Ihre Overalls trugen wegen der Strahlung grell-gelbe Warnschilder. So, wie es sich gegen den Himmel mit den rasch dahinziehenden schwarzen Wolken abhob, glich das Antlitz des Roboters mit den von Diamanten eingefaßten Augenhöhlen und den spindeldürren elektromagnetischen Fühlern dem eines Samuraikäfers. Kein Wunder, daß sein bloßer Anblick bereits die Phantasie der Militärs angeregt hatte.

»Captain Reed, wenn Sie soweit sind.« Die weißgekleidete Besatzung lief im Laufschritt zu einem mit gelben Strahlungswarnschildern zugeklebten Lastwagen und öffnete seine Hintertüren. Sie zogen einen ein Meter langen

Metallzylinder hervor, den sie langsam und vorsichtig zu dem Roboter trugen und dann in den Unterleib des metallischen Insekts schoben.

Währenddessen führte Colonel Witherspoon Sylvester und Gordon zu einer Reihe von Sitzen, die man an der Einfahrt zum Landeplatz aufgestellt und durch Plastikscheiben vor dem scharfen Wind geschützt hatte. Der kleine Beobachtungsposten wies von einem niedrigen Hügelkamm auf Richtung Norden in ein weites, flaches Tal. Die Hügelspitzen zu beiden Seiten waren mit Unterständen übersät, und der Boden war überall von Pferdehufen, Rädern von Kanonentransportern, Rädern mit Spikes, Panzerketten und zahllosen Stiefeln aufgewühlt worden.

Während sie warteten, wies Sylvester Gordons Drängen zurück, sie solle doch einen Schluck aus seiner Flasche nehmen.

Innerhalb weniger Sekunden war der Roboter betriebsbereit. Die Soldaten traten weit zurück. Witherspoon gab das Zeichen, und Captain Reed betätigte die Hebel und Knöpfe seines winzigen Schaltpultes, das er in der linken Hand hielt.

Reed konnte auf dem Bildschirm des Schaltpultes genau sehen, was auch der Roboter sah, eine Sicht der Welt mit einem Blickwinkel von fast 200 Grad, die aber merkwürdig verzerrt wirkte, wie durch einen anamorphotische Linse. Diese Verzerrung war so programmiert worden, um die glasige Atmosphäre der Venus auszugleichen.

Innerhalb weniger Augenblicke begannen die Kühlflossen aus Kohlenstoff auf dem Rücken des Roboters zu glühen – anfangs in einem dumpfen Orange, dann in hellem Kirschrot und schließlich Perlweiß. Der Roboter wurde von einem mit flüssigem Lithium gekühlten Hochtemperatur-Kernreaktor angetrieben. Die extremen Temperaturen seiner Kühlflossen waren auf der Erde unangemessen hoch, auf der 800 Grad heißen Oberfläche der Venus erzeugten sie ein angemessenes Temperaturgefälle, um für eine Strahlungskühlung zu sorgen.

Der Geruch heißen Metalls zog über den ebenen, windigen Boden bis zu ihnen. Witherspoon wandte sich seinen Gästen zu. »Der Roboter ist jetzt voll aufgeladen, Mrs. Sylvester.«

Sie neigte ihren Kopf zur Seite. »Möglicherweise haben Sie sich für die Demonstration bereits etwas ausgedacht, Colonel?«

Er nickte. »Mit Ihrer Erlaubnis, Madam – zuerst ungesteuerte Geländenavigation anhand der gespeicherten Satellitenkarten. Das Ziel: der höchste Punkt des Bergkammes dort hinten.«

»Fahren Sie fort«, sagte Sylvester, ihre Lippen verzogen sich zu einem erwartungsvollen Lächeln.

Witherspoon gab seinem Adjutanten ein Zeichen. Der Roboter erwachte mit einem gleichzeitigen Aufheulen seiner Motoren zum Leben. Er hob seinen mit Strahlern und Antennen ausgerüsteten Kopf. Das Chassis bestand aus hitzebeständigem Molybdänstahl und einer Titaniumlegierung, das man auf sechs ebenfalls aus einer Titaniumlegierung bestehenden Beine gesetzt hatte, mit denen er Gelände durchqueren konnte, das wilder zerklüftet war als alles, was man in England oder sonst auf der Erde finden konnte. Er bewegte seine Beine geschickt und mit verblüffender Schnelligkeit, und als der Roboter dann vorwärtsschoß, drehte und sich dann den Hügel hinabstürzte, hatte er eine neue Spur in die Ebene um Salisbury eingegraben.

Das gigantische Metallbiest raste weiter und wirbelte hinter sich dabei eine Staubwolke auf, die rasch nach Osten geweht wurde. Es sah aus wie ein Staubsturm, der durch die Wüste tobte.

Um irgendeine längst vergessenen Übung der Belagerungskunst durchführen zu können, hatte man quer durch das Tal Wallgräben ausgehoben und dahinter eine Böschung angelegt. Der Roboter durchraste diese Gräben und Erdwälle ohne Zögern und donnerte das Tal hinauf, wie einst die leichten Brigaden bei Balaklava. Jetzt versperrten ihm herausgespülte, graue Felsen am Ende des Tals sein Ziel. Um die steileren Klippen rannte der Roboter herum, aber wo der Hang nicht allzu steil war, stieg er einfach darüber, wobei er in Spalten und an Felsvorsprüngen nach Halt suchte. Innerhalb weniger Augenblicke hatte er sein Ziel erreicht, eine Reihe von Betonunterständen auf den auf- und abfallenden Höhen. Dort blieb er stehen.

»Diese Stellungen dort wurden im 19. Jahrhundert errichtet, Mrs. Sylvester«, informierte sie Witherspoon. »Vier Fuß dicker, stahlverstärkter Beton. Die Armee hat sie für überflüssig erklärt.«

»Es wäre nett, wenn Sie jetzt mit dem zweiten Teil Ihrer Demonstration beginnen könnten«, sagte Sylvester. »Ich wünschte nur, ich hätte eine bessere Sicht.«

»Captain Reed? Hierher, wenn ich bitten darf«, rief er in scharfen Kommandoton. Reed brachte sein Schaltpult so nah heran, daß Sylvester und die anderen den Blickwinkel aus dem Auge des Roboters auf dem Videoschirm verfolgen konnten. »Und bitte, nehmen Sie das hier, Madam.« Witherspoon reichte ihr ein starkes Doppelfernglas, das in einer klebrigen Plastikhülle steckte.

Das Fernglas hatte eine elektromagnetisch stabilisierte Öllinse mit einem selektiven Strahlungsfilter und eingebauter Bildvergrößerung. Als sie es vor ihre Augen hielt, sah sie den Roboter so nah und gestochen scharf, als stünde sie drei Meter entfernt, wenn auch die Perspektive deutlich flach und graphisch wirkte. Dort hockte er gegenüber dem Bunker, unerbittlich wie ein Feuerteufel.

Der Roboter mußte mehr können, als nur auf der Oberfläche der Venus herumlaufen. Er war ein Schürfer und Minenarbeiter, er war dafür ausgerüstet, Mineralproben auszuwählen und zu analysieren sowie verwertbares Erz auszugraben und zu verarbeiten. Er sollte es auf die Weiterverwendung durch andere Maschinen vorbereiten, bis es schließlich von dem Planeten abtransportiert werden konnte.

»Also los, Colonel«, sagte Sylvester.

Witherspoon gab das Zeichen; Reed bearbeitete die Steuerhebel. Der Roboter machte sich mit seinem diamantbesetzten Rüssel und seiner Krallen über den alten Bunker her. Eine Wolke aus Rost und grauem Staub stieg hoch. Der

Roboter fraß sich in den Bunker und trug die Wände ringsherum ab. Als das Dach auf ihn stürzte, fraß er sich auch dort hindurch. Er fraß sich in den Boden, ganze Blöcke von roheisernen Kanonenhalterungen verschwanden in seinem Rachen, dazu Gummi, Stahl und Kupferkabel und selbst der Inhalt der mit Unrat verstopften Abflußkanäle. Bald war von dem Bunker außer einer Vertiefung in der Hügelflanke nichts mehr übrig. Der Roboter stellte seine Arbeit ein. Hinter sich hatte er säuberlich Stapel eingeschmolzenen Metalls errichtet – schimmerndes Eisen, rötliches Kupfer, ausgebranntes Kalzium.

»Ausgezeichnet«, sagte Sylvester und gab Witherspoon das Fernglas. »Und was kommt als nächstes?«

»Wir dachten, vielleicht die Navigation per Fernbedienung?« schlug der Offizier vor.

»Schön. Kann ich die Steuerung selbst übernehmen?« fragte sie, »oder macht das Schwierigkeiten?«

»Es wäre uns ein Vergnügen.« Witherspoon winkte Reed herbei. Er reichte ihr das Steueraggregat. Sie sah es sich einen Augenblick lang genau an, und Gordon beugte seinen Kopf ganz herab und murmelte, ganz Sachverständiger, etwas von vorwärts und rückwärts. Doch da hantierten ihre Finger bereits mit den Kontrollhebeln. Mit bloßem Auge sah der Roboter aus, wie ein glühender Punkt in der Ferne; er hatte sich ein paar Schritte weit von dem zerstörten Bunker zurückgezogen. Er drehte, bewegte sich den Hügel hinunter und kam auf sie zu.

Sie ließ ihn absichtlich über einen der steilen ausgewaschenen Felsen laufen. Exakt am Rand des Abgrundes weigerte er sich, weiterzulaufen. Sie dachte nicht daran, ihr Kommando zurückzunehmen, also beriet der Roboter sich kurz mit sich selbst und fand eine Lösung: Er begann, den nackten Felsen unter sich wegzufressen. Sylvester mußte lachen, als sie sah, wie er sich seine eigenen Serpentinen bis auf den Fuß des Abgrundes schuf.

Sie ließ ihn mit Höchstgeschwindigkeit auf ihre Stellung zulaufen. Er kletterte über den roten Untergrund und zog Staubwolken und wabernde Hitzeschwaden hinter sich her.

Sie drehte sich mit glänzenden Augen zu Witherspoon um. »Und jetzt ein Hitzetest!«

Er kniff vor ihrem Eifer die Augen zusammen. »Nun, ja ... wir hatten gedacht ...« Er zeigte auf einen langen, offenen Bunker, der weiter nördlich auf halber Höhe am Abhang lag. »Phosphor«, sagte Witherspoon. »Das war das Beste, was wir in der kurzen Zeit auftreiben konnten. Sie brauchen die Maschine nur dort hinein zu steuern.«

Sie beugte sich wieder über das Steueraggregat. Der Roboter schlingerte auf den offenen Bunker zu. Als er schon ganz in der Nähe war, zerbarst der Bunker plötzlich in gleißend weißem Licht. Zischende und pfeifende Flammen schossen als aufblitzende Fontänen in die Luft. Ohne Zögern warf sich der Roboter mitten in das Inferno und blieb dort stehen.

Er schien sich auszuruhen, seine eigenen Radiatoren gleißten durch das Feuer hindurch. Nach mehreren Sekunden fiel das Feuerwerk in sich zusammen. Auf einen leichten Druck Sylvesters an den Schalthebeln hin wendete der Roboter recht unbeeindruckt und kletterte geradewegs bis zum Kamm der Klippe hinauf. Die Soldaten hielten stumpfsinnig ihre Stellungen, als der metallene Moloch sich über den Kamm der Klippe schob und geradewegs auf sie zukam. Als der Feuerkäfer nur noch ein paar Meter von ihnen entfernt war, nahm Sylvester ihre Hände vom Steueraggregat. Strahlend blieb der Roboter stehen.

»Ausgezeichnet, Colonel«, sagte Sylvester und überreichte Witherspoon das Steueraggregat. Wieder wischte sie sich eine lange Haarsträhne aus den Augen. »Mr. Gordon, ich möchte Ihnen meine Glückwünsche für Rolls-Royce aussprechen.«

Als Sylvester an diesem Abend in ihr Hotel kam, teilte man ihr am Empfang mit, daß ein gewisser Mr. Nikos Pavlakis im Salon auf sie wartete. Sie überraschte ihn an der Bar. Seine breiten Schultern spannten sein zu enges Jackett. Vor sich hatte er eine Karaffe mit Wasser und ein Schnapsglas voll milchigen Ouzos, und es sah so aus, als hätte er bereits seine zweite Schale mit Erdnüssen verdrückt. Sie mußte lächeln, als er irgend etwas murmelte, was vermutlich eine Einladung zu einem Drink gewesen sein sollte.

»Tut mir schrecklich leid, Mr. Pavlakis, aber ich habe einen harten Tag hinter mir, und vor mir einen ausgefüllten Abend. Wenn Sie mich vorher angerufen hätten ...«

»Ich entschuldige mich vielmals, liebe Dame« – er mußte beim Versuch, eine Erdnuß zu verschlingen, husten –, »ein unerwarteter Zwischenstop auf meinem Weg nach Victoria. Ich dachte, ich könnte Sie vielleicht eine Minute sprechen. Aber ein andermal vielleicht ...«

»Solange es keine Verzögerungen in dem von uns abgesprochenen Zeitplan gibt, brauchen Sie sich nicht die Mühe zu machen und mir Bericht zu erstatten«, sagte sie. Er hatte ein sehr ausdrucksvolles Gesicht; sie hätte schwören können, daß sein Haar eine Idee weniger lockig geworden war. Ihr eigener Gesichtsausdruck wurde härter. »Wo liegt das Problem, Mr. Pavlakis?«

»Ich versichere Ihnen, es gibt kein Problem. Wir werden rechtzeitig fertig sein. Kein Problem. Nur ein paar zusätzliche Kosten, die noch gedeckt werden müssen ...«

»Es gibt also doch Schwierigkeiten.«

»Das ist unsere Sache, Madame, nicht Ihre.« Er lächelte und ließ dabei seine feinen, weißen Zähne sehen, aber seine Augen lächelten nicht.

Sylvester betrachtete ihn nachdenklich. »Also gut. Wenn es tatsächlich keine Probleme gibt, dann schicken Sie mir morgen ein Telegramm hier in dieses Hotel, in dem Sie mir Ihre Absicht bestätigen, wie vereinbart in zwei Wochen mit dem Beladen zu beginnen.« Als er daraufhin finster nickte, fügte sie hinzu, »Bis dahin sind keine Unterredungen mehr nötig.«

6

London war es im neuen Jahrhundert nicht so gut ergangen wie Manhattan; es war eng und rußgeschwärzt und durch die verschiedenen Sprachen, Klassen und Hautfarben balkanisiert. Im Nu hatte man in seinem schwarzen, unförmigen Taxi die eleganten Ziegelstadthäuser passiert und fuhr in die schmutzigen, stinkenden Slums. Das Wetter war so schlecht wie gewöhnlich. Graue, dickbäuchige Wolken sonderten einen feinen Nieselregen ab, und hin und wieder stieg unten vom Fluß ein Nebel auf, der zu gleichen Teilen für Romantik und Atemwegserkrankungen sorgte. Trotzdem mochte Sondra Sylvester die Stadt – wenn auch nicht so wie Paris oder Florenz, die sich gegenüber früher noch weniger verändert hatten, aber immerhin mehr als New York, das einfach nicht mehr real war. Da sie auf Port Hesperus lebte, bekam sie zehn Monate im Jahr ihren reichlich bemessenen Anteil an künstlichem Luxus. Wenn sie dann einmal im Jahr auf die Erde reiste, wollte sie das Echte, Schmutz und Glanz, Lärm und Musik, Bitterkeit und Süße.

Das Taxi hielt in der New Bond Street. Sylvester schob ihre Magnetkarte in den Schlitz an der Uhr, öffnete die Tür und trat auf das feuchte Straßenpflaster. Während sie darauf wartete, daß der Apparat ihre Transaktion verzeichnete, zupfte sie ihren seidenen Rock zurecht und wickelte sich fester in ihren Chinchillamantel, um sich gegen den überall hereinkriechenden Nebel zu schützen. Die Magnetkarte kam wieder heraus, und die Stimme des Taxiroboters sagte; »Vielen Dank, Madam.«

Sie schob sich durch die hungrig aussehenden Menschenmenge und lief rasch in das Gebäude hinein und nickte einem rotwangigen Pförtner zu, der sie wiedererkannte und zurücklächelte. Sie betrat den kleinen gedrängten Auktionsraum, wo Bücher und Manuskripte versteigert wurden. Sie war schon oft hier gewesen, erst gestern nachmittag, als sie die Angebote für den heutigen Tag begutachtet hatte. Stücke aus zwei privaten Sammlungen standen zum Verkauf. Die eine hatte dem erst kürzlich verstorbenen Lord Lancelot Quayle gehört, bei der anderen blieb der Besitzer anonym. Man hatte die beiden Sammlungen in über hundert Einzelposten aufgeteilt, von denen die meisten allerdings für Sylvester nur von geringem Interesse waren.

Obwohl sie recht früh dran war, begann sich der Raum bereits zu füllen. Sie suchte sich einen Klappstuhl in der Mitte des Raumes aus, setzte sich und wartete. Es war, als wäre sie zu früh in die Kirche gegangen. Zu ihrer Rechten befand sich eine Art Querschiff, das sie von ihrem Platz nur schwer einsehen konnte. Wer als Bieter unerkannt bleiben wollte, setzte sich oft dorthin. Die ältesten Buchhändler, Magg's, Blachwell's, Quaritch und all die anderen, saßen bereits auf ihren angestammten Plätzen um den Tisch gleich vor dem Podium. Die ersten Reihen der Klappstühle waren von grell-geschmacklos gekleideten Filmleuten mit Beschlag belegt worden, deren Auftreten alles andere als würdig war. Dieses aufdringliche Gehabe und Gerede! Sicher würde man sie aufforden, den Raum zu verlassen, wenn sie nicht mit diesem Lärm aufhörten …

Die Filmleute wurden wie der Rest des ungewöhnlich zahlreichen Publikums insbesondere von zwei Gegenständen angezogen. Einer war in der Tat ein Kuriosum. Lord Quayle hatte sein ganzes Leben lang eine besondere, schon fast krankhafte Vorliebe für alles Römische gehegt, und als

Ergebnis davon war in seiner Bibliothek ein Bericht aufgetaucht, der angeblich von einem Burschen namens Flavius Peticius in abscheulichem Griechisch mit Fischtinte auf zerfallendes Pergament gekritzelt worden war. Dieser Flavius, ein nicht sonderlich gebildeter, offenbar sehr leichtgläubiger römischer Zenturio, gab vor, zu Beginn des 1. Jahrhunderts vor den Toren Jerusalems die Kreuzigung eines gewissen Joshua von Nazareth und zweier anderer Verbrecher beobachtet zu haben.

Hier bot sich der Stoff, aus dem die großen Geschichten gemacht werden. Deswegen war das ganze Filmvolk gekommen. Die BBC hatte erst kürzlich eine prachtvolle Version von Desireé Gilfoleys ›Solange Rom brennt‹ in Szene gesetzt, in der das ehemalige Model Lady Adastra Malypense ihr Schauspieldebut gab, was insbesondere deswegen bemerkenswert war, weil Lady Malypense nur in einer einzigen ihrer vielen Szenen überhaupt bekleidet auftritt, und zwar in einem nach ägyptischer Mode gefertigt, durchsichtigen Gewand. Vielleicht befand sich Lady Malypense sogar höchstpersönlich unter den Unruhestiftern in der ersten Reihe. Sylvester hätte sie allerdings nicht erkannt, ganz gleich, ob sie bekleidet war oder nicht.

Was Sylvester anbelangte, hätte man ein Stück des echten Kreuzes versteigern können – womit alles über den tatsächlichen Wert dieses Pergaments gesagt war. Sonya Sylvester war wie die meisten anderen seriösen Sammler von dem Stück Nr. 61 angezogen worden, einem einzelnen, dicken Buch. Ironischerweise hätten die Nachrichtenmedien es wohl gar nicht beachtet, wenn dieser Text nicht als Vorlage für einen Klassiker des britischen Films aus dem vorigen Jahrhundert gedient hätte. Sylvester wäre das allerdings lieber gewesen.

Sie hatte es gestern auf dem schlichten Bücherregal hinter dem Podium inspiziert, wo es von stämmigen Beamten bewacht wurde und wo die geschäftsmäßig gekleideten jungen Männer und Frauen des Personals unablässig ein Auge darauf hielten. Das Buch lag aufgeschlagen da, damit man einen Blick auf ein Stück Papier werfen konnte, das jemand vor die Titelseite geschoben hatte und auf dem in ungleichmäßiger, senkrechter Schrift geschrieben stand: »Für Jonathan ...«

Mit dieser Widmung hatte der letzte der wahrhaft großen und verrückten englischen Abenteurer – der zugleich der erste große und aberwitzige Philosoph des modernen Krieges war – sein Buch in die Hände eines engen Freundes gegeben. Wer vermochte den Weg des Buches von da an nachzuvollziehen? Sotheby's jedenfalls nicht.

Wertvolle Bücher sind nie so wertvoll gewesen wie zum Beispiel wertvolle Gemälde. Selbst das seltenste gedruckte Buch wurde immer als eins aus einer Reihe von Duplikaten betrachtet und nicht als einzigartiges Original. Im Gegensatz dazu konnte das seltenste Gemälde, wie einzigartig es auch sei, mit Leichtigkeit millionenfach kopiert werden, Abbilder davon konnten in der ganzen Welt verbreitet werden, sei es in gebundenen Texten oder Magazinen, sei es als elektronisch gespeicherte Bilder, wodurch es überall bekannt wurde. Andererseits kann kein Buch, egal, ob selten oder nicht, sehr leicht kopiert werden. Gedruckte Bücher waren nicht einzigartig, und das minderte ihren Wert. Aber gedruckte Bücher konnten auch nicht so ohne weiteres reproduziert werden, was ihren Bekanntheitsgrad minderte – und dadurch auch wieder ihren spekulativen Marktwert.

Es war äußerst selten, das ein Buch unter den Hammer kam, das gleichzeitig rar und einzigartig war. Das Stück Nr. 61 war ein solches Buch, *›Die sieben Säulen der Weisheit‹* in seiner ersten, limitierten Ausgabe. Es unterschied sich von den folgenden Ausgaben nicht nur durch Druck und Einband, sondern auch durch ein Drittel seines Textes. Vor der heutigen Versteigerung war lediglich die Existenz eines einzigen Exemplares bekannt gewesen, da alle anderen entweder verschollen oder vernichtet worden waren. Dieses letzte Exemplar befand sich in der Kongreßbibliothek in Washington, D. C. Nicht einmal die Gutenbergbibel war ähnlich berühmt. Hier handelte es sich um ein anerkanntes Meisterwerk der Literatur des 20. Jahrhunderts.

Sylvesters Hoffnungen, das Buch erwerben zu können, waren nicht völlig unbegründet, wenn bei dieser Versteigerung auch jeder größere Sammler und jede größere Bibliothek dieses und der kolonialisierten Planeten vertreten waren. Quaritch handelte im Namen der Universität Texas, wo man ganz wild darauf war, der ausgedehnten Sammlung von Werken und Erinnerungstücken des Autors dieses fehlende und äußerst wertvolle Stück hinzufügen zu können. Die Angestellten bei Sotheby's hatten bereits Angebote anderer Mitbietender, und einige von ihnen, die das Pult des Auktionators umlagerten, hielten ihren Kopf geneigt, hatten ihre Kommlinks in der Ohren und lauschten allerletzten Instruktionen von weit entfernten Orten. Aber alle Mitbietenden dürften ihre Obergrenze haben, und Sylvesters war sehr hoch.

Pünktlich um elf trat der Auktionator an das Pult. »Guten Morgen, meine Damen und Herren. Ich begrüße Sie im Namen von Sotheby und Co.« Er war ein großer Mann, und er bemühte sich, seinen East-End-Dialekt zu verbergen. Jedenfalls brachte er den Verkauf ohne Verzögerung ins Rollen. Auch wenn gelegentlich Interesse an einer englischen Übersetzung von Caesars *Kommentaren* und Plutarchs *Leben* aufflackerte, so war dennoch der größte Teil von Quayles Bibliothek schnell verkauft.

Dann kam das Pergament über die Kreuzigung unter den Hammer, und sämtliche Medienbestien rückten mit ihren Fotogrammkameras an. Die Leute in der ersten Reihe flüsterten unruhig und aufgeregt. Und wie nicht anders zu erwarten, sprach jemand die blonde Frau, die das erste Gebot machte, mit den Worten an: »Adastra, Liebste!« Und das auch noch in einem Bühnenflüsterton, der laut genug war, um noch in der letzten Reihe gehört zu werden. Nach ein paar schnellen Runden blieben nur noch Lady Malypense und zwei weitere, seriöse Mitbieter übrig. Der eine wurde von einem der Angestellten bei Sotheby's repräsentiert, und Sylvester vermutete, daß es sich dabei um Harvard handelte, wo man vielleicht darauf hoffte, einen Bericht über die Kreuzigung erwerben und so mit Yale gleichziehen zu können, die schon einen besaßen. Der dritte Mitbieter saß hinter ihr, es war ein Mann mit dem Akzent eines Predigers aus Alabama. Als Harvard ausgestiegen war, waren nur noch zwei Parteien im Rennen. Der Kirchenmann aus dem Süden blieb unnachgiebig.

Zum Schluß hatte auch Lady Malypense nichts mehr auf das »Höre ich mehr ...?« zu sagen. Als wäre der Hammer ihr Stichwort, marschierte die Schauspielerin mitsamt ihrer Gefolgschaft aus dem Saal und warf dem wohlbeleibten Sieger böse Blicke zu.

Dann wurde die anonyme Sammlung, ›das Eigentum eines Gentleman‹, in Einzelstücken angeboten. Das meiste waren militärhistorische Gegenstände, für die Sylvester sich nicht sonderlich interessierte. Ihr Gebiet war die Literatur des frühen 20. Jahrhunderts, insbesondere die englische.

Schließlich kam Stück Nr. 60 unter den Hammer, es war die Erstausgabe eines Berichtes über die Heldentaten von Patrick Leigh Fermor im kretischen Widerstand während des Zweiten Weltkrieges. Sylvester hätte dieses Buch gerne erworben und bot auch mit – zwar interessierte sie sich nicht für Kreta oder einen halbvergessenen Krieg, aber Leigh Fermor beschrieb auf faszinierende Weise Orte und Landschaften; der Preis jedoch stieg rasch höher, als sie bereit war, mitzugehen. Schon bald kam das »Verkauft« des Auktionators, und sofort wurde es still im Raum.

»Stück Nr. 61. Lawrence, T. E., *Die sieben Säulen der Weisheit*.« Während der Direktor sprach, trug ein ernst aussehender junger Mann das Buch nach vorne, hielt es in die Höhe und drehte es langsam von einer Seite auf die andere. »Druck rechtsseitig und zweispaltig auf Bibelpapier und in Linotype. Gebunden in Saffianleder. Mit marmorierter Schutzhülle. Vorne zwei lose handgeschriebene Blätter, das eine Widmung ›Für Jonathan‹, vom Autor mit der Unterschrift versehen, ›Farnborough, 18. November 1922‹; das andere Bleistiftnotizen in einer Handschrift, die man Robert Graves zuschreibt. Dieses äußerst seltene Buch ist eines von acht Exemplaren, die von der Oxford Times Press im Jahr 1922 auf Geheiß des Autors gedruckt wurden. Drei davon hat er selbst vernichtet, drei weitere gelten als verschollen. Das Mindestgebot liegt bei 500000 Pfund.«

Er hatte kaum seine Beschreibung zu Ende führen können, als schon das Bieten einsetzte. Ein aufgeregtes Rascheln durchzog den Raum, als der Auktionator beinahe ohne Unterlaß die immer größer werdenden Zahlen verkündete: »60000, ich höre 600000 ... ich höre 650000 ... 700000.« Niemand sprach, aber Finger fuhren in die Höhe, Köpfe nickten am Tisch der Händler und anderswo, und das alles so schnell, daß dem Auktionator nicht einmal Zeit blieb, diejenigen zu nennen, die die Gebote gemacht hatten.

»875000 Pfund«, sagte der Auktionator. Zum erstenmal trat eine kurze Pause ein, ehe eine Reaktion erfolgte. Offensichtlich waren viele der Mitbieter an ihr Limit gekommen. »Höre ich 880000 Pfund?« fragte der Auktionator vollkommen sachlich.

Quaritch und ein einzelner anderer Buchhändler meldeten sich. Der Blick des Auktionators huschte kurz in das Querschiff zu seiner Linken; wer immer dort saß, hatte offensichtlich mitgeboten.

»Höre ich 885000?«

»900000 Pfund«, sagte Sondra Sylvester und sprach damit zum ersten Mal. Ihre Stimme klang in dem überfüllten Raum voll und dunkel; eine Stimme – das konnte jeder hören –, die es gewohnt war, Befehle zu erteilen. Der Auktionator nickte sie lächelnd an, er hatte sie wiedererkannt.

Der Gentleman von Quaritch am Tisch ganz vorne, der eigentlich die Universität Texas vertrat, schien unbeeindruckt, die humanistische Abteilung in Texas besaß eine ausgedehnte Lawrence-Sammlung und war ohne Zweifel darauf vorbereitet, zum Ankauf des wertvollen Stückes sehr weit zu gehen; der andere verbliebene Buchhändler lehnte sich jedoch resigniert zurück und ließ seinen Stift fallen.

»900000 Pfund sind geboten. Höre ich 905000?« Der Auktionator blickte zu seiner Linken, einmal, zweimal, dann verkündete er; »1000000 Pfund.«

Ein Murmeln ging durch das Publikum. Der Mann von Quaritch sah neugierig über seine Schulter, notierte etwas auf seinem Block – und lehnte es ab, weiter mitzubieten, da er das Höchstgebot seines Klienten erreicht hatte. Jetzt mußten die Gebote um mindestens 10000 Pfund steigen.

»1010000 Pfund«, sagte Sylvester. Sie klang zuversichtlich, jedenfalls zuversichtlicher, als sie sich fühlte. Wer war der Unbekannte dort im Querschiff? Wer bot mit ihr mit?

Der Auktionator nickte. »Es sind geboten ...« Als er kurz nach links sah, stockte er und konnte eine Weile seinen Blick nicht abwenden. Dann drehte er sich um, sah Sondra Sylvester direkt ins Gesicht und deutete mit einer zuckenden Bewegung seiner Hand beinahe entschuldigend auf das Querschiff.

»1500000 Pfund sind geboten«, sagte er, und seine Stimme klang seltsam vertraut.

Ein aufgeregtes Stöhnen fuhr durch das Publikum. Sylvester fühlte sie, wie ihr Gesicht kalt und steif wurde. Eine Weile bewegte sie sich nicht, aber es hatte wenig Sinn, ihre Mittel durchzurechnen, sie war geschlagen, und zwar gründlich.

»1500000 Pfund sind geboten. Höre ich 1510000?« Der Auktionator sah sie immer noch an. Sie rührte sich immer noch nicht. Dann wandte er höflich seinen Blick ab, und blickte mit strahlenden Augen in sein aufgeregtes Publikum. »1500000 Pfund sind geboten.« Der Hammer schwebte über dem Klotz. »Zum ersten, zum zweiten«, dann fiel der Hammer, »und zum dritten. Verkauft.«

Das Publikum brach in Applaus aus, der von kleinen Schreien des Entzückens durchsetzt war. Wem der Applaus wohl galt, fragte sich Sylvester bitter, einem längst verstorbenen Autor oder einem finanzkräftigen Käufer?

Feierlich entfernten die Angestellten das kostbare Buch. Ein paar Leute sprangen auf und eilten zur Tür, als der Auktionator sich räusperte und verkündete: »Stück Nr. 62, verschiedene Autogramme ...«

Sylvester blieb unbeweglich auf ihrem Platz sitzen und fühlte, wie die neugierigen Blicke sich ihr in den Rücken bohrten. In den Tiefen ihrer Enttäuschung war auch sie neugierig und wollte wissen, wer sie ausgebootet hatte. Langsam erhob sie sich und ging so leise, wie sie nur konnte zum Mittelgang. Unauffällig schob sie sich auf das Querschiff zu und wartete geduldig darauf, daß die Versteigerung weiterging. Immer mehr Menschen verließen den Raum. Endlich dann konnte sie in das Querschiff blicken.

Sie stand einem jungen Mann mit kurzgeschnittenen kastanienbraunen Haaren gegenüber, der am Revers seines konservativen Anzug ein Erkennungschild trug, das ihn als Angestellte einer Firma auswies. »Waren Sie das?«

»Im Auftrag eines Klienten, natürlich.« Er sprach mit einem mittelatlantisch-amerikanischen Akzent, sehr kultiviert, offenbar von der Ostküste. Sein Gesicht war auf seltsame Art gutaussehend, er hatte sanfte Augen und Sommersprossen.

»Können Sie mir sagen, wer ...?«

»Tut mir sehr leid, Mrs. Sylvester, aber ich habe meine strikten Anweisungen.«

»Sie wissen, wer ich bin?« Sie besah ihn sich genau: Er war durchaus attraktiv. »Können Sie mir wenigstens Ihren eigenen Namen sagen?«

Er lächelte. »Mein Name ist Blake Redfield, Madam.«

»Das ist doch wenigstens etwas. Möchten Sie mir vielleicht beim Lunch Gesellschaft leisten, Mr. Redfield?«

Er neigte seinen Kopf in der Andeutung einer Verbeugung. »Sie sind sehr freundlich. Unglücklicherweise ...«

Sie blickte ihm offen ins Gesicht. Er schien es nicht eilig zu haben. Sie sagte: »Das ist schade. Vielleicht ein anderes Mal?«

»Das wäre sehr nett.«

»Gut, dann ein anderes Mal.« Sylvester verließ rasch den Raum. Am Eingang blieb sie stehen und bat die Garderobiere, ihr ein Taxi zu rufen. Während sie wartete, fragte sie: »Wie lange arbeitet Mr. Redfield schon für diese Firma?«

»Ich weiß es nicht genau.« Die rotwangige Garderobiere verzog reizend ihren kleinen rosigen Mund, als sie angestrengt versuchte, sich zu erinnern. »Vielleicht ein Jahr, Mrs. Sylvester. Eigentlich ist er nicht fest angestellt.«

»Ach, nein?«

»Eher eine Art Berater«, sagte das Mädchen. »Bücher und Manuskripte, 19. und 20. Jahrhundert.«

»So jung, wie er ist?«

»Ja, er ist ziemlich jung, das stimmt. Aber ein regelrechtes Genie, wenn man die Assessoren über ihn reden hört. Da kommt Ihr Taxi.«

»Tut mit leid, wenn ich Ihnen Mühe gemacht habe.«

Ihr Schritt war nicht nachdenklich, sondern entschlossen, sie mußte ihrem Ärger irgendwie Luft verschaffen. Sie schritt schnell die Straße Richtung Piccadilly hinunter, bog dann nach Osten durch das Wirrwar aus all den kleinen Burlingtons ab und überquerte am Ende die Saville Road. Ihr Ziel war ein kleiner Laden in der Nähe der Charing Cross Road, ein uraltes und in der Vergangenheit etwas verrufenes Geschäft, das sich in der letzten Zeit wieder eine gewisse Reputation erworben hatte.

Goldlettern auf der Schaufensterscheibe verkündeten: »Hermione Scrutton, Buchhändlerin.« Schon als sie noch einen halben Block von dem Laden entfernt war, konnte sie Scrutton an der grün lackierten Tür stehen sehen. Sie schob gerade einen dekorativen gußeisernen Schlüssel ins uralte Türschloß, während sie ihre Augen auf einen Bronzelöwen richtete, der als Türklopfer diente und das Retinalesegerät enthielt, mit dem die Tür in Wahrheit geöffnet wurde.

Als Scrutton die Tür endlich entriegelt hatte, konnte Sylvester bereits die an Federn aufgehängten Kupferglocken hinter der Tür läuten hören.

Augenblicke später kündigte diese Glocke Sylvesters Ankunft an. Aus einem Gang zwischen vergilbten und auseinanderfallenden Buchrücken tauchte Scrutton auf, sie hatte nach dem Alarmsystem gesehen. Sie war ein untersetzter Kobold mit buschigen Augenbrauen, trug immer braune Tweedkostüme und um den Hals einen goldenen Schal. Eine kahle Stelle schimmerte durch ihr schütteres Haar, ihre Wangen waren immer leicht gerötet, und um ihre beweglichen Lippen spielte ein Lächeln. »Meine liebe Syl. Ich weiß gar nicht, was ich sagen soll. Du besuchst mich …«

»Ach, Hermione, in Wirklichkeit kümmert dich das doch

gar nicht. Ich hätte in den nächsten fünf Jahren sowieso keinen Penny bei dir ausgeben können.«

»Mmm, ich muß zugeben, das habe ich mit fast schon gedacht. Und ganz bestimmt hätte ich deine äußerst elegante Erscheinung in meinem bescheidenen, äh, Etablissement vermißt.« Scrutton grinste breit. »Andererseits hat man aber auch keine Schwierigkeiten, die wirklich seltenen Dinge unterzubringen, oder was meinst du?«

»Wer hat mich überboten? Hast du eine Ahnung?«

Sie schüttelte heftig den Kopf. »Jedenfalls niemand, dessen Agenten ich kenne. Ich habe hinter dir gesessen. Ich konnte den Bieter leider nicht sehen.«

»Der Bieter war anonym«, informierte sie sie. »Er wurde von einem jungen Mann namens Blake Redfield vertreten.«

Scruttons Augenbrauen zogen sich nachdenklich zusammen. »Ah, Redfield, also war es.« Sie wandte sich ab und machte sich am nächsbesten Bücherregal zu schaffen. »Redfield, ja? Tja, wer auch sonst.«

»Hermione, hör auf, mit mir zu spielen, sonst zieh ich dir dein künstlich gebräuntes Fell über die Ohren.«

»Ach, ja?« Die Buchhändlerin drehte sich halb um und zog keß eine ihrer vorstehenden Brauen hoch. »Was ist es dir wert?«

»Ein Mittagessen«, sagte Sylvia gedankenschnell.

»Aber nicht in einem der Pubs hier in der Gegend«, warnte sie.

»Wo immer du willst. Von mir aus im Ritz, wenn es sein muß.«

»In Ordnung«, sagte Scrutton und rieb sich die Hände. »Mmm, ich habe seit dem Frühstück nichts mehr gegessen.«

Irgendwann zwischen dem Salat und den Langusten enthüllte Scrutton, ermutigt durch eine halbe Flasche Moet et Chandon, ihre Vermutung, daß Redfield niemand anderes repräsentierte als Vincent Darlington – woraufhin Sylvester ihre Gabel fallen ließ.

Scrutton starrte sie mit offenem Mund an, ihre Augenbrauen zuckten erschreckt auf und ab. So hatte sie Sylvester in all den Jahren, die sie sie kannte, noch nicht gesehen: Ihr hübsches Gesicht verdüsterte sich beängstigend, und Scrutton war sich nicht mehr sicher, ob sie nicht vielleicht sogar ein Herzanfall hatte. Sie blickte sich um, aber zu ihrer Erleichterung hatte niemand in dem Speisesaal bemerkt, daß etwas nicht stimmte.

Sylvester faßte sich ein wenig. »Eine nette Überraschung«, hauchte sie.

»Syl, Liebste, ich hatte doch keine Ahnung ...«

»Das ist nichts als Blutrache. Weder die Sprache noch die Zeit spielen eine Rolle, unser reizender Vincent interessiert sich nicht im geringsten für Literatur. Ich bezweifele, daß er die *Sieben Säulen der Weisheit* von *Lady Chatterly* unterscheiden könnte.«

»Also zeitlich liegen sie recht nahe beieinander.« Scruttons Wangen bebten, aber diese Bemerkung hatte sie sich nicht verkneifen können.

»Hermione«, warnte Sylvester und bedachte sie mit einem kühlen Blick. »Vincent Darlington liest keine Bücher. Er hat dieses Buch nicht gekauft, weil er seinen Wert kennt, er hat es gekauft, weil er mir eins auswischen wollte, so wie ich ihm eins ausgewischt habe – wenn auch auf einem ganz anderen Gebiet.« Sylvester lehnte sich zurück und tupfte sich ihre Lippen mit einer schweren Leinenserviette ab.

»Ach, mein gutes Mädchen«, murmelte Scrutton. »Ich verstehe dich nur zu gut.«

»Nein, eben nicht, Hermione«, sagte Sylvester voller Schärfe. »Aber ich denke, du meinst es gut. Deswegen werde ich mein Leben oder zumindest meinen guten Ruf in deine Hände legen. Solltest du je die Absicht haben, mich zu erpressen, brauchst du dich nur an diesen Augenblick zu erinnern – den Augenblick, in dem mir geschworen habe, mich an diesem Wurm Darlington zu rächen. Und wenn mein ganzes Vermögen dabei draufgeht.«

»Nun gut.« Scrutton nippte an ihrem Champagner, dann setzte sie das Glas vorsichtig auf das Leinentischtuch. »Syl, wollen wir hoffen, daß es nicht soweit kommt.«

Einen Gegenstand, der anderthalb Millionen Pfund wert ist, verschifft man mit äußerster Diskretion und angemessener Vorsicht. Glücklicherweise waren *Die sieben Säulen der Weisheit* in jenen lang vergangenen Zeiten gedruckt worden, in denen man es als selbstverständlich ansah, daß Bücher eine Ewigkeit hielten. Blake Redfield brauchte das Buch lediglich in einen grauen Styrolkoffer zu packen und einen Transporteur zu finden, der über einen temperatur- und feuchtigkeitsgeregelten Stauraum verfügte.

In Lloyd's Verzeichnis waren zwei passende Schiffe aufgeführt, die im Abstand von 24 Stunden in Port Hesperus eintreffen sollten. Keines würde für den Weg zur Venus deutlich weniger als zwei Monate brauchen, jedoch traf niemand früher dort ein, und in den folgenden Wochen waren keine weiteren Schiffe vorgesehen. Eines der beiden war ein Frachter, die *Sternenkönigin,* sie sollte die Erdumlaufbahn in drei Wochen verlassen. Das andere war ein Passagierschiff, die *Helios,* die laut Plan zwar später starten sollte, für die Fahrt jedoch weniger Zeit brauchte. In weiser Voraussicht reservierte Blake Stauraum auf beiden Schiffen. Ein Vermerk neben dem Namen der *Sternenkönigin* wies warnend darauf hin, daß das Schiff gegenwärtig repariert wurde und noch von der Raumkontrollbehörde für den Handelsverkehr freigegeben werden mußte.

Blake war gerade dabei, das Magnetschloß an dem Styrolkoffer zu schließen, als die Tür zum Hinterzimmer bei Sotheby's mit einem lauten Krachen aufgesprengt wurde.

Vor der Ziegelwand im Korridor stand die Silhouette einer jungen Frau. »Du lieber Himmel, Blake, auf was hast du dich nur eingelassen?« fragte sie und versuchte, den beißenden Rauch mit einer Handbewegung zu verscheuchen.

»Eigentlich nur auf ein paar Gran Kaliumchlorat und Schwefel. Wenn es jemand anderes gewesen wäre, hättest du diese recht wertvolle Objekt hier vor mir nie zu Gesicht bekommen. Es wäre schneller im Tresor verschwunden, als du den Rauch vor deiner süßen Nase hättest wegwischen können.«

»Hättest du nicht einen kleinen Summer oder so nehmen

können? Mußtest du unbedingt die Türklinke in die Luft sprengen?«

»Ich habe die Türklinke nicht in die Luft gesprengt. Viel Lärm und kaum Wirkung. Sonst hätte es möglicherweise Bläschen in dem altehrwürdigen Lack gegeben. Ich bedaure zutiefst.«

Die junge Frau trug als bescheidenen Uniform ein altmodischen Metallhemd. Sie trat an den Schreibtisch und sah zu, wie Blake den Plastikkoffer verschloß. »Findest du es nicht auch ungeheuer schade, daß sie bei der Versteigerung den kürzeren gezogen hat? Sie hat doch so viel Geschmack.«

»Sie?«

»Sie ist nach der Versteigerung zu dir gekommen«, sagte sie. »Für jemanden ihres Alters sah sie sehr gut aus. Sie hat dich etwas gefragt, und du bist rot geworden.«

»Rot geworden! Du hast eine recht lebhafte Phantasie.«

»Versuch nicht, mir etwas vorzumachen, Blake. Das liegt dir nicht. Beschwer dich bei deinem irischen Großvater wegen deiner Sommersprossen.»

»Mrs. Sylvester ist eine attraktive Frau.«

»Sie hat anschließend nach dir gefragt. Ich habe ihr erzählt, du seist ein Genie.«

»Ich bezweifele, daß sie sich für meine Person interessiert. Ganz bestimmt interessiere ich mich nicht für sie.«

»Ach ja? Interessierst du dich denn für Vincent Darlington?«

»Aber ja, aus purer Lust.« Er mußte lachen. »Ich interessiere mich für sein Geld.«

Sie lehnte sich mit ihrer netzbedeckten Hüfte gegen die Rückenlehne seines Stuhls. »Darlington ist ein lausiger Analphabet«, verkündete sie. »Dieses Ding hat er einfach nicht verdient.«

»Es ist dies Ding vom Feind ersonnen«, murmelte er vor sich hin. Dann stand er abrupt auf, ließ sie stehen und schob den verschlossenen Koffer in den Tresor. »So, das wär's.« Er drehte sich um und blickte ihr quer durch das vollgestellte, gelbe Büro ins Gesicht. »Hast du mir den Text mitgebracht?«

Sie lächelte, ihre rosigen Wangen und die funkelnden

Augen signalisierten freimütig ihr Interesse. »Ich habe ein ganzes Regal voll davon gefunden, aber sie sind alle noch in meiner Wohnung. Komm mit zu mir nach Hause, dann weihe ich dich in die Geheimnisse der *Prophetae* ein.«

Er sah sie ein wenig schief von der Seite an, dann zuckte er mit den Schultern. »Also gut.« Schließlich ging es um ein Thema, das ihn schon lange beschäftigte.

7

Ein diskretes Klopfen an der Tür, das in Abständen wiederholt wurde ... Sondra Sylvester kam mit langen Schritten aus dem Bad, ihr blaues Nachthemd aus Seide legte sich schwer um ihren Körper. Sie löste die Kette an der Tür.

»Ihr Tee, Madam.«

»Stellen Sie ihn bitte dort ans Fenster.«

Der junge Mann in Uniform suchte sich einen Weg durch das wilde Durcheinander von Taschen und Kleidern und stellte das schwere Silbertablett mit den Teeutensilien auf den Tisch. Von den Fenstern der geräumigen Suite hatte man einen guten Blick auf den Hyde Park, aber an diesem Morgen waren wegen des grellen Lichtes die Vorhänge zugezogen. Sylvester suchte den Raum ab und entdeckte ihre Samthandtasche auf dem Fußboden neben einem mit Kleidungsstücken vollgehängten Sessel. In der Tasche fand sie etwas Papiergeld und kramte einen Schein hervor, um ihn dem jungen Mann in die Hand zu drücken.

»Vielen Dank, Madam.«

»Sie haben es sich wirklich verdient«, sagte sie etwas gedankenlos und schloß die Tür hinter ihm. »Du meine Güte, wieviel habe ich ihm eigentlich gegeben?« murmelte sie. »Ich bin überhaupt noch nicht wach.«

Unter den Bettlaken bewegte sich eine runde Gestalt. Nancybeths zerzaustes, dunkles Haar und ihre violetten Augen lugten unter den Laken hervor.

Sylvester beobachtete, wie der Rest von Nancybeth sichtbar wurde, ihr graziöser Hals, die schmalen Schultern, die schweren Brüste mit den dunklen Brustwarzen. »Wie anständig von dir, daß du gewartet hast, bis er weg war. Und wie ungewöhnlich.«

»Worüber regst du dich denn auf?« gähnte Nancybeth.

Sylvester ging zu dem in die Wand eingelassenen Videoschirm und fummelte an den Knöpfen herum, die in den verzierten und vergoldeten Rahmen eingelassen waren. »Du hast gesagt, du wärst wach. Ich hab dich gebeten, die Nachrichten einzuschalten.«

»Ich bin noch mal eingeschlafen.«

»Du hast wieder in meiner Handtasche herumgekramt.«

Nancybeth sah sie wütend mit ihren bleichen Augen an, die zum Schielen neigten, wenn sie sich konzentrierte. »Syl, manchmal kommst du mir eher vor wie eine Mutter ...« Sie sprang aus dem Bett und schlenderte ins Bad.

»Eher als was?«

Aber Nancybeth ignorierte sie, als sie durch das Ankleidezimmer in die Dusche ging und dabei die Tür offen ließ.

Sylvesters Herz klopfte – mein Gott, dieser Körper, diese herrlichen Brüste, diese wunderbaren Beine. Sie war halb Italienerin, halb Polynesierin, eine braungebrannte Galatea, eine Fleisch gewordene Statue. Gereizt hieb Sylvester auf die Knöpfe des Videobildes ein, bis das Gesicht eines Nachrichtensprechers der BBC erschien.

Sie stellte das Gerät gerade laut genug, um zu hören, wie der Sprecher etwas über zunehmende Spannungen in Süd-Zentralasien erzählte. Inzwischen machte sie sich daran, die Kleidungsstücke vom Boden aufzuheben und auf das Bett zu werfen. Aus dem Bad kam das Rauschen der Dusche und Nancybeths rauhe Stimme. Sie sang irgendeine Schnulze, deren Text man nicht verstehen konnte. Angewidert betrachtete Sylvester die schwere silberne Teekanne und die Porzellantassen. Sie ging ins Ankleidezimmer und zog eine

Flasche Moet et Chandon aus dem Kühlschrank unter der Theke. Dann brachte der Videoschirm eine Meldung, die ihre Aufmerksamkeit erregte: »Ein Geheimnis wurde enthüllt: Wie sich herausstellte, wurde bei der gestrigen spektakulären Versteigerung bei Sotheby's der höchste Preis ...« Sylvester eilte an den Wandschirm und drehte den Ton lauter. »... Erstausgabe der *Sieben Säulen der Weisheit* von T. E. Lawrence – dem legendären Lawrence von Arabien – von Mr. Vincent Darlington, dem Direktor des Hesperianischen Museums, geboten. In einem ersten Interview über Radiolink verweigerte Mr. Darlington anfangs jeden Kommentar, gestand aber später ein, daß er das sehr seltene Buch im Auftrag des Port Hesperos Museums erstanden hat, dessen Besitzer er ist, das aber bislang nicht gerade wegen seiner Sammlung kostbarer Bücher berühmt war. Weitere Nachrichten aus der Welt der Kunst ...«

Sylvester schaltete das Video verärgert ab. Sie riß die Metallfolie von der Flasche und zog den Drahtverschluß ab. Mit festem unnachgiebigen Griff begann sie, den Champagnerkorken zu drehen.

Nancybeth kam wieder aus der Dusche. Von ihrer Haut stieg Dampf auf, der vom Schimmer des Lichts im Ankleidezimmer erleuchtet wurde. Das Wasser, das von ihr auf den Teppich tropfte, störte sie nicht im geringsten. »War das irgendwas über Vince? In den Nachrichten?«

»Alles deutet darauf hin, daß er derjenige war, der mich bei dem Lawrence überboten hat.« Der Champagnerkorken kam mit einem lauten Plopp heraus.

»Vince? Er interessiert sich doch gar nicht für Bücher.«

Sylvester betrachtete sie, eine schwere, dunkle Venus, die sich absichtlich nackt zur Schau stellte, absichtlich ihre nasse Haut kalt werden ließ, so daß sich ihre Brustwarzen aufstellten. »Er war hinter dir her«, sagte Sylvester.

»Oh.« Nancybeth lächellte selbstgefällig, wobei sie ihre violetten Augen halb schloß. »Ich nehme an, das hat dich einiges gekostet.«

»Im Gegenteil, durch dich habe ich eine Menge Geld gespart, das ich sonst für ein einfaches Buch aus dem Fenster geworfen hätte. Hol bitte zwei Gläser aus dem Kühlschrank.«

Immer noch tropfnaß und nackt brachte Nancybeth die Gläser zum Tisch und ließ sich dann in dem Plüschsessel nieder. »Feiern wir irgendwas?«

»Wohl kaum«, sagte Sylvester und schenkte die kalte, zischende Flüssigkeit ein. »Ich muß mich trösten.«

Sie reichte Nancybeth eines der Gläser. Sie beugten sich beide vor, die Glasränder berührten sich und erklangen. »Immer noch böse auf mich?« fragte Nancybeth sofort.

Sylvester beobachtete fasziniert, wie Nancybeths Nasenflügel sich weiteten, als sie ihre Spitznase in die Öffnung des Glases senkte. »Weswegen? Weil du nicht anders kannst?«

Die rosige Zungenspitze schmeckte die beißende Kohlensäure der sich auflösenden Bläschen. »Jedenfalls brauchst du dich nicht selbst zu trösten, Syl.« Die violetten Augen unter den langen Wimpern hoben sich und bannten sie mit ihrem Blick.

»Nein?«

»Laß dich von mir trösten.«

Die Magnetbahn rauschte durch das hochherrschaftliche Grün in den südwestlichen Vororten Londons. Gelegentlich hielt sie an, um Passagiere aufzunehmen oder abzusetzen, darunter auch Nikos Pavlakis, der ungefähr eine Meile vor seinem Ziel in Richmond ausstieg. Pavlakis mietete am Stand ein Taxi. Als es vom Bahnhof abfuhr, kurbelte er die Fenster herunter, damit die feuchte Frühlingsluft sich im Innern des Taxis ausbreiten konnte. Hinter den Schieferdächern der vorbeiziehenden Häuser hielten die schneeweißen Wolken des Himmels mit dem Taxi Schritt, als es an den säuberlich getrimmten Rasen und Hecken vorbeirollte.

Das Haus von Lawrence Wycherly war ein ordentlicher georgianischer Ziegelbau. Pavlakis steckte seine Magnetkarte in den Schlitz und zahlte so, daß das Taxi wartete, dann ging er zur Eingangstür des Hauses. Er kam sich unbeweglich vor in seinem schwarzen Plastikanzug, der, wie alle seine Anzüge, zu eng war für seine breiten Schultern. Mrs. Wicherly hatte die Tür geöffnet, bevor er nach der Klingel greifen konnte. »Guten Morgen, Mr. Pavlakis. Larry ist im Wohnzimmer.«

Sie schien nicht übermäßig erfreut zu sein, ihn zu sehen. Sie war eine blasse, dünnhäutige Frau mit feinem, blondem Haar. Früher mochte sie hübsch gewesen sein, jetzt verblich sie zur Unsichtbarkeit. Was übrigblieb, war Trauer.

Pavlakis traf Wycherly noch im Pyjama an. Er saß auf einem Sessel, hatte die Füße auf einen Hocker gelegt und sich eine karierte Wolldecke um die Hüften geschlungen. Ein ganzes Arsenal von in Plastik eingebundenen Space-Thrillern und etliche Medikamente stapelten sich auf dem Lampentisch daneben. Wicherly hob seine schmale Hand. »Tut mir leid, Nick. Ich würde gerne aufstehen, aber seit ein, zwei Tagen bin ich ein wenig wackelig auf den Beinen.«

»Mir tut es leid, daß ich dir soviel Ärger machen muß, Larry.«

»Ist doch nichts dabei. Setz dich, ja? Mach's dir bequem. Soll ich dir irgendwas kommen lassen? Einen Tee?«

Mrs. Wicherly war immer noch im Zimmer, was Pavlakis leicht verwunderte. Gerade trat sie vorübergehend aus den Schatten der Bögen hervor. »Vielleicht möchte Mr. Pavlakis lieber einen Kaffee.«

»Das wäre sehr nett«, sagte er dankbar. Zum wiederholten Mal verblüfften ihn die Engländer mit ihrer Feinfühligkeit in diesen Dingen.

»Ganz wie du willst«, sagte Wicherly und starrte sie an, bis sie wieder verschwunden war. Er sah Pavlakis mit gerissen hochgezogenen Augenbrauen an, der seinen muskulösen Körper vorsichtig auf einem Empiresofa niedergelassen hatte. »Also, Nick, was gibt's, was war zu brisant fürs Telefon?«

»Larry, mein Freund ...« Pavlakis beugte sich vor und hielt dabei die Hände gekünstelt auf seinen Knien, »Die Falaron-Werft betrügt uns – meinen Vater und mich. Dimitrios hält die Arbeitervereinigungen dazu an, uns zu bestechen, und erhält anschließend von ihnen seinen Anteil. Und für all das müssen wir zahlen, wenn wir den Start der *Sternenkönigin* erreichen wollen.«

Wycherly sagte nichts; lediglich ein säuerliches Lächeln spielte um seine Lippen. »Um ganz ehrlich zu sein, die meisten von uns, die all die Jahre für die Firma gearbeitet haben, waren immer der Meinung, das wäre Teil der Abmachungen zwischen Dimitrios und deinem Vater.« Wycherly hielt inne, dann hüstelte er mehrere Male, wobei er tief in seiner Brust ein surrendes Geräusch erzeugte, das an einen ins Stottern geratenen Zweitakter erinnerte. Einen Augenblick lang befürchtete Pavlakis, er könnte ersticken, aber er räusperte sich nur. Dann erholte er sich wieder. »Das übliche Verfahren, sozusagen.«

»Wir können uns dieses *übliche Verfahren* nicht mehr leisten«, sagte Pavlakis. »Wir haben es derzeit mit härteren Dingen zu tun, nicht nur mit dem üblichen Wettbewerb ...«

Wycherly grinste. »Und im übrigen gestattet man dir auch nicht mehr, sich dieser Dinge dadurch zu entledigen, daß du, sagen wir, ein paar Kehlen aufschlitzt.«

»Genau.« Pavlakis stöhnte auf. »Denn wir müssen die Vorschriften beachten. So viele Vorschriften. Festgesetzte Gebühren pro Kilo Masse ...«

»... geteilt durch Transportzeit, multipliziert mit der durchschnittlichen Distanz zwischen den Häfen«, sagte Wycherly matt.

»Um also für Geschäftspartner attraktiv zu bleiben, müssen wir strikt der Starttermin einhalten.«

»Ich bin auch schon eine Weile bei der Firma.« Wieder erzeugte Wycherly dieses Rasenmähergeräusch weit hinten in seinem Hals und rang nach Atem.

»Diese Kalkulationen – ich rechne sie immer noch im Kopf aus«, sagte Pavlakis. Er fand, daß Wycherly nicht besonders gut aussah. Das Weiße in seine Augen war leuchtendrot umrändert, und sein rötliches Haar stand in Büscheln hoch, wie nasse Vogelfedern.

»Tut mir leid, alter Junge«, sagte Wicherly und verzog das Gesicht.

»Wir stehen kurz vor einer gesicherten Existenz. Ich habe

einen Langzeitvertrag mit der Ishtar-Minengesellschaft ausgehandelt. Die erste Fracht besteht aus sechs Bergwerksrobotern, beinahe 40 Tonnen. Damit ist die Fahrt bezahlt, und wir machen auch noch Gewinn. Aber wenn wir den Start verpassen ...«

»Dann verliert ihr auch den Vertrag«, sagte Wycherly und blieb ganz sachlich.

Pavlakis zuckte mit den Schultern. »Schlimmer, wir müssen Strafe zahlen. Vorausgesetzt, daß wir vorher nicht bankrott gemacht haben.«

»Woraus besteht die Ladung sonst noch?«

»Nur verrücktes Zeug. Einem Pornochip. Einer Kiste Zigarren. Gestern haben wir eine Reservierung wegen eines verdammten Buches bekommen.«

»Ein einziges Buch?« Pavlakis nickte, und Wycherlys Brauen schossen hoch. »Warum verdammt?«

»Das ganze Paket wiegt gerade vier Kilo, Larry.« Pavlakis lachte und schnaubte dabei wie ein Stier. »Die Gebühr deckt nicht einmal die Frachtkosten bis zum Mond. Aber es wird von einer Versicherungspolice über zwei Millionen Pfund begleitet! Die Versicherungsprämie wäre mir lieber.«

»Vielleicht könntest du es einladen und dann einen kleinen Unfall arrangieren?« Wycherly wolte anfangen zu lachen, aber ein Hustenkrampf übermannte ihn. Pavlakis sah zur Seite und tat so, als würde er sich für die Drucke mit den Pferden an der beigefarbigen Wand des Wohnzimmers interessieren oder die Regale voller ungelesener, in Leder eingebundener, Klassiker.

Schließlich hatte Wycherly sich erholt. »Nun, du weißt natürlich, um welches Buch es sich handelt.«

»Müßte ich das wissen?«

»Also wirklich, Nick, das war gestern überall in den Nachrichten. Es sind *Die sieben Säulen der Weisheit* von Lawrence von Arabien, was weiß ich.« Wycherlys müdes Gesicht verzog sich zu einem Grinsen. »Wieder wird ein Schatz aus der alten Welt in die Kolonien verschleppt. Und diesmal sogar auf einen anderen Planeten.«

»Jammerschade.« Pavlakis' Anteilnahme war nur von kurzer Dauer. »Larry, ohne den Vertrag mit Ishtar …«

Aber Wycherly war in Gedanken versunken und starrte an Pavlakis vorbei in die Dunkelheit der Diele. »Das ist ein recht seltsames Zusammentreffen, findest du nicht?«

»Seltsam? Was meinst du?«

»Oder vielleicht auch nicht. Port Hesperus, meine ich natürlich.«

»Tut mir leid, aber ich kann dir nicht ganz …«

Wycherly konzentrierte sich wieder auf ihn. »Entschuldige, Nick. Mrs. Sylvester, sie ist doch die Chefmanagerin der Ishtar-Minengesellschaft, oder?«

Sein Kopf bewegte sich heftig auf und ab. »Oh, ja.«

»Sie war die andere, die bei der Versteigerung der *Sieben Säulen der Weisheit* mitgeboten hat. Sie hat mehr als eine Million Pfund geboten und hat es trotzdem nicht geschafft.«

»Ah.« Bei dem Gedanken an so großen Reichtum senkten sich Pavlakis' Augenlider. »Wie traurig für sie.«

»Port Hesperus ist ein Treffpunkt der reichen Leute.«

»Nun … jetzt verstehst du sicher, warum wir den Vertrag mit Ishtar halten müssen. Für Dimitrios und sein … übliches Verfahren ist einfach kein Platz.« Pavlakis bemühte sich, das Gespräch wieder in die ursprünglichen Bahnen zu lenken. »Larry, ich bin mir nicht sicher, ob mein Vater diese Dinge vollkommen versteht …«

»Aber du hattest keine Schwierigkeiten, es Dimitrios klarzumachen.« Wycherly beobachtete Pavlakis und sah, was er erwartet hatte. »Woraufhin er alles andere als zufrieden mit dir war.«

»Es war eine Dummheit von mir.« Pavlakis fischte nach seinen Sorgenperlen.

»Schon möglich. Er wird wissen, daß dies seine letzte Gelegenheit ist, zu stehlen. Und der alte Gauner hat immer noch reichlich Gelegenheit, bei den Einzelaufstellungen billig einzukaufen und teuer zu verkaufen.«

»Als ich vor zwei Tagen die Arbeiten inspiziert habe, konnte ich bei den Einzelaufstellungen keine Anzeichen eines Betruges entdecken …«

»Ich will auf keinen Fall Captain auf einem Schiff werden, das nicht den Anforderungen genügt, Nick«, sagte Wycherly scharf. »Was sonst auch immer zwischen Dimitrios und deinem Vater vorgegangen sein mag, dein Vater hat noch nie von mir verlangt, ich solle mein Leben in einem raumuntauglichen Schiff riskieren.«

»Auch ich würde sowas nie von dir verlangen, mein Freund ...« Pavlakis wurde von Mrs. Wycherly irritiert, die plötzlich mit einer Tasse Kaffee neben ihm aufgetaucht war. Er sah zu ihr hoch und lächelte unsicher. »Sie sind sehr freundlich, Madame.« Er nahm die Tasse und nippte vorsichtig an der Flüssigkeit. Normalerweise trank er türkischen Kaffee mit zwei Stücken Zucker, dieser Kaffee war aber auf amerikanische Art aufgesetzt, schwarz und bitter. Er lächelte und versuchte seinen Verdruß zu verbergen.

Mrs. Wycherly sah ihren Mann streng an. »Bitte Larry, du mußt darauf achten, daß du dich nicht zu sehr verausgabst.« Wycherly schüttelte ungeduldig seinen Kopf.

Als Pavlakis wieder von seiner Tasse aufblickte, bemerkte er, daß sie gegangen war. Er stellte den Kaffee vorsichtig ab. »Ich hatte gehofft, du könntest uns dabei helfen, daß die *Sternenkönigin* von der Behörde wieder zugelassen wird, Larry.«

»Wie soll ich das denn anstellen«, murmelte Wycherly.

»Ich würde dich mit dem größten Vergnügen sofort zu Flugbedingungen einstellen, inklusive Sondervergütungen. Du brauchst nur nach Falaron hochzufahren und dort den nächsten Monat zu wohnen – natürlich erst, wenn du wieder fit bist – und als mein persönlicher Agent aufzutreten. Dort kontrollierst du jeden Tag die Arbeiten, bis das Schiff fertig ist.«

Wycherlys düsterer Blick hellte sich auf. Für kurze Zeit verschlug es ihm die Sprache. »Du bist ein gerissener Bursche, Nick. Jemanden einzustellen, damit er selbst für seine Sicherheit sorgt ...« Seine harsche Stimme wurde von einem zerreißenden Husten unterbrochen. Pavlakis bemerkte, daß Mrs. Wycherly sich in der Diele zu schaffen machte. Wycherlys Krämpfe ließen nach, und er starrte seine Frau mit schmerzerfüllten Augen an. »Ein Angebot, das ich kaum abschlagen kann, es sei denn, ich bin krank.« Sein Blick fiel wieder auf Pavlakis.

»Dann sagst du zu?«

»Wenn ich kann, ja.«

Pavlakis stand mit ungebührlicher Eile auf. Sein dunkler, massiger Körper wirkte fast bedrohlich, wie er mitten im Zimmer stand. »Vielen Dank, Larry. Jetzt überlasse ich dich wieder dir selbst. Ich hoffe, du erholst dich schnell.«

Als er zu seinem wartenden Taxi eilte, wirbelten und klickten seine Bernsteinperlen. Murmelnd bat er den heiligen Georg um Gesundheit für Wycherly. Im Haus hinter ihm wurden indessen verärgerte Stimmen laut.

Nach fünfzehn Minuten in der schnellen Magnetbahn war Pavlakis wieder im Heathrow Shuttleport und in dem dortigen Frachtbüro der Pavlakis-Linie. Es befand sich in einer beengten Baracke, die am Ende einer Halle für Raumfahrzeuge angebaut war. Die Halle war ein riesiges Gebinde aus Stahl, voller ausrangierter, eiförmiger Brennstofftanks und alter Ersatzteile. Der Geruch von Methan und Polyester hatte sich in die Verkleidung eingefressen. War keiner der beiden Pavlakis, weder Senior noch Junior, in England, war die Halle bis auf die unterbeschäftigten Mechaniker verlassen, die ständig mit der Sekretärin herumschäkerten. Sie war eine der Schwägerinnen von Nikos Vetter. Sie hieß Sofia, hatte drahtig-blondes Haar und stammte von der Halbinsel Peloponnes. Sie wirkte älter, als sie war, und neigte zum Grübeln. Als Pavlakis in das Büro kam, hatte sie einen geöffneten Joghurtbecher auf ihrem Schreibtisch stehen, den sie jedoch wegen der zwölf-Uhr-Nachrichten auf dem in ihren Schreibtisch eingelassenen Videoschirm zu vernächlässigen schien.

»Wer immer schon nach einer Entschuldigung gesucht hat, um endlich einmal nach Port Hesperus reisen zu können«, erklärte der Nachrichtensprecher, »für den hab ich hier genau das Richtige. Heute früh wurde bekannt, daß es sich bei dem Käufer der Erstausgabe von den *Sieben Säulen der Weisheit* um ...«

Als Pavlakis hereinkam, sah sie mit ihren glühenden Augen zu ihm auf, rührte sich aber ansonsten nicht. »Eine Frau hat versucht, Sie zu erreichen.«

»Was für eine Frau?«

»Ich weiß nicht, was für eine Frau. Sie sagt, Sie möchten ihr einen Brief schreiben. Oder ihr ein Telegramm schicken, ich weiß nicht mehr genau.« Die glühenden Augen wanderten wieder zum Bildschirm zurück.

»Mrs. Sylvester?«

Sofia wandte ihre Augen nicht von dem Videoschirm und zuckte die Schultern.

Pavlakis verfluchte die ganze Vetternwirtschaft und ging, vorbei an einer Trennwand aus Pappe, ins Innere der Baracke. Der Schreibtisch, den jeder benutzte, wann immer es ihm in den Sinn kam, verschwand unter einem Stapel schmieriger Papiere. Ganz oben lag ein rosafarbener Zettel, den Sofia vollgekritzelt hatte und der die wesentlichen Punkte von Sondra Sylvesters letzter Mitteilung übermitteln sollte: Notwendig, daß Sie den Vertrag noch heute bestätigen. Wenn die Pavlakis-Linie den Start nicht garantieren kann, ist die Ishtar-Minengesellschaft gezwungen, den geplanten Vertrag augenblicklich aufzukündigen.«

Den *geplanten* Vertrag ...?

Die Sorgenperlen klickten. »Sofia«, brüllte Pavlakis. »Rufen Sie sofort Mrs. Sylvester an.«

»Wo kann ich Dame anrufen?« kam die Antwort, wenn auch mit Verspätung.

»Im Battenberg.« Idiotin. Welche Torheit hatte ihren Vater nur dazu getrieben, sie Sofia, Weisheit, zu nennen? Pavlakis blätterte die Papiere in der Hoffnung durch, irgend etwas Neues zu finden. Plötzlich hatte er die gestrige Anfrage von Sotheby's in der Hand. »Können Sie den Transport eines Buches zusichern, Masse mit Schutzhülle vier Kilo brutto, voraussichtliche Ankunft in Port Hesperus ...«

»Ich habe die Frau erreicht«, verkündete Sofia.

»Mr. Pavlakis? Sind Sie es?«

Pavlakis riß den Telefunk an sich. »Ja, Madame, ich hoffe, Sie nehmen meine persönliche Entschuldigung an. Viele unerwartete Dinge ...«

Auf dem kleinen Videoschirm flackerte Sylvesters Bild auf. »Mit Entschuldigungen kann ich nichts anfangen. Was ich brauche, ist eine Bestätigung. Meine Geschäfte in London hätten eigentlich schon gestern abgeschlossen sein sollen. Bevor ich jedoch London verlassen kann, muß ich die Gewißheit haben, daß meine Ausrüstung pünktlich auf der Venus ankommt.«

»Gerade in diesem Augenblick hatte ich mich hingesetzt und wollte einen Brief schreiben.« Pavlakis mußte sich zusammenreißen, um nicht vor dem Videoschirm mit seinen Perlen zu spielen.

»Ich spreche nicht von einer Aufzeichnung oder einem Stück Papier, Mr. Pavlakis«, sagte das kühle, schöne Gesicht auf dem Videoschirm. Was machte ihr Gesicht nur so verführerisch? Eine leichte Unordnung in ihren Haaren, die etwas geröteten Wangen, ihre Lippen – Pavlakis mußte sich zwingen, sich auf ihre Worte zu konzentrieren. »Ich will ganz offen sein. Ihr Verhalten war nicht gerade vertrauenerweckend. Ich habe das Gefühl, ich sollte mich nach einem anderen Transporter umsehen.«

Ihre Worte ließen ihn aufschrecken. »Sie müssen mir glauben, Madame. Selbst das Museum auf Port Hesperus hat uns die Ehre zuteil werden lassen, seine letzte, äußerst wertvolle Neuerwerbung zu transportieren ...« Er zögerte verwirrt. Wieso hatte er darüber gesprochen? Aus ... aus Höflichkeit, natürlich, um sie in Sicherheit zu wiegen. »An der Sie auch sehr interessiert waren, wenn ich mich nicht täusche?«

Du lieber Himmel, die Frau hatte sich in Metall verwandelt. Ihre Augen blitzten wie sich rasend schnell drehende Bohrspitzen, ihr Mund war eine Stahljalousie, die man fest verriegelt hatte. Pavlakis wandte sich ab und wischte sich verzweifelt den Schweiß von seinem Haaransatz. »Mrs. Sylvester, ich bitte Sie, Sie müssen mir verzeihen, ich habe ... in letzter Zeit sehr viel Ärger gehabt.«

»Bemühen Sie sich nicht so sehr, Mr. Pavlakis.« Zu seiner

Überraschung klang ihre Stimme genauso sanft und warm. Er drehte sich halb um und blickte auf den Bildschirm. Sie lächelte sogar! »Schreiben Sie mir den Brief, wie versprochen. Ich werde mich wieder bei Ihnen melden, sobald ich nach London zurückkomme.«

»Sie werden der Pavlakis-Linie Ihr Vertrauen schenken? Oh, wir werden Sie nicht enttäuschen, Madame!«

»Wir wollen uns gegenseitig vertrauen.«

Sylvester unterbrach die Telefunkleitung und lehnte sich in ihrem Bett zurück. Nancybeth lag mit dem Gesicht nach unten auf den Laken und beäugte sie durch den Spalte eines Auges. »Wärst du sehr enttäuscht, wenn wir die Ferien auf der Insel um ein oder zwei Tage verschieben, meine Süße?« flüsterte Sylvester.

»Ach verdammt, Syl.« Nancybeth rollte sich auf den Rükken. »Soll das etwa heißen, daß ich noch zwei Tage in diesem Dreckloch festhänge?«

»Ich habe unerwartet noch Arbeit bekommen. Wenn du schon ohne mich vorfahren möchtest ...«

Nancybeth wand sich vor lauter Unentschlossenheit, dabei öffneten sich ihre runden Knie. »Irgend etwas werde ich schon finden ...«

Sylvester wurde plötzlich leicht übel. »Schon gut. Wenn du erst einmal zur Ruhe gekommen bist, muß ich vielleicht nur für ein oder zwei Tage noch mal zurück.«

Nancybeth lächelte. »Bring mich nur irgendwo an den Strand.«

Sylvester nahm den Telefunk in die Hand und tippte einen Code ein. Überraschend schnell erschien Hermione Scruttons rötliches Gesicht auf dem Bildschirm. »Du, Syl?«

»Hermione, leider haben sich meine Ferienpläne geändert. Ich brauche deinen Rat. Und möglicherweise auch deine Hilfe.«

»Ah«, antwortete die Buchhändlerin mit funkelnden Augen. »Und was wäre dir das wert?«

»Ganz bestimmt mehr als ein Mittagessen.«

8

Captain Lawrence Wycherly erholte sich bemerkenswert rasch von seinem Bronchienleiden und bezog seine Wohnung in der Falaron-Schiffswerft, wo er die Pavlakis-Linie als Leiter der Umbauarbeiten recht gut vertrat. Der hagere und entschlossene Engländer übte auf den frustrierten Peloponnesier mächtigen Druck aus, er inspizierte das Schiff täglich ohne Vorwarnung, schüchterte die Arbeiter ein, so daß die Arbeit trotz Dimitrios' mürrischen Wesens und seiner häufigen Wutanfälle rechtzeitig beendet wurde. Mit einer gewissen bitteren Befriedigung beobachtete Nikos Pavlakis, wie Arbeiter in Raumanzügen den Namen *Sternenkönigin* mit elektronischen Schweißgeräten quer über den Äquator der Mannschaftskapsel brannten. Er lobte Wycherly überschwenglich und erhöhte sein ohnehin schon recht ansehnliches Gehalt um einen Bonus, bevor er sich verabschiedete um im Haupsitz der Pavlakis-Linie in Athen die letzen Vorbereitungen zu treffen.

Die *Sternenkönigin* war zwar als Standardfrachter geplant, dennoch war sie ein Raumschiff, das nichts mit dem gemein hatte, was man sich zu Beginn des Raumfahrtzeitalters darunter vorstellte – das heißt, sie sah nicht im geringsten aus wie ein Artilleriegeschoß mit Flügeln oder die Kühlerverzierung eines Autos mit Verbrennungsmotor. Die Grundstruktur bestand aus zwei Gruppen von Kugeln und Containern, die durch eine hundert Meter lange, zylindrische Verstrebung miteinander verbunden waren. Das Ganze ähnelte irgendwie der Matchbox-Version eines einfachen Moleküls.

Die vordere Gruppe enthielt die Mannschaftskapsel, eine Kugel von ungefähr fünf Metern im Durchmesser. Darum herum wand sich ein halbkugelförmiger Käfig aus supraleitendem Draht, der die Mannschaftskapsel vor kosmischen Strahlungen und anderen geladenen Teilchen des interplanetarischen Raumes schützen sollte. An die Unterseite der Mannschaftskapsel befanden sich die zylindrischen Laderäume, jeder im Durchmesser sieben Meter breit und etwa zwanzig Meter lang, sie waren um die Mittelverstrebung angeordnet. Die Frachträume waren wie die Container des vorigen Jahrhunderts abnehmbar und konnten nach Belieben im Raum geparkt und wieder abgeholt werden. Jeder war durch eine eigene Luftschleuse mit dem Mittelschaft der *Sternenkönigin* verbunden, konnte aber auch von außen über Druckschleusen erreicht werden. Die Frachträume waren alle in einzelne Abteilungen unterteilt, die je nach Art der Ladung unter Druck gesetzt oder im Vakuum belassen werden konnten.

Am anderen Ende der Mittelverstrebung des Schiffes befanden sich mit flüssigem Wasserstoff gefüllte Tanks, die den massigen Zylinder des Raktorkerns des atomaren Triebwerkes umgaben. Trotz massivsten Strahlenschutzes war das Heck des Schiffes für gelegentliche Besuche lebender Wesen alles andere als geeignet – was an Arbeit dort unvermeidlich war, wurde von Robotersystemen durchgeführt.

Obwohl es ein reines Nutzfahrzeug war, besaß die *Sternenkönigin* einen Hauch von Eleganz, die Eleganz einer Form, die aus der Funktion erwächst. Von der Steuerrakete und den Antennen der Kommunikationssysteme einmal abgesehen, hatten die Formen, aus denen man sie zusammengesetzt hatte, eins gemeinsam: ihre geometrische Reinheit; und in ihrem Überzug aus elektronisch versiegelter Farbe schimmerte sie in flirrendem Weiß.

Seit drei Tagen waren die Inspektoren der Raumkontrollbehörde dabei, das überholte Schiff durchzusehen, und schließlich erklärten sie es für raumtauglich. Die *Sternenkönigin* wurde rechtzeitig wieder in den Dienst gestellt. Ihr Starttermin wurde bestätigt. Schwertransporter brachten ihre Ladung von der Erde herauf; andere, kleinere Pakete wurden, vom Zoll versiegelt, einem Kurier mitgegeben.

Captain Lawrence Wycherly bestand die Prüfung durch die Behörde nicht. Eine Woche vor dem Start entdeckten Flugärzte, was Wycherly mit nervenstärkenden Präparaten, die er aus Quellen in Chile bezog, hatte verbergen wollen: Er litt an einem unheilbaren Zerfall des Kleinhirns. Die Virusinfektionen und anderen kleineren Krankheiten, die ihn geplagt hatten, waren lediglich Symptome eines allgemeinen Versagens der Homeostasis. Daß die Drogen seine Krankheit beschleunigt haben konnten, kümmerte ihn nicht. Wycherly war sich darüber im klaren, daß er ein toter Mann war, doch er wollte unbedingt noch das Geld verdiehnen, das ihm dieser letzte Auftrag einbrachte, denn ohne es würde seine zukünftige Witwe ihr Haus wie auch alles andere verlieren.

Die Raumkontrollbehörde setzte den Sitz der Pavlakis-Linie in Athen davon in Kenntnis, daß auf der *Sternenkönigin* ein Captain fehlte und daß man ihre Starterlaubnis zurückgezogen hatte, bis ein qualifizierter Ersatz gefunden war. Gleichzeitig informierte die Behörde routinemäßig die Versicherer des Schiffs sowie alle Firmen und Privatpersonen, die Fracht an Bord des Schiffes hatten.

Nikos Pavlakis erfuhr die entsetzliche Nachricht erst, als er in Heathrow den Überschalldüsenjet verließ. Er war auf dem Weg von Athen durch ›technische Schwierigkeiten‹ aufgehalten worden (die Stewards machten Dienst nach Vorschrift, um gegen die im Besitz der Regierung befindliche Fluglinie zu protestieren). Hinter der Scheibe der Paßkontrolle funkelte ihr bereits Miss Sofan an. Unter ihren drahtigen, gelben Haare wirkten ihre schwarzgemalten Augen wie die einer Rachegöttin. »Das hier ist von Ihrem Vater«, fauchte sie ihn an, als er in Reichweite war, und drückte ihm das Papier aus Athen in die Hand.

Vorübergehend, aber nur vorübergehend, sah es so aus, als hätte sich der heilige Georg gegen Nikos Pavlakis gekehrt. Die nächsten 24 Stunden verbrachte Pavlakis, aufrechtgehalten durch ungefähr ein Kilo Zucker, das er in mehreren Litern türkischen Kaffees aufgelöst hatte, am Radio- und Telefunk, und dann geschah das Wunder.

Weder Gott noch der heilige Georg hatten einen Piloten zur Verfügung stellen können. So ein Glück hatte er nicht, denn Pavlakis konnte keinen qualifizierten Piloten auftreiben, der rechtzeitig für den Start der *Sternenkönigin* aus seinen Verpflichtungen oder laufenden Verträgen freikäme. Es war kein Heiliger, der das sofortige Abfallen einiger der auf der Ladeliste verzeichneten Frachtpartner verhindert hatte – und zwar derjenigen, für die das Eintreffen ihrer Ladung in Port Hesperus nicht zeitkritisch war, oder deren Ladung leicht irgendwo anders verkauft werden konnte. Bilbao Atmospherics luden sogar jetzt noch ihre Tonne flüssigen Stickstoffs aus Frachtcontainer B aus, und eine wertvolle Ladung Kiefernsamen, der größte Teil der Ladung aus Frachtraum A, war bereits von den Silvawerken in Stuttgart zurückgerufen worden.

Pavlakis' Wunder bestand in Sondra Sylvesters Intervention.

Nicht er rief sie an, sondern sie ihn, und zwar aus ihrer Villa auf der Isle du Levant. Sie teilte ihm mit, daß sie es sich nach ihrem letzten Gespräch zur Aufgabe gemacht hatte, ihn und die Mannschaft der *Sternenkönigin* genau unter die Lupe zu nehmen. Sie lobte Pavlakis wegen seiner Maßnahmen, die Sicherheit der *Sternenkönigin* während ihrer Überholung sicherzustellen. Und für Wycherlys private Schwierigkeiten konnte man ihn schlecht verantwortlich machen. Ihre Anwälte in London hatten sie sehr ausführlich über den Piloten Peter Grant und den Ingenieur Angus McNeil in Kenntnis gesetzt. Im Hinblick auf das, was sie dort erfahren hatte, hatte sie sich persönlich an die Raumkontrollbehörde gewandt und eine freundliche Darstellung des Sachverhalts vorgelegt, ob man im Falle der Pavlakis-Linie nicht eine Ausnahme von der Regel der Drei-Mann-Besatzung machen könne, wobei sie sich auf ihr Vertrauen in die Firma berief und auf außergewöhnliche ökonomische Erwägungen. Außerdem hatte sie sich mit Lloyd's in Verbindung gesetzt und darauf gedrängt, die Versicherung nicht zurückzunehmen. Nach Sylvester ausgezeichneten Informationen zu urteilen, würde man ihr die Abweichung fast sicher zugestehen. Die *Sternenkönigin* würde mit nur zwei Mann an Bord starten und ausreichend Ladung an Bord haben, so daß die Reise noch immer profitabel wäre.

Als Pavlakis das Telefunkgerät weglegte, war ihm leicht schwindelig vor Erleichterung.

Sylvesters ausgezeichnete Informationen erwiesen sich als korrekt; man beförderte Peter Grant zum Kommandanten einer Zwei-Mann-Besatzung. Zwei Tage später zogen schwere Schlepper die *Sternenkönigin* in die Startumlaufbahn hinter den Van-Allen- Gürteln. Der atomgetriebene Motor erwachte mit einem Strahl aus weißem Licht zum Leben. Unter stetiger Beschleunigung brach das Schiff zu seinem hyperbolischen, fünf Wochen dauernden Sprung zur Venus auf.

TEIL 3

ZERREISSPROBE

9

Eigentlich genoß Peter Grant sein Kommando. Er war so entspannt, wie man bei der Arbeit nur sein kann. Locker angegurtet und schwerelos lag er auf der Couch des befehlshabenden Piloten auf dem Steuerdeck der *Sternenkönigin* und diktierte zwischen den Zügen einer starken türkischen Zigarette das Logbuch des Schiffes – als etwas gegen den Rumpf krachte.

Während der ein oder zwei Sekunden, die Grant brauchte, um seine Zigarette auszudrücken und die Schalter wieder umzustellen, blinkten sämtliche Rotlichter, und die Sirenen heulten hysterisch auf. »Alles überprüfen und sofort durchgeben!« rief er. Er riß eine Not-Sauerstoffmaske aus dem Steuerpult und preßte sie über Nase und Mund, und plötzlich war alles wieder still. Er mußte eine Ewigkeit warten. Die Grafiken auf dem Steuerpult wechselten rasend schnell Form und Farbe. Es dauerte wenigstens weitere dreißig Sekunden, bis der Computer den Schaden festgestellt hatte.

»Schwerer Überdruck im südöstlichen Quadranten des Versorgungsdecks«, verkündete der Computer mit seiner sachlichen Altstimme. »Treibstofftank Nr. 2 wurde zerstört. Automatischer Wechsel zu den Tanks Nr. 1 und 3 vollzogen. Die Gasleitungen der Sauerstoffreserven 1 und 2 sind gekappt worden. Die Notventile der Sauerstoffversorgung sind geöffnet.« Das wußte Grant selbst, schließlich atmete er das Zeugs gerade ein. Aber was zum Teufel war passiert? »Sensoren haben an der äußeren Rumpfverkleidung L-43 Luftströme mit Überschallgeschwindigkeit verzeichnet. Druckabfall auf dem Versorgungsdeck nach 23 Sekunden hundert Prozent. Das Deck wurde abgeriegelt und befindet sich jetzt im Vakuum. Ansonsten keine weiteren systematischen oder strukturellen Schäden. Weder in den Verbindungsgängen noch in anderen Teilen der Mannschaftskapsel hat es weitere atmosphärische Druckverluste gegeben« Als er dies hörte, nahm Grant die Maske von seinem Gesicht und ließ sie wieder in die Verkleidung des Steuerpultes zurückschnellen. »Ende der Schadensfeststellung. Noch irgendwelche Fragen?« wollte der Computer wissen.

Ja, verdammt noch mal, was, zum Teufel, ist passiert? Derartige Fragen beantwortete der Computer nicht, es sei denn, er hatte eine unzweideutige Antwort parat. »Keine weiteren Fragen«, sagte Grant und drückte auf die Tasten des Kommfunks: »McNeil, ist alles in Ordnung?«

Keine Antwort.

Er versuchte es über die Lautsprecheranlage. »McNeil, hier ist Grant. Ich möchte, daß du aufs Steuerdeck kommst.«

Keine Antwort. McNeil war nirgendwo zu erreichen und möglicherweise verletzt. Nach einigen Augenblicken des Überlegens beschloß Grant, sich noch ein paar weitere Sekunden zu gönnen, um vielleicht doch herauszufinden, was ihre mißliche Lage verursacht hatte. Mit ein paar schnellen Bewegungen seiner Fingerspitzen schickte er eines der äußeren Monitoraugen über den Rumpf der Kommandokapsel hinweg zu dem Verkleidungsteil L-43, das sich ganz unten an der Kugel befand.

Bis das Roboterauge über dem angegeben Teil der Verkleidung anhielt, war auf dem Videoschirm nur ein rasendes verschwommenes Etwas zu sehen. Und da war es dann klar und deutlich auf Grants Bildschirm: ein schwarzer Punkt im oberen rechten Quadranten der weiß gestrichenen Stahlverkleidung, so glatt wie ein Einschußloch in einer Zielscheibe aus Papier. »Ein Meteorit«, hauchte Grant. Er legte ein Gitternetz über das Monitorbild und las die Größe des Loches ab: kaum weniger als ein Millimeter im Durchmesser. »Ein Riesending.«

Wo, zum Teufel, steckte McNeil? Er hatte sich unten im unter Druck gesetzten Laderaum befunden, um die Luftbefeuchter zu überprüfen. Das war doch ganz einfach, wo also war das Problem? Der Meteorit hatte die Frachtcontainer nicht durchschlagen ... Grant glitt aus seinen Gurten und tauchte in den Hauptgang.

Grant hatte das Deck kaum verlassen, als er nach einer Leitersprosse griff, um anzuhalten. Gleich unter dem Steuerdeck befand sich das Haushaltsdeck. Im Gegensatz zu den Vorhängen der beiden anderen Kabinen war der, der McNeils Privatkabine von den Gemeinschaftsräumen trennte, nicht zugezogen. Und drinnen lag zusammengekrümmt McNeil. Er hatte sich zur Trennwand gedreht, sein Gesicht vergraben und umklammerte mit seinen Fäusten die an der Wand angebrachten Griffe.

»Was ist los, McNeil? Bist du krank?«

Der Ingenieur schüttelte den Kopf. Grant bemerkte die kleinen Tröpfchen, die sich von seinem Kopf lösten und glitzernd durch den Raum schwebten. Er hielt sie erst für Schweiß, bis er bemerkte, daß McNeil schluchzte. Tränen.

Er fand den Anblick abstoßend. Grant war sogar überrascht, wie stark er darauf reagierte. Sofort unterdrückte er seine Gefühle, sie waren unangebracht.

»Angus, hör auf damit«, drängte er. »Wir müssen unsere Köpfe zusammenstecken.« Aber McNeil bewegte sich nicht, und Grant machte auch keine Anstalten, ihn zu trösten oder auch nur zu berühren.

Nach kurzem Zögern riß Grant wütend den Vorhang zu und verhüllte so die Feigheit, die sein Kamerad an den Tag legte.

Nach einer kurzen Runde durch die unteren Decks und den Zugang zu den Laderäumen hatte Grant sich vergewissert, daß, ganz gleich, welchen Schaden das Versorgungsdeck genommen hatte, die Aufenthalts- und Arbeitsquartiere der Mannschaft nicht bedroht waren. Mit einem einzigen Abstoßen sprang er durch den Mittelteil des Schiffes zum Steuerdeck zurück, warf im Vorbeisegeln nicht einmal einen Blick in McNeils Kabine und hakte sich an der Kommandocouch fest. Dann besah er sich die Graphiken.

Sauerstofftank 1: leer. Sauerstofftank 2: leer. Grant starrte auf die stummen Graphiken, wie ein Mann zur Zeit der Pest im alten London auf ein grobes Kreuz gestarrt hätte, daß jemand gerade frisch an seine Tür geschmiert hatte. Seine Finger flogen über die Tasten; die Graphiken sprangen umher, die fundamentale Gleichung jedoch, die die vollkommen flache Kurve erzeugt hatte, gab seinen Überredungsversuchen nicht nach. Grant konnte die Botschaft eigentlich nicht bezweifeln: Schlimme Nachrichten enthalten irgendwie bereits die Garantie ihrer Echtheit; nur gute Nachrichten verlangen nach einer Bestätigung.

»Tut mir leid, Grant.«

Grant wirbelte herum und sah McNeil mit gerötetem Gesicht in der Nähe der Leiter schweben. Er hatte tiefe Schatten unter den geröteten Augen. Selbst aus einer Entfernung von über einem Meter konnte Grant seine »medizinische« Brandyfahne riechen.

»Was war das, ein Meteorit?« McNeil schien entschlossen zu sein, seinen Fehler mit Freundlichkeit wiedergutzumachen, und als Grant bejahend nickte, versuchte er es sogar mit ein wenig Humor. »Man sagt, ein Schiff dieser Größe wird nur einmal alle hundert Jahre getroffen. Wie es scheint, sind wir allen Berechnungen zuvorgekommen, schließlich haben wir noch 99,9 Jahre vor uns.«

»Das ist noch nicht das Schlimmste. Sieh dir das an.« Grant machte eine Handbewegung Richtung Videoschirm, auf dem das zerstörte Verkleidungsteil abgebildet war. »So wie es uns erwischt hat, muß das verdammte Ding praktisch im rechten Winkel eingeschlagen sein. Aus jeder anderen Richtung hätte es keine lebenswichtigen Funktionen treffen können.« Grant schwang sich herum und saß jetzt mit dem Gesicht zum Steuerpult und den großen Fenstern des Steuerdecks, die in die Sternennacht hinaussahen. Was geschehen war, war ernst todernst –, aber es mußte nicht unbedingt tödlich sein. Schließlich hatten sie bereits fast die Hälfte der Reise hinter sich. »Bist du soweit wieder in Ordnung, daß du mithelfen kannst?« fragte er. »Wir müssen ein paar Zahlen durchrechnen.«

»Bin ich.« McNeil schwang sich auf den Arbeitsplatz des Ingenieurs.

»Dann gib mir die Zahlen für die Gesamtreserven durch, jeweils den günstigsten und den ungünstigsten Wert. Die Luft in Laderaum A. Die Notreserven. Und vergiß nicht, was in den Tanks der Anzüge ist und in den tragbaren 0-2-Packs.«

»In Ordnung«, sagte McNeil.

»Ich rechne inzwischen den Massenquotienten aus. Mal sehen, ob es uns etwas bringt, wenn wir die Laderäume abstoßen und versuchen, so schnell wie möglich anzukommen.«

McNeil zögerte und murmelte, »Äh ...«

Grant wartete. Aber was immer McNeil hatte sagen wollen, er hatte sich eines Besseren besonnen. Grant atmete einmal tief durch. Er führte hier das Kommando, und er hatte das Offensichtliche bereits erkannt – wenn sie die Ladung über Bord warfen, wären die Besitzer trotz der Versicherung aus dem Geschäft, und die Versicherer würden höchstwahrscheinlich im Armenhaus landen. Aber schließlich ging es doch darum, eine Entscheidung zwischen zwei Menschenleben und ein paar Tonnen toter Materie zu fällen, und damit blieben eigentlich nicht allzu viele Fragen offen.

Im Augenblick hatte Grant das Schiff etwas sicherer in seiner Gewalt als sich selbst. Er war ebenso verärgert wie verängstigt – verärgert, weil McNeil zusammengebrochen war, verärgert, weil die Ingenieure des Schiffes eine Chance von eins zu einer Milliarde mit dem Unmöglichen gleichgesetzt und es aus diesem Grunde versäumt hatten, am Unterteil der Kommandokapsel einen zusätzlichen Meteoritenschutz anzubringen. Aber bis zum absoluten Ende der Sauerstoffreserven waren es mindestens noch zwei Wochen, und bis dahin konnte noch eine Menge passieren.

Zumindest für den Augenblick half dieser Gedanke, die Ängste etwas im Zaum halten zu können.

Hier handelte es sich ohne Zweifel um einen Notfall – aber es war einer dieser merkwürdig ausgedehnten Notfälle, die einmal für Seereise charakteristisch gewesen waren, heutzutage jedoch eher für den Weltraum; einer dieser Notfälle, in denen man reichlich Zeit zum Nachdenken hatte. Vielleicht sogar zuviel.

Grant erinnerte sich an einen alten kretischen Seemann, den er im Pavlakis' Halle in Heathrow kennengelernt hatte, irgendeinen uralten Verwandten des Alten, der zu einem Höflichkeitsbesuch dort war und der ein Publikum aus Büroangestellten und Mechanikern mit der Geschichte seiner verhängnisvollen Seereise als junger Mann auf einem Frachter im Roten Meer in Atem gehalten hatte. Der Kapitän des Dampfers hatte aus unerklärlichen Gründen vergessen, sein Schiff mit ausreichend Trinkwasser für Notfälle zu versehen. Erst fiel das Funkgerät aus, dann die Maschinen. Wochenlang trieb das Schiff dahin, bis es die Aufmerksamkeit vorbeifahrender Schiffe erregte. Mittlerweile war die Mannschaft dazu übergegangen, das Frischwasser mit Salzwasser zu strecken. Der alte Kreter gehörte zu den Überlebenden und mußte nur ein paar Wochen in einem Krankenhaus verbringen. Andere hatten nicht soviel Glück; sie waren bereits am Durst und an einer Salzvergiftung elend zugrunde gegangen.

So sind diese Langzeitunglücksfälle: Irgend etwas Unvorhergesehenes geschieht, es wird durch ein zweites, ebenso unwahrscheinliches Ereignis kompliziert, und ein drittes fordert bereits das erste Menschenleben.

McNeil hatte die Sache grob vereinfacht, als er sagte, die *Sternenkönigin* müßte damit rechnen, einmal in hundert Jahren von einem Meteoriten getroffen zu werden. Die Frage hing von so vielen Faktoren ab, daß drei Generationen von Statistikern mit ihren Computern praktisch nur ein paar Regeln hatten aufstellen können. Selbst die waren aber immer noch so vage, daß die Versicherungsgesellschaften schon vor Angst zitterten, wenn riesige Meteoritenschwärme wie Sturmböen durch die Umlaufbahnen der inneren Planeten brausten. Ansonsten durchaus wünschenswerte Flugbahnen waren für die Versicherer Sperrgebiet, sobald ein Schiff darauf die Bahn der Leoniden, sagen wir, auf dem Höhepunkt eines Schauers, kreuzen mußte – wenn auch selbst dann die Wahrscheinlichkeit, daß die Bahnen eines Schiffes und eines Metoriten sich kreuzten, auch im schlimmsten Falle als gering bezeichnet werden muß.

Vieles hängt natürlich davon ab, was man ganz persönlich unter den Worten Meteor, Meteorit und meteorisch versteht. Jeder Klumpen kosmischer Schlacke, der die Erdoberfläche erreicht – und so zu dem Namen ›Meteorit‹ kommt – hat Millionen kleinerer Brüder, die in dem Niemandsland, wo die Atmosphäre noch nicht ganz endet und der Weltraum noch nicht ganz begonnen hat, vollständig vernichtet werden, also in der gespenstischen Region, die Aurora nachts durchwandelt. Hierbei handelt es sich um Meteore – Erscheinungen der oberen Luftschichten in der ursprünglichen Bedeutung des Wortes –, die allseits bekannten Sternschnuppen, die selten größer sind als ein Stecknadelkopf. Und wiederum millionenfach häufiger sind die Partikel, die viel zu klein sind, um bei ihrem Fall vom Himmel eine sichtbare Spur ihres Untergangs zu hinterlassen. Alle zusammen, die zahllosen Staubkörnchen, die seltenen Steinbrocken und selbst die umherziehenden Berge, denen die Erde vielleicht alle zwölf Millionen Jahren begegnet, sie alle werden Meteoriten genannt.

Für die Raumfahrt ist ein Meteorit nur dann von Interesse, wenn er beim Aufschlag auf den Schiffsrumpf eine Explosion erzeugt, die lebenswichtige Funktionen zerstört, einen zerstörerischen Überdruck erzeugt oder ein Loch in einen Druckbehälter schlägt, das so groß ist, daß man ein schnelles Entweichen der Atmosphäre nicht verhindern kann. In diesen Fällen geht es immer um Größe und relative Geschwindigkeit. Die Bemühungen der Statistiker hatten Tabellen ergeben, die die annäherungsweise Wahrscheinlichkeit einer Kollision in unterschiedlichen Entfernungen zur Sonne mit Meteoriten von einer Masse bis hinunter zu wenigen Milligramm darstellten. In der Entfernung der Erdumlaufbahn, zum Beispiel, muß man in jedem Kubikkilometer des Weltalls mit einem Meteoriten von einem Gramm Masse rechnen, der mit ca. 40 Kilometern pro Sekunde auf die Sonne fällt, aber nur einmal in drei Tagen. Die Wahrscheinlichkeit, daß sich ein Raumschiff in dem selben Kubikkilometer des Alls aufhält (außer in der direkten Umgebung der Erde) ist erheblich geringer, genau wie das berechnete Auftreten eines größeren Meteoriten – so daß McNeils Kollisionswahrscheinlichkeit von ›einmal in 100 Jahren‹ tatsächlich lächerlich groß war.

Der Meteorit, der gegen die *Sternenkönigin* geschlagen war, war recht groß – vermutlich ungefähr ein Gramm Staub und Eis, die sich zu einer festen Masse von der Größe eines Kugellagers verbunden hatten. Und irgendwie war es ihm bei seinem fast senkrechten Angriff auf das Versorgungsdeck gelungen, weder die obere Halbkugel der Mannschaftskapsel zu treffen noch die großen zylindrischen Frachtcontainer darunter. Die faktische Gewißheit, daß sich ein derartiges Ereignis im Verlauf der gesamten Menschheitsgeschichte nicht wiederholen wird, bereitete Grant und McNeil nur wenig Trost.

Nun, es hätte schlimmer kommen können. Die *Sternenkönigin* hatte 14 Tage ihres Fluges hinter sich und noch 21 Tage vor sich, bis sie Port Hesperus erreichen würde. Dank ihrer verbesserten Triebwerke flog sie viel schneller als die langsamen Frachter, die sich auf Hohmann-Ellipsen beschränken mußten, diese langen, tangentialen Flugwege, die die Umlaufbahnen von Erde und Venus auf jeweils gegenüberliegenden Seiten der Sonne nur gerade eben so berührten und dabei nur ein Minimum an Energie verbrauchten. Passagierschiffe, die mit noch stärkeren Gaskernreaktoren ausgestattet waren, oder gar kleinere Fahrzeuge, die den immer noch neuen Fusionsantrieb benutzten, rasten in gerade mal 14 Tagen von Planet zu Planet, vorausgesetzt, die Konstellation der Planeten war günstig und die Gewinnspanne so groß, daß sie es sich erlauben konnten, soviel mehr für Treibstoff auszugeben. Die *Sternenkönigin* lag eher in der

Mitte dieser Berechnungen. Ihre optimale Beschleunigung und Verzögerung bestimmten ihren Start und ihre Ankunftszeit.

Es überrascht, wie lange man braucht, um ein einfaches Computerprogramm durchzuführen, wenn das eigene Leben davon abhängt. Grant gab die passenden Zahlen auf ein Dutzend verschiedener Arten ein, bevor er die Hoffnung aufgab, das Endergebnis könnte sich ändern.

Er drehte sich zu McNeil um, der sich immer noch über sein Schaltpult auf der gegenüberliegenden Seite der runden Raumes beugte. »Wie es aussieht, können wir unsere geschätzte Ankunftszeit um einen knappen halben Tag unterbieten«, sagte er. »Dazu müßten wir allerdings sämtliche Laderäume in ungefähr der nächsten Stunde absprengen.«

Ein, zwei Sekunden lang antwortete McNeil nicht. Als er sich schließlich aufrichtete, umdrehte und Grant ins Gesicht sah, machte er einen vollkommen ruhigen und nüchternen Eindruck. »Wie es aussieht, reicht der Sauerstoff im günstigsten Fall 18 Tage – 15 im ungünstigsten. Ein paar Tage scheinen uns zu fehlen.«

Die Männer sahen sich mit einer tranceartigen Ruhe an, die nur dann bemerkenswert gewesen wäre, wenn man nicht sofort gesehen hätte, welche Gedanken ihnen durch die Köpfe schossen: Es muß einen Ausweg geben!

Wir müssen Sauerstoff herstellen!

Pflanzen züchten, zum Beispiel – nur, an Bord befand sich nichts Grünes, nicht einmal ein Päckchen mit Grassamen – und selbst wenn, hätte es trotz der tollen Geschichten, die man sich erzählt, nicht viel genutzt. Denn zieht man den gesamten Energiekreislauf in Betracht, sind Landpflanzen keine besonders effektiven Sauerstoffproduzenten, wenn sie nicht mindestens in der Größenordnung einer kleinen Welt auftreten. Das einzige, was ihnen die Kiefersetzlinge an Bord hätten nützen können, wäre das größere Luftvolumen im Druckladeraum gewesen.

Dann vielleicht Wasserelektrolyse, sie mußten den Kreislauf in den Brennstoffzellen umkehren, um so Wasserstoff und Sauerstoff in elementarer Form zu gewinnen – aber weder in den unbeschädigten Treibstoffbehältern noch in den Wassertanks befand sich genügend Wasser, um Atemluft für sieben weitere Tage zu gewinnen, nicht einmal in den Körpern der beiden Männer. Jedenfalls nicht, nachdem sie bereits an Wasserentzug gestorben waren.

Zusätzlicher Sauerstoff war einfach nicht zu bekommen. Blieb also nur noch das Hilfsmittel aus den alten Seifenopern, der *deus ex machina* eines vorbeifahrenden Raumschiffs, das den gleichen Kurs mit exakt derselben Geschwindigkeit flog.

Ein solches Schiff existierte natürlich nicht. Beinahe schon per Definition konnte es ein Raumschiff, das ›zufällig vorbeikam‹, nicht geben. Selbst wenn andere Frachter bereits auf derselben Flugbahn Richtung Venus unterwegs waren – und in dem Fall hätten Grant und McNeil davon gewußt –, hätten sie nach den Gesetzen, die ihre Bewegungen bestimmten, eben den Gesetzten, die Newton aufgestellt hatte, auf keinen Fall ihren Originalabstand aufgeben dürfen, ohne einen heldenhaften und möglicherweise fatalen Masse- und Treibstoffverlust zu riskieren. Jedes Schiff, das mit einer merklich höhereren Geschwindigkeit vorbeiflog – zum Beispiel ein Passagierschiff –, würde genau seine eigene hyperbolische Flugbahn verfolgen und wäre dadurch vermutlich so unerreichbar wie Pluto. Höchstens ein bestens ausgerüstetes Kleinfahrzeug, vorausgesetzt, es startete jetzt von der Venus …

»Was liegt eigentlich in Port Hesperus auf Dock?« fragte McNeil, als befänden sich seine Gedanken auf der gleichen Flugbahn wie Grants.

Grant wartete einen Augenblick und zog den Computer zu Rate, bevor er antwortete. »Ein paar alte Hohmann-Frachter, laut Lloyd's Register – und der übliche Haufen kleiner Starthelfer und Schlepper.« Er mußte plötzlich lachen. »Ein paar Solar-Yachten. Von dort ist keine Hilfe zu erwarten.«

»Wir haben offenbar eine Niete gezogen«, bemerkte

McNeil. »Vielleicht sollten wir mal ein Wörtchen mit den Lotsen auf der Erde und der Venus reden.«

»Genau das hatte ich gerade vor«, sagte Grant genervt, »sobald ich mich entschieden habe, wie ich die Anfrage formuliere.« Er holte kurz Luft. »Paß auf, du hast mir hier viel geholfen. Du könntest uns noch einen Gefallen tun und persönlich überprüfen, ob es vielleicht noch weitere Lecks im System gibt. Du hast doch nichts dagegen, oder?«

»Natürlich nicht.« McNeils Stimme war sehr ruhig.

Grant beobachtete McNeil von der Seite her, als er seine Gurte löste und das Steuerdeck verließ. Vermutlich würde ihm der Ingenieur in den Tagen, die vor ihnen lagen, noch Schwierigkeiten machen, überlegte Grant. Diese Schande, wie ein Kind zusammenzubrechen ... Bis jetzt waren sie eigentlich recht gut miteinander ausgekommen – wie die meisten etwas dickeren Männer war McNeil gutmütig und unkompliziert –, aber jetzt hatte Grant feststellen müssen, daß es McNeil an Haltung fehlte. Er war offensichtlich durch einen zu langen Aufenthalt im Raum körperlich und geistig verweichlicht.

10

Die Parabolantenne auf dem Kommunikationsausleger war auf die schimmernde Venus gerichtet, die weniger als zwanzig Millionen Kilometer entfernt war und deren Weg sich mit dem des Schiffs kreuzen würde. Am Schaltpult ertönte ein Geräusch, um anzuzeigen, daß man ein Signal von Port Hesperus aufgefangen hatte.

Physisch würden sich ihre Wege erst in einem Monat kreuzen, aber die Drei-Millimeter-Wellen des Schiffsenders schafften die Strecke in weniger als einer Minute. Eine Radiowelle müßte man sein.

Grant bestätigte das ›Bitte kommen‹ und begann ohne Unterbrechung und, wie er hoffte, recht leidenschaftslos zu sprechen. Er übermittelte eine vorsichtige Analyse der Situation, fügte per Telemetrie alle sachdienlichen Daten bei und beendete seine Rede mit der Bitte um einen Rat. Über seine Befürchtungen wegen McNeil sagte er nichts. Bestimmt verfolgte der Ingenieur die Sendung.

Und auf Port Hesperus – der Station auf der Umlaufbahn um die Venus – stand die Bombe kurz vor der Explosion. Als die Videoschirme und Fernkopierer die Meldung aufnahmen: »STERNENKÖNIGIN IN GEFAHR«, löste das in der gesamten bewohnten Welt eine Welle von Sympathie aus. Ein Unfall im Weltraum hat etwas Dramatisches an sich, das leicht alle anderen Nachrichten verdrängt. Zumindest, bis man die Leichen gezählt hat.

Die tatsächliche Antwort von Port Hesperus war weniger dramatisch und kam, so schnell es die Lichtgeschwindigkeit zuließ: »Kontrollstelle Port Hesperus an *Sternenkönigin*, haben Ihre Notlage erfaßt. Werden Ihnen in Kürze einen ausführlichen Fragenkatalog übermitteln. Bitte bleiben Sie auf Empfang.«

Sie blieben auf Empfang. Was hätten sie auch sonst tun sollen.

Grant ließ den Fragenkatalog gleich beim Eintreffen ausdrucken. Es dauerte fast ein Stunde, bis die Nachricht durch den Drucker gelaufen war. Der Fragenkatalog war so detailliert, so extrem – fast muß man sagen außergewöhnlich – detailliert, daß Grant sich mürrisch fragte, ob er und McNeil überhaupt lange genug leben würden, um ihn beantworten zu können. Also mehr oder weniger zwei Wochen.

Die meisten Fragen waren technischer Natur und betrafen den Zustand des Schiffs. Grant bezweifelte nicht, daß die Experten auf der Erde und der Venusstation sich ihr Gehirn zermarterten, um die *Sternenkönigin* und ihre Ladung zu retten. Vielleicht vor allem die Ladung.

»Was meinst du?« fragte Grant McNeil, als der Ingenieur die Nachricht überflogen hatte. Er beobachtete McNeil jetzt ganz genau und versuchte, das kleinste Anzeichen von Streß zu entdecken.

Nach einer langen und anstrengenden Pause zuckte McNeil mit den Schultern. Seine ersten Worte entsprachen genau Grants Gedanken. »Zumindest sind wir erst mal beschäftigt. Ich glaube kaum, daß wir in einem Tag damit fertig werden. Außerdem finde ich die Hälfte der Fragen völlig verrückt.«

Grant nickte, sagte aber nichts. Er ließ McNeil aussprechen.

»Sauerstoffverlust in der Mannschaftskapsel – klingt ganz vernünftig, aber das haben wir ihnen doch schon gesagt. Und was wollen sie mit der Effizienz des Schutzschildes?«

»Könnte etwas mit der Erosion der Versiegelung zu tun haben«, murmelte Grant.

McNeil sah ihn an. »Wenn du mich fragst, die versuchen, uns bei guter Laune zu halten und tun so, als hätten die eine oder andere gute Idee. Und inzwischen sollen wir uns beschäftigen, damit wir keine Zeit haben, uns Sorgen zu machen.»

Grant betrachtete McNeil mit einer seltsamen Mischung aus Ärger und Erleichterung – Erleichterung, weil der Schotte keinen Wutanfall bekommen hatte, und Ärger, weil er andererseits jetzt so verdammt ruhig tat. War der vorübergehende Zusammenbruch nach dem Einschlagen des Meteoriten typisch für diesen Mann gewesen? Oder hätte das jedem passieren können? Grant sah die Welt gerne in Schwarzweiß und ärgerte sich jetzt, weil er einfach nicht entscheiden konnte, ob McNeil sich mutig oder feige verhielt. Daß vielleicht beides der Fall sein könnte, kam ihm nicht in den Sinn.

Im All ist die Zeit zeitlos. Auf der Erde gibt es die riesige Uhr des sich drehenden Globus, die die Stunden angibt und ganze Kontinente als Zeiger hat. Selbst auf dem Mond kriechen die Schatten träge von Felsspalte zu Felsspalte, während die Sonne langsam über den Himmel zieht. Im Raum jedoch sind die Sterne fix, wenigstens kann man so tun als ob. Die Sonne bewegt sich nur, wenn es dem Piloten einfällt, das Schiff zu drehen, und auf den Chronometern ticken Zahlen dahin, die Tage und Stunden angeben, in punkto Wahrnehmung jedoch ohne jede Bedeutung sind.

Grant und McNeil hatten schon lange gelernt, ihr Leben dementsprechend einzurichten. Solange sie sich tief im All befanden, dachten und bewegten sie sich mit einer gewissen Gelassenheit, die sich jedoch recht schnell legte, wenn sich die Reise dem Ende näherte und die Zeit für die Bremsmanöver gekommen war. Und obwohl über sie jetzt das Todesurteil gesprochen war, lebten sie in ihrer gewohnten und eingefahrenen Weise weiter. Jeden Tag diktierte Grant sorgfältig das Logbuch, stellte die Position des Schiffs fest und führte seine routinemäßigen Wartungsarbeiten durch. Soweit Grant es beurteilen konnte, verhielt auch McNeil sich normal. Allerdings hatte er den Verdacht, daß er einige der technischen Wartungsarbeiten mit sehr leichter Hand ausführte, und er hatte den Ingenieur mit ein paar scharfen Worten zu Rede gestellt. Es ging um die schmutzigen Tabletts, die sich immer dann anhäuften, wenn McNeil in der Kombüse an der Reihe war.

Seit dem Einschlag des Meteoriten waren drei Tage vergangen. Immer wieder empfing Grant Durchhalteparolen von der Raumkontrolle auf Port Hesperus wie etwa: »Tut uns leid, daß es etwas länger gedauert hat, Jungs, aber sobald wir etwas für euch haben, bekommt ihr Bescheid.« Gespannt wartete er auf die Ergebnisse des von der Raumkontrollbehörde einberufenen obersten Untersuchungsausschusses, der auf zwei Planeten einen ganzen Haufen von Spezialisten unterhielt und der die wildesten Pläne zur Rettung der *Sternenkönigin* auf den Simulatoren durchspielte. Anfangs hatte er ungeduldig gewartet, dann hatte sein Eifer allmählich nachgelassen. Er bezweifelte, ob selbst die genialsten technischen Köpfe des Sonnensystems sie jetzt noch retten konnten – wenn er auch nur schwer alle Hoffnung fahren lassen konnte, wo doch alles so normal wirkte und die Luft noch so sauber und frisch war.

Am vierten Tag meldete sich die Venus. »Also gut, Jungs, jetzt hört mal gut zu. Wir werden die Systeme eins nach dem anderen durchgehen. Das kann stellenweise recht kompliziert werden, fragt also sofort nach, wenn ihr irgend etwas nicht versteht. Okay, zunächst gehen wir in die Systemdatei der Kabinenatmosphäre, Locus 239.4. Ich werde euch jetzt einen Augenblick Zeit lassen, bis ihr den Locus gefunden habt ...«

Läßt man das Technikerkauderwelsch beiseite, war die ganze lange Nachricht eine einzige Grabrede. Der Dreh- und Angelpunkt all dieser Anweisungen war, daß man sicherstellen wollte, die *Sternenkönigin* ferngesteuert und mit intakter Ladung nach Port Hesperus bringen zu können, selbst wenn in der Mannschaftskapsel zwei Leichen lagen. Man hatte Grant und McNeil abgeschrieben.

Einziger Trost: Von seinem Training in der Höhenkammer wußte Grant bereits, daß der Tod durch Hypoxie, zumindest gegen Ende, ein äußerst berauschte Angelegenheit war.

Kurz nach dem Ende der Nachricht verschwand McNeil wortlos nach unten. Grant sah ihn mehrere Stunden lang nicht. Anfangs war er ehrlich erleichtert. Ihm war auch nicht nach reden zumute, und wenn McNeil alleine sein wollte, war das seine Sache. Abgesehen davon mußte er noch verschiedenen Briefe schreiben und sich um einiges kümmern – das Testament wollte er sich allerdings für später aufheben. Es blieben ihnen ja noch zwei Wochen Zeit.

Als es Zeit fürs Abendessen war, ging Grant nach unten in den Gemeinschaftsraum. Er erwartete, McNeil dort in der Kombüse bei der Arbeit anzutreffen. McNeil war innerhalb der beschränkten Möglichkeiten eines Raumschiffes ein guter Koch, und normalerweise machte ihm seine Schicht in der Küche Spaß. Ganz gewiß war er sehr um sein eigenes leibliches Wohl bemüht.

Aber im Gemeinschaftsraum war niemand. Der Vorhang vor McNeils Kabine war zugezogen.

Grant riß den Vorhang zur Seite und fand McNeil in der Nähe seiner Koje. Er schwebte mitten in der Luft und wirkte sehr zufrieden mit sich und dem Universum. Neben ihm hing eine riesige Plastikkiste, deren Magnetschloß irgendwie aufgebrochen worden war. Grant brauchte nicht nachzusehen, was sich darin befand, ein Blick auf McNeil reichte völlig.

» Es ist wirklich eine Schande«, sagte der Ingenieur ohne die geringste Spur von Verlegenheit, »wenn man dieses Zeug durch eine Röhre schlürfen muß.« Er blinzelte Grant an. »Weißt du was, Captain, warum versetzt du dem alten Eimer nicht einen gewissen Schwung, damit wir das Zeug vernünftig trinken können?« Grant funkelte ihn voller Verachtung an, aber McNeil erwiderte seinen Blick, ohne mit der Wimper zu zucken. »Ach, sei kein Spielverderber, Mann, trink doch auch einen Schluck! Was soll das schließlich noch?«

Er schleuderte Grant eine Flasche zu, die dieser geschickt auffing. Es war ein Cabernet Sauvignon aus dem Napa Valley in Kalifornien – sagenhaft teuer, Grant kannte die Lieferung.

»Auch unter diesen Umständen«, sagte Grant, »muß man sich nicht wie ein Schwein benehmen.«

McNeil war noch nicht betrunken. Er hatte erst das grell erleuchtete Vorzimmer des Rausches erreicht und noch nicht jeglichen Kontakt zur trostlosen Außenwelt verloren. »Ich bin durchaus gewillt«, verkündete er mit größtem Ernst, »mir jedes gute Argument gegen meine jetzige Handlungsweise anzuhören. Eine Handlungsweise, die mir in hohem Maße sinnvoll erscheint.« Er segnete Grant mit einem Engelsgrinsen. »Allerdings solltest du mich schnell überzeugen, solange ich der Vernunft noch zugänglich bin.«

Mit diesen Worten drückte er auf den Plastikbehälter, in den er ein Drittel des Flascheninhalts umgefüllt hatte, und schoß sich einen purpurroten Strahl in den geöffneten Mund.

»Du stiehlst Eigentum der Gesellschaft – das zudem noch geborgen werden soll«, verkündete Grant, ohne sich der Absurdität bewußt zu sein, dafür merkte er aber, daß seine Stimme den gepreßten, nasalen Tonfall eines jungen Schulmeisters angenommen hatte, »und ... und außerdem kannst du wohl kaum zwei Wochen lang betrunken bleiben.«

»Das«, sagte McNeil nachdenklich, »muß sich erst noch herausstellen.«

»Ich glaube kaum«, erwiderte Grant. Mit seiner Rechten hielt er sich an der Trennwand fest, schlug mit voller Wucht gegen die Kiste und versetzte ihr einen so heftigen Stoß, daß sie durch den geöffneten Vorhang segelte.

Als er herumwirbelte, um hinterherzutauchen, hörte er McNeils gequälten Aufschrei: »Du verdammter Bastard! So eine Sauerei!«

In seinem gegenwärtigen Zustand würde McNeil eine ganze Weile brauchen, bis er sich zu einer Verfolgung aufraffen konnte. Grant steuerte die Kiste nach unten in die Luftschleuse des Laderaumes und von dort in das temperaturregulierte Druckfach, woher sie gekommen war. Er versiegelte die Kiste und stellte sie wieder in ihr Regal, wo er sie sorgfältig festband. Sie wieder zu verriegeln, hatte keinen Sinn. McNeil hatte das Schloß aufgebrochen.

Allerdings konnte Grant dafür sorgen, daß McNeil hier nicht wieder hereinkam – er konnte die Kombination für die Luftschleuse des Laderaums neu einstellen und sie für sich behalten. Er hatte sogar reichlich Zeit dafür. McNeil hatte sich gar nicht erst die Mühe gemacht, ihn zu verfolgen.

Als Grant zum Steuerdeck zurückschwamm, kam er am offenen Vorhang von McNeils Kabine vorbei. McNeil war immer noch da, jetzt sang er sogar.

Der Sauerstoff ist weg, na und?
Wenn er nur nicht den Wein verdirbt ...

Offenbar hatte er sich schon ein paar Flaschen herausgenommen, bevor Grant kam, um ihm die Kiste wegzunehmen. Soll er sich doch zwei Wochen lang betrinken, dachte Grant. Wenn er nicht schon heute nacht alles wegsäuft.

Der Sauerstoff ist weg, na und?
Wenn er nur nicht den Wein verdirbt.

Wo, zum Teufel, hatte er diesen Refrain schon einmal gehört. Grant war trotz seiner rein technischen Ausbildung überzeugt, daß McNeil absichtlich, bloß um ihn aufzuziehen, irgendein unzüchtiges elizabethanisches Lied oder dergleichen falsch zitierte. Plötzlich durchfuhr ihn ein Gefühl, das er jedoch nicht sofort erkannte und das genauso schnell wieder verschwand, wie es gekommen war.

Aber als er auf das Steuerdeck kam, zitterte er, und ihm war leicht übel. Er stellte fest, daß seine Abneigung gegenüber McNeil sich allmählich in Haß verwandelte.

11

Unter normalen Umständen kamen Grant und McNeil gewiß recht gut miteinander aus. Man konnte niemandem einen Vorwurf machen, daß die Umstände jetzt alles andere als normal waren.

Nur weil die psychologischen Standardtests der beiden Männer so wunderbar glatte Persönlichkeitskurven ergeben hatten, nur weil ihre Flugakte praktisch makellos war und nur weil es beim Flug der *Sternenkönigin* um Milliarden ging, hatte die Raumkontrollbehörde dem Schiff eine Abweichung von Regel der Drei-Mann-Besatzung zugestanden.

Diese Regelung hatte sich in den anderthalb Jahrhunderten der bemannten Raumfahrt entwickelt und schien während langer Phasen der Isolation die kleinstmögliche soziale Konstellation garantieren zu können. Dieses Problem war im 20. Jahrhundert noch nicht sonderlich dringend gewesen, als bemannte Raumfahrzeuge sich noch nicht weiter als bis zum Mond vorgewagt hatten und die Zeitverzögerung bei der Kommunikation mit der Erde noch in Sekunden gemessen wurde. Es stimmt zwar, daß sich in jeder Dreiergruppe zwei sich irgendwann gegen den dritten verbündeten – die Erfahrung hatten schon die alten Römer nach verschiedenen harten politischen Lektionen machen müssen.

In allen menschlichen Belangen ist das Dreieck die am wenigsten stabile Struktur. Was aber nicht notwendigerweise schlecht sein muß. Ganz sicher sind drei besser als zwei, und zwei sind viel besser als einer. Und jede Gruppe, die aus mehr als dreien besteht, wird schon bald in Zweier- oder Dreiergruppen zerfallen.

Ein Mann oder eine Frau alleine wird mit ziemlicher Sicherheit bereits nach relativ kurzer Zeit wahnsinnig werden. Es mag sich dabei um eine gutmütige Form des Wahns handeln, die sich vielleicht sogar nur in gewissen Bereichen zeigt – etwa in dem Zwang, romatische Gedichte verfassen zu müssen –, dennoch gibt es wohl keine Art des Wahnsinns, der auf die Versicherer der Raumschiffe beruhigend wirken könnte.

Die Erfahrung hat gezeigt, daß eine Besatzung aus einem Mann und einer Frau innerhalb weniger Tage in eine Krise gerät. Dabei spielt ihr jeweiliges Alter gar keine Rolle. Wenn es in ihrer Beziehung nach außen hin um Macht geht, geht es eigentlich um Sex und umgekehrt.

Sind andererseits zwei Männer oder zwei Frauen alleine, deren Sexualvektoren nicht aufeinander ausgerichtet sind, werden sie auf den sexuellen Aspekt verzichten und sich sofort auf ein ständiges Machtgeplänkel einlassen: Wer hat hier eigentlich das Kommando ...? Die Lösung dieser Frage dürfte bei zwei Frauen schon aus kulturellen Gründen nicht ganz so zwangsläufig zu Gewalttätigkeiten mit tödlichen Ausgang führen.

Bei drei Leuten gleich welchen Geschlechts werden alle eine Zeitlang versuchen, miteinander auszukommen, und irgendwann werden sich zwei gegen den dritten verbünden. Dadurch löst sich die Machtfrage von selbst, und je nach der Zusammensetzung der Gruppe auch die Frage nach dem Sex, d.h. zwei oder mehr machen es zusammen, und mindestens einer macht es alleine.

Zwei Männer, nicht eng miteinander befreundet, beide heterosexuell und vergleichbaren Alters und gesellschaftlicher Stellung, im Temperament jedoch grundsätzlich verschieden, stellen die denkbar schlechteste Kombination dar.

Es heißt, drei Tage ohne Nahrung reichen, um die feinen Unterschiede zwischen einem sogenannten zivilisierten Menschen und einem sogenannten Wilden zu verwischen. Grant und McNeil ging es körperlich nicht schlecht, auch hatten sie keine starken Schmerzen zu erwarten, nicht einmal ganz am Ende. Ihre Phantasie jedoch arbeitete auf Hochtouren. Sie hatten mehr mit zwei todgeweihten Kannibalen in einem Einbaum gemeinsam, als sie gerne zugegeben hätten.

Ein wichtiger Aspekt ihrer Lage war überhaupt noch nicht angesprochen worden. Die Computeranalyse war immer wieder durchgerechnet worden, dennoch stand das Ergebnis noch nicht endgültig fest, denn der Computer hielt sich mit Lösungsvorstellungen zurück, wenn man ihn nicht direkt danach fragte. Den letzten Schritt dieser Überlegungen konnten sich die beiden Männer leicht im Kopf ausrechnen –

– und beide kamen zu dem gleichen Ergebnis. Es war wirklich ganz einfach, eine makabere Parodie auf die Rechenaufgaben, die man in der ersten Klasse mit den Worten gestellt bekam: »Wenn zwei Männer für das Zusammensetzen von fünf Hubschraubern sechs Tage brauchen, wie lange ...?«

Im Augenblick, als der Meteorit die Tanks für den Flüssigsauerstoff zerstörte, befanden sich annähernd 4800 Kubikfuß Atemluft in der Mannschaftskapsel und 1200 im Druckabteil von Laderaum A. Bei einem Druck von einer Atmosphäre wiegt ein Kubikfuß Atemluft gut 36 Gramm, aber nur knapp ein Viertel davon ist Sauerstoff. Fügt man die Vorräte in den Raumanzügen und den Notbehältern hinzu, befanden sich im Schiff nur gut 30 Kilo reinen Sauerstoffs. Ein Mann verbraucht pro Tag fast ein Kilo Sauerstoff.

35 Tageseinheiten Sauerstoff ...

Der Sauerstoffvorrat reichte für zwei Männer ungefähr zweieinhalb Wochen. Bis zur Venus waren es noch drei Wochen. Man brauchte kein Rechengenie zu sein, um zu erkennen, daß nur einer, und zwar einer allein, überleben und Port Hesperus erreichen konnte.

Vier Tage waren vergangen. Die allgemein anerkannte Frist lief in 13 Tagen ab, die unausgesprochene aber bereits in zehn. Denn zwei Männer konnten noch weitere zehn Tage atmen, ohne die Chance dessen zu gefährden, der möglicherweise alleine überleben würde. Nach Ablauf dieser zehn Tage konnte nur noch einer allein darauf hoffen, die Venus zu erreichen. Einem unbeteiligten Beobachter kam die Situation vielleicht höchst verwickelt vor. Grant und McNeil waren aber nicht unbeteiligt. Selbst unter den günstigsten Umständen ist es für zwei Leute nicht leicht, in aller Freundschaft zu entscheiden, wer von den beiden Selbstmord begehen soll; noch schwieriger ist es, wenn sie nicht mal mehr miteinander reden.

Grant wollte vollkommen fair sein. So, wie er die Dinge sah, blieb ihm also nichts übrig, als zu warten, bis McNeil wieder nüchtern war und aus seiner Kabine herauskam, dann wollte er es ihm direkt ins Gesicht sagen.

Während ihm diese Gedanken durch den Kopf wirbelten, starrte Grant durch die Fenster des Steuerdecks in das sternenübersäte Universum hinaus. Tausende und aber Tausende einzelner Sterne und selbst die undeutlichen Spiralnebel sah er, wie er sie noch nie zuvor gesehen hatte. Die Erkenntnis einer gewissen Transzendenz bewegte ihn –

– das gesprochene Wort würde dem mit Sicherheit nicht gerecht werden.

Nun, dann wollte er McNeil einen Brief schreiben. Und zwar am besten sofort, solange sie wenigstens noch diplomatisch miteinander verkehrten. Er klemmte ein Blatt Schreibpapier auf seine Unterlage und setzte an: »Lieber McNeil.« Er zögerte, sein Kugelschreiber schwebte über dem Papier. Dann riß er das Blatt heraus und begann erneut: »McNeil.« Er brauchte fast drei Stunden, um alles, was er sagen wollte, zu Papier zu bringen, und selbst dann war er noch nicht vollkommen zufrieden. Schließlich hörte er auf; er faltete den Brief zusammen und versiegelte ihn mit einem Klebestreifen. Er nahm den Brief, verließ das Steuerdeck und schloß sich in seiner Kabine ein. Die eigentliche Übergabe des Briefes konnte noch ein oder zwei Tage warten.

Wohl nur ein paar der Milliarden von Videosüchtigen auf der Erde – oder den Tausenden auf Port Hesperus, dem Mars, im Hauptgürtel und auf den kolonialisierten Monden – konnte sich eine halbwegs der Wahrheit entsprechende Vorstellung von dem machen, was sich in den Köpfen der zwei Männern an Bord der *Sternenkönigin* abspielte. Die öffentlichen Medien waren voll von Rettungsplänen. Man hatte alle möglichen pensionierten Raumschiffpiloten und Science-Fiction-Autoren zusammengetrommelt, die über Radiowellen verbreiteten, wie Grant und McNeil sich ihrer Meinung nach verhalten sollten. Die Männer, die dieses ganze Durcheinander verursacht hatten, hüteten sich klugerweise davor, dem Gehör zu schenken.

Die Raumkontrolle auf Port Hesperus war etwas diskreter. Wenn man auch nur ein wenig Anstand besaß, konnte man Männern in der Todeszelle schlecht Worte der Ermunterung oder Ratschläge übermitteln. Auch dann nicht, wenn noch eine gewisse Unsicherheit über das genaue Datum der Hinrichtung bestand. Aus diesem Grund begnügte sich die Raumkontrolle jeden Tag mit ein paar emotional neutralen Nachrichten – sie übertrugen das Neueste vom Krieg in Südasien, dem sich verschärfenden Streit im Hauptgürtel, den neuen Bergarbeiterstreiks auf der Venus, dem Gezänk um die Zensur von ›Solange Rom brennt‹, den man gerade in Moskau verboten hatte …

Abgesehen von einer gewissen Förmlichkeit der beiden Männer im Umgang miteinander, ging das Leben auf der *Sternenkönigin* fast unverändert weiter, nachdem McNeil – vollkommen verkatert – wieder aus seiner Kabine gekommen war. Grant hingegen hatte einen großen Teil seiner Zeit auf dem Steuerdeck damit verbracht, Briefe an seine Frau zu schreiben. Lange Briefe. Je länger, desto besser … Wenn er gewollt hätte, hätte er mit ihr sprechen können, aber der Gedanke, daß all diese Sensationssüchtigen ihn dabei belauschen konnten, hielt ihn davon ab. Unglücklicherweise gab es keine wirklich privaten Leitungen im Raum.

Und dann dieser Brief an McNeil. Warum übergab er ihn nicht und brachte es endlich hinter sich? Nun, er wollte es in den nächsten Tagen tun ... und dann mußten sie zusammen entscheiden. Außerdem bekam McNeil durch diese Verzögerung Gelegenheit, das Thema selbst zur Sprache zu bringen.

Daß McNeil möglicherweise andere Gründe für sein Zögern hatte als schlichte Feigheit, kam Grant nicht in den Sinn.

Er fragte sich, wie McNeil wohl seine Zeit verbrachte, jetzt, wo ihm der Alkohol ausgegangen war. Der Ingenieur besaß eine umfangreiche Bibliothek auf Videochip, denn er las sehr viel und war ungewöhnlich vielseitig interessiert. Grant hatte gesehen, wie er sich in Bücher über westliche Philosophie und östliche Religion vertiefte. Irgendwann hatte McNeil einmal erwähnt, sein Lieblingsbuch sei der merkwürdige Roman *Jurgen* aus dem frühen 20. Jahrhundert. Vielleicht verlor er sich auch nur in dessen seltsamer Magie, um sein eigenes Schicksal zu vergessen. Unter seinen Büchern befanden sich aber auch weniger anspruchsvolle, und nicht wenige gehörten zu der Sorte, die man wohl als ›wunderlich‹ bezeichnen mußte ....

In Wirklichkeit aber war McNeil, der jetzt meist in seiner Kabine lag oder sich still im Schiff umherbewegte, eine viel feinfühligere und komplexere Natur, als Grant ahnte. Vielleicht war er für Grant sogar viel zu kompliziert. Gewiß, McNeil war ein Genießer. Er tat, was er konnte, um sich das Leben an Bord des Schiffes so angenehm wie möglich zu machen, und wenn er auf einem Planeten war, genoß er die Vorzüge des Lebens in vollen Zügen, um so mehr, als er sonst monatelang davon abgeschnitten war. Keinesfalls jedoch war er der moralische Schwächling, den der phantasielose, puritanische Grant in ihm vermutete.

Zweifellos war er unter dem Schock des Meteoriteneinschlags vollständig zusammengebrochen. Als es passierte, befand er sich gerade auf dem Weg durch den Verbindungskorridor des Versorgungsdecks. Er kam gerade von den Laderäumen zurück und begriff sofort die Gefährlichkeit der gewaltigen Explosion – es geschah kaum einen Meter von ihm entfernt, auf der anderen Seite der Stahltrennwand –, er brauchte gar nicht erst auf eine Bestätigung zu warten. Seine Reaktion glich der eines Flugpassagiers, der in 10000 Meter Höhe bemerkt, wie sich eine Tragfläche löst: zwar blieben noch zehn oder fünfzehn Minuten des Absturzes, aber der Tod war unausweichlich. Also geriet er in Panik. Er hatte dem Druck nachgegeben, wie ein Halm im Wind – und sich dann wieder erholt. Grant war ein härterer Bursche – eine Eiche von einem Mann – und zugleich sehr viel spröder.

Was die Geschichte mit dem Wein anbelangte, war McNeils Verhalten Grants Vorstellungen zufolge sträflich gewesen; aber das war Grants Problem. Abgesehen davon lag auch diese Episode bereits hinter ihnen. In stiller Übereinkunft waren sie zur normalen Routine zurückgekehrt, wenn sie auch nichts unternahmen, den Eindruck ständiger Anspannung zu mildern. Sie gingen sich aus dem Weg, so gut es ging, und nur die Mahlzeiten brachten sie zusammen. Wenn sie sich dann begegneten, legten sie eine übertriebene Höflichkeit an den Tag, so als wollte jeder mit aller Gewalt vollkommen normal erscheinen – was ihnen aber auf unerklärliche Weise nicht gelang.

Ein Tag verging, und noch einer. Und ein dritter.

Grant hatte gehofft, McNeil würde das Thema Selbstmord endlich zur Sprache bringen und ihm dadurch eine sehr unangenehme Pflicht ersparen. Aber der Ingenieur weigerte sich hartnäckig, irgend etwas in dieser Richtung zu unternehmen, was Grants Unmut und Verachtung noch steigerte. Mittlerweile litt er auch noch unter Alpträumen und Schlaflosigkeit.

Der Alptraum war immer derselbe. Als Kind hatte Grant vor dem Einschlafen oft eine Geschichte zu lesen begonnen, die viel zu spannend war, als daß er mit dem Weiterlesen bis zum nächsten Morgen hätte warten können. Um nicht erwischt zu werden, hatte er mit der Taschenlampe unter der Bettdecke weitergelesen, und sich dabei wie in einen weißen Kokon eingewickelt. Ungefähr alle zehn Minuten war die Luft so stickig geworden, daß er kaum noch Luft bekam, und das Herauskrabbeln in die herrlich kühle Nachtluft hatte ihm dabei fast am meisten Spaß gemacht. Jetzt, dreißig Jahre danach, kehrten diese harmlosen Kindheitserlebnisse wieder und verfolgten ihn. Er träumte, daß er sich nicht mehr aus den erstickenden Laken herauswinden konnte und daß die Luft um ihn herum stetig und unerbittlich immer stickiger wurde.

Er hatte vorgehabt, McNeil den Brief nach zwei Tagen zu geben, aber irgendwie hatte er es immer wieder aufgeschoben. Dieses Zaudern paßte eigentlich nicht zu Grant, dennoch redete er sich ein, vollkommen vernünftig zu handeln. Er wollte McNeil eine Chance geben, seinen Fehler wiedergutzumachen –

– und zu beweisen, daß er kein Feigling war, indem er die Sache als erster zur Sprache brachte. Ihm kam nicht einmal der Gedanke, daß McNeil vielleicht das gleiche von ihm erwartete …

Noch drei Tage, dann war – wie man so sagt – ihre Frist abgelaufen. Da kam Grant zum ersten Mal der Gedanke an Mord in den Sinn. Er hatte sich nach dem Abendessen auf das Steuerdeck zurückgezogen und wollte sich mit einem Blick hinaus in die Sternennacht durch die breiten Fernster entspannen, die das Steuerdeck umgaben. McNeil jedoch machte sich gerade daran, ebenso gründlich wie geräuschvoll die Kombüse zu putzen. Dabei verursachte er einen Lärm und ein Geklapper, was zumindest überflüssig, wenn nicht gar beabsichtigt war.

Zu was war dieser McNeil eigentlich zu gebrauchen? Er hatte keine Familie, keine Verpflichtungen. Wem würde sein Tod schaden?

Grant andererseits hatte Frau und drei Kinder, die er mochte, wie man seine Familie eben mag, auch wenn sie ihm nur gelegentlich ihre Zuneigung zeigten, und das mehr aus Pflichtgefühl. Einem unparteiischen Richter würde die Entscheidung, wer von den beiden überleben sollte, keine Schwierigkeiten bereiten, und wenn McNeil nur einen Funken Anstands besaß, mußte er bereits selber zu dem gleichen Ergebnis gekommen sein. Da er offenbar nichts dergleichen getan hatte, hatte er mit Sicherheit jeden Anspruch auf Mitgefühl verwirkt …

So in etwa funktionierte die elementare Logik in Grants Unterbewußtsein. Natürlich war er insgeheim schon vor Tagen zu diesem Entschuß gekommen, aber erst jetzt war es ihm gelungen, sich die Argumente so zurechtzulegen, wie es sein Unterbewußtsein verlangte.

Man muß Grant zugute halten, daß er den Gedanken sofort entsetzt von sich wies.

Er war ein aufrechter und ehrenhafter Mensch mit einem sehr strikten Verhaltenskodex. Selbst die gelegentlichen Mordgedanken der fälschlicherweise als »normal« bezeichneten Menschen waren ihm nie in den Sinn gekommen. Aber in den ganz wenigen Tagen, die ihm jetzt noch blieben, sollten sie immer häufiger auftauchten.

Die Luft wurde spürbar schlechter. Obwohl sie den Luftdruck auf ein Minimum reduziert hatten und keinerlei Mangel an Gasreinigungskanistern bestand, mit denen man das Kohlendioxyd aus der Atemluft entfernen konnte, war es trotzdem unmöglich, ein Ansteigen des Anteils an Inertgas in den schwindenden Sauerstoffreserven zu verhindern. Das Atmen fiel noch nicht wirklich schwer, aber der muffige Geruch erinnerte einen ständig an das bevorstehende Ende.

Grant war in seiner Kabine. Es war »Nacht«, aber schlafen konnte er nicht. Das war in gewisser Hinsicht eine Erleichterung, denn es lockerte ein wenig den Griff seiner Alpträume. Aber in der Nacht davor hatte er auch nicht gut geschlafen, und seine körperliche Verfassung wurde immer schlechter. Er wurde auch immer gereizter, was noch durch dem Umstand beschleunigt wurde, daß McNeil eine Ruhe an den Tag legte, die nicht nur unerwartet kam, sondern ihn regelrecht wütend machte. Grant erkannte, daß es in seinem gegenwärtigen Gefühlszustand gefährlich werden konnte, die Entscheidung noch länger hinauszuzögern. Er befreite sich aus seinen Schlafgurten, öffnete sein Schreibfach und wollte gerade nach dem Brief greifen, den er McNeil schon vor Tagen hatte geben wollen, als er plötzlich etwas *roch*.

Ein einziges Neutron setzt die Kettenreaktion in Gang, die in einem einzigen Augenblick Millionen Menschenleben und die Anstrengungen vieler Generationen vernichten kann. Ebenso unscheinbar sind die Schlüsselerlebnisse, die die Handlungsweise eines Menschen und damit seine gesamte Zukunft verändern können. Was Grant dazu brachte, mit dem Brief in der Hand innezuhalten, hätte nicht trivialer sein können, unter normalen Umständen hätte er es nicht einmal bemerkt. Es war der Geruch von Rauch – Tabakrauch.

Die überraschende Erkenntnis, daß McNeil, dieser genußsüchtige Ingenieur, sich so wenig unter Kontrolle hatte, daß er den letzten wertvollen Rest Sauerstoff für Zigaretten vergeudete, erfüllte Grant mit blinder Raserei. Einen Augenblick lang ließ ihn dieses übermächtige Gefühl vollkommen verhärten. Dann, ganz langsam, zerknüllte er den Brief in seiner Hand. Und schließlich akzeptierte er den Gedanken, der anfangs nur ein unwillkommener Eindringling, später eine beiläufige Überlegung gewesen war. McNeil hatte seine Chance bekommen und hatte sich durch diesen unglaubliche Selbstsucht ihrer unwürdig erwiesen.

Also gut – dann konnte er auch sterben.

Selbst dem stümperhaftesten Amateurpsychologen wäre das Tempo aufgefallen, mit dem Grant zu diesem selbstgerechten Entschluß kam. Er hatte sich erst beweisen müssen, daß es keinen Sinn hatte, das Ehrenhafte zu tun und irgendein Glücksspiel vorzuschlagen, daß beiden die gleiche Überlebenschance ließ. Hier war die Entschuldigung, nach der er gesucht hatte, und er ergriff sie mit beiden Händen. Jetzt konnte er den Mord an McNeil ganz nach seinem persönlichen Moralkodex planen und ausführen.

Eine Mischung aus Erleichterung und Haß trieb Grant wieder in seine Kabine. Jedes Wölkchen des Tabakaromas war Balsam für sein Gewissen.

McNeil hätte Grant sagen können, daß er ihm wieder einmal bitter unrecht tat. Der Ingenieur war seit Jahren ein starker Raucher gewesen – wenn auch wider besseres Wissen. Und er war sich auch darüber im klaren, daß er damit für die Mehrzahl von Leuten eine Belästigung darstellen mußte, die seinen Qualm nicht einatmen wollten. Er hatte versucht aufzuhören – es war ganz einfach, wie er manchmal spöttelte, schließlich hatte er es schon oft gemacht –, aber in Augenblicken der Anspannung griff er immer wieder nach diesen stinkenden Papierstengeln. Er beneidete Grant, der zu der Sorte Männer gehörte, die eine Zigarette rauchen konnten, wenn ihnen danach war, die sie aber auch ohne Bedauern weglegen konnten. Er fragte sich, wieso Grant überhaupt rauchte, wenn er nicht mußte. War das vielleicht eine Art symbolischer Rebellion ...?

Wie auch immer, McNeil hatte ausgerechnet, daß er sich zwei Zigaretten pro Tag leisten konnte, ohne daß er auch nur den geringsten meßbaren Unterschied in der Menge der Atemluft erzeugte. Welchen Luxus diese sechs oder sieben Minuten, zweimal am Tag bedeuteten – eine spätabends, eine am Vormittag, ganz weit unten im Mittelgang des Schiffes versteckt –, überstieg aller Wahrscheinlichkeit nach jegliche Vorstellungskraft eines Peter Grant und trug außerordentlich zu Angus McNeils geistigem Wohlbefinden bei. Obwohl die beiden Zigaretten keinerlei Unterschied in bezug auf den Sauerstoffvorrat machten, für McNeils Nerven waren sie beinahe lebensnotwendig und trugen so indirekt auch zu Grants Seelenfrieden bei.

Aber es hatte keinen Sinn, Grant das erklären zu wollen. Also rauchte McNeil für sich alleine und übte sich dabei in einer Selbstkontrolle, die an sich schon überraschend angenehm, wenn nicht gar wollüstig war.

Hätte McNeil von Grants Schlaflosigkeit gewußt, hätte er nicht einmal diese Zigarette spätabends in seiner nicht verschlossenen Kabine riskiert …

Für jemanden, der sich erst vor einer Stunde zum Mord entschlossen hatte, ging Grant bemerkenswert methodisch vor. Ohne großes Zögern schwebte Grant leise an der Trennwand seiner Kabine vorbei und quer durch den abgedunkelten Aufenthaltsbereich zu dem in die Wand eingelassenen Medizinkasten in der Nähe der Kombüse. Nur ein gespenstisch blaues Sicherheitslicht erhellte das Innere des Kastens, in dem Röhrchen, kleine Flaschen und Instrumente mit Velcrobändern sicher in den gepolsterten Fächern gehalten wurden. Die Ausrüster hatten für sämtliche denk- oder vorstellbaren Notfälle Instrumente und Medikamente zur Verfügung gestellt.

Hinter dem Halteband steckte ein winziges Fläschchen, dessen Bild all die Tage tief unten in Grants Unterbewußtsein verborgen gewesen war. In dem blauen Licht konnte er die feine Schrift auf dem Etikett nicht lesen – außer dem Schädel mit den gekreuzten Knochen konnte er nichts erkennen –, aber er kannte den Text auswendig: »Etwa ein halbes Gramm führt unverzüglich den beinahe schmerzlosen Tod herbei.«

Schmerzlos und unverzüglich – gut. Noch besser war etwas, das auf dem Etikett gar nicht erwähnt wurde. Das Zeug war geschmacklos.

Der größte Teil eines weiteren Tages verstrich.

Der Unterschied zwischen den von Grant zubereiteten Gerichten und denen, die McNeil sogfältig und mit bemerkenswertem Geschick zusammenstellte, war verblüffend. Jeder, der gerne gut aß und der einen Großteil seines Lebens im Raum verbrachte, sah im Erlernen der Kochkunst ein Mittel zur Selbsterhaltung. Und McNeil hatte sie nicht nur erlernt, sondern zur Perfektion gebracht. Er konnte selbst

Trockenmilch oder auch dem Saft eines rehydrierten Beefsteaks eine pikante Soße entlocken, zudem hatte er seinen eigenen Vorrat an Kräutern mitgebracht. Selbst Tiefgefrorenem entlockte er noch mit seinen Öl- und Essigkaraffen etwas Geschmack.

Für Grant war Essen ein notwendiges Übel, das man so schnell wie möglich hinter sich bringen mußte. Seine Kocherei spiegelte diese Haltung wider. McNeil hatte schon lange aufgegeben, deswegen zu murren, um so verwunderter war er dann, als er sah, mit welcher Mühe Grant dieses bescheidene Abendessen vorbereitete.

Sie trafen sich wie gewöhnlich wortlos – nur die Schranken der Höflichkeit und der Gewohnheit hinderten sie daran, sich ihre Tabletts zu schnappen und sich in ihre eigenen Gefilde zurückzuziehen. Statt dessen schwebten sie zu beiden Seiten des kleinen praktischen Tisches, darauf bedacht, den anderen nicht aus den Augen zu lassen, ohne ihn jedoch direkt anzusehen. Wenn McNeil im Verlauf des Essens bei Grant eine steigende Nervosität bemerkte, sagte er kein Wort. Tatsächlich aßen sie schweigsam. Die Möglichkeit einer lockeren Unterhaltung war ohnehin schon seit langem erschöpft. Der letzte Gang, ein Eintopf aus Mais und Bohnen, war in den Schalen serviert worden, deren Ränder nach innen gebogen waren, so daß nichts verlorengehen konnte. Anschließend räumte Grant die Reste weg und schwebte in die Kombüse nebenan, um Kaffee zu machen.

Er brauchte recht lange, wenn man bedachte, daß es sich wie immer um löslichen Kaffee handelte – denn im letzten Augenblick geschah etwas vollkommen Verrücktes. Er wollte kochendes Wasser von einem Behälter in den anderen drücken, als er sich mit einem Blick auf die beiden heißen Flüssigkeitskolben an einen alten Stummfilm erinnerte, den er irgendwann einmal auf Video gesehen hatte. Dort trat ein Clown auf – Charlie Soundso –, der immer eine Melone und einen komischen Schnäuzer trug. In diesem Film versuchte er, seine ungeliebte Frau zu vergiften. Nur hatte er versehentlich die Gläser vertauscht.

Keine Erinnerung wäre ihm jetzt weniger willkommen

gewesen. Grant bekam beinahe einen hysterischen Kicheranfall. Wenn der belesene McNeil gewußt hätte, was in Grants Hirn vor sich ging, hätte er vielleicht angedeutet, daß Grant von Poes ›Alp der Perversheit‹ befallen worden wäre, jenem Dämon, der sich daran ergötzt, den Grundsätzen der Selbserhaltung zu trotzen.

Gut eine Minute verstrich, bis Grant zitternd die Kontrolle über sich zurückgewann. Seine Nerven befanden sich in einem schlimmeren Zustand, als er gedacht hatte.

Aber er war überzeugt, äußerlich zumindest ganz ruhig zu wirken, als er die beiden Plastikbehälten und ihre beiden Trinkhalme hineintrug. Jetzt bestand keine Gefahr mehr, sie zu verwechseln: auf dem des Ingenieurs stand in großen Buchstaben M A C. Er schob ihn McNeil herüber und beobachtete dann fasziniert – wobei er seine Faszination zu verbergen suchte –, wie McNeil mit dem Behälter spielte. Er schien es nicht sonderlich eilig zu haben; er starrte trübsinnig vor sich hin. Dann endlich setzte er den Trinkhalm an und nippte –

– und spuckte alles sofort wieder aus. Er starrte den Trinkkolben entsetzt an. Eine eiskalte Hand umfaßte Grants Herz. McNeil räusperte sich, drehte sich zu ihm um und sagte ganz ruhig. »Also Grant, wenigstens hast du den Kaffee einmal richtig gemacht. Aber leider auch sehr heiß.«

Ganz langsam nahm Grants Herz wieder die unterbrochene Arbeit auf. Er traute sich nicht, etwas zu sagen, aber wenigstens brachte er ein unverfängliches Nicken zustande.

McNeil parkte den Kolben vorsichtig mitten in der Luft, wenige Zentimeter von seinem Gesicht entfernt. Sein fleischiges Gesicht nahm einen grüblerisch-nachdenklichen Ausdruck an, so als wägte er seine Worte für eine wichtige Ankündigung ab.

Grant fluchte innerlich, weil er den Kaffee so heiß gemacht hatte. Genau diese Kleinigkeiten wurden Mördern leicht zum Verhängnis. Und wenn McNeil noch länger mit dem wartete, was er zu sagen hatte, verriet sich Grant wahrscheinlich durch seine Nervosität.

Nicht, daß das McNeil jetzt noch etwas nützen würde.

Endlich sprach McNeil. »Ich nehme an, dir ist aufgefallen«, sagte er ruhig und beiläufig, »daß für einen von uns noch genug Luft bis zur Venus vorhanden ist.«

Grant mußte mit aller Gewalt seine überdrehten Nerven unter Kontrolle bringen und seinen Blick von McNeils fatalem Behälter Kaffee reißen. Als er antwortete, kam ihm seine Kehle wie ausgedörrt vor. »Ich ... ich habe auch schon daran gedacht.«

McNeil berührte den schwebenden Kolben, fand ihn immer noch zu heiß und fuhr nachdenklich fort: »Dann wäre es doch sicherlich sinnvoller, wenn einer von uns sich dazu durchringen könnte, sagen wir, durch die Luftschleuse zu spazieren – oder von dem Gift hier drin zu trinken.« Er deutete mit einer Kopfbewegung auf das Medizinschränkchen, das sich in einer Wandbiegung nicht weit von dort befand, wo sie schwebten.

Grant nickte. Ja, das wäre durchaus sinnvoll.

»Die einzige Schwierigkeit«, überlegte McNeil, »besteht natürlich darin, zu entscheiden, wer von uns beiden der Pechvogel sein soll. Wir könnten Karten ziehen ... oder etwas ähnlich Willkürliches machen.«

Grant starrte McNeil derart fasziniert an, daß er darüber beinahe seine steigende Nervosität vergaß. Er hätte es nie für möglich gehalten, daß der Ingenieur so ruhig über die Angelegenheit sprechen könnte. Offensichtlich hatten sich McNeils Gedanken in ähnlichen Bahnen wie seine bewegt; man konnte es kaum als Zufall bezeichnen, daß er sich ausgerechnet diesen Augenblick ausgesucht hatte, um die Sache zur Sprache zu bringen. Aus seiner Art zu reden ging deutlich hervor, daß er keinerlei Verdacht geschöpft hatte.

McNeil beobachtete Grant scharf, so als wollte er seine Reaktion abschätzen.

»Du hast recht«, hörte Grant sich sagen. »Wir müssen darüber reden. Bald.«

»Ja«, sagte McNeil leidenschaftslos. »Das müssen wir.« Dann griff er nach seinem Kaffee und führte den Trinkhalm an seine Lippen. Er saugte gemächlich und lange daran.

Grant konnte es kaum abwarten, daß er fertig wurde.

Aber die erhoffte Erleichterung blieb aus; eher spürte er Bedauern, doch keine Reue. Jetzt war es ein wenig spät, um daran zu denken, wie einsam er an Bord der *Sternenkönigin* sein würde, wenn ihn in den kommenden Tagen seine Gedanken verfolgten.

Er wollte McNeil auf keinen Fall sterben sehen. Plötzlich wurde ihm übel. Ohne noch einen Blick auf sein Opfer zu werfen, stieß er sich Richtung Steuerdeck ab.

12

Unbeweglich blickten die glühende Sonne und die Fixsterne auf die *Sternenkönigin* herab, die, an der Unendlichkeit des Kosmos gemessen, genauso still stand wie sie.

Ein naiver Beobachter hätte unmöglich erkennen können, daß dieses winzige Molekülmodell eines Raumschiffes jetzt seine Höchstgeschwindigkeit in Relation zur Erde erreicht hatte und kurz davor stand, einen gewaltigen Rückstoß zu zünden, um sich durch dieses Bremsmanöver auf die Parkumlaufbahn von Port Hesperus zu bringen. Tatsächlich hatte ein kosmischer Beobachter keinerlei Grund, anzunehmen, die *Sternenkönigin* hätte irgend etwas mit intelligentem Absichten oder Leben zu tun –

– bis sich die Hauptluftschleuse oberhalb der Kommandokapsel öffnete und das Licht des Innenraums gelblich in die kalte Dunkelheit strahlte. Einen Augenblick lang hing der Lichtkreis seltsam im schwarzen Schatten des fallenden Schiffes; dann verdunkelte sich die Öffnung abrupt, als zwei menschliche Gestalten aus dem Schiff schwebten.

Eine der beiden massigen Gestalten bewegte sich, die andere jedoch nicht. Was im Schatten geschah, war nur undeutlich auszumachen; schließlich geriet die bisher reglose Gestalt in Bewegung, zuerst langsam, dann mit stetig steigender Geschwindigkeit. Sie glitt aus dem Schatten des Schiffs heraus in das grelle Sonnenlicht. Jetzt hätte ein kosmischer Beobachter mit einem kräftigen Teleskop vielleicht die Stickstoffflasche sehen können, die man ihm auf den Rücken geschnallt und dessen Ventil man offen gelassen hatte – eine simple, aber wirkungsvolle Rakete.

Die Leiche – denn darum handelte es sich – drehte sich langsam um die eigene Achse, taumelte auf die Sterne zu und war in weniger als einer Minute verschwunden. Die andere Gestalt verharrte in der offenen Luftschleuse und sah zu, wie sie davontrieb. Dann schloß sich die äußere Luke mit einem Schwung, der strahlende Kreis verschwand, und nur noch das leuchtendhelle, von der Venus reflektierte Sonnenlicht schimmerte matt auf der Außenwand des Schiffs.

In den folgenden sieben Tagen geschah in unmittelbarer Nähe der *Sternenkönigin* nichts von Bedeutung.

Teil 4

EINE FRAGE DER EHRE

13

Sie holte den uniformierten Mann ein, als er auf dem Gelände des Councils den Fußweg am Fluß entlang lief. Er hatte gerade die Büros der Raumkontrollbehörde verlassen. Die angelegten Gärten waren grün von den zarten Blätter der knospenden Bäume. Es war wieder Frühling in Manhattan …

»Assistenzinspektor Troy, Commander. Man sagte mir, ich soll versuchen, Sie noch zu erwischen, bevor Sie weg sind.«

Er ging weiter. »Ich gehe nicht fort, Troy. Ich wollte nur ein wenig frische Luft schnappen.« Sie lief neben ihm her. Er war hager, vom Aussehen her slawischer Abstammung, hatte einen eisengrauen Bürstenhaarschnitt und sprach mit kanadischem Akzent und einer heiseren Stimme, die kaum mehr als ein Flüstern war. Seine blaue Uniform war gebügelt und makellos sauber, die goldenen Abzeichen auf seinem Kragen glänzten; an seiner Brust steckten nur wenige Ordensbänder, aber es waren die, die zählten. Ungeachtet des blauen Anzugs und der Stellung im Hauptquartier verriet das zerfurchte und fast schwarz gebrannte Gesicht des Commanders seine Jahre im fernen Weltraum.

Er öffnete ein silbernes Pillendöschen warf sich eine winzige violette Kugel in den Mund – dann schien er sich wieder an Sparta zu erinnern, die neben ihm herlief. Am Stahlgeländer blieb er stehen und hielt ihr die geöffnete Dose hin. »Möchten Sie eine? Es sind Rademas.« Als sie zögerte, sagte er: »Viele von uns nehmen sie, wie Sie bestimmt wissen – sie versetzen einem einen leichten Kick und reinigen das System in 20 Minuten.«

»Nein, danke, Sir«, sagte sie standhaft.

»Ich habe nur Spaß gemacht«, erwiderte er. »In Wirklichkeit ist es Pfefferminz für den Atem. Veilchengeschmack. Der stärkste Bestandteil ist Zucker.« Er verzog sein Gesicht zu einer Grimasse, die kaum noch einem Grinsen glich. Er hielt ihr immer noch die offene Dose hin. Sparta schüttelte den Kopf, und er klappte den Deckel zu. »Wie Sie wollen.« Er verzog angewidert das Gesicht und spuckte das Pfefferminzbonbon, das er unter der Zunge gehalten hatte, über das Geländer in den eisigen East River. »Den Scherz habe ich mir schon zu oft erlaubt; ihr Neulinge seid einfach zu gerissen.«

Er blickte hinaus auf das Wasser, auf dessen grüner Oberfläche sich langbeinige Algenerntemaschinen drängten, deren vielfach verzweigtes, rostfreies Stahlgerüst das goldene Sonnenlicht des frühen Morgens widerspiegelte. Der Commander starrte an ihnen vorbei, direkt in die Sonne. Nach einer Weile räusperte er sich geräuschvoll und drehte sich wieder zu Sparta. »Okay. Inspektor Bernstein hat offenbar eine sehr hohe Meinung von Ihnen. Sie hat Ihnen eine gute Beurteilung geschrieben. Wir werden Ihnen einen Einzelauftrag geben.«

Spartas Puls raste. Endlich, nach zwei Jahren, die Aussicht auf einen Einzelauftrag! »Ich bin ihr für die Empfehlung sehr dankbar.«

»Das glaube ich Ihnen gerne. Bestimmt haben Sie es nie für möglich gehalten, daß sie Sie aus ihren Fängen entläßt.«

Sparta erlaubte sich ein Lächeln. »Na ja, Sir, ich muß zugeben, beinahe hätte ich Newark besser kennengelernt, als mir lieb war.«

»Ich kann Ihnen allerdings nicht garantieren, daß Sie

anschließend wieder hierher zurück müssen, Troy. Das kommt ganz darauf an.«

»Wie lautet der Auftrag, Commander?«

»TDY nach Port Hesperus. Die Sache mit der *Sternenkönigin*. Dürfte eigentlich nicht allzu schwierig werden. Entweder wurde das Schiff von einem Meteorit durchlöchert, oder eben nicht. In dem Fall ist es von alleine kaputtgegangen, oder jemand hatte dabei die Finger im Spiel. Der Besitzer und die meisten der Betroffenen sind mit der *Helios* bereits unterwegs nach Port Hesperus, aber wir werden dafür sorgen, daß Sie als erste dort eintreffen. Sie arbeiten mit einem gewissen Proboda von dort zusammen. Er hat das höhere Dienstalter, aber Sie werden die Leitung übernehmen. Da fällt mir ein ...« Er faßte in die Innentasche seiner Jacke und zog ein Lederetui hervor. »Wir wollen schließlich nicht, daß Sie von den Leuten dort herumgeschubst werden« – er klappte das Etui auf, so daß man ein goldenes Abzeichen sehen konnte – »deswegen haben wir Sie befördert.« Er reichte es ihr. »Hier haben Sie ein sichtbares Hilfsmittel. In Ihrem Fall aus Silber. Die elektronischen Daten sind bereits im System.«

Sparta nahm das Etui in beide Hände und betrachtete das winzige Abzeichen. Ihre Wangen leuchteten zartrot auf.

Der Commander beobachtete sie einen Augenblick, dann sagte er unvermittelt: »Für Feierlichkeiten ist leider keine Zeit, Inspektor. Trotzdem herzlichen Glückwunsch.«

»Vielen Dank, Sir.«

»Da kommt Ihre Maschine.« Sie drehte sich mit ihm zusammen um, als ein Helikopter kreischend auf den Landeplatz vor dem Turm des Councils zuflog. Er setzte sachte auf, seine Turbinen gingen in Leerlauf über, und seine Rotoren zogen gemächlich pfeifend ihre Kreise. »Ihre persönlichen Sachen können Sie hierlassen, fordern Sie einfach an, was Sie brauchen«, sagte der Commander. »Es muß natürlich im Rahmen bleiben. Sie nehmen das Shuttle von Newark aus. Alles, was Sie wissen müssen, ist bereits im System. Wenn nötig, unterrichten wir Sie über den neuesten Stand.«

Ihre plötzlich bevorstehende Abreise verunsicherte sie etwas, aber sie versuchte, sich nichts anmerken zu lassen. »Eine Frage, Sir.«

»Ja, bitte.«

»Warum jemand aus der Erdzentrale, Sir? Warum überlaßt man die Ermittlungen nicht Port Hesperus?«

»Auf Port Hesperus ist eine Stelle zur Zeit nicht besetzt. Captain Antreen hat die Leitung dort. Sie hat sich angesehen, wer bei uns zur Verfügung stand und namentlich um Sie gebeten.« Der Commander grinste wieder. »Sie können sich bei ihr bedanken. Bernstein hätte Sie nie aus dem Zoll rausgelassen.«

Sparta salutierte und ging rasch auf den Helikopter zu. Als sie ging, beobachtete sie der Commander mit unverhohlenem Neid.

Abgesehen von der dreiköpfigen Besatzung war Sparta an Bord des kleinen, brenndüsenbetrieben Schiffes der einzige Passagier. Das schlanke, weiße Schiff, das das blaue Band und den goldenen Stern der Raumkontrollbehörde trug, raste auf seiner hyperbolischen Bahn blitzschnell auf die Sonne zu und dockte eine Woche nach Spartas hastiger Beförderung in Port Hesperus an. Zwei Tagereisen weiter draußen und weniger als eine Woche vor ihrer Ankunft in Port Hesperus traf eine Funkmeldung ein. *Es spricht Commander Peter Grant von der* Sternenkönigin. *Ingenieur McNeil und ich sind gemeinsam zu dem Entschluß gekommen, daß ausreichend Sauerstoff für einen Mann bleibt …*

Weniger als eine Stunde später hatte die Erdzentrale mit Sparta Verbindung aufgenommen. Im Funkraum des kleinen Raumschiffs erschien das zerfurchte und braungebrannte Gesicht des Commanders. »Also, Troy, jetzt wird die Sache vertrackt. Wir müssen herausfinden, ob der Mann heute morgen aus eigenen Stücken durch die Luftschleuse gegangen ist oder ob ihm jemand dabei geholfen hat.«

»Verstanden, Sir. Kann ich die angeforderten Akten über die Passagiere der *Helios* bekommen?«

Es dauerte ungefähr eine Minute, bis ihre Worte die Reise zur Erde gemacht hatten, und seine den Weg zurück. »Sie bekommen sofort alles von uns, was wir über die schwarzen Kanäle kriegen können«, sagte er. »Ich kann Ihnen verraten, daß Sie es dort mit einem merkwürdigen Haufen zu tun bekommen werden. Einem bekannten Schwindler, der für die Versicherungsgesellschaft dort arbeitet – die wissen selbst Bescheid, es wird ihnen vermutlich also nichts ausmachen. Einer Frau, die mit schweren Maschinen und alten Büchern zu tun hat. Ihrer gegenwärtigen Freundin. Dem Besitzer eines Raumschiffs mit einer derart seltsamen Vergangenheit, daß er den Namen hat wechseln müssen. Und dann noch mit einem Kerl, über den wir fast gar nichts wissen.«

»Vielen Dank, Commander.«

Eine Minute später sagte er, »Passen Sie auf sich auf, Inspektor.« Dann meldete er sich ab.

Drei Tage vor seiner Ankunft in Port Hesperus kreuzte das kleine Raumschiff den Weg der *Helios*, und wiederum einen Tag später den der *Sternenkönigin*. Hätte Sparta ein Teleskop gehabt, hätte sie die schnellen Schiffe mit den Augen eines kosmischen Beobachters betrachten können. Aber eigentlich interessierten sie eher die Menschen an Bord.

Mit lodernder Brenndüse stieg das kleine Raumschiff hinab zu den riesigen Ringen, Speichen und zylindrischen Röhren von Port Hesperus, diesem gigantischen sich drehenden Konglomerat einer Raumstation, die in einer hohen Umlaufbahn über den grellen, verwirrenden Wolken der Venus hing und deren Achse genau auf den Mittelpunkt des Planeten wies.

Am äußersten Rand der strahlungsfreien Zone brannte die Düse des kleinen Raumschiffs aus. Es näherte sich vorsichtig mit chemischem Antrieb.

Port Hesperus geht als einer der Triumphe der Ingenieurs- und Baukunst des 21. Jahrhunderts. Man hatte es fast vollständig aus Rohmaterialien von eingefangenen Asteroiden errichtet. Innerhalb von zwei Jahrzehnten hatte es seine Kosten wieder hereingebracht, da man von dort die Rohstoffe auf der Oberfläche des Planeten ausbeuten konnte. Gegenwärtig wohnten dort 100000 Menschen unter Bedingungen, die neun Zehntel der Erdbevölkerung als luxuriös bezeichnen würden. Es gab zum Beispiel Parks, Wiesen ... Die riesige gläserne Zentralkugel der Station war voller üppiger Gärten, einige davon hatte man im Gedenken an die alten Träume geschaffen, in denen die Venus eine Welt voller Sümpfe und Dschungel war. Wenn man zur Venus kam, konnte man durchaus den Dschungel sehen, nur mußte man sich an die Pfade in der strahlend hell erleuchteten Zentralkugel von Port Hesperus halten. Versuchen Sie am besten gar nicht erst, auf die Oberfläche des Planeten zu gelangen, fragen Sie nicht mal danach. Von den fünf Menschen, die es in gepanzerten und mit Hitzeschilden versehenen Landungsfahrzeugen versucht hatten, waren nur zwei zurückgekehrt, die etwas darüber hatten berichten können.

Mit Hilfe seines chemischen Antriebs glich Spartas Schiff sich der Drehung des Landedocks an der Sternenseite an. Fünfzehn Minuten später war es mit Hilfe der automatischen Landekontrollen bis in das zentral gelegene Landedock gelangt.

Im Hochsicherheitstrakt des Landedocks ging es äußerst sachlich zu, kein Firlefanz, keine Annehmlichkeiten – nur weißer Stahl und schwarzes Glas, Röhren, Schläuche und blinkende Lichter. Eine Röhre schloß sich über der Luftschleuse des Schiffs wie eine riesige Kaulquappe, die Luft strömte unter hohem Druck hinein, und die Luke des Schiffs öffnete sich mit einem saugenden Geräusch.

Sparta schlug sich die Hände über die schmerzenden Ohren. Sie trieb in der Luftschleuse und sah sich plötzlich einer Delegation der örtlichen Zentrale der Raumkontrollbehörde gegenüber, die in der Anlegeröhre des Docks auf sie zukam. Übermäßig freundlich sahen sie nicht gerade aus.

Die Größte aus der hiesigen Delegation war Captain Kara

Antreen. Sie trug einen grauen Wollanzug, der bestimmt eines ihrer ansehnlichen Monatsgehälter gekostet hatte; ihr graues Haar war zu einem strengen Pagenfrisur geschnitten, und sie fixierte Sparta sofort mit ihren blaßgrauen Augen unter den dichten, schwarzen Brauen.

Selbst wenn sie sich nicht die Hände über die Ohren gehalten hätte, wäre Sparta gesellschaftlich im Nachteil gewesen. Das lag an ihrer Kleidung. Obwohl der Commander sie dazu eingeladen hatte, hatte sie aus den Vorräten des Schiffes nur wenig anfordern können – die Phantasie des Quartiermeisters schien sich auf Turnhosen, Toilettenartikel, Dünnbier und Unterhaltungsartikel, vornehmlich Softpornochips, zu beschränken – somit hatte sie sich nur Unterwäsche sowie ein paar Socken zum Wechseln ausgesucht, eine Zahnbürste und einen Kamm gekauft und war auf Port Hesperus immer noch im Gewand eines Assistenzinspektors des Zolls und der Einreisebehörde auf einem Shuttleport angekommen. Mit anderen Worten: Sie sah aus wie die Zivilversion einer bestechlichen Hafenratte: einen öder, olivfarbener Pullover und eine Windjacke aus Polymergewebe. Ein Aufzug, der alles andere als offiziell wirkte, aber zumindest war er ordentlich und sauber.

»Ellen Troy, Captain«, sagte Sparta. »Ich freue mich darauf, mit Ihnen und Ihren Leuten zusammenzuarbeiten.«

»Troy.« Antreen lächelte, und die Spannung ließ etwas nach. »Und wir freuen uns auf die Zusammenarbeit mit Ihnen. Wo immer wir Ihnen helfen können – was es auch sei –, sollen Sie wissen, daß wir für Sie da sind.«

»Das ist wirklich ...«

»Klar?«

»Gewiß, Captain, vielen Dank.«

Antreen hielt ihr die Hand hin, sie ergriff sie und drückte sie kraftvoll. »Inspektor Troy, das ist mein Gehilfe, Lieutenant Kitamuki. Und dies ist Inspektor Proboda.«

Sparta schüttelte den anderen die Hände – Kitamuki war eine schlanke Frau mit langen, schwarzen Haaren, das sie in einem Knoten zusammengebunden hatte und das in einem geschwungenen Pferdeschwanz über eine Schulter floß.

Proboda war ein grobschlächtiger, blonder Riese von einem Mann, wahrscheinlich Pole oder Ukrainer, dessen leicht schräge Augen eine Spur der alten Ledernackenmentalität der Kosaken verrieten. Antreen hatte ihr freundlichstes Lächeln aufgesetzt, aber ihre beiden Kumpane sahen Sparta an, als überlegten sie, ob sie sie auf der Stelle verhaften sollten.

»Wir suchen uns besser ein Fleckchen mit ein wenig Schwerkraft«, sagte Antreen. »Dann zeigen wir Ihnen, wo Sie wohnen werden, Troy. Und wenn Sie sich eingerichtet haben, wollen wir sehen, ob wir Ihnen nicht einen Schreibtisch im Büro des Hauptquartiers anbieten können.« Sie verschwand schnell. Kitamuki und Proboda traten auseinander, um Sparta passieren zu lassen, um sich dann hinter ihr zu formieren.

Es bereitete Sparta keine Schwierigkeiten, Antreen in der Schwerelosigkeit des Durchgangs zu folgen, als sie von der stillstehenden Achse des Schiffes durch die metallgrauen Schotts des Sicherheitssektors schwebten – während ihrer Reise hatte sie drei Tage ohne Beschleunigung durchgemacht, und ihr Körper hatte daher noch nicht vergessen, was es hieß, Raumfahrerbeine zu haben. Sie passierten die riesige Gleitverbindung der Station. Sparta mußte einen Augenblick innehalten, um sich an die Drehung zu gewöhnen. Dann gingen sie weiter, kamen durch schwarz-gelb gestreifte Notluken, betraten breitere Korridore, bis sie eine der Haupthallen in dem sich drehenden Teil der Station erreichten, die weit genug von der Achse entfernt war, um eine minimale Schwerkraft und so einen »Fußboden« zu erzeugen, der gleichzeitig die innere zylindrische Oberfläche der Halle selbst bildete. Als sie die Halle betreten hatten, drehte sich Antreen auf den Planeten zu und damit auch auf das Hauptquartier der Raumkontrollbehörde, das in der zentralen Kugel der Station untergebracht war.

Sparta blieb stehen. Kitamuki und Proboda stolperten beinahe über sie. »Stimmt irgend etwas nicht, Inspektor?« fragte Antreen.

»Es ist sehr freundlich von Ihnen«, sagte Sparta mit einem

Lächeln. »Aber die Zeit ist zu knapp. Ich kann mir meine Wohnung erst nachher ansehen.«

»Wenn Sie meinen. Aber wir können Sie doch erst einmal im Hauptquartier unterbringen?«

»Ich werde erst zur Raumkontrolle gehen. Die *Sternenkönigin* trifft in knapp einer Stunde ein.«

»Wir haben noch keine Genehmigung für Sie«, sagte Antreen.

»Das macht nichts«, antwortete Sparta.

Antreen nickte. »Sie haben natürlich recht. Ihr Abzeichen reicht vollkommen. Wissen Sie, wie Sie dorthin kommen?«

»Wenn mich jemand begleiten möchte ...« sagte Sparta.

»Inspektor Proboda wird Sie begleiten. Er wird sich um alles kümmern, was Sie brauchen«, sagte Antreen.

»Gut, Danke. Gehen wir.« Sparta hatte sich schon abgewandt und schritt auf die durchsichtige Kuppel der Raumkontrolle zu, welche die riesige Raumstation überdeckte. Obwohl sie sich von der Erde nie weiter als bis zum Mond entfernt hatte, kannte sie den Plan von Port Hesperus bis ins kleinste Detail. Die ältesten Bewohner und auch die Leute, die es entworfen und gebaut hatten, wären überrascht gewesen.

Sie brauchte nur wenige Augenblicke, um, vorbei an geschäftigen Arbeitern und Büroangestellten, durch die Korridore und Durchgänge zu gelangen. An der Doppelglastür des Zentralbaus hatte Proboda sie eingeholt. Er hatte den gleichen Dienstgrad wie sie, war aber älter. Damit zurechtzukommen war die erste Herausforderung ihres Auftrages.

Der Patrouillenbeamte der Station warf kurz einen Blick auf Spartas Abzeichen, dann auf den schwer atmenden Proboda, den er wiedererkannte. Der Wächter winkte die beiden durch die Glasschleuse in die glitzernde Dunkelheit der Raumkontrolle auf Port Hesperus.

Durch die gewölbte Glaskuppel konnte Sparta deutlich die Punkte von Tausenden von Fixsternen sehen. Unter der Kuppel waren sanft leuchtende Terminals ringförmig übereinander angeordnet wie die Sitzreihen in einem römischen

Amphitheater. Vor jedem Pult schwebte lose angegurtet schwerelos ein Kontrollbeamter. Die Türen, durch die Proboda und Sparta hereingekommen waren, befanden sich in der Mitte des Rings. Sie hatten die Kuppel betreten wie Gladiatoren die Arena, allerdings hatte niemand ihre Ankunft bemerkt. Hoch über ihren Köpfen und noch über der obersten Reihe der Schaltpulte hing im parabolischen Brennpunkt des schüsselförmigen Raumes an drei dünnen Streben die Plattform des Chefkontrolleurs.

Sparta stieß sich nach oben ab.

Als sie sachte auf dem Rand der Plattform auftraf, drehte sie sich um. Der Chefkontrolleur und sein Vertreter schienen über ihre Ankunft nicht sonderlich überrascht zu sein.

»Mr. Tanaka, ich bin Inspektor Ellen Troy von der zentralen Ermittlungsstelle.« Sie hatte die Namen sämtlicher wichtiger Funktionsträger der Station auswendig gelernt. »Und das hier ist Inspektor Proboda«, fügte sie mit einem finsteren Blick hinzu, als der blonde Riese hinter ihr auftauchte. »Ich bin mit der Untersuchung der *Sternenkönigin* beauftragt.«

»Hallo, Vik«, sagte der Kontrolleur gutgelaunt und grinste den verwirrten Polizisten an. Er nickte Sparta zu. »Gut, Inspektor. Wir haben die *Sternenkönigin* seit 36 Stunden auf Automatik. In ungefähr 72 Minuten müßte wir sie an Bord haben.«

»Wo parken Sie das Schiff, Sir?«

»Überhaupt nicht. Sie haben recht, normalerweise würden wir kein Schiff von dieser Masse auf Dock legen, sondern es auf einer Umlaufbahn parken. Aber Captain Antreen von Ihrer Abteilung hier hat vorgeschlagen, die *Sternenkönigin* in den Sicherheitssektor zu bringen, wo wir den ... Überlebenden leichter herausholen können. Das wäre dann auf Dock Q3, Inspektor.«

Diese Anordnung Antreens überraschte Sparta ein wenig – schließlich hatte das Mannschaftsmitglied eine Woche auf der *Sternenkönigin* alleine überlebt, und die zusätzliche halbe Stunde, die es dauern würde, ihn mit einem Lastenshuttle aus der Parkumlaufbahn zu holen, dürfte kaum eine Rolle spielen.

»Wenn Sie nichts dagegen haben, würde ich gerne hierbleiben und mir das Andocken ansehen«, sagte sie. »Und ich möchte die erste in der Reihe sein, wenn die Schleuse geöffnet wird. Seien Sie doch bitte so freundlich, und informieren Sie diesbezüglich Ihre Leute.« Sie drehte den Kopf, denn sie spürte, daß Proboda protestieren wollte. »Sie werden natürlich mit mir an der Luftschleuse sein, Inspektor«, sagte sie.

»Wir haben nichts dagegen«, sagte Tanaka. Ganz war er nicht einverstanden. »Sobald das Schiff sicher drin ist, haben wir mit der Sache nichts mehr zu tun. Wenn Sie mich jetzt entschuldigen würden ...« Der muskulöse Mann fuhr sich mit seiner dicken Hand leicht über seinen Bürstenhaarschnitt. Erst als er sich nach vorne aus seinen Haltegurten schob, in denen er die ganze Zeit gehangen hatte, bemerkte Sparta, daß er keine Beine hatte.

Eine Stunde verstrich im Gebäude der Raumkontrolle. Irgendwo unten ging die heiße Sonne auf. Von ihrem Platz auf der Plattform des Chefkontrolleurs aus konnte Sparta zu den Sternen hinaufsehen. Auf der anderen Seite ging die mächtige Venus auf. Sie konnte auf den ersten der vielen Ringe von Port Hesperus herabsehen, der sich unablässig wie ein himmlisches Karussell um die stationäre Zentralachse drehte. Die Venus konnte sie nicht erkennen; sie befand sich direkt unter der Station, aber die Reflektion der Schwefelsäurewolken des Planeten auf den gestrichenen Metallwänden der Station war von unten beinahe so hell wie die direkten Sonnenstrahlen von oben.

Sparta richtete ihre Aufmerksamkeit nicht auf die Raumstation, sondern auf das hundert Meter lange weiße Schiff, das senkrecht vor den Sternen zu stehen schien und sich zentimeterweise mit Hilfe seiner Manöverdüsen in den klaffenden Schlund unterhalb der Kuppel der Raumkontrolle herabließ.

Der Anblick löste eine merkwürdige Erinnerung aus, an ein Gartengrillfest in Maryland – wer war damals dabeigewesen? Ihr Vater? Ihre Mutter? Nein. Ein Mann, eine Frau mit grauen Haaren, weitere ältere Ehepaare, von denen sie weder wußte, wie sie aussahen, noch wo sie sie hinstecken sollte – aber das war nicht so wichtig, eigentlich erinnerte sie sich an ein Vogelhäuschen, das man am Ast einer Ulme im Garten mit einem langen dünnen Draht aufgehängt hatte. Und am Ende dieses Drahtes hing das Vogelhaus, ungefähr zwei Meter unterhalb des Astes und einen Meter über dem Boden, um das Futter vor den Eichhörnchen zu schützen. Aber eines der Eichhörnchen ließ sich keinen Strich durch die Rechnung machen; es hatte gelernt, den Draht mit allen vieren zu umfassen und langsam und voller Angst kopfüber vom Ast oben bis unten zum Vogelhaus daran herabzugleiten. Die Leute, die das Grillfest gaben, waren von dem Wagemut des Eichhörnchens derart begeistert, daß sie noch keinen neuen Plan geschmiedet hatten, um es daran zu hindern. Sie waren ehrlich begeistert und wollten, daß Sparta sah, wie das Tier sein Kunststück vorführte.

Und hier war jetzt dieser riesige, weiße Raumfrachter, der kopfüber an einem unsichtbaren Draht in den Schlund des Landedocks glitt …

Da war noch etwas, das ihr die Erinnerung mitzuteilen versuchte … aber sie kam einfach nicht darauf. Sie zwang ihre Aufmerksamkeit wieder in die Gegenwart zurück. Die *Sternenkönigin* hatte angedockt.

Der Durchgang zur Schleuse außerhalb des Sicherheitssektors wurde von Medienleuten versperrt. Sparta erreichte mit Proboda im Schlepptau das hintere Ende der Menschenmenge.

»Ich frage mich, was er jetzt wohl fühlt«, sagte ein Kameramann und fummelte mit seinem Videochip-Photogramm herum.

»Kann ich dir genau sagen«, meinte ein aalglatter geschniegelter Typ, ein Reporter, wie er im Buche steht. »Er ist froh, daß er noch lebt ...«

Sparta spürte, daß Proboda von seiner Stellung Gebrauch machen und die Medienhunde aus dem Durchgang vertreiben wollte. Sie kam ihm sachte zuvor. »Ich möchte hören, was sie sagen«, murmelte sie und berührte seinen Arm.

» ...was anderes wird ihn verdammt wenig interessieren«, schloß der Reporter.

»Ich weiß nicht, ob ich einen Kumpel im Raum lassen würde, damit ich wieder nach Hause kann.«

»Wer will das schon? Aber du hast doch die Sendung gehört – sie haben es ausdiskutiert, und der Verlierer ist durch die Luftschleuse gegangen. Das war das einzig Vernünftige.«

»Vernünftig? Meinst du wirklich – ich fände es jedenfalls schrecklich, wenn ich zusehen müßte, wie sich jemand für mich opfert, damit ich weiterleben kann ...«

»Jetzt tu doch nicht so gottverdammt sentimental. Wenn uns beiden das passiert wäre, hättest du mich rausgeschoben, bevor ich Zeit gehabt hätte, meine Gebete aufzusagen.«

»Nur, wenn du mir nicht zuvorgekommen wärst.«

Sparta hatte genug gehört. Sie drängte sich neben den Reporter und sagte ruhig; »Raumkontrolle, gehen Sie bitte zur Seite.« Mühelos machte sie sich den Weg frei, und Proboda folgte ihr.

Sie ließen das Gedränge an der Schleuse zum Sicherheitssektor hinter sich. Hinter dem versiegelten Gleitring des Kernstücks erreichten sie die Schleuse Q3, vor der beinahe ebenso viele Techniker und medizinisches Personal standen. Hinter dem großen Glastor schob sich, nur wenige Meter entfernt, der kolbenartige Kopf der *Sternenkönigin* an seinen Platz, wobei er geduldig von kleinen Schleppern geschoben und gezogen wurde. Während sich eine Röhre über die Hauptluftschleuse des Schiffes stülpte, wechselte Sparta ein paar Worte mit den Medizinern und den anderen Leuten.

Als der Druck mit einem Knall ausgeglichen wurde und

sich die Luke der *Sternenkönigin* öffnete, stand Sparta direkt davor, und zwar allein.

Der Gestank aus dem Inneren des Schiffes war mehr als widerlich. Trotzdem atmete sie tief ein und schmeckte die Luft mit ihrer Zunge. Aus dem Geschmack der Luft erfuhr sie Dinge, die keiner der folgenden Tests ihr hätte sagen können.

Es dauerte fast eine Minute, bis aus der Tiefe des Schiffes ein verstörter, ausgezehrter Mann in den Lichtkreis schwebte. Dort, immer noch in der *Sternenkönigin*, verweilte er einen Augenblick. Er befand sich kurz vor der Landeröhre. Er schüttelte sich und holte einmal tief Luft – und noch einmal –, dann richtete er seine wäßrigen Augen auf Sparta.

»Wir sind froh, Sie wieder sicher bei uns zu haben, Mr. McNeil«, sagte sie.

Er sah sie einen Augenblick lang an, dann nickte er.

»Mein Name ist Ellen Troy. Ich bin von der Raumkontrollbehörde. Ich werde Sie begleiten, während die Ärzte Ihnen wieder auf die Beine helfen. Ich muß Sie bitten, zu niemandem außer mir zu sprechen, bis ich es Ihnen erlaubt habe – ganz gleich, wer Sie fragt und was er fragt. Sind Sie damit einverstanden, Sir?«

Wieder nickte McNeil kraftlos.

»Wenn Sie jetzt bitte zu mir kommen würden, Sir ...«

McNeil tat, wie ihm geheißen. Als er aus der Luke heraus war, schoß Sparta an ihm vorbei und legte den Hebel der Außenschleuse um. Die massive Außentür schloß sich und rastete mit einem spürbaren, dumpfen Aufschlag ein. Sparta fuhr mit der Hand in die rechte Hüfttasche ihrer Arbeitshose und zog eine biegsame, grellrote Plastikscheibe hervor, die sie über den Rand der Luke klebte – und so wie einen Briefumschlag mit einem Klumpen Wachs versiegelte. Dann drehte sie sich um und nahm McNeil am Arm. »Kommen Sie bitte mit.«

Viktor Proboda blockierte den Ausgang der Landeröhre. »Inspektor Troy, meiner Ansicht nach muß dieser Mann verhaftet und das Schiff unverzüglich durchsucht werden.«

»Sie irren sich, Inspektor Proboda.« Ein Glück! dachte sie. *Wenigstens hatte er nicht gesagt, er hätte den Befehl, diesen Mann zu verhaften ...* – was bedeutete, daß sie die unvermeidliche Konfrontation noch ein wenig hinausschieben konnte. »Mr. McNeil soll in jeder Hinsicht zuvorkommend behandelt werden. Jetzt bringe ich ihn in die Klinik. Wenn er sich dazu imstande fühlt, werde ich mich mit ihm unterhalten. Bis dahin darf niemand – ich wiederhole, niemand – die *Sternenkönigin* betreten.« Ihr Blick war nicht von Viktor Probodas blaßblauen Augen gewichen. »Ich bin überzeugt, Sie werden die Befehle der Zentrale gewissenhaft ausführen, Viktor.«

Der Trick war alt, dennoch war er überrascht, als sie ihm beim Vornamen nannte, genau wie sie es beabsichtigt hatte. Diese schlanke junge Frau war gerade 25, und er war über 30 und hatte sich ein Jahrzehnt abstrampeln müssen, um seinen Dienstgrad zu erreichen – aber die Selbstverständlichkeit, mit der sie ihre Autorität ausspielte, war echt, und das spürte Proboda. »Wie Sie meinen«, räumte er mürrisch ein.

Sparta geleitete den Ingenieur McNeil zu den wartenden Ärzten. Er schien jeden Augenblick einschlafen zu wollen. Einer von ihnen befestigte ihm eine Sauerstoffmaske über dem Gesicht. McNeil sah aus, als tränke er den ersten Schluck kühlen Wassers nach einer Woche in der Tropensonne. Sparta wiederholte den Ärzten gegenüber ihre Anordnungen bezüglich der Interviews mit den Medien. Natürlich wollten sie sie befolgen, aber erst, wenn sie von McNeils Seite gewichen war.

Die kleine Gruppe trat aus der Sicherheitsschleuse. Für McNeil mit seiner Sauerstoffmaske über der Nase, den Ärzten rechts und links und Sparta und Proboda im Rücken war es das reinste Spießrutenlaufen. Von allen Seiten trommelten die Fragen auf ihn ein ...

Aber auch nach einer weiteren Woche des Wartens hatten die Medien ihrer elektrisierenden Nachricht, die ihre Totenwache eingeläutet hatte, nur die Ankunft der *Sternenkönigin* und den Bericht von McNeils Überleben hinzuzufügen. Die Nachricht war ziemlich kurz ausgefallen:

»Hier spricht Peter Grant, Kommandant der *Sternenkönigin*. Ingenieur Angus McNeil und ich sind gemeinsam zu dem Ergebnis gekommen, daß bis zum Anlegen in Port Hesperus jetzt nur noch genügend Sauerstoff für einen einzigen Mann an Bord vorhanden ist. Wenn also einer von uns überleben soll, muß der andere sterben. Wir haben übereinstimmend beschlossen, die Angelegenheit durch das Ziehen einer einzigen Spielkarte zu entscheiden. Wer die niedrigere Karte zieht, wird sich das Leben nehmen.«

Dann hatte sich eine zweite Stimme eingeschaltet: »Hier ist McNeil. Ich bestätige, daß ich in jedem Punkt mit dem Commander übereinstimme.«

Darauf war es im Radiofunk mehrere Sekunden lang still geworden – bis auf das Geräusch von Karten, die gemischt wurden. Anschließend hatte Grant sich wieder gemeldet. »Hier ist Grant. Ich habe die niedrigere Karte gezogen. Ich möchte klarstellen, daß alles, was ich jetzt tue, Ergebnis meiner persönlichen, unbeeinflußten Entscheidung ist. Meiner Frau und meinen Kindern möchte ich an dieser Stelle noch einmal meine Liebe versichern. Briefe an sie befinden sich in meiner Kabine. Ein letzter Wunsch: Ich möchte im All bestattet werden. Bevor ich jetzt irgend etwas anderes tue, werde ich meinen Raumanzug anlegen. Ich werde Officer McNeil bitten, mich, wenn alles vorbei ist, aus der Schleuse zu stoßen, und dafür zu sorgen, daß ich mich vom Schiff entferne. Ich möchte nicht, daß nach meiner Leiche gesucht wird.«

Abgesehen von der routinemäßig und automatisch durchgeführten Telemetrie, war das das letzte, was man bis heute von der *Sternenkönigin* gehört hatte.

Die Klinik von Port Hesperus befand sich in dem Ring der Station, die mit der halben Erdschwerkraft versehen war. Eine Stunde nach seiner Ankunft lag McNeil bequem zwischen frischen Bettlaken. Seine Gesichtsfarbe war rosig, wenn er auch immer noch dunkle Ränder unter den Augen hatte und seine ehemals vollen Wangen faltig herunterhingen. Er war sehr viel dünner, als er beim Abflug von der Erde gewesen war. Auf der *Sternenkönigin* hatte es zwar mehr Lebensmittel als genug gegeben, aber während der letzten paar Tage der Abbremsphase hatte er kaum noch genug Energie aufbringen können, sich in die Kombüse zu schleppen.

Er hatte gerade damit begonnen, diesen Mangel mit einem halbrohen Chateaubriand, Dampfkartoffeln, frischem Gemüse und als Vorspeise einem knackigen grünen Salat und einer leicht herben Vinaigrette wettzumachen. All dies hatte die Raumkontrollbehörde auf Spartas Geheiß auftragen lassen.

Sie klopfte leise an die Tür, und als er »herein« sagte, trat sie, gefolgt von Proboda, ins Zimmer.

»Ich hoffe, es war alles in Ordnung?« fragte sie. Der Salat war verschwunden, aber das Chateaubriand hatte er nur halb gegessen, und das meiste der Gemüse war noch unberührt. McNeil war in Tabakrauch gehüllt, er hatte eine kräftige, filterlose Zigarette bereits halb geraucht.

»Es war ausgezeichnet, Inspektor, einfach ausgezeichnet, und es tut mir in der Seele weh, den Rest stehen lassen zu müssen. Aber ich fürchte, mein Magen ist geschrumpft – schon das bißchen hat mich mehr als gesättigt.«

»Das ist nur verständlich, Sir. Tja, wenn Sie sich jetzt etwas erholt haben ...«

McNeil lächelte geduldig. »Verstehe. Ich kann mir denken, daß Sie eine Menge Fragen haben.«

»Wenn es Ihnen lieber ist, daß wir später wiederkommen ...«

»Es hat keinen Sinn, das Unvermeidliche aufzuschieben.«

»Wir wissen Ihre Bereitschaft zu schätzen. Inspektor Proboda wird unsere Unterhaltung aufzeichnen.«

Als alles soweit war, hob McNeil zu seiner Erzählung an. Er sprach recht ruhig und sachlich, so als erzählte er ein Abenteuer, daß jemand anderem oder vielleicht auch überhaupt nicht passiert war – was in gewissem Maße auch stimmte, wie Sparta vermutete. Allerdings wäre es unfair, anzunehmen, daß McNeil log. Er erfand nichts. Das hätte sie sofort an seinem Sprachrhytmus gemerkt. Aber er ließ einen guten Teil aus in seinem einstudierten Bericht.

Als er nach mehreren Minuten fertig war, blieb Sparta schweigend und nachdenklich sitzen. Dann sagte sie: »Das war wohl das Wesentliche.« Sie drehte sich zu Proboda um. »Möchten Sie den einen oder anderen Punkt noch weiter verfolgen, Inspektor?«

Wieder wurde Proboda überrascht – ob er noch den einen oder anderen Punkt weiter verfolgen wolle? Er hatte sich bereits mit seiner passiven Rolle bei diesen Ermittlungen abgefunden. »Ja, doch«, sagte er mit einem Räuspern. »Den einen oder anderen.«

McNeil zog an seiner Zigarette. »Dann man los«, sagte er mit einem sarkastischen Grinsen.

»Äh, Sie sagten, Sie hätten die Fassung verloren – ich glaube, so haben Sie sich ausgedrückt –, als der Meteorit, oder was immer es war, in das Schiff einschlug? Was genau haben Sie getan?«

McNeils blasses Gesicht verdunkelte sich. »Ich hab angefangen zu weinen – wenn Sie es ganz genau wissen wollen. Ich hab mich wie ein kleiner Junge, der sich das Knie aufgeschlagen hat, in meiner Kabine zusammengerollt und einfach drauflosgeheult. Grant war von uns beiden der bessere Mann. Er war die ganze Zeit über so ruhig, wie man sich nur denken kann. Aber sehen Sie, ich war von den Sauerstofftanks kaum einen Meter entfernt, als sie explodierten – genaugenommen nur auf der anderen Seite der Trennwand. Es war der gottverdammt lauteste Krach, den ich je gehört habe.«

»Wie kam es, daß Sie in diesem Augenblick gerade dort waren?« fragte Proboda.

»Na ja, ich war dort unten, weil ich wie immer die Temperatur und die Luftfeuchtigkeit in Laderaum A überprüfen wollte. Das oberste Fach dieses Laderaums war temperiert und unter Druck gesetzt worden, weil wir Delikatessen, Zigarren und so weiter dabei hatten, also organische Dinge;

– in den Vakuumladeräumen verstauen wir das andere Zeug, Maschinen meistens. Ich war gerade durch die Luftschleuse des Laderaums gekommen und befand mich in dem Teil des Mittelganges, der durch das Versorgungsdeck verläuft. Ich wollte gerade nach oben zum Steuerdeck, als es knallte.«

»Das Versorgungsdeck stand also auch unter Druck?«

»Das machen wir immer so, damit wir von der Mannschaftskapsel direkt hinein können. Es ist wirklich nur sehr klein und voller Röhren und Tanks, aber wenn es sein muß, kommt man von dort gut hinein. Als es getroffen wurde, schlossen sich die inneren Luken automatisch.«

»Um noch einmal auf die Geschichte mit dem Wein zurückzukommen ...«

McNeil grinste einfältig. »Ja, da habe ich mich etwas danebenbenommen. Ich fürchte, ich werde irgend jemandem ein hübschen Sümmchen für die Flaschen zahlen müssen, die ich geleert habe, bevor Grant mich erwischt hat.«

»Dieser Wein war das persönliche Eigentum des Direktors des Port Hesperus Museums, Mr. Darlington«, erklärte Proboda. »Ich könnte mir vorstellen, daß er auch noch ein Wörtchen dazu zu sagen hat ... Aber Sie haben gesagt, Grant hätte die angebrochene Kiste wieder an ihren alten Platz zurückgebracht?«

»Ja, und dann hat er die Kombination am Schloß der Luftschleuse verändert, damit ich nicht wieder hinein konnte.«

In Probodas blassen Augen erschien ein verhängnisvoller Glanz. »Sie behaupten also, daß dieses Schloß an der Luftschleuse seit dem Tag des Unfalls nicht mehr geöffnet worden ist?«

»Ganz recht, Sir.«

»Aber das oberste Fach dieses Laderaums steht doch unter Druck. Der Behälter hat fast das halbe Volumen der Mannschaftskapsel. Und er war voller Frischluft!«

»Ja, das stimmt, und wenn wir noch einen davon gehabt hätten, würde Peter Grant heute noch leben«, sagte McNeil ruhig. »Ursprünglich sollten wir ein paar Setzlinge transportieren. Sie hätten uns nicht retten können, aber vielleicht die zusätzliche Luft, die man dafür benötigt hätte.« Zum erstenmal schien er Probodas Verwirrung zu bemerken. »Oh, ich verstehe Ihre Schwierigkeiten, Sir. Sie haben natürlich recht, was die alten Schiffe anbelangt ... aber auf der *Sternenkönigin* sind die Leitungen wie in den meisten der neueren Frachtern so gelegt, daß durch sämtliche luftdichten Abteilungen hindurch ein x-beliebiger Gasaustausch vorgenommen werden kann, ohne daß die Luftschleusen geöffnet werden müssen. Dadurch können wir Fracht transportieren, von der wir nichts wissen sollen. Vorausgesetzt, der Transporteur ist bereit, den Tarif für den gesamten Laderaum zu bezahlen. Das ist bei militärischen Aufträgen das normale Verfahren.«

»Sie hatten also Zugang zu der Luft in diesem Fach, ohne selbst hineinzukönnen?«

»Richtig. Wenn wir gewollt hätten, hätten wir die Luft aus dem Laderaum herauspumpen und das ganze Ding über Bord werfen können, um so unsere Masse zu verringern. Grant hat das tatsächlich auch durchgerechnet, aber es hätte uns nicht genügend Zeitersparnis gebracht.«

Proboda wirkte enttäuscht, blieb aber hartnäckig. »Aber nachdem Grant, äh ... das Schiff verlassen hatte, hätten Sie doch versuchen können, die neue Kombination des Schlosses herauszufinden, oder?«

»Schon möglich, aber ich habe meine Zweifel, selbst wenn ich wirklich gewollt hätte. Ich kann mit Computern nicht besonders gut umgehen, und Privatdateien sind nicht leicht zu knacken. Warum hätte ich das auch tun sollen?«

Proboda blickte bedeutungsvoll auf die leere Flasche und das Glas neben McNeils halbvollen Teller. »Weil sich dort immer noch dreieinhalb Kisten Wein befanden, zum Beispiel. Niemand hätte sie daran hindern können, sie zu trinken.«

McNeil betrachtete den blonden Inspektor mit einem Gesicht, das Sparta seltsam berechnend vorkam. »Ich trinke wie die meisten Menschen gerne mal ein Gläschen, Inspektor. Vielleicht sogar noch lieber. Vielleicht sogar sehr viel lieber. Man hat mich schon als genußsüchtig bezeichnet, und vielleicht stimmt das sogar, aber ich bin kein Idiot.« McNeil drückte seinen Zigarettenstummel aus.

»Was hätten Sie denn zu befürchten gehabt?« hakte Proboda nach, »Sie hätten höchstens ein Verbrechen gestehen müssen. Hat Sie das wirklich so sehr beschäftigt?«

»Dazu nur folgendes«, sagte McNeil ruhig, und plötzlich kam unter seinem Lächeln schimmernd die stahlharte Seite seines ansonsten eher leutseligen Charakters hervor. »Alkohol beeinträchtigt die Lungenfunktion und zieht die Blutgefäße zusammen. Wenn man ohnehin stirbt, macht einem das vielleicht nichts. Aber wenn Sie die Absicht haben, in einer sauerstoffarmen Umgebeung zu überleben, vergeht Ihnen die Lust an einem Drink.«

»Und Zigaretten? Beinträchtigen die auch die Lungenfunktion?«

»Wenn man zwanzig Jahre lang zwei Packungen am Tag geraucht hat, sind zwei Zigaretten pro Tag lediglich eine Krücke für die Nerven, Inspektor.«

Proboda wollte schon weiterbohren, als Sparta ihn unterbrach. »Ich glaube, wir sollten Mr. McNeil jetzt erst einmal alleine lassen, Viktor. Wir können später weitermachen.« Sie hatte den Abtausch mit Interesse verfolgt. Vom Standpunkt eines Polizisten gesehen, hatten Probodas Fragen etwas für sich – dennoch waren sie in vielen Punkten unzulänglich. Man konnte sich ihnen leicht entziehen, da er sich auf den eher trivialen Aspekt der Zerstörung von Eigentum fixiert hatte. Sparta vermutete, daß diese auf ein übermäßiges Eintreten für die Machtinteressen der Gemeinde auf Port Hesperus zurückging; außerdem hatte er seine Hausaufgaben nicht gemacht, sonst hätte er das mit den Luftschleusen der Laderäume gewußt.

Aber sein schwerwiegendster Fehler war, daß er McNeil bereits moralisch verurteilt hatte. So leicht durfte man es sich mit McNeil nicht machen. Alles, was er über sich erzählt hatte, entsprach der Wahrheit. Er war kein Dummkopf. Und er hatte überleben wollen.

Sparta stand auf und sagte: »Sobald die Ärzte Sie entlassen haben, können Sie sich auf der Station frei bewegen.

Wenn Sie sich allerdings von den Medien fernhalten wollen, ist dies dazu vermutlich der beste Ort. Die *Sternenkönigin* dürfen Sie natürlich nicht betreten. Ich bin sicher, Sie haben dafür Verständnis.«

»Durchaus, Inspektor. Und vielen Dank noch mal, daß Sie dieses herrliche Essen haben zusammenstellen lassen.« Er salutierte fast übermütig aus seinem bequemen Bett heraus.

Bevor sie auf den Korridor traten, drehte Sparta sich zu Proboda um und lächelte. »Wir beide sind ein gutes Team, Viktor. Gut und böse, Sie wissen schon. Wir sind dafür wie geschaffen.«

»Wer ist der Gute?« fragte er.

Sie lachte. »Zugeben, Sie sind mit McNeil recht hart umgesprungen, aber wenn es um Ihre Nachbarn geht, halte ich Sie für einen guten Kerl. Ich habe nicht vor, in der Beziehung Gnade walten zu lassen.«

»Ich kann Ihnen nicht ganz folgen. Wie könnte jemand auf Port Hesperus etwas mit der Geschichte zu tun haben?«

»Viktor, wir wollen in die Raumanzüge steigen und uns das Loch im Rumpf etwas genauer ansehen, einverstanden?«

»Einverstanden.«

»Aber zuerst müssen wir uns durch die Menschenmassen kämpfen.«

Sie traten leichtfüßig durch die Türen der Klinik und verschwanden in einem Pulk aus wartenden Reportern. »Inspektor Troy!« »He, Vik, alter Kumpel ...«

»Bitte, Inspektor, was haben Sie für uns? Irgend etwas müssen Sie doch haben, das gibt's doch nicht ...«

14

Sie ließen die heulende Meute der Reporter draußen vor dem Sicherheitssektor stehen. »So habe ich die noch nie erlebt«, murmelte Proboda. »Man sollte meinen, sie hätten vorher noch nie Gelegenheit gehabt, über eine richtige Geschichte zu berichten.«

Sparta hatte keine Erfahrung mit den Medien. Sie hatte geglaubt, sie würde mit den Standardtechniken von Befehl und Kontrolle auskommen, was auch bis zu einem gewissen Grad funktionierte. Allerdings hatte sie die Fähigkeiten der Leute unterschätzt, ihre Konzentration zu untergraben und ihre internen Funktionen zu stören. »Viktor, entschuldigen Sie mich bitte – ich muß kurz einen Augenblick alleine sein.« Sie blieb in einer Ecke des leeren Durchgangs stehen, schloß, mitten in der Luft schwebend, die Augen und versuchte, die Verspannungen in Nacken und Schultern zu lösen. Ihr Verstand leerte sich aller bewußter Gedanken.

Proboda beobachtete sie argwöhnisch und hoffte, daß niemand vorbeikäme, dem er dies erklären mußte. Diese erstaunliche, junge Inspektorin Troy erwies sich plötzlich als verletzlich. Sie hatte die Augen geschlossen, den Kopf nach vorn geneigt und hielt schwebend ihre Hände nach oben, wie ein kleines Tier seine Pfoten. Dort, wo ihre glatten blonden Haare sich geteilt hatten, konnte er den Flaum in ihrem schlanken Nacken sehen.

Sekunden später öffnete Sparta ihre Augen wieder ganz. »Viktor, ich brauche einen Raumanzug, Größe fünfeinhalb«, sagte sie; sofort wirkte sie so entschlossen wie zuvor.

»Mal sehen, was ich in den Schließfächern finden kann.«

»Werkzeug brauchen wir auch. Und Hafthalterungen und Saugkappen. Steigleitern. Einen Schraubenschlüssel mit einem kompletten Zubehörsatz. Taschen und Klebeband und was weiß ich.«

»Das ist alles in einem Mechanikersatz Nummer zehn. Sonst noch irgendwas?«

»Nein. Wir treffen uns an der Schleuse.«

Sie bewegte sich vorwärts, auf die Landeröhre der *Sternenkönigin* zu, und Proboda machte sich auf den Weg zum Werkzeugschuppen.

Neben dem Eingang zur Röhre taten zwei Mann der Patrouille Dienst. Sie trugen blaue Raumanzüge und hatten die Helme aufgesetzt, aber nicht fest eingeklinkt. Sie waren mit Betäubungsgewehren bewaffnet – Luftgewehre mit Gummikugeln, mit denen man einen Menschen durchaus ernsthaft verletzen konnte, selbst wenn er einen Raumanzug trug, ein entscheidendes System der Raumstation konnte man damit allerdings nicht zerstören. Metallmantelgeschosse sowie die Waffen, mit denen man sie abfeuern konnte, waren von Port Hesperus verbannt worden.

Hinter dem Doppelglasfenster, vor dem die Wächter standen, füllte der enorme Rumpf der *Sternenkönigin* fast das gesamte Landungsdock aus. Für einen Frachter war die *Sternenkönigin* nur von durchschnittlicher Größe, aber sie war erheblich größer als die kleinen Transporter, Startschlepper und Shuttles, die sonst in Port Hesperus festmachten.

»Ist irgend jemand hier gewesen, seit man McNeil vom Schiff gebracht hat?« fragte sie die Wächter.

Sie blickten sich an und schüttelten den Kopf. »Nein, Inspektor.« – »Niemand, Inspektor.« Ihre Stimmen verrieten es: sie logen.

»Gut«, sagte sie. »Ich möchte, daß Sie mir oder Inspektor

Proboda sofort Bescheid sagen, wenn jemand versucht, an Ihnen vorbeizukommen. Ganz gleich, um wen es sich handelt, auch wenn er aus unserer Dienststelle kommt. Verstanden?«

»Ja, Inspektor.«

»Alles klar, Inspektor, Sie können sich darauf verlassen.«

Sparta betrat die Landungsröhre. Das rote Plastiksiegel befand sich immer noch an seinem Ort über dem Lukenrand. Sie legte ihre Hand darüber und drückte dagegen.

Das Plastiksiegel war eigentlich kaum mehr, als es schien: ein Stück Klebstoff. Drinnen verbargen sich keine Mikroschaltkreise, wenn auch die leitenden Polymere, aus denen es bestand, auf elektrische Felder reagierten und alle in der letzten Zeit angewandten aufzeichnete. Indem Sparta ihre Hand auf das Stück Plastik legte, sich dagegenlehnte und seine Dünste einatmete, erfuhr sie, was sie wissen wollte.

Die Felddetektoren unter ihrer Handfläche nahmen den deutlichen Abdruck eines Diagnosegerätes auf – jemand hatte seinen eigenen Felddetektor über das Plastik gehalten, um so sein Geheimnis zu lüften. Zweifellos hatte derjenige herausbekommen, daß es keine Geheimnisse zu lüften gab. Dann war er so dreist gewesen, das Siegel selbst in die Hand zu nehmen, vermutlich mit Handschuhen. Der Neugierige hatte keine Fingerabdrücke hinterlassen, aber an dem Dunst, der sich immer noch an der Oberfläche des Plastiks hielt, konnte Sparta ohne Schwierigkeiten erkennen, wer dort gewesen war.

Die Haut eines jeden Menschen sondert Öle und Schweiß in einer ganz bestimmten chemischen Zusammensetzung ab, vornehmlich Aminosäuren, deren Zusammensetzung so einzigartig ist wie die Musterung der Iris. Sparta analysierte diese Chemikalien unverzüglich. Sie konnte sich die speziellen chemischen Formeln ins Gedächtnis rufen, oder, was praktischer war, sie mit Zusammensetzungen vergleichen, die sie bereits abgespeichert hatte. Fast immer speicherte sie die Aminosäureunterschriften der Menschen, die sie traf, sofort routinemäßig ab. Nach und nach löschte sie dann die, die sie nicht mehr interessierten.

Zwei Stunden zuvor hatte sie die Aminosäureunterschrift von Karen Antreen gespeichert. Sie war nicht überrascht, sie hier wiederzufinden. Sie konnte den Wärtern auch nicht vorwerfen, daß sie gelogen hatten. Man hatte ihnen gesagt, sie sollten den Mund halten, außerdem mußten sie noch lange mit Antreen auskommen, wenn Sparta schon längst wieder auf der Erde war.

Sparta konnte Antreens Neugier durchaus verstehen. Sie hatte das Siegel untersucht, aber es gab keine Anzeichen dafür, daß sie die Luke geöffnet hatte. Der einzige andere Zugang lag in der Luftschleuse mittschiffs hinter den Laderäumen, und Sparta bezweifelte, daß sie den benutzt hatte. Hätte Antreen einen Raumanzug angelegt und auf diese Weise das Schiff betreten, hätte sie von hundert Kontrollbeamten und Dockarbeitern gesehen werden können.

Dann kam Viktor. Er zog eine Werkzeugtasche und einen Raumanzug für sie hinter sich her – einen blauen, die Uniform der örtlichen Polizei. Er war bereits in seinen eigenen Anzug gestiegen, sein goldenes Abzeichen prangte auf seiner Schulter.

Minuten später schwebten sie über den von Scheinwerfern, erleuchteten Rumpf der *Sternenkönigin* und richteten ihre gesamte Aufmerksamkeit auf ein kleines, rundes Loch in der Metallverkleidung.

Hinter ihnen in dem höhlenähnlichen Landungsdock klackten riesige Metallklemmen, mit denen Fahrzeuge an der Station festgemacht wurden. Selbststeuernde Schläuche und Kabel schlängelten aus den Sammelleitungen der Auftankanlagen und suchten die Mündungen der Treibstofftanks und Ladegeräte. Kleintransporter und Schlepper trafen im Dock ein und verließen es wieder; sie glitten durch die riesigen Tore des Landedocks, die zu den Sternen hin geöffnet waren. All dieses Treiben spielte sich in der Totenstille des Vakuums ab. Der Gleiter der Raumbehörde lag neben der *Sternenkönigin* im Sicherheitssektor vor Anker. Ein Landungsboot stand aufgetankt gegenüber in der Nähe der

Schleuse bereit, um die Passagiere in die Station zu bringen, sobald die *Helios* eingetroffen war. Über der ganzen Szenerie thronte die durchsichtige Kuppel der Raumkontrolle.

Sie waren durch eine der Schleusen für die Arbeiter gegangen und hatten den durchscheinenden Nylonbeutel mit dem Werkzeug, den sich Proboda ans Handgelenk gebunden hatte, hinter sich hergezogen. Sparta hatte sich vorsichtig um die supraleitfähigen Windungen des Strahlenschutzschildes herumgetastet, der sich wie eine mit Spitzen besetzte Halbkugel über den oberen Teil der Mannschaftskapsel der *Sternenkönigin* legte, und dabei sorgfältig auf ausreichenden Abstand geachtet. Wenn Proboda sich darüber wunderte, so sagte er jedenfalls nichts, und sie wollte auch nicht erklären, was sie aus bestürzenden persönlichen Erfahrungen gelernt hatte, daß ihr nämlich starke elektrische oder Magnetfelder auf gewisse Weise gefährlich werden konnten. Andere Menschen merkten davon nichts: Induktionsströme in den implantierten Metallteilen in der Nähe ihres Skeletts wirkten sich störend und im Extremfall sogar lebensbedrohlich auf ihre inneren Organe aus.

Dennoch erreichte sie die Rumpfplatte L-43 ohne Schwierigkeiten. Selbst für jemanden im Raumanzug war sie durchaus nicht leicht zu erreichen, da sie versteckt an der Unterseite der Mannschaftkapsel lag, gerade oberhalb des gewölbten Endes des langen Zylinders von Laderaum C.

»Ich seh mal nach«, sagte sie und drückte sich ganz nah heran. »Hier, legen Sie das irgendwoanders hin.« Sie entfernte das Roboterauge von seinem Platz über dem Loch und übergab es Proboda. Die magnetischen Rollen an seinen Beinen sirrten, als es nach Halt suchte. Proboda setzte es weiter oben auf der Kapsel ab, und schon flitzte es zu seiner Luke.

Sparta brachte ihren Kopf ganz nah unter die zerstörte Platte und richtete ihr rechtes Auge genau auf das Loch. Sie holte es mit ihrem Zoom ganz nah heran und untersuchte es bis zum letzten mikroskopischen Detail.

»Von hier aus kann man nicht viel erkennen«, sagte Probodas Stimme im Kommfunk in ihrem rechten Ohr.

»Warten Sie, bis Sie die Innenseite sehen. Aber erst möchte ich mit hiervon ein Bild machen«, murmelte sie. Sie machte einen Schnappschuß mit ihrer Fotogrammkamera, die sie in einer Schlaufe um ihr linkes Handgelenk trug.

Was Sparta an der Außenseite bei einer Vergrößerung sehen konnte, die selbst Proboda in Erstaunen versetzt hätte, stimmte genau mit dem überein, was sie von einem Aufschlag eines Meteoriten auf die Rumpfplatte mit einer Geschwindigkeit von 40 km/sec erwartet hatte – ein Loch, als hätte man es mit einem Luftgewehr geschossen, mitten in einem kleinen Kreis schimmernden Metalls, das erst geschmolzen war und sich dann wieder kristallisiert hatte.

Der Schaden, den ein Meteorit bei normaler interplanetarischer Geschwindigkeit einem Raumschiff zufügen kann, entspricht ungefähr dem, was passiert, wenn ein hyperschnelles Geschoß auf eine Panzerung auftrifft. Die Vertiefung an der Außenseite der Platte mag an sich geringfügig sein, die Trägheitsenergie erzeugt jedoch eine sich nach innen fortsetzende kegelförmige Druckwelle, die das Isolationsmaterial an der Innenseite der Platte in weitem Umkreis absplittert. Dieses Material schmilzt, treibt weiter umher und richtet seinerseits Schaden an. Ist das Innere des Rumpfes mit Luft gefüllt, weitet sich die Druckwelle inzwischen schnell aus und erzeugt einen Überdruck, der zwar mit steigender Entfernung rasch nachläßt, in der Nähe des Lochs aber äußerst zerstörerisch wirkt.

»Ist das eine von denen, die sich leicht lösen lassen?« fragte Proboda.

»Soviel Glück haben wir leider nicht«, sagte sie. »Reichen Sie mir doch bitte einen Schraubenschlüssel.«

Beinahe ein Drittel der Oberfläche des Versorgungsdecks bestand aus abnehmbaren Platten, zu denen auch L-43 gehörte. Es war aber leider keine Tür, die man wie einige andere ganz in der Nähe leicht hätte öffnen können, sondern eine Platte, die sich nur entfernen ließ, wenn man gut fünfzig versenkte Bolzen entlang des Randes geduldig abschraubte. Proboda holte einen Motorbohrer aus der Nylontasche und befestigte einen Aufsatz daran. »Hier«, sagte er und reichte ihn ihr, »kann ich Ihnen irgendwie helfen?«

»Sie können diese verdammten kleinen Schrauben einfangen.« Sie brauchte fast zehn Minuten, um die Bolzen zu entfernen. Er pflückte sie aus dem Nichts und sammelte sie in einer Plastiktüte.

»Jetzt wollen wir's mal mit dem Haftmagneten versuchen.«

Er reichte ihr einen kleinen, massiven Elektromagneten. Sie setzte ihn auf das aufgemalte gelbe Dreick mitten auf der Platte, das einen lamellenverstärkten Ansatzpunkt markierte. Sie schaltete den Magneten ein und zog, so fest sie konnte. Der Magnet blieb am Ansatzpunkt kleben, aber ...

»Genau das habe ich befürchtet. Können Sie sich mit den Füßen irgendwo abstützen und an meinen Beinen ziehen?« Er stützte sich mit den Beinen ab und packte ihre Füße. Er zog an ihr und sie an der Platte, aber die Platte war im Rumpf festgeklemmt.

»Wir müssen den Flaschenzug aufbauen.«

Proboda griff in die Werkzeugtasche und zog einen Satz Stahlstangen mit Steckkupplungen heraus. Er reichte ihr nacheinander die Einzelteile, und wenige Minuten später hatte sie über der widerspenstigen Rumpfplatte eine Brücke aus parallelen Stangen errichtet, die rechts und links der Platte auf Kardanfüßen stand. Dann paßte sie oben einen Kreuzschlüssel ein, dessen unteres Ende sich in einer Fassung auf der Rückseite des Magneten drehte. Als Sparta den Kreuzschlüssel drehte, bewegte sich das Schneckengewinde und erzeugte einen unerbittlichen Zug. Nach drei ganzen Umdrehungen hatte sie die sich bereits wölbende Platte wie einen fest sitzenden Korken aus einer Flasche mit einem »Plopp« herausgezogen.

»Deswegen ging es so schwer.« Sie zeigte ihm die Innenseite der Platte. »Es ist alles versiegelt.«

Klumpen aus gehärtetem gelben Plastik hatten die Platte festgehalten, ein Plastikschaum, der von den Notbehältern innerhalb des Decks versprüht worden war. Durch die heraustretende Luft war einiges davon in das Einschlagloch des

Meteoriten befördert worden, war dort fest geworden und hatte, wie beabsichtigt, das Leck verstopft. Der restliche Schaum hatte lediglich eine ziemliche Schweinerei verursacht.

Sparta untersuchte die Innenseite der Platte und die harte, dunkle Plastikschicht, die das Loch verdeckte. Sie machte ein Fotogramm, dann blickte sie über ihre Schulter. »Geben Sie mir doch mal den Messersatz.« Er hielt ihn ihr hin, und sie zog ein gebogenes Messer mit schmaler Klinge heraus. »Und geben Sie mir noch eine von den kleinen Tüten.« Vorsichtig schob sie die Klinge unter den Rand des spröden Plastiks. Dann schälte sie das Plastik ab. Es löste sich in dünnen Schichten.

»Warum machen Sie das?«

»Machen Sie sich keine Sorgen, ich vernichte kein Beweismaterial.« Sie bewahrte die abgeschälten Stücke in einer durchsichtigen Plastiktüte auf. »Das möchte ich mir gerne mal unter dem Elektronenmikroskop ansehen.« Unter dem Plastik befand sich die größere Öffnung des kegelförmigen Lochs, die von einem Strahlenkranz aus hellem, rekristallisierten Metall umgeben wurde. »Das ist ja wirklich wie aus dem Lehrbuch.« Sie machte ein weiteres Fotogramm, dann reichte sie ihm die Rumpfplatte. »Packen wir das alles hier in den Sack.«

Mit ihrer Handlampe leuchtete Sparta ins Innere des Versorgungsdecks. Dort betrachtete sie alles einen Augenblick lang ganz für sich und machte weitere Fotogramme. »Kommen Sie mit den Kopf hier durch, Viktor? Ich möchte, daß Sie sich das hier ansehen.«

Er schob seinen Helm dicht neben ihrem herein, so daß sie sich berührten. »So ein Durcheinander.« Seine Stimme war im Kommfunk ebenso laut wie durch die Übertragung durch die Helme.

Im Umkreis von zwei Metern um das Einschlagloch war alles vollkommen zerstört. Röhren standen sich irrwitzig windend hervor und endeten in zerfetzen Öffnungen.

»Beide Sauerstofftanks auf einen Schlag. Auf dem gesamten Schiff gibt es wohl kaum einen verwundbareren Punkt.«

Ein kugelförmiger Sauerstofftank war aufgerissen worden, während der andere in Scherben lag wie eine zerbrochene Eierschale. Unter der Decke schwebten immer noch Bruchstücke der zertrümmerten Treibstoffzelle, wo sie sich durch die leichte Verzögerung beim Andocken gesammelt hatten. Sparta griff nach oben und sammelte einige glitzernde Trümmerteile von der Decke. Sie verpackte sie wie die anderen Proben vorsichtig in Plastiktüten. Dann sah sie sich ein letztes Mal auf dem verwüsteten Deck um und zog sich zurück.

Sie packten das Werkzeug und das gesammelte Beweismaterial in die Netztasche. »Damit wären wir hier wohl fertig.«

»Haben Sie gefunden, wonach Sie gesucht haben?«

»Vielleicht. Erst müssen wir die Analyse abwarten. Werfen wir noch einen Blick ins Schiff, bevor wir zurückgehen.«

Sie zogen sich an dem mächtigen Zylinder von Laderaum C entlang und hangelten sich von einem Griff zum nächsten, bis sie die Luftschleuse im Mittelschiff der *Sternenkönigin* erreicht hatten.

Diese Luftschleuse war in dem langen Zentralschaft untergebracht, der die Treibstofftanks und die Nuklearmotoren der *Sternenkönigin* von den eigentlichen Laderäumen und der Mannschaftskapsel trennte. Sparta hantierte an der Außenbedienung, mit der man die Luke öffnete und die laut Gesetz an allen Raumfahrzeugen gleich sein mußte, und kletterte dann in den beengten Innenraum. Proboda drückte sich hinter ihr hinein.

Sie schloß die äußere Luke. Von innen konnte sie die Schleuse unter Druck setzten, vorausgesetzt, es gab aus dem Inneren des Raumschiff keine vorrangigen Befehle. Neben dem inneren Lukenrad leuchtete jedoch ein großes rotes Zeichen auf: VORSICHT. VAKUUM.

»Ich mache jetzt den Druckausgleich«, sagte sie. »Es wird nicht besonders gut riechen.«

»Warum bleiben wir nicht einfach in unseren Raumanzügen?«

»Irgendwann müssen wir es ohnehin tun, Viktor. Sie können Ihren Helm ja aufbehalten, wenn Sie wollen.«

Er fing keine Diskussion mit ihr an, behielt aber seinen Helm auf. Sie verbarg ihr Grinsen vor ihm. Für einen Mann seiner Größe und mit seinem Beruf war er sehr empfindlich.

Mit den Kontrollhebeln setzte sie das Innere des Zentralschafts des Schiffes unter Druck. Nach wenigen Augenblikken wechselte die Warnleuchte von rot auf grün – »Druckausgleich erfolgt« –, dennoch öffnete sie immer noch nicht die innere Luke. Erst zog sie ihren Helm ab.

Sparta wurde von einem Gestank aus Schweiß, verdorbenen Lebensmitteln, Zigarettenrauch, verschüttetem Wein, Ozon, neuer Farbe, Maschinenöl, Schmiere, menschlichen Verdauungsprodukten ... und vor allem Kohlendioxyd überwältigt. Die Luft war längst nicht mehr so schlecht, wie für McNeil in seinen letzten Tagen, da sie sich bereits mit Frischluft aus der Station vermischt hatte, aber sie war immer noch schlimm genug. Sparta mußte sich gewaltig anstrengen, um wieder einen klaren Kopf zu bekommen.

Sie verschwieg Proboda allerdings, daß sie dies nicht aus purer Selbstquälerei machte.

Allmählich war sie in der Lage, die chemischen Bestandteile ihrer Umgebung nicht nur unmittelbar zu spüren, sondern ihre Eindrücke bewußt zu ordnen und auszuwerten. Eine dringende Frage mußte hier beantwortet werden, bevor sie hineinging: Hatte jemand während der Fahrt diese Schleuse benutzt? Die Hauptluftschleuse stellte kein Problem dar. Hätten Grant oder McNeil das Schiff während des Fluges durch sie verlassen, würde jeweils der andere davon erfahren haben, spätestens als sie zum letztenmal zusammen hindurchgingen und nur McNeil zurückkehrte. Aber mit dieser Luftschleuse verhielt es sich anders. Es war durchaus denkbar, daß sich einer der beiden durch diese Zusatzschleuse aus dem Schiff geschlichen hatte, während der andere schlief oder woanders beschäftigt war. Diese Frage war in der letzten Zeit erneut aufgetaucht.

Der Geruch beantwortete ihre Frage.

»Also gut, ich glaube, jetzt halte ich es aus.« Sie grinste Proboda an, der sie zweifelnd aus der Sicherheit seines Helmes betrachtete.

Sie drehte das Rad, öffnete die innere Luke und betrat den Mittelgang. Einen Augenblick lang machte sie eine verwirrende Erfahrung: Sie befand sich in einem engen, hundert Meter langen Schacht, einer beklemmenden, glatten, Röhre, die so gerade war, daß sie zum Heck hin in einem schwarzen Punkt zusammenzulaufen schien. Sie hatte kurz das beunruhigende Gefühl, in einen Gewehrlauf zu blicken.

»Stimmt etwas nicht?« Probodas Stimme erschallte laut in ihrem Kommfunk.

»Nein ... alles in Ordnung.« Sie blickte zum Bug des Schiffes, wo sich die Luftschleuse des Laderaums ein paar Meter über ihrem Kopf befand. Über dieser Luke lag der Zugang zu dem Laderaum und darüber der zu der eigentlichen Mannschaftskapsel.

Das Licht daneben leuchtete grün: »Druckausgleich erfolgt.« Sie drehte das Rad, hob die Deckel an und betrat die riesige Luftschleuse, die alle Laderäume, von denen jeder seine eigene Luftschleuse besaß, von der Mannschaftskapsel trennte. Jetzt umringten sie die äußeren Luken der vier Laderaumluftschleusen: Hellrote Warnsignale leuchteten über dreien von ihnen. GEFAHR. VAKUUM.

Der Hinweis neben der Luke zu Laderaum A schimmerte in einem weniger grellem Gelb: »Unbefugten ist der Zutritt strikt untersagt.«

Es waren alles Standardausführungen, Hochleistungsräder mit weit auseinanderstehenden Speichen mitten auf den kreisrunden, an Scharnieren befestigten Türen. Jeder, der die richtige Zahlenkombination in die Konsole neben dem Rad eintippen konnte, gelangte unverzüglich hinein.

Sie ließ sich einen Augenblick Zeit und brachte ihren Kopf abwechselnd in die Nähe jeder Luke, bevor Proboda mit seiner Tasche voller Werkzeug heraufgeklettert kam. Die Laderäume B und D waren schon seit Wochen nicht mehr benutzt worden, aber die Tastatur und das Rad von Laderaum A wiesen die erwarteten Merkmale auf. Allerdings auch die von Laderaum C.

»A ist als einziger verschlossen, Viktor«, sagte sie, als er neben sie geklettert war. »Wir müssen irgendwann einmal die Kombination ausfindig machen oder es mit Gewalt aufbrechen. Wollen Sie in B nachsehen? Ich sehe mir inzwischen C an.«

»Klar«, sagte er. Er drückte auf einige Knöpfe, um die Luftschleuse von B unter Druck zu setzen. Sie verriegelte ihren Helm und betrat Laderaum C. Das Schließen der äußeren Luke hinter einem, das Entleeren der Schleuse und das Öffnen der inneren Luke war reine Routine, und doch mußte jeder Handgriff mit äußerster Sorgfalt durchgeführt werden.

Der Stahlzylinder war so groß wie ein Getreidesilo. Drinnen war es dunkel, nur über der Luftschleuse brannte ein Arbeitslicht. Die sechs Ungetüme aus Metall, von denen jedes eine Masse von beinahe sechs metrischen Tonnen hatte, waren in dem schummrigen grünen Licht vor der Wand aufgereiht wie Revuemädchen in einer Show. Sie alle waren an den Stahlrippen und Querverstrebungen des Laderaums fest verzurrt. Ihre Schatten schienen beim Näherkommen zu wachsen, und ihre diamantenen Facettenaugen schienen sie wie auf einem *trompe d'œil*-Portrait zu verfolgen.

Und doch waren sie nichts weiter als leblose Maschinen. Ohne ihre nuklearen Brennelemente, die ganz in der Nähe hinter einer Schutzwand aus Graphit gestapelt lagen, konnten die Roboter sich keinen Millimeter von der Stelle rühren. Trotzdem konnte Sparta nicht leugnen, daß sie einen gewissen Eindruck auf sie machten mit ihrem insektenähnlichen Rumpf aus Titanium, der glutofenähnlichen Temperaturen zu widerstehen hatte, den Insektenbeinen, die sich auf zerklüftetestem Gelände zurechtfinden mußten, ihren diamantbesetzten Greifern, mit denen sie die widerspenstigsten natürlichen Rohmaterialien zerkleinern sollten …

Und dann diese glitzernden Diamantaugen.

Als Sparta auf den nächsten Roboter zuschwebte, spürte sie ein Kribbeln im Innern ihres Ohres. Sie hielt einen Augenblick inne, dann wußte sie, daß es sich um die Auswirkungen latenter Radioaktivität handelte. Sie erkannte sie an den gleichen Induktionsströmen, die in diesem Fall äußerst geringfügig waren, die sie aber auch schon in der Nähe des Strahlenschutzschildes des Schiffes gefürchtet hatte. Ein Blick auf die Seriennummer des Roboters bestätigte, daß es sich um den einen handelte, den Sondra Sylvester drei Wochen vor der Verladung auf die *Sternenkönigin* auf dem Übungsgelände von Salisbury getestet hatte.

Sie bewegte sich vorsichtig an dem ersten Roboter vorbei und inspizierte dann, einen nach dem anderen, den Rest, wobei sie sich genau ihre aufgerichteten und furchteinflößenden Köpfe betrachtete. Von dem ersten abgesehen, waren sie alle kalt wie Stein.

Sparta war wieder im Verbindungskorridor vor den Frachträumen, hatte die Luftschleuse hinter sich versiegelt und wartete darauf, daß Proboda aus Laderaum C geklettert kam. Wie es schien, war er mit allem zufrieden gewesen, was es in B zu sehen gegeben hatte. Anschließend war er in das letzte Vakuumfach des Laderaums C gestiegen, während sie immer noch die Roboter bewunderte. Die Oberseite seines Kopfes erschien in der Luke, durch seinen Helm wirkte er wie ein Ameisenkopf. Sie klopfte auf seinen blauen Plastikhelm. »Wieso nehmen Sie das Ding nicht ab?« sagte sie. »Der Gestank wird Sie nicht umbringen.«

Er sah sie an und drehte sich den Helm vom Kopf. Er schnupperte einmal, dann kräuselte sich seine markante slawische Nase, bis seine Stirn in Falten lag. »Und in diesem Mief hat er es eine Woche lang ausgehalten«, sagte er.

Vielleicht bekam er durch diesen Gestank einen besseren Eindruck von McNeil, dachte sie, vielleicht sogar etwas mehr Respekt. »Viktor, ich habe eine Bitte an Sie. Dazu müßten wir uns ein paar Minuten trennen.«

»Bevor wir hier drinnen fertig sind? Wir müssen noch McNeils Geschichte überprüfen.«

»Ich bin sicher, daß wir das Wichtigste schon wissen. Seien Sie bitte so nett, und bringen Sie dies Beweismaterial ins Labor.«

»Inspektor Troy« – er wurde auf einmal ganz förmlich –

»laut Befehl habe ich bei Ihnen zu bleiben. Ich darf Ihnen nicht von der Seite weichen.«

»Also gut, Viktor, unterrichten Sie Captain Antreen, wenn Sie es für nötig halten.«

»Erst möchte ich wissen, worum es eigentlich geht«, sagte er gereizt.

»Selbstverständlich. Sobald Sie das Zeug im Labor haben, möchte ich, daß Sie die *Helios* abfangen, und zwar, bevor jemand aussteigt. Sorgen Sie dafür, daß die Leute beschäftigt sind ...«

Sofort nachdem sie ihm ihre Verdachtsmomente erklärt hatte, machte er sich auf den Weg. Sie fand es ermüdend, ständig jemanden überzeugen zu müssen. Soziale Intelligenz – diejenige, mit der man Menschen manipulieren konnte – fiel ihr am schwersten. Fast augenblicklich und beinahe unfreiwillig verfiel sie wieder in Trance.

Die kurze Meditation gab ihr neue Kraft. Langsam ließ sie die Außenwelt wieder in ihr Bewußtsein einsickern und begann zu lauschen ...

Anfangs gelang es ihr nicht, herauszuhören, um was es sich handelte, sie konnte es nicht recht aus der großen Symphonie aus Geräuschen in dieser riesigen Raumstation herausfiltern, die sich im All oberhalb der Venus drehte. Die Geräusche vibrierten in den Wänden der *Sternenkönigin*, Gase und Flüssigkeiten durchliefen die Pumpen und Leitungssysteme, die Lager der riesigen Achsen und Ringe zogen sanft und endlos ihre Runden, und das Gesumme tausender Schaltkreise und Hochspannungsleitungen ließ den Äther erzittern. Sie konnte die gedämpften Stimmen der 100000 Einwohner der Station hören, von denen ein Drittel arbeitete, ein Drittel schlief und ein Drittel mit den Geschäften des täglichen Daseins beschäftigt war: kaufen und verkaufen, unterrichten und lernen, kochen und essen, spielen oder sich streiten ...

Nur durch Zuhören konnte sie keine einzelnen Gespräche unterscheiden. In der nächsten Umgebumg schien niemand zu sprechen. Sie hätte sich natürlich in die Radiosender und Kommunikationsleitungen einschalten können, wenn sie in ihr Empfangsstadium übergewechselt hätte, aber das wollte sie jetzt nicht. Sie wollte ein Gefühl für den Ort bekommen. Wie lebte man in einer Welt aus Metall, die unablässig um einen Höllenplaneten kreiste? In einer Welt, in der es zwar Parks, Gärten, Geschäfte, Schulen und Restaurants gab – zudem eine Welt, von der aus man einen unvergleichlichen Blick auf die Sternennacht und die strahlende Sonne hatte –, aber zugleich eine Welt der Gefangenschaft, aus der sich nur die Reichen leicht befreien konnten. Eine Welt, in der Menschen aus den unterschiedlichsten Kulturen – Japaner, Araber, Russen, Nordamerikaner – auf engstem Raum unter Bedingungen zusammenleben mußten, die unweigerlich Spannungen erzeugten. Einige waren wegen des Geldes hier, einige, weil sie glaubten, so den Einschränkungen auf der überbevölkerten Erde entgehen zu können, und einige natürlich, weil ihre Eltern sie mitgebracht hatten. Aber nur ein paar besaßen jenen Pioniergeist, der in der ganzen Mühsal selbst schon einen Sinn sah. Port Hesperus war eine Company-Town, vergleichbar mit einer Bohrinsel im Nordatlanktik oder einer Siedlung um eine holzverarbeitende Fabrik in den Wäldern Kanadas.

Die Botschaft, die Sparta durch die Metallwände empfing, verhieß verhaltene Anspannung, Abwarten und beinahe etwas wie pflichtversessene Unterwürfigkeit. Aber noch etwas spürte sie besonders unter den jüngeren Bewohnern, die auf der Station geboren waren – eine gewisse Eintönigkeit, ein Widerwillen, ein gewisses, unterschwelliges Gefühl der Auflehnung. Im Augenblick jedoch hatte die ältere Generation das Ruder noch fest in der Hand, und sie dachten kaum an etwas anderes als daran, die Rohstoffe auf der Oberfläche der Venus auszubeuten, sich dabei das Leben so bequem wie möglich zu machen und sich auf diese Weise die erforderlichen Mittel zu verschaffen, um für immer von Port Hesperus verschwinden zu können ...

Beinahe einen Kilometer von der Stelle entfernt, wo Sparta träumend durch den Frachter schwebte, pulsierte das Leben von Port Hesperus. Die gewaltige Zentralkugel der Station war von einem Gürtel aus hohen Bäumen umgeben; eine aufwendige Glaskonstruktion mit Jalousien spannte sich darüber und glich den ständigen Wechsel von Venus- und Sonnenlicht aus. Zwischen den Bäumen wanden sich Pfade durch üppige Gärten voller Passionsblumen, Orchideen und Bromelien, unter Zikaden und Baumfarnen, vorbei an plätschernden Bächen und stehenden, spiegelnden Teichen aus wiederaufbereitetem Wasser, über geschwungene Brücken aus Holz oder Stein.

Einem Spaziergänger, der den ganzen Rundgang von dreieinhalb Kilometer Länge machen wollte, würden sich sieben überwältigend verschiedenen Aussichten bieten, deren Klimaregelung voneinander getrennt war und die von dem meisterlichen Landschaftsarchitekten Seno Sato angelegt worden waren, um auf die unterschiedlichen Kulturen zu verweisen, die zum Aufbau von Port Hesperus beigetragen hatten sowie deren mythische Vergangenheit auf dem Mutterplaneten. Treten Sie durch diesen *Torii*; schon sind Sie in Kyoto, sehen ein Schloß mit Pagodendach, geharkte Kieswege, knorrige Pinien. Teilen Sie die Äste dieser Tamariske, und Sie sehen Samarkand, seine arabesken Pavillons mit den blauen Steinmosaiken, die sich in lieblichen Teichen widerspiegeln. Durch kahle Äste können Sie einen Blick auf Kiew werfen, die blauen Zwiebeltürme über dem gefrorenen Kanal, auf dem heute zwei Schlittschuhläufer ihre Kreise ziehen. Der Schnee unter den Füßen verwandelt sich in zermahlenen Marmor und wird dann zu schlichtem Sand; hier steht die Sphinx in einem Garten aus nacktem, rotem Gestein. Steigt man diesen steinigen Pfad hoch, vorbei an dem blühenden Pflaumenbaum, so kommt man zu dem längst verschwundenen Changan, einer siebenstöckigen Steinpagode mit vergoldeten Türmen. Durch diese gelben Gingkobäume hindurch taucht der Bootsteich aus dem Central Park in New York auf, auf dem sogar Spielzeugschoner schwimmen, die von einer glattpolierten Alice aus

Bronze mit amüsierter Verwunderung bewacht werden. Eine Allee aus schweigsamen Schierlingsttannen führt nach Vancouver, wo es regennasse Zedern, Totempfähle und mit Grünspan überzogene Wasserspeier zu sehen gibt. Und unter diesen regennassen Baumfarnen befinden sich die Farnsümpfe der sagenumwobenen, legendären Venus, in deren ewigem Regen eine bemerkenswerte Sammlung fleischfressender Pflanzen schimmert. Und umgeben wird dieses kunterbunte Durcheinander von dem Stadtmauer Kyotos ...

Jeweils rechts und links dieser herrlichen Gärten befinden sich in einem parallelen Gürtel um die Zentralkugel die Kasbah, der Plaka, die Champs Élysées, der Rote Platz, die Fifth Avenue und die Main Street von Port Hesperus – mit Geschäften, Galerien, Kramläden, russischen Teehandlungen, Teppichverkäufern, Restaurants in fünfzehn verschiedenen ethnischen Richtungen, Fischmärkten (Zuchtbrasse sind hier eine Spezialität), Obst- und Gemüsemärkten, Tempeln, Moscheen, Synagogen, Kirchen, diskreten, frechen Kabaretts sowie dem Port-Hesperus-Zentrum für darstellende Kunst. Die umliegenden Straßen sind voller Menschen beim Einkaufsbummel, habgierigen Betrügern, kleinen Schwindlern, umherschlendernder Musikanten, Menschen, die mit hellen Metallen oder Plastik bekleidet sind oder auch nur ihrer eigenen eingefärbten Haut. Satos Gärten lockten Touristen aus dem gesamten Sonnensystem an. Die Diebe und Händler von Port Hesperus waren auf sie vorbereitet.

Die Zentralkugel wurde natürlich auch von den Arbeitern und ihren Familien besucht. Nur hat einem eine Art Disneyland nach dem fünften oder sechsten Besuch nicht mehr viel zu bieten. Alles, was irgendwie eine Neuigkeit oder Ablenkung bedeuten könnte, wird äußerst wertvoll ...

Und eben deswegen saß Vincent Darlington ziemlich in der Patsche.

Darlington lief in der aufsehenerregend geschmacklosen Haupthalle des Museums von Port Hesperus hin und her, hängte die Barock- und Rokokogemälde in ihren Zierrahmen gerade und versuchte, nicht ständig in die Haufen gezüchteter Krabben, Kaviar, kleiner Hummerschwänze und künstlicher Schinkenröllchen zu greifen, die der Partyservice kiloweise herangeschafft hatte und die jetzt in dem merkwürdigen Licht unter der Milchglaskuppel ölig glänzten. Alle paar Sekunden kehrte Darlington zu dem leeren Schaukasten am Kopf des Raumes zurück – zu der Stelle also, wo, wäre dies eine Kirche, wie man aus der ungeheuer komplizierten Kuppelkonstruktion hätte schließen können, der Altar gestanden hätte. Er trommelte mit seinen klobigen Fingern auf den Goldrahmen. Er war extra für seine neueste Errungenschaft angefertigt worden, und er hatte ihn so plaziert, daß jemand, der das Museum betrat, ihn unmöglich übersehen konnte – und schon gar nicht diese Sondra Sylvester, wenn sie überhaupt den Mut aufbrachte, zu kommen.

Das war ein Grund, weshalb er diesen Empfang hatte geben wollen. Und jemanden, einen ganz besonderen Jemand, eingeladen hatte, der sie sehr wahrscheinlich mit anschleppen würde. Er hatte gehofft, sie würde kommen. Er hatte es nicht abwarten können, ihren neugierigen Gesichtsausdruck zu sehen …

Aber jetzt war die ganze Angelegenheit ins Wasser gefallen. Oder zumindest aufgeschoben. Erst die Nachricht, daß man seine Neuerwerbung beschlagnahmt hatte. Dann hieß es, die Polizei verzögere das Verlassen der *Helios*. Was, zum Teufel, konnte an einem kleinen Unfall im Raum denn so kompliziert sein …?

Es war eine schrecklich peinliche Angelegenheit, aber er wollte das Museum von Port Hesperus auf keinen Fall eröffnen, solange sein Schatz noch nicht sicher auf seinem Ehrenplatz stand.

Darlington riß sich von dem leeren Altar los. Er schreckte vor dem Gedanken zurück, sich unter die Masse aus Reportern und Neugierigen zu mischen, die zum Sicherheitssektor gerannt waren, nachdem die *Sternenkönigin* endlich eingetroffen war. Anschließend hatte er ein diskretes Telefongespräch mit einigen einflußreichen Leuten geführt und darauf gedrängt – fast möchte man sagen gefleht –, den drohenden Papierkrieg irgendwie einzudämmen, der ihn daran hinderte, das wertvollste Buch in der Geschichte der englischen Sprache augenblicklich in Empfang zu nehmen.

Im Grunde ging es ihm gar nicht um das Buch, das heißt, den Inhalt des Buches – Kriegsgeschichen, die nicht sonderlich aufregend waren, auch wenn diese Lawrence gemeinhin als ein sehr geachteter Autor galt. Er hatte verdammt viel Geld für dieses Buch bezahlt. Im gesamten Universum gab es nur fünf Exemplare davon, drei waren verlorengegangen, und jetzt existierte nur noch eines in der Kongreßbibliothek der Vereinigten Staaten von Amerika und eben jenes, das dem Museum von Port Hesperus gehörte, was sich wiederum in seinem Besitz befand. Er hatte es aus einem ganz bestimmten Grund gekauft, nämlich um diese Frau zu demütigen, die ihn gedemütigt hatte, als sie diesem ... nun, diesem ganz besonderen Jemand öffentlich nachgestellt hatte. Er war einmal sein Geschäftspartner gewesen.

Eigentlich sollte er froh sein, diese kleine Schlampe so einfach losgeworden zu sein. Aber das konnte er nicht. Sie konnte bemerkenswert charmant sein, und es war nicht anzunehmen, daß Darlington in dieser kosmischen Sardinenbüchse etwas Vergleichbares finden würde.

Seitdem hatte er angefangen, endlos darüber zu grübeln, ob er jemals Port Hesperus verlassen und nach Hause fahren könnte. Tief im Innern wußte er wohl, daß das unmöglich war. Man würde den armen Vincent Darlington im All beisetzen, wenn man seine Schwestern nicht durch irgendein Wunder zuerst begraben würde. Es ging gar nicht so sehr darum, gegen eine Auslieferung auf die Erde anzugehen – weder war die Angelegenheit so bekannt noch strafrechtlich so gravierend. Es war lediglich der Preis, den seine Familie – die beiden giftigen Schwestern, genaugenommen – dafür angesetzt hatten, daß sie ihre Dörrpflaumenlippen fest zusammengepreßt hielten und ihn so davor bewahrten, in einem Schweizer Gefängnis zu landen. Natürlich war es ausgerechnet auch noch ihr Geld gewesen ...

Hierhin hatte er sich also zurückgezogen, und hier wollte er auch bleiben, in diesen kleinen Räumen mit ihren samtbezogenen Wänden und dieser wirklich erstaunlichen Glaskuppel (vielleicht hatte man es wirklich als Kirche gebaut?), wo er von seinen toten Schätzen umgeben war.

Er betrachtete die Krabben. Sie wurden nicht gerade frischer.

Wieder zog er los, um die Bilder gerade zu hängen. Wann würde man ihm endlich erlauben, es in seinen Besitz zu nehmen? Vielleicht sollte er jetzt absagen. Captain Antreen war alles andere als zuvorkommend gewesen. Ja, sie hatte gelächelt, hatte gesagt, sie täte alles, was in ihrer Macht stünde, aber die Ergebnisse? Da kann ich Ihnen leider gar nichts versprechen, mein Lieber. Es lag ihm alles etwas säuerlich im Magen und drohte seinen Triumph über Sylvester zu verderben.

Darlington ging nervös in einen der kleineren, dunkleren Seitenräume. Er blieb neben einem Glaskasten stehen, eine Lichtspiegelung auf ihrem Deckel hatte seine Aufmerksamkeit erregt. Er strich sich über seine dünner werdenden schwarzen Haare, rückte seine altmodische Hornbrille zurecht und verzog seine Lippen zu einem kleinen Schmollmund, dann ging er weiter. Der Inhalt des Glaskastens interessierte ihn nicht.

Was Darlington in diesem kleinen Raum hinter sich ließ, waren seine eigentlichen Schätze, wenn er es auch ablehnte, sie als solche anzuerkennen. Hier gab es die seltsamen Reste fossiler Abdrücke, die Forschungsroboter auf der Oberfläche der Venus gefunden hatten und die das Museum von Port Hesperus für Wissenschaftler und Gelehrte, zusammen mit Satos Gärten, zu einer der Hauptattraktionen von Port Hesperus gemacht hatten. Darlington jedoch, der schon allein mit seiner monatlichen Zuwendung lächerlich reich war, sammelte zweitklassige europäische Kunst aus der Schnörkel- und Melodramaperiode. Knochen und Steine gehörten seiner Meinung nach in irgendeine Wüstentankstelle oder einen alten Trödlerladen auf der Erde. Seine Fossilien von der Venus hatten ihm weltenweite

Anerkennung eingebracht, also gestand er ihnen murrend ihren Platz zu.

Er lief weiter hin und her, starrte seine grellen Gemälde und Skulpturen und seinen teuren Nippes an und grübelte dumpf darüber nach, was diese neugierige Polizistin von der Erde sich wohl dabei dachte, ihre Nase in das herrenlose Schiff zu stecken, in dem sich sein wertvolles Buch befand.

Kurz bevor die *Helios* in Port Hesperus anlegen sollte und kurz nachdem Sparta ihn gebeten hatte, ihre Quarantäne sicherzustellen, während sie etwas zu erledigen hatte, meldete sich Viktor Proboda im örtlichen Hauptquartier der Raumkontrollbehörde. Captain Antree rief ihn zu sich ins Büro. Lieutenant Kitamuki, ihre Assistentin, wartete bereits im Zimmer.

»Ihre Anweisungen waren klar und deutlich, Viktor.« Antreens lächelnde Maske war leicht außer Kontrolle geraten, sie war starr vor Wut. »Sie sollten nicht von Troys Seite weichen.«

»Sie vertraut mir, Captain. Sie hat mir versprochen, mich umgehend von jedem Fund zu unterrichten.«

»Und trauen Sie ihr?« wollte Kitamuki wissen.

»Sie scheint genau zu wissen, was sie tut, Lieutenant.« Proboda wurde es unangenehm heiß in diesem Büro. »Und laut Zentrale ist sie der Boß.«

»Wir haben jemanden als Ersatz angefordert. Wir haben nicht darum gebeten, daß man uns die Ermittlungen aus der Hand nimmt«, sagte Antreen.

»Mir gefiel das auch nicht besser als Ihnen, Captain«, erwiderte Proboda kühl. »Anfangs habe ich es sogar persönlich genommen, denn Sie hatten mir den Auftrag ja schon gegeben. Aber schließlich stammen die meisten Beteiligten ja von der Erde ...«

»Die meisten Beteiligten sind Euro-Amerikaner«, sagte Kitamuki. »Sagt Ihnen das etwas?«

»Leider nein«, bedauerte Proboda. Er ahnte die Verschwörungstheorie bereits, die jetzt kommen würde, aber

Verschwörungstheorien lagen ihm nicht. Er glaubte eher an schlichte Motive, wie zum Beispiel Rache, Habgier und Dummheit. »Ich glaube, Sie sollten sich wirklich erst einmal die Ergebnisse aus dem Labor ansehen. Wir – eigentlich war es Troy – haben uns die Aufschlagstelle äußert genau angesehen, und was Troy dabei gefunden hat ...«

»Irgend jemand dort hat durchblicken lassen, daß unsere Abteilung in ein schlechtes Licht gerückt werden soll«, unterbrach Kitamuki. »Hier auf Port Hesperus erzielt Azure Dragon aufsehenerregende Ergebnisse, und das gefällt einigen Euro-Amerikanern nicht.« Sie hielt inne, um ihre düsteren Verdächtigungen wirken zu lassen.

»Wir müssen uns vorsehen, Viktor«, sagte Antreen ruhig. »Damit niemand uns etwas anhaben kann. Die Zusammenarbeit auf Port Hesperus ist beispielhaft, aber unglücklicherweise möchte uns jemand auseinanderbringen.«

Proboda hatte das Gefühl, daß man ihm Märchen erzählte – er war sich nur nicht sicher, wer. Aber wenn Captain Antreen ihre Argumente auch nicht immer offenlegte, machte sie doch immer klar, was sie meinte. »Wie soll ich Ihrer Ansicht nach also vorgehen?«

»Tun Sie alles, worum Troy Sie bittet. Aber vergessen Sie nicht, daß wir mit Ihnen zusammenarbeiten, wenn auch manchmal hinter den Kulissen. Troy darf davon nichts erfahren. Wir wollen, daß der Fall geklärt wird, aber es besteht keinerlei Veranlassung, über die sachdienlichen Fakten hinauszugehen.«

»Also gut«, zeigte Proboda sich einverstanden. »Soll ich mich um die *Helios* kümmern?«

»Tun Sie das«, sagte Lieutenant Kitamuki. »Troy überlassen Sie uns.«

»Und was wollten Sie uns nun über diese Laborergebnisse erzählen?« fragte Antreen.

15

Sparta war jetzt alleine in der *Sternenkönigin* und untersuchte das Schiff systematisch von oben nach unten.

Gleich unterhalb der inneren Luke der Hauptluftschleuse befand sich ein klaustrophobisch enger Raum, der mit Vorratsbehältern und Ausrüstungsgegenständen vollgestopft war. Normalerweise hingen in jedem Quadranten des runden Decks drei Raumanzüge an der Wand. Einer fehlte, und zwar der von Grant. Ein weiterer sah unbenutzt aus, der von Wycherly, dem unglücklichen Piloten. Eins war merkwürdig. Sparta überprüfte den Sauerstoffbehälter und stellte fest, daß er noch nicht gänzlich leer war – es reichte noch für ungefähr eine halbe Stunde. Hatte McNeil ihn sich für den Fall aufgehoben, daß alles schiefging und auch er sich dazu entschließen sollte, sich dem All zu überlassen? Sparta stocherte da und dort in den abschließbaren Fächern für die Ausrüstungsgegenstände herum – überall Werkzeuge, Batterien, Reservekanister mit Lithiumhydroxid und dergleichen –, aber sie fand nichts von Bedeutung. Sie zog schnell weiter nach unten auf das Steuerdeck.

Das Steuerdeck war vergleichsweise geräumig. Auf den Schaltpulten unter den weiten Fenstern, die das Deck rings umgaben, flackerten Lichter. Die grünen, blauen und gelben Kennlichter schimmerten matt mit Hilfe des Notaggregats. Davor befanden sich die Sitze für den Kommandanten, den zweiten Piloten und den Ingenieur – obwohl die *Sternenkönigin* auch von einem einzigen aus der Crew geflogen werden konnte, oder sogar ganz alleine, wenn man sie auf Fernsteuerung umstellte.

Der Raum stellte eine zweckmäßige Mischung aus Exotik und Eleganz dar. Die Computer waren auf dem neuesten Stand der Technik, ebenso die Jalousien, wenn sich auch auf diesem Gebiet in dem letzten Jahrhundert nicht viel verändert hatte. Die Feuerlöscher waren immer noch rotgestrichene Metallflaschen, die mit Klemmen an der Wand befestigt wurden. Es gab Regale und Schränke, in denen Geräte untergebracht waren, und aus den Rundumfenstern hatte man einen guten Blick. Man hatte das Deck mit dem Bewußtsein entworfen, daß die Mannschaften viele Monate ihres Lebens innerhalb seiner engen Grenzen zubringen mußten. Sparta war allerdings überrascht, daß niemand versucht hatte, es etwas persönlicher zu gestalten. Es gab weder ausgeschnittene Comics oder Poster, keine nackten Mädchen und auch keine scharfsinnigen Bemerkungen an den Wänden. Vielleicht gehörte der neue Kommandant Peter Grant zu den Menschen, die nicht bereit waren, derartiges zu tolerieren.

Abgesehen von den Arbeitsprogrammen des Schiffs, waren auch die Logbücher – Grants gesprochenes Logbuch und die Aufzeichnungen der Black Box – über diese Schaltpulte zu erreichen. Tatsächlich konnte man sämtliche kodierbaren Informationen über das Schiff und seine Ladung über diese Konsolen erreichen, allerdings nicht die persönlichen Computerdateien von Grant und McNeil.

Sparta stieß einen Seufzer aus und machte sich an die Arbeit. Die chemischen Spuren auf den Schaltpulten, Armstützen, Geländern und anderen Oberflächen bestätigten Sparta, daß außer Grant und McNeil seit mehreren Wochen niemand mehr auf diesem Schiff gewesen war. Es gab immer noch eine ganze Menge anderer Spuren, aber die meisten waren Monate alt und stammten von den Männern, die das Schiff überholt hatten.

Sparta hatte sich die Standardzugangscodes für den Computer gemerkt. Der Frachtbrief war genau so, wie sie ihn sich auf der Reise von der Erde gemerkt hatte – man hatte weder etwas hinzugefügt noch etwas weggelassen: Es gab keine Überraschungen. In nur wenig länger, als sie brauchte, um ihre Handschuhe abzustreifen und ihre Fingernagelsonden in die entsprechenden Öffnungen zu schieben, hatte sie seinen gesamten Speicher auf ihre eigenen viel dichteren und aufnahmefähigeren Zellspeichermechanismen übertragen. Vier abnehmbare Laderäume, die man unter Druck setzen konnte. Auf dieser Reise hatte man das nur mit dem ersten Fach von Laderaum A gemacht; es enthielt die üblichen Lebensmittel und Medikamente – und eben diesen besonderen Gegenstand im Wert von zwei Millionen Pfund Sterling, ein Buch in seiner Transporthülle ...

Man hatte noch ein paar andere Gegenstände in Laderaum A für relativ viel Geld pro Masseneinheit versichert: zwei Kisten Zigarren, die ausgerechnet für Karen Antreen bestimmt waren und die man auf je 1000 Pfund taxiert hatte, sowie vier Kisten Wein – McNeil hatte gestanden, eine davon geplündert zu haben –, die insgesamt 15000 amerikanische Dollar wert waren und die für jenen Vincent Darlington bestimmt waren, der auch dieses sehr berühmte Buch erworben hatte.

Aber es gab auch Gegenstände, deren Transportkosten die Versicherungssumme überstieg: das neueste BBC-Epos auf Videochip, »Solange Rom brennt«. Seine Masse betrug kaum ein Kilo, vorwiegend Verpackungsmaterial. Man hatte es überhaupt nicht versichert. Obwohl die Produktion des Originals Millionen verschlungen hatte, konnte man die Chips viel billiger kopieren als die alten Bandkassetten oder die Filme auf Zelluloidbasis. Eigentlich hätte man den Film auch zur Venus überspielen können. Zwar hätte die Qualität zugegebenermaßen darunter gelitten, aber es hätte nur die Übertragungszeit gekostet. Daneben entdeckte Sparta einen Gegenstand, der ihr schon früher aufgefallen war und den sie sich unbedingt näher ansehen wollte: eine Kiste mit ›verschiedenen Büchern ohne eigentlichen Wert, 25 Kilo‹, die für Sondra Sylvester bestimmt war.

Der Inhalt der Frachtcontainer B, C und D, die man während des Fluges im Vakuum belassen hatte, war wesentlich weniger interessant – es waren Werkzeuge, Maschinen, andere Dinge (zum Beispiel eine Tonne Kohle in Form von Graphitziegeln, deren Transport von der Erde nur unwesentlich billiger war, als sie aus dem Kohlendioxyd der Venusatmosphäre zu gewinnen) – bis auf die »Rolls-Royce HMRV, Hochleistungsminenroboter, Typ Venus, zu je 5,5 Tonnen, Gesamtmasse 33,5 inklusive verschiedene Treibstoffbauteile, etc.«, die für die Ishtar-Minengesellschaft bestimmt waren. Sparta war zufrieden, als sie feststellte, daß der Frachtbrief an Bord mit dem veröffentlichten übereinstimmte. Und dessen Korrektheit hatten sie und Proboda bereits überprüfen können.

Sparta wandte sich schnell dem Funkaufzeichnunggerät zu, in dem sämtliche öffentlichen Übertragungen der Reise gespeichert waren. Sich die gesamte Aufzeichnung ins Bewußtsein zu rufen, mitsamt den dazugehörigen Zeitverschiebungen, war eine recht langwierige Prozedur. Fürs erste gab sie sich mit einem schnellen internen Durchlauf zufrieden, bei dem sie nach Außergewöhnlichem suchte.

Eine Stelle ragte deutlich heraus, in jeder Hinsicht – eine Explosion, Folgeexplosionen, Alarmsignale, Hilferufe … entsetzte Stimmen, Stimmen, die Beschuldigungen ausstießen – die Black Box enthielt die Aufzeichnungen sämtlicher Ereignisabläufe nach dem Meteoriteneinschlag.

Sparta hörte es mit Lichtgeschwindigkeit durch und ließ im Geiste noch einmal zurückspulen. Es bestätigte bis ins kleinste Detail, was sie schon bei der ersten Besichtigung der Unfallstelle gesehen hatte.

Aus dem Datenstrom des Funkaufzeichnungsgerätes fiel eine weitere Abnormalität heraus, ein Gespräch, das stattfand, kurz bevor Grant seine schicksalhafte Funkbotschaft zur Venus sowie zur Erde schickte. »Hier ist Die *Sternenkönigin,* es spricht Commander Peter Grant. Der Ingenieur

McNeil und ich sind gemeinsam zu dem Ergebnis gekommen, daß für einen Mann ausreichend Sauerstoff bleibt ...«

In den Augenblicken vor dieser Ankündigung waren jedoch weder Grant noch McNeil auf dem Steuerdeck gewesen ... Die Stimmen der beiden Männer wurden durch die dazwischenliegende Trennwand gedämpft. Einen Augenblick lang konnte man eine der Stimmen beinahe verstehen – die von McNeil –, und seine Worte klangen unnachgiebig: »Du bist gar nicht in der Lage, mich zu beschuldigen ...«

Ihn zu beschuldigen ...?

Möglicherweise konnte Sparta die gesamte Auseinandersetzung rekonstruieren, dazu mußte sie sich allerdings in eine leichte Trance versetzen. Außerdem gab es noch weitere Daten, die bei genauer Analys vielleicht etwas hergaben, aber deren Untersuchung mußte sie vorerst zurückstellen. Außerdem konnte sie ihren Wachzustand jetzt nicht schon wieder unterbrechen. Denn ihr blieb nicht mehr viel Zeit ...

Das schnelle Passagierschiff *Helios*, das von einem mächtigen Gaskernreaktor angetrieben wurde, hatte seit einer Woche die Erde verlassen und befand sich eine Woche und einen Tag vor Port Hesperus, als die düstere Nachricht im gesamten Sonnensystem empfangen wurde: »Hier ist die *Sternenkönigin*, es spricht Commander Peter Grant ...«

Innerhalb von Minuten – und sogar noch, bevor Peter Grant zum letzten Mal durch die Luftschleuse der *Sternenkönigin* trat – hatte der Kapitän der *Helios* von der Raumkontrollbehöre Order bekommen, seine Passagiere gemäß der interplanetarischen Gesetze davon zu unterrichten, daß alle Übertragungen von der *Helios* aufgezeichnet wurden und daß etwaige dadurch erhaltene sachdienliche Hinweise in dem folgenden administrativen und rechtlichen Verfahren benutzt werden konnten, darunter möglicherweise auch in einem den Zwischenfall auf der *Sternenkönigin* betreffenden Strafverfahren.

Mit anderen Worten, jeder an Bord der *Helios* war ein Verdächtiger im Zusammenhang mit den Ermittlungen wegen des noch ungeklärten Verbrechens auf der *Sternenkönigin*.

Und das nicht ohne Grund. Die *Helios* hatte auf ihrem Flug zur Venus die Erde zwei Tage nach dem Meteoriteneinschlag auf der *Sternenkönigin* auf einer hyperbolischen Flugbahn verlassen. Das Startdatum für das schnelle Passagierschiff war bereits seit Monaten bekannt gewesen. Und trotzdem hatte die *Helios* im letzten Augenblick nach dem Meteoriteneinschlag noch mehrere neue Passagiere bekommen. Unter ihnen befand sich auch Nikos Pavlakis, der die Besitzer des havarierten Frachters repräsentierte. Dabei war auch ein Mann namens Percy Farnsworth, der mit Lloyd's die Gesellschaft vertrat, die das Schiff, seine Ladung und das Leben der Mannschaft versichert hatte.

Die anderen Passagiere hatten den Flug lange vorher gebucht. An Bord waren ein emeritierter Professor für Archäologie aus Osaka, drei junge Mädchen aus Holland, die sich auf eine große Planetentour machten, sowie ein halbes Dutzend arabischer Bergwerksingenieure, die von ihren verschleierten Frauen und aufsässigen Kindern begleitet wurden. Den holländischen Mädchen schien der Gedanke, daß man sie eines interplanetarischen Verbrechens verdächtigte, eher zu gefallen; Sondra Sylvester hingegen überhaupt nicht. Sie gehörte auch zu denen, die lange vorher gebucht hatten. Sylvesters junge Reisebegleiterin, Nancybeth Mokora, ödete die ganze Affäre nur unglaublich an.

Es waren also keinesfalls Passagiere an Bord, die ohne weiteres miteinander auskamen: Der japanische Professor lächelte und hielt sich aus allem heraus, die Araber taten es ihm gleich, allerdings ohne zu lächeln. Während der Phase konstanter Beschleunigung liefen die Teenager in ihren Stöckelschuhen umher. Ganz gleich, ob gerade beschleunigt wurde oder nicht, sie konnten in ihren ungewohnt engen Kleidern nicht ruhig sitzen bleiben und machten dem einzigen jüngeren männlichen Passagier ohne Begleitung ständig schöne Augen. Allerdings erwiderte er ihre Aufmerksamkeit nicht. Sein Name lautete Blake Redfield; er war noch im letzten Augenblick auf die Passagierliste gekommen und verhielt sich während der gesamten Reise recht abweisend.

Wenn man sich doch hin und wieder traf, dann höchstens im Salon des Schiffs. Wann immer sich ihre Wege dort kreuzten, tat der nervöse Nikos Pavlakis alles, um sich seiner Klientin Sondra Sylvester dankbar zu zeigen. Das geschah nicht oft, denn im allgemeinen ging sie ihm aus dem Weg. Der arme Mann war ohnehin schon von Sorgen zerfressen; die meiste Zeit verbrachte er damit, einsam seinen Ouzo zu schlürfen und ein paar Oliven zu essen. Farnsworth, den Versicherungsrepräsentanten, konnte man oft in der Nähe umherschleichen sehen. Er nippte dann an einem Trinkkolben mit purem Gin und blickte Pavlakis übertrieben finster an. Sowohl Pavlakis als auch Sylvester mieden Farnsworths Gesellschaft.

Dennoch erwischte Sylvester Farnsworth im Salon dabei, wie er Nancybeth mit Calvados gefügig machen wollte. Es war noch gar nicht lange her, daß Grant öffentlich sein Opfer verkündet hatte. Der Herr mittleren Alters und die junge Frau von Zwanzig schwebten schwerelos und leicht beschwipst vor einem spektakulären Hintergrund mit echten Sternen, und der Anblick brachte Sylvester zur Raserei – was Nancybeth ohne Zweifel beabsichtigt hatte. Bevor sie zu ihnen ging, überdachte Sylvester die Situation: Was ging sie das eigentlich an? Das Mädchen war zwar so schön, daß einem das Herz stehenzubleiben drohte, aber ihre Loyalität war keinen Pfifferling wert. Wie auch immer, Sylvester konnte den hinterhältigen Farnsworth wohl nicht länger ignorieren.

Nancybeth beobachtete, wie Sylvester näher kam. Ihre Boshaftigkeit wurde durch die Schwerelosigkeit und den Alkohol nur leicht verwischt. »Hallo, Sondra. Darf ich dir meinen Freund Prissy Farnsworth vorstellen?«

»Percy Farnsworth, Mrs.Sylvester.« Bei der geringfügigen Schwerkraft erhob man sich nicht, dennoch streckte sich Farnsworth bewundernswert und drückte sein Kinn mit einem Nicken auf die Brust.

Sylvester betrachtete ihn angewidert: Obwohl er beinahe fünfzig war, versuchte Farnsworth wie ein junger Armeeoffizier auszusehen, der sich das Wochenende für die Fasanenjagd freigenommen hat. Lieutenant Colonel Witherspoon, den Sylvester erst kürzlich auf dem Testgelände in Salisbury kennengelernt hatte, war ein ähnlicher Typ gewesen. Farnsworth hatte den richtigen Schnäuzer, die passende Jägerjacke mit den Flicken auf den Ärmeln und genau die richtige steife Kopfhaltung. Sein eher gewöhnlicher Akzent war allerdings absolut zweitklassig.

Sylvester übersah seine ausgestreckte Hand. »Du solltest vorsichtig sein, Nancybeth, ein Brandykater ist alles andere als angenehm.«

»Meine liebe Sylvester, ewig mußt du mich bemuttern«, erwiderte sie mit einem gezierten Lächeln. »Was hab ich Ihnen gesagt, Farny? Sie weiß einfach alles besser. Ich hatte von dem Zeugs nicht einmal etwas gehört, bevor sie mich damit bekanntgemacht hat.« Nancybeth warf sich den Brandykolben von einer Hand in die andere. Beim drittenmal entglitt er ihr, und Farnsworth angelte ihn aus der Luft für sie. Er gab ihn ihr ohne Kommentar zurück.

»Ich höre, Sie hatten einen sehr netten Aufenthalt in Südfrankreich«, sagte Farnsworth und trat ihren Unhöflichkeiten mutig entgegen.

Sylvester bedachte ihn mit einem Blick, der ihn zum Schweigen bringen sollte, aber Nancybeth tönte erfreut los. »Sie hatte zwei oder drei sehr schöne Tage. Ich habe mich drei Wochen gelangweilt.«

»Mr. Farnsworth«, unterbrach Sylvester hastig, »Ihr Versuch, meine Begleiterin nach Informationen auszuhorchen, die Ihnen vielleicht nützlich sein könnten, ist … ist sehr durchsichtig.«

Nancybeths Augen wurden immer größer. »Mich auszuhorchen? Aber, Mr. Farmerworthy.« Dabei raffte sie ihr wiegendes, mit Blumen bedrucktes Kleid in einer dramatischen Geste an sich.

»Und verabscheuenswürdig«, fügte Sylvester hinzu.

Aber Farnsworth tat so, als hätte er nichts gehört. »Ich

wollte niemandem zu nahe treten, Mrs. Sylvester. Nur eine nette Plauderei, das war alles. Wenn es ums Geschäft geht, ziehe ich es vor, ganz offen mit Ihnen zu reden.«

Nancybeth knurrte: »Sozusagen von Mann zu Mann«, und gab vor, zusammenzucken, als Sylvester sie wütend ansah. Offensichtlich hatte sie schon einiges mehr intus, als Sylvester befürchtet hatte.

»Sie haben mich falsch verstanden, Mrs. Sylvester«, sagte Farnsworth. »Wissen Sie, ich vertrete auch Ihre Interessen, in gewissem Sinn.«

»Wohl in dem Sinn, daß Sie gezwungen sind, Ihren Klienten den Betrag zurückzuzahlen, um den Sie beim besten Willen nicht herumkommen.«

Er richtete sich ein wenig auf. »Sie haben nichts zu befürchten, Mrs. Sylvester. Selbst als Geisterschiff wird die *Sternenkönigin* noch sicher mit Ihrer Fracht anlegen. Da muß schon etwas mehr passieren als ein kleiner Meteoriteneinschlag, um einen Rolls-Royce-Roboter außer Gefecht zu setzen, nicht mehr?«

Während des ganzen Hin und Her hatte Nancybeth ihr Gesicht zu einer Reihe übertriebener Grimassen verzogen. Erst ahmte sie Sylvesters angewiderte Überheblichkeit nach, dann Farnsworths beleidigte Unschuld. Wenn sie auf diese Art ihre Kindlichkeit zur Schau stellte, verlieh ihr das unter bestimmten Umständen die Anziehungskraft eines heimatlosen Kindes. Im Augenblick war sie allerdings etwa so attraktiv wie eine Zweijährige während eines Wutanfalls.

»Vielen Dank für Ihr Interesse, Mr. Farnsworth«, sagte Sylvester kühl. »Vielleicht würden Sie uns jetzt alleine lassen.«

»Wenn ich ganz offen sein darf, Mrs. Sylvester, bitte entschuldigen Sie ...«

»Ja, seien Sie ganz offen«, mischte sich Nancybeth erfreut ein.

Farnsworth ließ sich nicht beirren. »Schließlich sind wir uns beide über die Schwierigkeiten der Pavlakis-Linie im klaren, oder?«

»Davon weiß ich nichts.«

»Man braucht nicht viel Phantasie, um sich vorstellen zu können, was Pavlakis davon hat, wenn er mit seinem eigenen Schiff etwas Derartiges anstellt, oder?«

»Nancybeth, ich will, daß du jetzt mitkommst, und zwar sofort«, sagte Sylvester und wandte sich ab.

»Aber besonders gut hat er es nicht gemacht, oder wie sehen Sie das?« sagte Farnsworth und schwebte dichter an Sylvester heran. Seine Stimme wurde tiefer und rauher. »Das Schiff hat keinen bedeutenden Schaden davongetragen, und die Ladung überhaupt keinen. Nicht einmal dieses berühmte Buch, hinter dem Sie so sehr her waren?«

»Sie vergessen die Mannschaft«, rief Nancybeth dazwischen. »Er wollte sie alle umbringen!«

»Du lieber Gott, Nancybeth ...« Sylvester warf einen Blick quer durch den Salon, wo Nikos Pavlakis über seinem Ouzo schwebte. »Wie kannst du so etwas nur sagen? Noch dazu über einen Mann, den du nie getroffen hast?«

»Hat aber nur die Hälfte erwischt«, schloß das Mädchen. »Der gute, alte Angus ist ihm durch die Lappen gegangen.«

»Eine clevere Vermutung, Mrs. Sylvester, und wahrscheinlich hat sie sogar recht.« Farnsworths bedeutungsschwerer Blick verengte sich melodramatisch. »Die Pavlakis-Line hat für ihre Mannschaften eine recht hohe Unfalllebensversicherung abgeschlossen – wußten Sie das?«

Beinahe gegen ihren Willen blickte sie ihm fest in die Augen. »Nein, Mr.Farnsworth, das wußte ich tatsächlich nicht.«

»Aber Selbstmord, nun, das ist wieder eine andere Geschichte ...«

Sylvester riß ihren Blick von ihm. Irgend etwas an seinen Zähnen oder an seinen rötlichen Haaren, bereitete ihr Ekel. Sie warf einen wütenden Blick auf Nancybeth, die in ihrer übertrieben und berauschten Unschuld zurückstierte. Sie griff nach dem nahen Geländer, drehte den beiden den Rükken zu und schob sich hastig nach außen in die Dunkelheit.

»Bye, bye, Sondra ... tut mir sooo leid, daß wir dich verärgert haben«, sang Nancybeth vor sich hin, als Sylvester durch die nächste Tür verschwand. Sie blinzelte Farnsworth an. »Selbstmord? Soll das heißen, daß Sie Grant nicht zu bezahlen brauchen? Ich meine, für Grant? Weil er sich selbst umgebracht hat?«

»Schon möglich.« Farnsworth sah sie an wie eine Eule. »Natürlich nur, wenn es auch wirklich stimmt.«

»Wirklich stimmt? Ach, Sie meinen, ... falls ihn nicht jemand umgebracht hat?«

»Ach, umgebracht. Das ist kein schönes Thema.« Farnsworth zupfte den Knoten seiner roten Polymerkrawatte zurecht. »Tja, es war wirklich sehr nett. Aber jetzt muß ich gehen.«

»Na gut, Wusspercy«, knurrte die sitzengelassene Nancybeth. Also hatte er doch nichts anderes gewollt, als mit Sylvester ins Gespräch kommen. »Na los, gehen Sie schon. Und wenn Sie schon mal dabei sind, nehmen Sie sich ein Beispiel an Commander Grant ... gehen Sie auch durch die Schleuse.«

Nicht weit entfernt auf der anderen Seite des Raumes schwebte Nikos Pavlakis mit seinem Ouzo und seinen Oliven neben der Bar. Er hatte durchaus mitbekommen, daß man über ihn gesprochen hatte. In seiner Wut hätte er Farnsworth eigentlich zur Rede stellen und augenblicklich eine Erklärung verlangen müssen, aber sein Geschäftssinn sagte ihm, unter allen Umständen ruhig zu bleiben, koste es, was es wolle. Er war außer sich über den Zustand seines wunderbaren, neuen Schiffes. Und beinahe ebenso traurig war er wegen Grant, der viele Jahre lang ein verläßlicher Angestellter von ihm und seinem Vater gewesen war. McNeils Aussichten bereiteten ihm sogar noch mehr Sorgen. Auch er war ein guter Mann ...

Pavlakis glaubte zu wissen, was mit der *Sternenkönigin* geschehen war. Im nachhinein war es für ihn völlig klar und durchsichtig, wenn er auch hoffte, für keinen anderen sonst. Außerdem konnte er es nicht riskieren, irgend jemandem gegenüber auch nur den Hauch eines Verdachts zu äußern. Und schon gar nicht Farnsworth gegenüber.

Die *Helios* schwenkte gerade in ihre Parkumlaufbahn in der Nähe von Port Hesperus ein, als Sparta in Angus McNeils Kabine auf der *Sternenkönigin* herumstöberte.

Die Durchsuchung der Kombüse und des Gemeinschaftsbereichs hatte sie schnell hinter sich gebracht. Sie hatte nichts gefunden, was McNeils Bericht widersprochen hätte. Ein kleines Fach im Medizinkästchen, in der sich eine kleine Phiole mit geschmack- und geruchlosem Gift befunden hatte, war leer. In der Schublade des Tischs im Gemeinschaftsraum befanden sich zwei Packen Spielkarten, von denen einer nicht angebrochen und der andere sowohl von McNeil als auch von Grant benutzt worden war. McNeils Spuren waren deutlicher, Grant hatte eine Karte allerdings sehr fest in der Hand gehalten. Sie merkte sich ihren Wert.

Nach dem Gemeinschaftsbereich hatte Sparta als nächstes die Kabine des Piloten aufgesucht. Sie war seit Wycherlys letztem Besuch auf dem Schiff, noch vor dem Verlassen der Falaron-Schiffswerft, nicht mehr betreten worden.

Dann kam Grants Kabine an die Reihe, die insofern bemerkenswert war, als sie keine Besonderheiten aufwies. Sein Bett war immer noch gemacht, die Ecken genau ausgerichtet und die Decke so fest gespannt, daß selbst bei normaler Schwerkraft eine Münze wieder hochgesprungen wäre. Seine Kleidungsstücke waren in dem dafür vorgesehen Korb ordentlich gefaltet. Auf seinem Bücherregal und in den Dateien seines PCs befanden sich fast ausschließlich Bedienungsanleitungen für elektronisches Gerät und Bücher, die einem sagten, wie man ein besserer Mensch wurde. Es gab keinerlei Anzeichen dafür, daß Grant je zum Vergnügen las oder außer dem Herumspielen mit Mikroelektronik irgendwelche Hobbies hatte. Die Briefe an seine Frau und seine Kinder waren an den Rand seines zusammenklappbaren Schreibtisches geheftet. Sparta ließ sie dort, nachdem sie sich überzeugt hatte, daß außer Grant sie niemand berührt hatte. Es war durchaus denkbar, daß McNeil neugierig auf ihren Inhalt gewesen war, aber er hatte Charakter genug besessen, sie nicht anzurühren. Es gab auch sonst keine Anzeichen dafür, daß McNeil diesen Raum je betreten hatte.

In Grants Schublade befand sich noch ein weiterer Brief, der an McNeil selbst addressiert war. Aber da McNeil die Schublade nicht durchsucht hatte, wußte er vermutlich nichts von seiner Existenz.

McNeils Kabine vermittelte das Bild eines völlig anderen Mannes. Seit Bett war tage-, vielleicht wochenlang nicht gemacht worden. Auf den Laken entdeckte Sparta dunkelrote Spritzer von verschüttetem Wein. Wenn es stimmte, daß er nicht mehr im Laderaum A gewesen war, nachdem Grant die Kombination geändert hatte, klebten sie seit dem vierten Tag nach der Explosion dort. Seine Kleidungsstücke waren ein einziges Durcheinander, er hatte sie einfach in seinen Schrank gestopft. Seine Chipbibliothek bot eine faszinierende Titelmischung. Es gab mystische Werke: das *Tao Te Ching* von Lao Tsu, eine Abhandlung über Alchemie und eine andere über die Kabala; daneben philosophische: Kants *Prolegomena zu einer jeden zukünftigen Metaphysik, die als Wissenschaft wird auftreten können* und Nietzsches *Geburt der Tragödie*.

Einige von McNeils Büchern waren echt. Sie waren auf Plastikseiten fotogrammiert worden, die hundert Jahre altes Papier imitierten. Und es gab Bücher über Spiele: ein schmales kleines Buch über Zauberkunststücke, ein weiteres über Schach und wieder ein anderes über Go. Und Romane: Cabells seltsamer *Jurgen* und ein erst kürzlich erschienenes Werk über die Futuristen des Mars, *Dionysos Redivivus*.

McNeils PC-Dateien zeugten von anderen, aber ebenso weit gefächerten Interessen; Sparta brauchte nur wenige Augenblicke, um zu erkennen, daß er mit seinem Gerät Schach auf Großmeisterniveau gespielt, daß er aufmerksam die Aktienmärkte in London, Tokio und New York verfolgt hatte, Mitglied in verschiedenen Klubs war, angefangen bei dem Rose-des-Monats-Klub bis hin zum Wein-des-Monats-Klub. Wein und Rosen – für beides muß er zwischen seinen Reisen mehrere Monatsgehälter ausgegeben haben.

Im Computer befanden sich noch andere Dateien, die durch Losungsworte geschützt waren, an denen man bei flüchtigem Durchsehen vielleicht scheitern konnte, die letztlich aber so trivial waren, daß sie Sparta keinerlei Schwierigkeiten bereiteten. Diese Dateien machten von der hohen grafischen Auflösung des Computers vollen Gebrauch. Die Erfindung des Heimvideos vor hundert Jahren hatten erotische Filme ins Wohnzimmer gebracht, aber verglichen mit dem, was nach der Erfindung der Superchipcomputer geschah, war das nur eine geringfügige Neuerung gewesen. Denn die hatten dem Begriff »interaktive Phantasie« eine neue Bedeutung gegeben. McNeils *Es* trat in diesen Dateien recht deutlich zutage. Sparta schaltete sich hastig aus.

Sie machte sich auf den Weg durch den Korridor, der mitten durch das Versorgungsdeck verlief. Genau auf der anderen Seite der engen Stahlwände hatte sich die fatale Explosion ereignet. Im selben Augenblick hatten sich die Durchgänge automatisch verschlossen, damit ein Druckverlust in der Mannschaftskapsel verhindert wurde.

Dann betrat sie durch die Schleuse die Vorkammer der Laderäume, wo die Anzeigen der drei Luken mit dem Hinweis VAKUUM warnten und die vierte in grellem Gelb drohte: »Unbefugten ist der Zutritt streng verboten.«

McNeil hatte die Wahrheit gesagt. Auf der Tastatur waren die Spuren seiner und vieler fremder Hände immer noch zu erkennen, aber die neuesten Spuren gehörten zu Peter Grant – auf sechs der Tasten überdeckten seine Abdrücke alle anderen. Die Reihenfolge der Abdrücke konnte Sparta nicht mehr feststellen; bei sechs Zahlen war die Anzahl der möglichen Kombinationen eine sechsstellige Zahl, aber wenn sie Lust auf eine kleine Spielerei gehabt hätte, hätte sie wohl innerhalb weniger Sekunden die wahrscheinlicheren Kombinationen aufgrund ihrer Kenntnisse der Wahrscheinlichkeitsrechnung, vor allem aber aufgrund dessen, was sie bereits über den Mann wußte, ausfindig machen können.

Es hatte keinen Sinn, darauf Zeit zu verschwenden. Sie kannte die Kombination bereits aus Grants PC-Dateien.

Sie tippte auf die Tasten. Die Leuchtdiode neben dem Schloß wechselte von Rot zu Grün. Sie drehte am Rad und zog an der Luke. Die Indikatoren in der Luftschleuse zeigten an, daß der Innendruck im Laderaum der gleiche war wie auf der anderen Seite der Schleuse. Sie drehte das Rad an der inneren Luke und schwebte einen Augenblick später in den Laderaum.

Der Raum war eng und zylindrisch und kaum groß genug, um darin aufrecht stehen zu können. Ringsum gab es Stahlregale, die mit Metallkisten und Plastiksäcken vollgestopft waren. Die Oberseite des Fachs bildete gleichzeitig die verstärkte Abdeckung des gesamten Laderaums. Der Boden bestand aus einer herausnehmbaren Stahltrennwand, die fest mit den Wänden verbunden war. Die Holzschiffe, die einst die Weltmeere befahren hatten, führten gewöhnlich Sand oder Steine als Ballast mit, wenn sie ohne bezahlte Ladung unterwegs waren, im All war Ballast jedoch mehr als nutzlos. Unterhalb der paar vollbepackten Regale, die den unter Druck gesetzten oberen Teil des Laderaums füllten, war der Hohlraum nichts weiter als eine große leere Flasche.

Die Paletten in der Nähe der Luftschleuse waren sicher festgezurrt. Auf ihnen befanden sich Säcke mit wildem Reis, Spargelspitzen in Gelee, Kisten mit eingefrorenen Vögeln – alles Delikatessen, die, nachdem sie die Reise von der Erde gemacht hatten, nicht einmal mehr mit Gold aufgewogen werden konnten.

Hier befanden sich natürlich auch jene Gegenstände, die auf dem Frachtbrief Spartas Aufmerksamkeit erregt hatten. Karen Antreens kubanische Zigarren. Sondra Sylvesters »Bücher ohne eigentlichen Wert«. Sylvesters Bücher befanden sich in einer grauen Styrenkiste, der man ansah, daß sie nur wenig herumgetragen worden war. Sparta entdeckte die Abdrücke von Sylvester selbst, die von Grant und McNeil sowie von einigen Unbekannten, aber neu waren sie alle nicht. Die Kombination hatte Sparta schnell herausgefunden. Innen fand sie eine Anzahl von in Plastik eingewickelten Papier- und Plastikbüchern, von denen einige in Leinen oder Leder gebunden waren, andere hatten seltsame oder grelle Illustrationen auf dem Deckblatt, aber nichts davon überraschte sie. Sie versiegelte die Kiste wieder.

Dann schwebte sie neben Darlingtons Frachtgut, eine ähnliche, aber nicht identische Styrenkiste, die mit einem raffinierten Magnetschloß versehen war. Es war sogar noch komplizierter als das Zahlenschloß an der Luftschleuse. Allem Anschein nach hatte sich niemand an der Kiste zu schaffen gemacht. Seltsamerweise schien sie überhaupt nicht berührt worden zu sein. Die einzigen chemischen Signale auf der ganzen Kiste waren die strengen, alles überlagernden Dämpfe von Reinigungsmitteln, Methylalkohol, Azeton und Tetrachlorkohlenstoff. Jemand hatte sie offenbar sorgfältigst abgeschrubbt.

Vielleicht eine Vorsichtsmaßnahme, wie das Menschenhaar, das man in der Absicht über den Spalt einer Schranktür legt, jeden Versuch, sich an dem Schrank zu schaffen zu machen oder ihn zu durchsuchen, offenzulegen? Nun, es hatte sich niemand daran zu schaffen gemacht.

Das erledigte Sparta jetzt. Die Kodierung des Schlosses beruhte auf einer kurzen Folge recht kleiner Primzahlen. Nur jemand mit Spartas Sensibilität konnte die Kombination in weniger als ein paar Tagen ohne einen ziemlich großen Computer knacken – so lange würde schon das Durchspielen der Hälfte aller Möglichkeiten dauern. Sparta schloß mögliche Kombinationen gleich millionen- oder milliardenfach aus, indem sie einfach elektronische Pfade bis tief in die Schaltkreise des Schlosses verfolgte und alle ungenutzten Zahlen sofort fallenließ.

Währenddessen befand sie sich in Trance. Fünf Minuten später hatte sie das Schloß geöffnet. In der Kiste lag das Buch.

Der Mann, der dieses Buch für sich persönlich hatte anfertigen lassen, hatte Sinn für edle Dinge. Er hatte der Präsentation seiner Worte so viel Wert beigemessen, daß er all jenen, die er damit zu beeindrucken hoffte, nur das Beste hatte bieten wollen. *Die sieben Säulen der Weisheit* waren nicht nur mit einer Marmorkassette, Ledereinband und herrlichen Spiegelvorsätzen versehen; das Buch war sogar auf dem gleichen Papier gedruckt, wie die King-James-Bibel und zweispaltig in Linotype gesetzt.

Sparta hatte von den Metalltypen gehört, allerdings hatte

sie noch nie gesehen, was man damit machen konnte. Sie ließ das Buch aus der Kassette gleiten und wartete, bis es sich sachte von selbst öffnete. Und tatsächlich, jeden einzelnen Buchstaben, jedes Zeichen hatte man einzeln auf das Papier gedruckt, wo er nicht nur als eine Art Schicht erschien, sondern als genau bemessene, in den Zellstoff gepreßte Tintenmenge. Sparta hatte noch nie gesehen, daß man auf einen Gegenstand der Massenproduktion eine derartige Kunstfertigkeit verwandte. Das Papier selbst war dünn und fest, ganz anders als die farblosen und bröckeligen Blätter, die sie in der Bibliothek in New York gesehen hatte und die man dort als Relikte aus der Vergangenheit ausstellte ...

Der Reichtum und der Glanz des Buches in ihrer Hand hypnotisierte sie; sie mußte die Seiten berühren. Einen Augenblick lang vergaß sie ihre Ermittlungen. Sie wollte nur dieses Ding erleben. Sie betrachtete die Seite, auf der es sich zufällig geöffnet hatte.

»Der Zufall war gemeiner als ein absichtliches Versagen«, hatte der Autor geschrieben. »Wenn ich nicht zögerte, mein Leben zu riskieren, warum sollte ich mich dann aufregen, wenn es besudelt wurde? Jedoch Leben und Ehre schienen verschiedenen Kategorien zu enstammen ... oder glich Ehre den sybillinischen Blättern, je mehr verlorenging, desto unschätzbarer wurde das Wenige, das übrigblieb ...?«

Ein seltsamer Gedanke. ›Ehre‹ wurde hier als Handelsware gesehen. Je mehr bereits verbraucht war, desto wertvoller wurde der Rest.

Sparta schloß das legendäre Buch und ließ es in seine Kassette zurückgleiten. Dann legte sie das ganze dicke Paket in seine gepolsterte Kiste zurück. Sie hatte gesehen, was sie auf der *Sternenkönigin* hatte sehen wollen.

16

»Meine Damen und Herren, ich muß Ihnen bedauerlicherweise mitteilen, daß es beim Ausstieg eine Verzögerung geben wird. Ein Vertreter von Port Hesperus wird in Kürze hier sein und Ihnen alles erklären. Damit alles so schnell wie möglich geht, bitte ich Sie, sich im Salon einzufinden. Die Stewards werden Ihnen behilflich sein.« Im Gegensatz zur *Sternenkönigin* war die *Helios* auf die übliche Weise in Port Hesperus angekommen. Schlepper hatten sie in die Parkumlaufbahn gezogen. Durch die Fenster des Salons konnte man die Station deutlich in einem Kilometer Entfernung am Himmel stehen sehen. Majestätisch drehten sich ihre Räder vor der hellen Sichel der Venus, das Grün seiner berühmten Gärten schimmerte durch die Glaskonstruktion der Zentralkugel. Die Passagiere versammelten sich unter unwilligem Gemurmel im Salon. Wer sich allzu unwillig zeigte, der wurde von den Stewards bedrängt, die ihre Rücksicht vergessen zu haben schienen. Alle Anwesenden an Bord, Passagiere wie Mannschaften, waren ziemlich ungehalten. Schließlich waren sie nicht Millionen von Kilometern gereist, um im letzten Augenblick daran gehindert zu werden, den Fuß wieder auf festen Boden zu setzen.

Aus der Insektenwolke der anderen Raumfahrzeuge, die

die Station umschwebten, löste sich ein heller Funke, der sich schon bald als winziges Landungsboot mit dem vertrauten blauen Band mit dem goldenen Sternabzeichen entpuppte. Das Boot machte an der Hauptluftschleuse fest, und wenige Minuten später zog sich ein großer, blonder Mann mit kräftigem Kinn forsch in den Salon.

»Ich bin Inspektor Proboda von der Raumkontrollbehörde auf Port Hesperus«, verkündete er vor den versammelten Passagieren, von denen ihn die meisten mit einer Mischung aus Unzufriedenheit und Ärger ansahen. »Sie werden hier vorübergehend aufgehalten werden, bis wir unsere Ermittlungen wegen der Vorfälle auf der *Sternenkönigin* abgeschlossen haben. Wir bedauern aufrichtig die Unannehmlichkeiten, die damit verbunden sind. Als erstes muß ich feststellen, ob Ihre ID-Magnetkarten in Ordnung sind. Anschließend werde ich mich an einige von Ihnen einzeln wenden, und Sie bitten, uns bei unseren Ermittlungen zu unterstützen ...«

Zehn Minuten nach Verlassen der *Sternenkönigin* klopfte Sparta an die Tür von Angus McNeils privatem Klinikzimmer. »Ellen Troy, Mr. McNeil.«

»Hereinspaziert«, sagte er gutgelaunt, und als sie die Tür öffnete, lächelte er sie freundlich aus seinem frisch rasierten Gesicht an. Er trug ein gebügeltes, elegantes Baumwollhemd, dessen Ärmel er bis über die Ellenbogen aufgekrempelt hatte, dazu eine nagelneue Plastikhose, und zog genießerisch an einer Zigarette.

»Tut mir leid, Sie stören zu müssen«, sagte sie, als sie seine offene Tasche auf dem Bett sah. Er hatte gerade seine Toilettensachen eingepackt. Sie schienen aus den gleichen Regierungsvorräten zu stammen wie ihre hastig erworbene Zahnbürste.

»Genau der richtige Zeitpunkt für einen neuen Anfang. Tut mir leid, daß Sie sich mein Durcheinander ansehen mußten – eigentlich könnte ich das Zeug auch wegwerfen, vorausgesetzt, Sie lassen mich wieder an Bord.«

»Ich fürchte, das wird noch eine Weile dauern.«

»Haben Sie noch irgendwelche Fragen, Inspektor?« Als sie nickte, bot er ihr einen Stuhl an und zog auch einen für sich herbei. »Dann machen Sie es sich doch bequem.«

Sparta setzte sich. Eine Weile beobachtete sie ihn schweigend. McNeil hatte wieder Farbe bekommen, und obwohl er noch eine Weile recht mager bleiben dürfte, schienen ihn seine Kräfte nicht völlig verlassen zu haben. Selbst nach Tagen des Fast-Verhungerns waren seine Arme noch kräftig und muskulös. »Wirklich, Mr. McNeil, es ist schon faszinierend, was die neuesten Diagnosetechniken noch aus den verborgensten Datensammlungen herausholen können. Zum Beispiel aus dem Sendeaufzeichnungsgerät der *Sternenkönigin*.«

McNeil zog an seiner Zigarette und beobachtete sie. Sein vergnügter Gesichtsausdruck veränderte sich nicht.

»Sämtliche Daten aus den Systemen sind natürlich vollständig. Und die Mikrophone bekommen jedes Wort mit, das auf dem Steuerdeck gesprochen wird. Was ich gehört habe, bestätigt Ihre Schilderung bis ins kleinste Detail.«

McNeil hob eine Braue. »Sie konnten doch wohl kaum die Aufzeichnugen von 14 Tagen bearbeiten, Inspektor.«

»Sie haben natürlich recht. Eine genaue Überprüfung wird Monate dauern. Ich habe einen Algorhythmus benutzt, der die Bereiche maximalen Interesses identifiziert. Aber jetzt wollte ich mit mit Ihnen eigentlich über die Diskussion sprechen, die im Gemeinschaftsbereich stattfand, kurz bevor Sie und Grant Ihren letzten Funkspruch abgegeben haben.«

»Ich bin nicht sicher, ob ich mich erinnern kann ...«

»Sehen Sie, genau hierbei erweisen sich die neuen Diagnosetechniken als sehr hilfreich.« Sie beugte sich vor, als wollte sie damit ihren Enthusiasmus noch unterstreichen. »Obwohl es in den Unterkünften keine Mikrophone gibt, werden die Geräusche so weit getragen, daß sie das Hauptaufzeichnungsgerät empfangen kann. Früher hätten wir den genauen Wortlaut kaum rekonstruieren können.«

Sie wartete die Wirkung ihrer Worte ab. Sein Gesichtsausdruck veränderte sich immer noch nicht, aber seine Gesichtszüge verhärteten sich fast unmerklich. Sie wußte, daß er sich fragte, ob sie bluffte.

Diese Hoffnung wollte sie ihm gleich nehmen. »Sie waren gerade mit dem Abendessen fertig. Grant hatte Ihnen Kaffee gemacht – er war heißer als gewöhnlich. Er ließ Sie dort alleine und wollte in den Mittelgang, als Sie ihn fragten: ›Wohin so eilig? Ich dachte, wir hätten etwas zu besprechen ...?‹«

Jetzt schwand auch der letzte Funke von Sorglosigkeit aus McNeils Augen. Als er seine Zigarette ausdrückte, bebten seine rundlichen Wangen.

»Nun, Mr. McNeil«, sagte Sparta leise, »haben wir beide jetzt vielleicht etwas zu besprechen?«

Einen Augenblick lang sah es so aus, als blickte McNeil an ihr vorbei und auf die weiße Wand hinter ihrem Kopf. Dann sah er ihr wieder ins Gesicht. Er nickte. »Also gut, ich werde Ihnen alles erzählen«, flüsterte er. »Ich habe nur eine Bitte, nur eine einfache Bitte. Ich möchte, daß nichts von dem, was ich jetzt sagen werde in die Akten kommt, vorausgesetzt, Sie stimmen mit meinen Überlegungen überein. Aber hören Sie mich erst einmal an.«

»Ich werde an Ihre Bitte denken«, sagte sie.

McNeil seufzte schwer. »Also, dies ist die volle Wahrheit, Inspektor ...«

Grant hatte den Mittelgang bereits erreicht, als McNeil leise hinter ihm herrief, »Wohin so eilig? Ich dachte, wir hätten etwas zu besprechen?«

Grant klammerte sich an einem Geländer fest, um seinen Flug abzustoppen. Er drehte sich langsam um und starrte den Ingenieur ungläubig an. Eigentlich hätte McNeil längst tot sein müssen – statt dessen saß er ganz gemütlich da und sah ihn mit einem äußerst merkwürdigen Gesicht an.

»Komm her«, sagte McNeil scharf. Plötzlich schien es, als wäre alle Autorität auf ihn übergegangen. Grant kehrte willenlos an den Tisch zurück und schwebte neben seinem nutzlosen Stuhl. Irgend etwas war schiefgegangen, er konnte sich nur nicht vorstellen, was.

Die Stille im Gemeinschaftsbereich schien ewig zu dauern. Dann sagte McNeil recht traurig, »Ich hatte mir mehr von dir erhofft, Grant.«

Schließlich fand Grant seine Stimme wieder, auch wenn er sie kaum wiedererkannte. »Was willst du damit sagen?« flüsterte er.

»Was meist du wohl?« antwortete McNeil. Er wirkte kaum mehr als leicht genervt. »Deinen kleinen Versuch, mich zu vergiften, natürlich.«

Grants Welt schwankte und brach in sich zusammen. In seiner Erleichterung kümmerte es ihn fast nicht mehr, daß man ihm auf die Schliche gekommen war.

McNeil widmete sich jetzt ganz seinen wunderbar gepflegten Fingernägeln. »Eins würde mich allerdings interessieren«, sagte er so beiläufig, wie man sich nach der Uhrzeit erkundigt, »wann hast du beschlossen, mich umzubringen?«

Grant fand das alles so unwirklich, daß er sich vorkam wie ein Schauspieler. »Erst heute morgen«, sagte er und glaubte es sogar.

»Hmmm«, bemerkte McNeil, er war offenbar nicht sonderlich überzeugt. Er stand auf und ging zu dem Medizinschränkchen. Grant folgte ihm mit seinen Augen, als er in dem Fach herumkramte und mit der kleinen Giftflasche zurückkam. Sie sah immer noch voll aus. Dafür hatte Grant gesorgt.

»Eigentlich müßte ich verdammt sauer sein«, fuhr McNeil im Plauderton fort und hielt das Fläschchen zwischen Daumen und Zeigefinger hoch. »Aber ich bin es einfach nicht. Vielleicht, weil ich mir über die Natur des Menschen nie große Illusionen gemacht habe. Und natürlich, weil ich es schon lange habe kommen sehen.«

Nur der letzte Satz drang in Grants Bewußtsein. »Du hast es kommen sehen?«

»Natürlich! Für einen guter Kriminellen bist du einfach zu leicht zu durchschauen. Und jetzt ist dein kleiner Plan gescheitert, und wir beide befinden uns in einer ziemlich peinlichen Lage. Oder bist du etwa anderer Meinung?«

Auf diese grandiose Untertreibung schien es keine passende Antwort zu geben.

Der Ingenieur fuhr nachdenklich fort: »Von Rechts wegen müßte ich mich jetzt richtig in Rage bringen, Port Hesperus rufen und dich bei den Behörden anzeigen. Aber das wäre ziemlich sinnlos, außerdem konnte ich sowieso noch nie gut wütend werden. Du hältst mich natürlich einfach nur für zu träge – aber ich glaube, da irrst du dich.« Er lächelte Grant schief an. »Oh, ich weiß, wie du über mich denkst; du hast mich in Gedanken doch längst säuberlich eingeordnet, stimmt's? Ich bin ein bißchen blöde und selbstgenügsam, mir fehlt es an Mut und Moral – in jeder Hinsicht –, und was mit anderen geschieht, ist mir völlig egal. Also gut, das will ich gar nicht bestreiten. Vielleicht stimmt es zu neunzig Prozent. Aber die restlichen zehn sind verdammt wichtig, Grant, für mich jedenfalls.«

Zu psychologischen Analysen war Grant nicht mehr in der Lage, außerdem war dies wohl kaum der richtige Zeitpunkt. Der Gedanke, daß er gescheitert war und McNeil wie durch ein Wunder überlebt hatte, ließ ihn immer noch nicht los. Und McNeil wußte dies ganz genau, dachte aber nicht daran, ihn darüber aufzuklären.

»Und was sollen wir jetzt machen?« fragte Grant. Er wollte es jetzt unbedingt hinter sich bringen.

»Am liebsten«, fuhr McNeil fort, »würde ich unser Gespräch dort fortsetzen, wo es durch den Kaffee unterbrochen wurde.«

»Du meinst doch nicht etwa ...?«

»Ganz genau. So, als wäre nichts geschehen.«

»Aber das gibt doch keinen Sinn! Du hast dir irgendwas ausgedacht!« schrie Grant.

McNeil seufzte. »Weißt du, Grant, du bist der letzte, von dem ich mir jetzt einen solchen Vorwurf gefallen lasse«. Er ließ die kleine Flasche los, die jetzt über dem Tisch zwischen ihnen schwebte. Dann sah er hoch und blickte Grant unnachgiebig an. »Um auf meinen früheren Vorschlag zurückzukommen, wir müssen entscheiden, wer von uns beiden das Gift nehmen soll. Allerdings wollen wir jetzt keine einseitigen Entscheidungen mehr. Außerdem« – er zog noch eine Phiole aus seiner Jackentasche, die der ersten in der Größe ähnelte, allerdings hellblau war, und ließ sie neben der anderen schweben – »wird es diesmal das echte sein. Das Zeug hier drin«, sagte er und zeigte auf das klare Fläschchen, »hinterläßt nur einen schlechten Geschmack im Mund.«

Allmählich dämmerte es Grant. »Du hast sie ausgetauscht.«

»Na klar. Du hältst dich vielleicht für einen guten Schauspieler, Grant, aber im Grunde war es eine ziemlich dürftige Vorstellung. Wahrscheinlich wußte ich noch vor dir, daß du irgendwas aushecken wolltest. In den letzten paar Tagen habe ich das Schiff ziemlich sorgfältig durchgekämmt. Es war ganz amüsant, sich alle Möglichkeiten auszudenken, wie du mich beseitigen könntest. So verging die Zeit auch schneller. Die Giftgeschichte war so eindeutig, daß ich das fast als erstes erledigt habe.« Er lächelte säuerlich. »Eigentlich habe ich sogar etwas übertrieben. Fast hätte ich mich bei meinem ersten Schluck verraten – Salz im Kaffee schmeckt einfach ekelhaft.«

Bevor er weitersprach, fixierte McNeil den verbitterten Grant, ohne mit der Wimper zu zucken. »Ich hatte eigentlich etwas weniger Plumpes erwartet. Bis jetzt habe ich fünfzehn unfehlbare Methoden ausgemacht, jemanden an Bord eines Raumschiffes umzubringen.« Er lächelte wieder, grimmig diesmal. »Ich habe nicht vor, sie jetzt aufzuzählen.«

Einfach unglaublich, dachte Grant. McNeil behandelte ihn nicht etwa wie einen Verbrecher, sondern wie einen Schuljungen, der seine Hausaufgaben nicht ordentlich gemacht hatte. »Und trotzdem bist du bereit, noch mal ganz von vorne anzufangen?« fragte er ungläubig. »Und wenn du verlierst, willst du das Gift wirklich nehmen?«

McNeil sagte lange nichts. Dann entgegnete er langsam: »Wie ich sehe, glaubst du mir noch immer nicht. Es paßt anscheinend nicht in deine saubere, kleinkarierte Vorstellung, stimmt's? Aber vielleicht kann ich es dir erklären. Es ist eigentlich ganz einfach.« Er hielt inne, dann sprach er etwas lauter und eindringlicher weiter. »Ich habe mein

Leben genossen, Grant, ohne Skrupel und ohne mir Vorwürfe machen zu müssen, aber jetzt habe ich den größten Teil davon hinter mir, und an den Rest klammere ich mich längst nicht so verzweifelt, wie du vielleicht glaubst. Aber solange ich noch lebe, nehme ich es mit einigen Dingen sehr genau.« Er entfernte sich etwas weiter vom Tisch. »Es überrascht dich vielleicht, daß ich überhaupt so etwas wie Ideale habe. Aber ich habe immer versucht, mich wie ein zivilisiertes, vernunftbegabtes Wesen zu benehmen, auch wenn es mir nicht immer gelungen ist. Und wenn etwas danebengegangen ist, habe ich versucht, es wieder geradezubiegen. Und ich glaube, genau darum geht es hier.« Er deute auf die winzigen, schwerelosen Fläschchen.

Er machte eine Pause, und als er fortfuhr, klang es, als würde nicht Grant, sondern er sich verteidigen. »Ich habe dich nie sonderlich gemocht, Grant, aber ich habe dich oft bewundert, und deswegen tut es mir auch leid, daß es soweit gekommen ist. Als das Schiff getroffen wurde, habe ich dich fast den ganzen Tag lang bewundert.« Er schien Schwierigkeiten zu haben, die rechten Worte zu finden; er konnte Grant nicht in die Augen sehen. »Ich habe mich dabei nicht gut benommen. Ich war mir immer ziemlich sicher, zu sicher vielleicht, daß ich im Ernstfall nicht die Nerven verlieren würde – aber dann ist es direkt neben mir passiert. Ich begriff sofort, was geschehen war, und hatte es doch immer für unmöglich gehalten. Es geschah so schnell und war so laut, daß es mich einfach über den Haufen geworfen hat.«

Er versuchte, seine Verlegenheit mit Humor zu überspielen. »Ich hätte mich natürlich erinnern müssen; auf meiner ersten Reise ist mir einmal Ähnliches passiert. Damals wurde ich raumkrank ... und ich war absolut sicher gewesen, daß mir das nicht passieren könnte. Dadurch habe ich es wahrscheinlich nur noch schlimmer gemacht. Aber ich bin darüber weggekommen.« Er sah Grant wieder in die Augen. »Genau, wie ich über das hier hinweggekommen bin ... und dann erlebte ich die dritte große Überraschung in meinem Leben. Ich sah, wie du, ausgerechnet du, anfingst, auseinanderzufallen.«

Grant wurde rot vor Wut, aber McNeil ließ ihn gar nicht erst zu Wort kommen. »Ganz recht, wir wollen die Geschichte mit dem Wein nicht vergessen. Das spukt dir bestimmt noch im Kopf herum. Zum erstenmal hast du mir etwas vorwerfen können. Aber das bereue ich wirklich nicht. Ein zivilisierter Mensch sollte immer wissen, wann er sich betrinken kann. Und wann er wieder nüchtern werden muß. Aber das verstehst du vermutlich nicht.«

Merkwürdigerweise begann Grant allmählich zu begreifen. Zum erstenmal hatte er einen Blick in McNeils komplizierte und gequälte Persönlichkeit werfen können, und jetzt erkannte er, wie falsch er ihn eingeschätzt hatte. Nein – falsch eingeschätzt war nicht ganz der richtige Ausdruck. In manchen Dingen war seine Einschätzung richtig gewesen. Aber sie hatte nur die Oberfläche berührt; die darunterliegenden Abgründe hätte er nie vermutet.

Und in diesem Augenblick des Verstehens begriff Grant, warum McNeil ihm eine zweite Chance gab. Es war keinesfalls so einfach, daß ein Feigling versuchte, sich vor den Augen der Welt zu rehabilitieren; niemand brauchte zu erfahren, was an Bord der *Sternenkönigin* geschehen war. Möglicherweise scherte McNeil sich auch gar nicht darum, was die Welt von ihm dachte, was wohl an seiner allglatten Selbstgenügsamkeit lag, die Grant so oft erzürnt hatte. Aber eben diese Selbstgenügsamkeit bedeutete auch, daß er seine gute Meinung von sich selbst um jeden Preis erhalten mußte. Ohne sie wäre sein Leben nicht lebenswert. McNeil hatte das Leben immer nur zu seinen persönlichen Bedingungen akzeptiert.

McNeil beobachtete Grant aufmerksam. Er muß gemerkt haben, daß Grant der Wahrheit recht nahekam. Er änderte plötzlich seinen Tonfall, als täte es ihm leid, so viel von sich verraten zu haben. »Glaub ja nicht, ich könnte irgendein verschrobenes Vergnügen dabei empfinden, die andere Wange auch noch hinzuhalten«, sagte er scharf. »Du hast einige recht grundlegende logische Probleme übersehen. Wirklich, Grant – bist du nicht wenigstens einmal auf den Gedanken gekommen, daß, wenn nur einer von uns beiden überlebt, ohne durch eine Nachricht des anderen abgesichert zu sein, es für ihn ziemlich ungemütlich werden dürfte, wenn er erklären soll, was geschehen ist?«

Grant war wie vor den Kopf gestoßen. In der Tiefe seiner brodelnden Gefühle, in der Blindheit seiner Wut hatte er einfach nicht daran gedacht, zu überlegen, wie er sich herausreden wollte. Seine Rechtschaffenheit war ihm so .... selbstverständlich vorgekommen.

»Ja, vermutlich hast du recht«, murmelte er. Insgeheim fragte er sich allerdings immer noch, ob eine solche Nachricht in McNeils Gedanken eine so wichtige Rolle spielte. Vielleicht wollte ihn McNeil nur davon überzeugen, daß seine Gewißheit lediglich auf eiskaltem Kalkül basierte.

Trotzdem fühlte Grant sich jetzt besser. Sein ganzer Haß war verschwunden, und er hatte – beinahe – seinen Frieden wiedergefunden. Jetzt war die Wahrheit heraus, und er akzeptierte sie. Daß es ganz anders gekommen war, als er sich vorgestellt hatte, schien nebensächlich. »Also los, bringen wir's hinter uns«, sagte er sachlich. »Haben wir noch das neue Kartenspiel?«

»Ja, noch ein paar. Dort drüben in der Schublade.« McNeil hatte sein Jacke ausgezogen und sich die Ärmel hochgekrempelt. »Such dir eins aus, aber bevor du es aufmachst«, sagte er mit ganz besonderer Betonung, »sollten wir besser mit Port Hesperus sprechen. Und zwar beide. Damit unser völliges Einvernehmen aufgezeichnet werden kann.«

Grant nickte abwesend; ihm war jetzt alles ziemlich egal. Er schnappte sich einen versiegelten Packen der metallisierten Karten aus der Schublade mit den Spielen, dann folgte er McNeil durch den Mittelgang hoch zum Steuerdeck. Die Giftfläschchen ließen sie schweben, wo sie waren.

Grant brachte sogar den Hauch eines Lächelns zustande, als er zehn Minuten später seine Karte aus dem Packen zog und sie mit dem Gesicht nach oben neben McNeils legte. Mit einem kaum hörbaren »Schnapp« klebte sie auf dem Metallschaltpult.

McNeil wurde still. Er brauchte eine Minute, um sich eine neue Zigarette anzuzünden. Er inhalierte den duftenden giftigen Rauch tief. Dann sagte er: »Den Rest kennen Sie bereits, Inspektor.«

»Bis auf ein paar kleine Details«, sagte Sparta kühl. »Was wurde aus den beiden Fläschchen, der mit dem echten Gift und der anderen?«

»Sie verschwanden zusammen mit Grant durch die Luftschleuse«, antwortete er kurz. »Ich hielt es für besser, die Dinge so einfach wie möglich zu machen. Ich wollte keine chemischen Analyse riskieren. Man hätte ohnehin nur Salzspuren gefunden.«

Sparta zog einen Packen metallisierter Spielkarten aus ihrer Jackentasche. »Kennen Sie die hier?« Sie gab sie ihm.

Er nahm sie in seine großen, seltsam zierlichen Hände, und machte sich kaum die Mühe, sie anzusehen. »Es könnten die sein, die wir benutzt haben. Oder ähnliche.«

»Würde es Ihnen etwas ausmachen, die Karten zu mischen, Mr. McNeil?« Der Ingenieur warf ihr einen scharfen Blick zu, dann tat er, wie ihm geheißen. Er mischte die dünnen, biegsamen Karten gekonnt in der Luft zwischen seinen gewölbten Handflächen und den geschickten Fingern. Als er fertig war, sah er sie fragend an.

»Bitte heben Sie ab«, sagte sie.

»Das wäre eigentlich Ihre Aufgabe, oder?«

»Machen Sie es.«

Er legte den Packen neben sich auf den Nachttisch, hob rasch den oberen Teil ab und legte ihn auf Seite, dann legte er die untere Hälfte darauf. Er lehnte sich zurück. »Und jetzt?«

»Jetzt möchte ich, daß Sie sie noch mal mischen.«

So sehr er sich auch bemühte, sich nichts anmerken zu lassen, sein Gesicht konnte seinen Widerwillen kaum verbergen. Er hatte ihr von dem bedeutsamsten Erlebnis seines Lebens erzählt, und was tat sie? Sie bat ihn, Spiele zu spielen – ohne Zweifel ein lahmer Versuch, ihn aufs Kreuz zu legen. Trotzdem mischte er die Karten rasch und ohne Kommentar. »Und jetzt?«

»Jetzt werde ich eine Karte ziehen.«

Er breitete das Spiel wie einen Fächer aus und hielt es ihr hin. Sie wollte schon zugreifen, ließ aber die Finger dann noch über den Karten schweben und bewegte sie hin und her, als könnte sie sich noch nicht entscheiden. Immer noch voll konzentriert, sagte sie: »Sie sind ein ziemlicher Experte im Umgang mit Karten, Mr.McNeil.«

»Das habe ich Ihnen auch gar nicht verheimlichen wollen, Inspektor.«

»Es war von Anfang an kein Geheimnis, Mr.McNeil.« Sie zog eine Karte vom Rand des Spiels und hielt sie hoch, so daß er sie sehen konnte. Sie selbst sah sie sich gar nicht erst an.

Er starrte gebannt auf die Karte.

»Das müßte der Pik-Bube sein, nicht wahr, Mr. McNeil? Die Karte, die Sie gegen Commander Grant gezogen haben.«

Er konnte kaum »ja« flüstern, als sie schon eine weitere Karte aus dem Packen gezogen hatte, den er ihr immer noch hinhielt. Wieder zeigte sie sie ihm, ohne sie sich anzusehen. »Und das müßte die Karo-Drei sein. Die Karte, die Grant zog und die ihn in den Tod schickte.« Sie warf die beiden Karten aufs Bett. »Sie können den Packen jetzt wieder hinlegen, Mr.McNeil.«

Im Aschenbecher qualmte noch vergessen seine Zigarette. Er ahnte schon, worauf sie mit ihrer kleinen Demonstration hinaus wollte, und wartete darauf, daß sie etwas sagte.

»Metallisierte Karten sind beim Glücksspiel nicht zugelassen, und zwar aus einem sehr einfachen Grund«, sagte sie. »Ich bin sicher, daß Sie ihn kennen. Man kann sie zwar nicht so leicht mit Knicken oder Nadellöchern präparieren, wie die aus Pappe, dafür ist es einfacher, sie mit einem schwachen elektrischen oder magnetischen Muster zu versehen, das von jedem dafür geeigneten Detektor erfaßt werden kann. Solche Detektoren können sehr klein sein – klein genug, zum Beispiel, um in einen Ring zu passen, wie den, den Sie an Ihrer rechten Hand tragen. Das ist ein schönes Stück – Venusgold, nicht wahr?«

Es war ein wertvoller Ring und zudem fein gearbeitet. Es stellte einen Mann und eine Frau dar, die sich umarmten. McNeil zog sich den schweren Ring über seine Fingerknöchel. Er ließ sich leicht lösen, da seine Finger dünner waren als vor einer Woche. Er hielt ihn ihr hin, aber zu seiner Überraschung schüttelte sie den Kopf …

… und lächelte. »Ich brauche ihn mir nicht anzusehen, Mr McNeil. Die einzigen verständlichen Muster hier auf diesen Karten habe ich selbst vor wenigen Minuten angebracht.« Sie lehnte sich zurück, entspannte sich in ihrem Sessel, und bat ihn, es sich ebenfalls bequem zu machen. »Ich habe eine andere Methode benutzt, um festzustellen, welche Karten Sie und Grant gezogen haben. Es waren offenbar die einzigen beiden Karten, die über ein leichtes Mischen hinaus benutzt worden waren. Um ganz ehrlich zu sein, das meiste habe ich einfach geraten.«

»Dann haben Sie zufällig Glück gehabt«, sagte er mit rauher Kehle, nachdem er seine Stimme wiedergefunden hatte. »Warum aber dann die Demonstration, wenn Sie mich gar nicht des Betrugs an Grant beschuldigen wollen? Gewisse Leute könnten das ungewöhnlich finden, wenn nicht sogar grausam.«

»Was Sie nicht sagen!« fauchte sie ihn an. »Zum Betrügen hätten Sie doch keine elektromagnetischen Muster nötig, was, Mr. McNeil?« Sie blickte kurz auf seine Arme; sie ruhten zwischen seinen Oberschenkeln. Die Hände hatte er zwischen den Knien gefaltet. »Selbst mit aufgekrempelten Armen.«

Er schüttelte den Kopf. »Ich hätte ihn ohne weiteres betrügen können, Inspektor Troy. Aber ich habe es nicht getan, das schwöre ich.«

»Vielen Dank für Ihre Aussage. Ich hatte allerdings gehofft, Sie würden die Wahrheit gestehen.« Sparta stand auf. »Leben und Ehre schienen verschiedenen Kategorien anzugehören … je mehr davon verlorenging, desto wertvoller wurde das Wenige, das übrigblieb.«

»Was meinen Sie damit?« brummte McNeil.

»Das ist aus einem alten Buch, in das ich vor kurzem einen

Blick geworfen habe – die Stelle hat mich auf das ganze Ding neugierig gemacht, vielleicht werde ich es eines Tages lesen. Es hat mir einen bemerkenswerten Einblick in Ihre Lage verschafft. Sie können Wahrheiten sehr gut verbergen, Mr. McNeil, aber Ihr ganz besonderes Ehrgefühl macht es Ihnen fast unmöglich, geradeheraus zu lügen.« Sie lächelte. »Kein Wunder, daß Sie sich beinahe an dem Kaffee verschluckt haben.«

Jetzt machte McNeil ein verwirrtes Gesicht, er wirkte fast unterwürfig. Wie hatte diese junge Frau so tief in seine Seele blicken können? »Ich verstehe immer noch nicht, was Sie vorhaben.«

Sparta griff nochmal in ihre Jacke und holte ein kleines Plastikbuch hervor. »Die *Sternenkönigin* wird nach mir auch noch von anderen untersucht werden, und die werden mindestens so gründlich sein wie ich. Da Sie und ich wissen, daß Sie Grant nicht um sein Leben betrogen haben, war es vermutlich gut, daß Sie daran gedacht haben, dieses Buch mitzunehmen, und daß ich nie darauf gekommen bin, wie begabt Sie als Amateurzauberer sind.«

Sie warf das Buch neben die Karten aufs Bett. Es landete mit der Titelseite nach oben: *Harry Blackstone über Magie*.

»Die Karten können Sie auch behalten. Ein kleines Geschenk, damit Sie schnell wieder gesund werden. Ich habe sie vor zehn Minuten an einem Kiosk in der Station gekauft.«

McNeil sagte: »Offenbar hat Sie nichts von dem, was ich gesagt habe, sonderlich überrascht, Inspektor.«

Sparta stand bereits in der Tür, bereit zu gehen. »Glauben Sie nicht, daß ich Sie bewundere, Mr. McNeil. Was Sie aus Ihrem Leben machen, ist Ihre Angelegenheit. Allerdings muß ich Ihnen recht geben. Es hätte keinerlei Sinn, den Ruf des verstorbenen, unglücklichen Peter Grant zu zerstören.« Jetzt lächelte sie nicht mehr. »Das ist meine private Auffassung, nicht die des Gesetzes. Sollten Sie mir noch irgend etwas verschwiegen haben, werde ich es auch herausfinden – und wenn es etwas Strafbares ist, werde ich Sie deswegen drankriegen.«

TEIL 5

DURCHSCHLAG

17

Sparta erreichte Viktor Proboda über Kommfunk: Er konnte jetzt mit seinem Spiel aufhören. Die Passagiere der *Helios* durften an Bord kommen.

Raumhäfen im All haben im Gegensatz zu den Shuttleports auf einem Planeten, die einem normalen Flughafen ähnelten, ihren ganz eigenen Charakter. Sie sind eine Mischung aus Hafen, Bahnhof und Busterminal. Es gibt jede Menge kleiner Schiffe, Schlepper, Begleitboote, Taxis und Landungsboote und auch Satelliten mit Eigenantrieb, die die großen Stationen umschwirren. Es gibt nur sehr wenige Vergnügungsschiffe im Raum (Solar-Yachten, das Hobby exzentrischer Milliardäre, bilden eine seltene Ausnahme). Die tägliche Routine wird von der Umlaufbahn bestimmt – sie ist außergewöhnliche präzise und wird von unablässigen Neuberechnungen der Geschwindigkeitsdifferentiale und des Verhältnisses von Masse zu Treibstoff begleitet –, so daß im All selbst kleine Schiffe so fest an vorgegebene Bahnen gebunden sind wie Güterwaggons auf einem Verschiebebahnhof. Nur daß im All ständig ganze Ansammlungen von Computern die Bahnen neu errechnen.

Von dem lokalen Verkehr einmal abgesehen, geht es auf den Raumhäfen nicht besonders geschäftig zu. Ein paarmal im Monat vielleicht legen Shuttles von der Planetenoberfläche an, und interplanetarische Passagier- und Frachtschiffe vielleicht ein paarmal im Jahr. Im allgemeinen bestimmen günstige Planetenkonstellationen, wann mehr Betrieb ist. Dann stellen die örtlichen Handelskammern kostümierte Freiwillige bereit, die die eintreffenden Passagierschiffe begrüßen, wie einst Honululu die *Lurline* und die *Matsonia*. Da es an einheimischen Grasröckchen und Blumenkränzen fehlt, haben Förderer der Raumstationen neue ›Traditionen‹ erfunden, die die ethnische und politische Bevölkerungsmischung einer Station widerspiegeln sollen. So kann es geschehen, daß ein Marsbesucher von Männern und Frauen in römischen Brustpanzern begrüßt wird, die ihre nackten Knie zeigen und die rote Fahnen mit den Emblemen Hammer und Sichel schwenken.

Auf Port Hesperus durchquerten die Passagiere der *Helios* nach langer Verzögerung die verschlungenen Gänge aus rostfreiem Stahl, die mit bunten Lichtern und grellen Lichtreklamen übersät waren, auf denen die Station in Englisch, Arabisch und Russisch ihre Mineralerzeugnisse präsentierte.

Als die Passagiere den mit Glas überdachten Teil des Ganges erreichten, wurden sie von einer lautlosen Bewegung über ihren Köpfen abgelenkt. Sie sahen hoch und wurden von einer leicht gewandeten Aphrodite in einer Plastikmuschel überrascht, die sie anlächelte und ihnen winkte. Neben ihr schwebte eine hübsche Shinto-Sonnengöttin in ihrem flatternden Seidenkimono. Die beiden Frauen schwebten völlig frei in der Schwerelosigkeit. Diese Erscheinungen der Stationsgöttinnen (die Japaner übertrieben das Imitieren ein wenig) wurden von einem Dutzend grinsender Männer, Frauen und Kinder umringt, die mit Früchte- und Blumenkörben gestikulierten, in denen sich die Erzeugnisse der Hydrofarmen der Station befanden.

Bevor man ihnen gestattete, auf die Ebene dieser himmlichen Geschöpfe hinaufzusteigen, mußten die Passagiere noch ein letztes Hindernis überwinden. Am Ende des Ganges bat Inspektor Proboda, flankiert von höflichen Sicherheitsbeamten mit Betäubungsgewehren an den Seiten, sie in einen würfelförmigen Raum, der auf allen sechs Seiten mit dunkelblauem Teppichboden ausgepolstert war. Einige wurden einzeln hereingebeten, andere in Gruppen. Auf der einen Seite des gepolsterten Würfels zeigte ein Videoschirm überlebensgroß das ernste Gesicht von Inspektor Ellen Troy. Sie tat so, als würde sie eine Aktendatei vor sich studieren, deren Bildschirm für den Zuschauer nicht einzusehen war.

Tatsächlich befand sich Sparta in einem versteckten Zimmer nicht weit von der Ausstiegsröhre, und achtete überhaupt nicht auf die Aktendatei, die nur als Requisit diente. Sie hatte mit Proboda abgesprochen, die Passagiere in einer bestimmten Reihenfolge in den Raum zu bringen; die meisten von ihnen hatte sie bereits in Augenschein genommen, darunter auch den japanischen Professor und die Araber mit ihren Familien sowie verschiedene Ingenieure und Vertreter.

Im Augenblick war sie dabei, die holländischen Schülerinnen passieren zu lassen. »Wir werden Sie jetzt nicht länger aufhalten«, sagte sie mit einem freundlichen Lächeln. »Ich hoffe, der Rest Ihrer Reise bereitet Ihnen mehr Vergnügen.«

»Aber das hat uns doch unheimlich viel Spaß gemacht«, sagte eine von ihnen, und eine andere fügte hinzu: »Außerdem mögen wir Ihren Kollegen wirklich sehr.« Die dritte sah allerdings genauso verkniffen aus wie Proboda.

»Hier hindurch, bitte«, sagte er, »allesamt. Nach rechts. Bitte, gehen Sie.«

»Tschüs, Viktorchen ...«

»Viktorchen« spürte Spartas amüsierten Blick auf dem Videoschirm, trotzdem gelang es ihm, die Mädchen aus dem Raum zu drängen und Percy Farnsworth hereinzubitten, ohne ihrem Bild in die Augen zu sehen. »Mr. Percy Farnsworth von Lloyd's aus London.« Mr. Farnsworth kam mit zuckendem Schnäuzer in den Verhörraum. »Mr. Farnsworth, Inspektor Troy«, sagte Proboda und deutete auf den Videoschirm.

Es gelang Farnsworth, gleichzeitig forsch und atemlos zu

wirken. »Ich würde mich freuen, Ihnen bei Ihren Ermittlungen helfen zu können, Inspektor. Ein Wort von Ihnen genügt. Dies ist praktisch mein Spezialgebiet, müssen Sie wissen.«

Sparta betrachtete ihn ausdruckslos zwei Sekunden lang: ein alter Ganove, der seine Zeit hinter sich hatte und jetzt für die andere Seite arbeitete. Zumindest erzählte man sich das. »Sie haben uns schon geholfen, Sir. Sie haben uns eine Menge Hinweise gegeben.« Sie tat so, als würde sie seine Akte auf dem vorgetäuschten Bildschirm lesen. »Hmmm. Ihre Zentrale bei Lloyd's schien von der *Sternenkönigin* recht begeistert gewesen zu sein. Sie hat das Schiff, den größten Teil der Ladung und das Leben der Besatzung versichert.«

»Ganz recht. Und natürlich würde ich mich gerne so schnell wie möglich mit Lloyd's in Verbindung setzen, um eine vorläufige Aufstellung der ...«

Sie unterbrach ihn. »Nun, ganz unter uns würde ich sagen, daß die Versicherer doch recht gut weggekommen sind.«

Diese Bemerkung irritierte Farnsworth einen Augenblick lang – was genau meinte sie eigentlich damit? –, dann schien er beschlossen zu haben, daß Inspektor Troy ihn zuvorkommend behandeln wollte. »Ja, das ist durchaus ermutigend«, sagte er und senkte seine Stimme zu einem vertraulichen Murmeln. »Aber würde es Ihnen sehr viel ausmachen ... diese Geschichte mit Grant ...«

»Ich nehme an, Sie möchten wissen, ob es sich dem Gesetz nach um einen Unfall oder einen Selbstmord handelt. Das ist die große Frage. Unglücklicherweise werden das die Anwälte ausfechten müssen, Mr. Farnsworth. Ich habe dem veröffentlichten Bericht nichts hinzuzufügen.« Ihre Stimme klang alles andere als freundlich. »Ich freue mich, daß Sie angeboten haben, uns auch weiter zu helfen. Bitte gehen Sie dort links durch die Tür, und warten Sie drinnen auf mich.«

»Dort hinein?« In der Wandverkleidung hatte sich plötzlich eine Tür auf einen düsteren Gang hin geöffnet. Er warf zögernd einen Blick hinein, so als erwarte er, jeden Augenblick einem wilden Tier zu begegnen.

Sparta drängte ihn. »Ich werde Sie nicht länger als zehn Minuten warten lassen, Sir. Bitte gehen Sie jetzt.«

Mit einem gemurmelten »Sehr wohl« trat Farnsworth durch die Tür. Sofort hinter ihm schloß sie sich mit einem ›Plopp‹. Proboda öffnete rasch die Tür zur Landungsröhre. »Mr. Nikos Pavlakis von der Pavlakis-Linie aus Athen«, sagte Proboda. »Das ist Inspektor Troy.«

Pavlakis wiegte seinen großen Kopf und sagte: »Guten Tag, Ispektor.« Sparta beachtete ihn erst, nachdem sie etwas in ihren Akten durchgesehen hatte. Inzwischen zupfte er nervös an den Manschetten seines zu engen Jacketts.

»Wie ich sehe, ist dies Ihr erster Besuch auf der Venus, Mr. Pavlakis«, sagte sie und sah hoch. »Leider sind die Umstände nicht sehr erfreulich.«

»Wie geht es Mr. McNeil, Inspektor?« fragte Pavlakis. »Kann ich mit ihm sprechen?«

»Man hat ihn bereits aus der Klinik entlassen. Sie werden bald mit ihm sprechen können.« Seine Besorgnis kam ihr echt vor, trotzdem ließ sie sich nicht von ihrer Linie abbringen. »Mr. Pavlakis, wie ich sehe, ist die *Sternenkönigin* neu registriert worden, obwohl das Schiff tatsächlich dreißig Jahre alt ist. Unter welcher Nummer war sie früher registriert?«

Der schwergewichtige Mann zuckte zusammen. »Sie ist völlig überholt worden, Inspektor. Alles bis auf die Rahmenkonstruktion ist neu ...«

Viktor Proboda unterbrach Pavlakis' nervösen Erklärungsversuch. »Sie hat nach der alten Registratur gefragt.«

»Ich ... ich glaube, die Nummer lautete NSS 69376, Inspektor.«

»Die *Kronos*, sagte Sparta. Der Name klang wie ein Vorwurf. »Ceres '67, zwei Besatzungsmitglieder kamen um, eine Frau wurde verletzt, und die gesamte Ladung ging verloren. Mars-Station '73, bei einer Kollision beim Andocken wurden vier Männer aus der Station getötet und die Fracht in einem der Laderäume zerstört. Es hat mehrere Verletzte gegeben und wenigstens noch einen weiteren Todesfall, der auf ungenügende Wartung zurückgeführt wurde. Sie hatten allen Grund, das Schiff umzutaufen, Mr. Pavlakis.«

»*Kronos* war kein besonders guter Name für ein Raumschiff«, sagte Pavlakis.

Sie nickte düster. »Ein Titan, der seine eigenen Kinder aufgefressen hat. Es muß schwer gewesen sein, qualifizierte Besatzungen anzuheuern.«

Pavlakis' Bernsteinperlen surrten zwischen seinen kräftigen Fingern hin und her. »Wann werde ich mein Schiff und die Ladung untersuchen können, Inspektor?«

»Ich werde Ihre Frage beantworten, so gut ich kann, Mr. Pavlakis. Sobald ich hiermit fertig bin. Bitte gehen Sie dort links durch die Tür, und warten Sie auf mich.«

Wieder öffnete sich unerwartet die unsichtbare Tür, die wie ein Schlund in die düster-kalte Stahlröhre führte. Pavlakis ging ohne ein weiters Wort hindurch. Düster blickte er auf den Boden.

Als die Tür sich wieder schloß, ließ Proboda den nächsten Passagier aus der Landungsröhre herein. »Miss Nancybeth Mokora aus Port Hesperus. Sie ist ohne Beschäftigung.«

Sie kam wütend herein, funkelte Proboda wortlos an und warf einen verächtlichen Blick auf den Videoschirm. Als die Tür sich wieder geschlossen hatte und sie eingesperrt war, sagte Proboda, »Das ist Inspektor Troy.«

»Miss Mokora, vor einem Jahr habe Sie eine Klage angestrengt, um den auf drei Jahre befristeten Partnerschaftsvertrag mit Mr. Vincent Darlington aufzukündigen, kurz nachdem sie beide hier eingetroffen waren. Der Grund war sexuelle Inkompatibilität. Wußte Mr. Darlington zu der Zeit, daß Sie de facto da schon die Begleiterin von Mrs. Sondra Sylvester waren?«

Nancybeth starrte das Bild auf dem Videoschirm schweigend an. Sie hatte ihr Gesicht zu einer Maske des Widerwillens verzogen, die auf lange Übung schließen ließ ...

... und die Sparta unschwer als Schutz vor ihrer Verzweiflung und Verwirrung erkannte. Sparta wartete.

»Wir sind befreundet«, sagte Nancybeth mit rauher Stimme.

»Wie schön. Wußte Mr. Darlington damals, daß Sie auch miteinander ins Bett gingen?«

»Wir sind nur befreundet, das ist alles!« Die junge Frau sah sich in dem mit Teppich ausgelegten Raum hektisch um und starrte auf den Polizisten neben sich. »Was, zum Teufel, wollen Sie damit eigentlich beweisen? Was soll das eig...?«

»Also gut, lassen wir das. Wenn Sie jetzt bitte ...«

»Ich will einen Anwalt«, kreischte Nancybeth. Sie schien Angriff für die beste Verteidigung zu halten. »Hier, und zwar sofort. Ich kenne meine Rechte.«

»... noch eine Frage beantworten würden«, schloß Sparta rasch.

»Von mir hören Sie kein verdammtes Wort mehr, Sie Bulle. Sie halten mich hier rechtswidrig fest. Durchsuchen mich ohne jede Begründung ...«

Sparta und Proboda wechselten einen Blick. Durchsuchung?

»Verletzung der persönlichen Würde«, fuhr Nancybeth fort. »Nichts als Verleumdungen. Böswillige Vorverurteilung ...«

Sparta mußte beinahe grinsen. »Verklagen Sie uns nicht, bevor Sie die Frage gehört haben, einverstanden?«

»Damit wir Sie nicht schon vorher verhaften müssen«, fügte Proboda hinzu.

Nancybeth schluckte ihren Ärger herunter, sie wußte, daß sie zu weit gegangen war. Noch war sie nicht verhaftet. Vielleicht kam es auch gar nicht soweit. »Was wollen Sie wissen?« Sie klang auf einmal erschöpft.

»Nancybeth, trauen Sie einem von den beiden – Sylvester oder Darlington – einen Mord zu, ... ihretwegen?«

Nancybeth war so überrascht, daß sie lachen mußte. »So, wie die voneinander reden? Das traue ich allen beiden zu.«

Proboda beugte sich zu ihr. »Inspektor Troy hat Sie nicht gefragt, ob die beiden sich gegenseitig ...«

Aber Sparta brachte ihn mit einem Blick vom Videoschirm

zum Schweigen. »Okay, vielen Dank, Sie können jetzt gehen. Durch die Tür rechts, bitte.«

»Rechts?« fragte Proboda, und Sparta nickte kurz. Er öffnete den Durchgang.

Nancybeth war argwöhnisch. »Wo geht's da hin?«

»Nach draußen«, sagte Proboda. »Sie sind frei.«

Die junge Frau sah sich wieder mit aufgerissenen Augen im Raum um, beinahe schienen ihre Nasenflügel vor Wut zu beben. Dann schoß sie durch die Tür wie eine freigelassene Wildkatze. Proboda blickte aufgebracht zum Videoschirm. »Wieso sie denn nicht? Ich fand, sie hatte eine ganze Menge zu verbergen.«

»Was sie zu verbergen hat, hat nichts mit der *Sternenkönigin* zu tun, sondern eher mit ihrer eigenen Vergangenheit. Wer ist jetzt an der Reihe?«

»Mrs. Sylvester. Hören Sie, ich muß Ihnen etwas sagen. Hoffentlich gehen Sie die Sache mit dem gebührenden Takt an.«

»Spielen wir das Spiel nach den vereinbarten Regeln.«

Proboda brummte und öffnete die Tür zur Röhre. »Mrs. Sondra Sylvester, Chefmanagerin der Ishtar-Minengesellschaft von Port Hesperus.« Seine Stimme klang so förmlich und war so voller Respekt wie die eines Majordomus.

Sondra Sylvester schwebte elegant in den kleinen gepolsterten Raum. Sie war in schwere Seidentücher gehüllt. »Viktor? Muß das wirklich noch mal sein?«

»Mrs. Sylvester, ich möchte Ihnen Inspektor Troy vorstellen«, sagte er entschuldigend.

»Sie haben es bestimmt eilig, in Ihr Büro zu kommen, Mrs. Sylvester«, sagte Sparta, »ich werde mich also kurz fassen.«

»Mein Büro kann warten«, sagte Sylvester entschieden. »Ich will endlich meine Roboter aus dem Frachter ausladen.«

Sparta ließ ihren Blick kurz auf den vorgetäuschten Bildschirm sinken, dann sah sie Sylvester an. Durch all die Elektronik hindurch starrten sich die beiden Frauen in die Augen. »Obwohl Sie noch nie zuvor mit der Pavlakis-Linie Geschäfte gemacht hatten«, sagte Sparta, »haben Sie dennoch dabei geholfen, sowohl die Raumkontrollbehörde als auch die Versicherer des Schiffes zu einem Abweichen von der Drei-Mann-Regel zu bewegen.«

»Ich denke, ich habe Inspektor Proboda schon gesagt, warum. In der Ladung befinden sich sechs unserer Minenroboter, Inspektor. Sie müssen bald zum Einsatz kommen.«

»Dann haben Sie sehr viel Glück gehabt.« Spartas entspannte Stimme verriet mit keinem Ton, daß sie unter Druck stand. »Sie hätten sie alle verlieren können.«

»Sehr unwahrscheinlich. Das ist sogar noch unwahrscheinlicher, als daß ein Meteorit in ein Schiff einschlägt. Was nun wirklich nichts mit der Anzahl der Besatzungsmitglieder der *Sternenkönigin* zu tun hat.«

»Dann wäre es Ihnen also lieber gewesen, Sie hätten Ihre Roboter – die für ungefähr 900000000 Millionen Dollar versichert sind, so weit ich weiß – einem unbemannten Raumschiff anvertrauen können?«

Sylvester mußte daraufhin lächeln. Die Frage war scharfsinnig, sie beinhaltete politische und ökonomische Untertöne, die man von einem Polizeiinspektor kaum erwarten konnte. »Es gibt keine unbemannten interplanetarischen Frachter, Inspektor, das haben wir der Raumkontrollbehörde zu verdanken und einer langen Liste anderer Lobbyisten, man kann sich schon denken, welche Gruppen daran ein besonderes Interesse haben. Ich möchte meine Zeit nicht mit hypothetischen Fragen vergeuden.«

»Wo haben Sie Ihre letzten drei Wochen Ferien auf der Erde verbracht, Mrs. Sylvster?«

Das war eindeutig keine hypothetische Frage – und es kostete Sylvester alle Mühe, ihre Überraschung zu verbergen. »Ich habe Urlaub in Südfrankreich gemacht.«

»Sie haben auf der Isle du Levant eine Villa gemietet, in der Ms. Nancybeth Mokora, abgesehen vom ersten und letzten Tag sowie zwei Gelegenheiten, an denen Sie sie besucht haben, alleine blieb. Wo waren Sie die übrige Zeit?«

Sylvester sah Proboda an, aber der wich ihrem Blick aus. Nach seinem eher flüchtigen Verhör zuvor war sie auf derart detaillierte Fragen nicht vorbereitet. »Ich … ich hatte einige private Dinge zu erledigen.«

»In den Vereinigten Staaten? In England?«

Sondra Sylvester sagte nichts. Es kostete sie sichtlich Mühe, ihr Gesicht unter Kontrolle zu halten.

»Vielen Dank, Mrs. Sylvester«, sagte Sparta kühl. »Dort links durch die Tür, bitte.« Sie bemerkte, daß Proboda ein klein wenig zu lange brauchte, um die versteckte Tür zu öffnen und so den Überraschungseffekt etwas zu mildern. »Wir müssen Sie leider noch ein wenig länger aufhalten. Aber höchstens fünf oder sechs Minuten.«

Sylvester verzog keine Miene, als sie durch die Tür ging, aber ihre Besorgnis konnte sie nicht länger verhehlen.

Eilig bat Proboda den nächsten Passagier in den Raum. »Mr. Blake Redfield aus London. Er repräsentiert Mr. Vincent Darlington vom Museum auf Port Hesperus.«

Im selben Augenblick, als Proboda die Tür zum Korridor öffnete, huschten Spartas Finger vor die Linse des Aufnahmegerätes, so daß Redfield sie nur noch undeutlich auf dem Videoschirm erkennen konnte. Als er den kleinen Raum betrat, wirkte er wach und entspannt. Er sah gut aus in seinem teuren englischen Anzug, war aber der typischen Versuchung junger Männer erlegen, es mit dem Schnitt seines Kragens und der Länge seinen kastanienbraunen Haare ein wenig zu übertreiben.

»Inspektor Proboda von der Raumkontrollbehörde«, sagte Proboda mit einem Nicken Richtung Videoschirm. Er bemerkte nicht, daß das Bild etwas unscharf geworden war. Blake wandte sich dem Bildschirm mit dem reservierten, erwartungsvollen Lächeln zu, das den gesellschaftlich gewandten Menschen kennzeichnet. Falls er sie erkannte, ließ er sich nichts anmerken, aber sie wußte, daß er dieses Spiel ebensogut beherrschte wie sie. Wenn er einen Grund hatte, etwas zu verbergen, dann konnte er das jedenfalls besser als die anderen.

Sie betrachtete ihn aufmerksam, wenn auch ihr Macrozoomauge durch die begrenzte Auflösung des Videoschirms stark beeinträchtigt wurde und sie von seiner chemischen Präsenz überhaupt nichts spürte. Sie hatte ihn seit zwei Jahren nicht gesehen; er sah nicht eigentlich älter aus, eher viel selbstsicherer. Er hielt sich mit irgend etwas zurück, etwas, das sie an ihm nicht kannte. Das einzige Geräusch, das von ihm ausging, als er schwerelos in dem schalltoten Raum schwebte, war sein ruhiger Atem. Er wartete, daß sie etwas sagte.

Hätte jemand ihren Stimmabdruck aufgezeichnet, als sie dann endlich sprach, wäre schon seine Flachheit verdächtig gewesen. »Mr. Redfield, Sie sind beim Ankauf der *Sieben Säulen der Weisheit* als Mr. Darlingtons Agent aufgetreten?«

»Das ist richtig.« Im Gegensatz dazu war seine Stimme warm und lebhaft. Ihr Abdruck hätte ergeben: Wenn Sie nichts verraten, ich tue es ganz bestimmt nicht.

»Was ist der Zweck Ihrer Reise?«

»Ich bin hier, um darauf zu achten, daß das berühmte Buch, von dem Sie gerade sprachen, sicher bei Mr. Darlington ankommt.«

Sparta wartete. Die Antwort schien unlogisch und provokativ, das konnte sie nicht ohne weiteres durchgehen lassen. »Wenn Sie vorhatten, den Transport persönlich zu überwachen, warum haben Sie es dann an Bord der *Sternenkönigin* verfrachtet? Warum haben Sie es nicht bei sich behalten?«

Redfield grinste. »Vielleicht habe ich das.«

Er wußte, daß sie wußte, daß das nicht stimmte. »Ich habe mich vergewissert, daß sich das Buch an Bord der *Sternenkönigin* befindet, Mr. Redfield.«

»Das ist beruhigend. Kann ich es auch sehen?«

Spartas Herz klopfte laut und schnell. Weit unterhalb der Ebene all dessen, was sie sich schnell ins Bewußtsein rufen konnte, merkte sie, daß etwas Unerwartetes geschah. Augenblicklich entschied sie, Mr. Blake Redfield nicht noch mehr Informationen zu geben, als er ohnehin schon hatte. »Bald, Mr. Redfield. Dort rechts durch die Tür, bitte. Tut mir leid, daß ich Sie habe warten lassen.«

Als er ging, konnte sie sehen, daß er breit grinste. Das war wohl auch beabsichtigt. Sie sagte ungeduldig: »Gut, Viktor, das war unser letztes Schäfchen.«

»Unser letztes was?«

»Die Ziegen sind im Stall. Dann wollen wir mal.«

Der winzige Raum, in dem sich Farnsworth, Pavlakis und Sylvester wiederfanden, nachdem sie eine Biegung in der Stahlröhre hinter sich gelassen hatten, war wiederum ein Würfel, diesmal aus blankem Stahl und so nichtssagend wie die Arrestzelle auf einem U-Boot. Die Zelle hatte keinen erkennbaren Ausgang; den Rückweg hatte eine Schiebetür versperrt. Der leere Vidoschirm über ihren Köpfen füllte die gesamte Decke aus.

Die mürrische Unterhaltung der drei Insassen drohte gerade in böse Streiterei auszuarten, als es auf dem dunklen Videoschirm plötzlich hell wurde. Auf dem Bildschirm entstand eine Nahaufnahme von Inspektor Ellen Troy in dreifacher Lebensgröße.

»Ich habe Ihnen versprochen, es wird nicht lange dauern, und so wird es auch sein«, verkündete das ikonenhafte Gesicht. Spartas Bild wurde durch eine scharfe Einstellung auf eine nach außen gebogenen Metallplatte ersetzt. »Diese Rumpfplatte von dem Versorgungsdeck der *Sternenkönigin* mit der Bezeichnung L-43 hat ein Loch.« Der Zoom holte rasch die rechte obere Ecke heran, wo sich das saubere schwarze Loch befand.

Auf dem Bildschirm erschien eine andere Ansicht der Platte, diesmal von der geschwärzten, konkaven Innenseite. »Das Absplittern an der Innenseite der Palette ist charakteristisch für den Einschlag eines Projektils mit hoher Geschwindigkeit, wie zum Beispiel eines Meteoriten.« Wieder wechselte das Bild, es war nähergerückt und zeigte einen Krater im Stahl, der so groß war wie der Ätna. »Hartgewordener Plastikschaum hat das Loch dann luftdicht verschlossen.« Ein neues Bild zeigte einen glänzenden, klebrigen Klumpen gelben Plastiks, der über der Stelle der Platte lag, wo man zuvor den Krater hatte sehen können – ein

Blick auf das Loch vor dem Abnehmen der Plastikschutzschicht.

Spartas pedantische, fast schon einschüchternde Stimme begleitete den weiteren Bildvortrag. »Der entscheidende Schaden wurde der *Sternenkönigin* durch eine Explosion der beiden Sauerstofftanks und eines Treibstoffbehälters zugefügt«, sagte sie, als ein Bild des schwarzen Chaos innerhalb des Steuerdecks auf dem Bildschirm erschien.

Sie ließ ihnen einen Augenblick Zeit, um das Bild der Zerstörung betrachten zu können, dann sagte sie: »Allerdings wurden weder das Loch in der Rumpfplatte noch die innere Explosion von einem Meteoriten verursacht.«

Wenn ihre drei Zuhörer von dieser Neuigkeit überrascht wurde, ließ er sie es sich allenfalls durch ein noch tieferes Schweigen anmerken.

Dann erschien eine weitere Nahaufnahme, diesmal ein Micrograph. »Das Schmelzmuster um das Loch weist große, unregelmäßige Kristalle auf, die auf einen langsamen Schmelz- und Abkühlungsprozeß hindeuten – es sind keineswegs die feinen, gleichmäßigen Kristalle, die bei einer plötzlichen Kraftentladung entstehen. Wahrscheinlich wurde dieses Loch mit einem Plasmabrenner erzeugt.« Ein weiterer Micrograph wurde sichtbar. »Hier können Sie sehen, daß es tatsächlich zwei getrennte Schichten in dem Pfropfen aus verhärtetem Plastik gibt – die erste ist sehr dünn und weist keine Turbulenzmuster auf, wie man sie bei einem Entweichen der Luft mit Überschallgeschwindigkeit erwarten kann – die glatten Absplitterungen können Sie hier deutlich sehen.« Diesmal erschien ein Computerdiagramm. »Diese Spektrographie beweist, daß diese Plastikschicht bereits vor über zwei Monaten katalysiert ist. Mit anderen Worten, das Loch befand sich bereits in der Platte und war mit Plastik versiegelt worden, bevor die *Sternenkönigin* die Erde verlassen hatte. Beachten Sie bitte, daß dieselbe dünne Plastikschicht in der Mitte durchschlagen und nach außen gedrückt wurde. Die Explosion fand im Innern des Schiffes statt – sie hat das Loch geöffnet und das Entweichen der Luft ermöglicht –, bevor es dann wieder schnell von den Notsystemen des Schiffes versiegelt wurde.«

Weitere Diagramme und Graphiken. »Die Explosion im Innern wurde durch die Entladung einer Knallgoldverbindung hervorgerufen, die durch Acetylen gezündet wurde, das man in der Ummantelung des Treibstoffbehälter untergebracht hat. Diese Spectrogramme geben über die Zusammensetzung der Explosivstoffe Auskunft. Die Zündung erfolgte elektrisch und wurde wahrscheinlich über den Monitor der Treibstoffzelle ausgelöst, und zwar durch ein zuvor in den Bordcomputer eingegebenes Signal.«

Auf dem Bildschirm erschien wieder Spartas unnachgiebiges Bild, in der kahlen Stahzelle wirkte es gleißend grell. »Wer hat diesen Sabotageakt verübt? Und warum? Wer Licht in diese Angelegenheit bringen kann, der möge sich jetzt bitte zu Wort melden. Sie können sich auch, wenn Ihnen das lieber ist, privat an das hiesige Büro der Raumkontrollbehörde wenden. Bis zum Abschluß unsere Ermittlungen bleibt der Zugang zur *Sternenkönigin* untersagt.«

Ein Lichtstrahl durchdrang den Raum und machte den Bildschirm teilweise unkenntlich. Im Hintergrund der Zelle hatte sich eine Doppeltür geöffnet, hinter der eine der geschäftigsten Hallen der Station verborgen lag.

Inzwischen hatte Sparta einen Schalter gedrückt, der ihr strenges Gesicht auf dem Videoschirm durchlaufen ließ. Ihr winziger Kontrollraum, der aus kaum mehr als einer Kammer voller glitzernder Schaltpulte bestand, steckte in einer Wandnische zwischen zwei Korridoren. Sie war den Leuten in der Zelle körperlich näher gewesen, als irgendeiner von ihnen vermutet hatte. Unter dem Schutz des durchlaufenden Bildes drehte sie sich zu Proboda um, der neben ihr in dem Kontrollraum schwebte. »Viktor, Sie haben geglaubt, ich hätte mich Mrs. Sylvester gegenüber unverschämt benommen. Folgen Sie ihr also bitte. Wenn sie in ihr Büro oder zur *Sternenkönigin* geht, geben Sie mir sofort ein Zeichen. Wohin sie auch geht, rufen Sie mich in fünf Minuten an. Sie ist schon unterwegs, also beeilen Sie sich!«

Sparta brachte ihr Videoschirmbild wieder zum Stillstand.

Farnsworth und Pavlakis befanden sich immer noch in dem Raum, obwohl Pavlakis bereits vorsichtig einen Fuß in der Tür hatte und Farnsworth dreist auf den Videoschirm zukam.

»Sehr merkwürdig«, sagte Farnsworth zu dem gigantischen Bildschirm über seinem Kopf. »Sie legen Ihre Beweismittel bloß, ohne jemanden anzuklagen.«

»Wir befinden uns auf einer Raumstation, Mr. Farnsworth. Hier ist man isolierter als in einer Stadt in Kansas.«

»Und wenn der Schurke gar nicht unter uns weilt?«

»Dann schadet es auch nichts«, sagte sie.

Der Mann war leicht zu durchschauen, aber ziemlich dreist – er stellte sich einfach hin und sagte ihr praktisch ins Gesicht, daß er wußte, was sie über seine Vergangenheit wußte, und daß sie einen Fehler machte, wenn sie ihn verdächtigte. »Haben Sie etwa erwartet, Ihre Enthüllungen könnten länger als ein paar Minuten geheim bleiben? Selbst vor der Erde?«

»Möchten Sie sich zur Sache äußern, Mr. Farnsworth?«

Farnsworth deutete mit dem Daumen auf Pavlakis, der immer noch im Hintergrund herumstand und sich gegen den hell erleuchteten Korridor abhob. »Die Familie von diesem Kerl da hat schon seit Generationen jede Versicherung betrogen. Man hat es ihnen nur nie nachweisen können. Wenn er nicht unser Mann ist, wird er Ihnen zumindest sagen können, wer sonst in Frage kommt.«

Er war ziemlich anmaßend und unverschämt, wenn er wohl auch, zum dem Entschluß war sie bereits gekommen, in diesem Fall unschuldig war. »Was würden Sie sagen, wenn es Sylvester war?« fragte Sparta. Gut. Das hat ihm einen kleinen Dämpfer gegeben –

Er nahm es ernst. »Aus Eifersucht, meinen Sie?« – so als hätte er nie daran gedacht. »Dieser Darlington kauft das Buch, auf das sie so scharf war, und sie sorgt dafür, daß er nie mehr ... und so weiter?«

»Und so weiter.«

»Die Theorie ist mir neu ...«, murmelte Farnsworth.

»Es handelt sich nicht um eine Theorie, Farnsworth.« Ihr

Gesicht beugte sich in dreifacher Lebensgröße zu ihm herunter.

»Keine Theorie?«

»Keineswegs.«

»Dann ist jetzt wohl genug geredet worden. Bitte entschuldigen Sie …« Er hatte es plötzlich eilig, seine Arbeitgeber zu benachrichtigen. Er bewegte sich ungeschickt auf die Tür zu.

Der Kommfunk in ihrem rechten Ohr schaltete sich ein. »Sprechen Sie.«

»Hier ist Proboda. Mrs. Sylvester ist sofort ins Hauptquartier der Ishtar-Minengesellschaft gegangen. Ich befinde mich jetzt direkt vor dem Eingang.« Die Ishtar-Minengesellschaft lag fast zwei Kilometer entfernt, ganz am anderen Ende der Raumstation. Von dort aus konnten ihre Antennen und Fenster direkt auf hellen Woklen der Venus herabsehen.

»Damit kommt sie wohl auch nicht mehr in Frage. Kommen Sie so schnell wie möglich wieder her.«

»Und was geschieht als nächstes?« Proboda klang genervt. Wieder einmal hatte sie ihn sinnloserweise auf jemanden angesetzt.

»Wir müssen abwarten. Unsere Liste ist sehr kurz, Viktor. Ich glaube, wir werden ein Geständnis oder eine Verzweiflungstat zu sehen bekommen. Es wird nicht lange dauern. Vielleicht zehn oder fünfzehn Min…«

Sie hörte und fühlte das dumpfe, mächtige Poltern. Die Lichter erloschen, alle auf einmal, und in der schwarzen Dunkelheit steigerte sich das dunkle Stöhnen der Warnsirenen zu einem hohen, verzweifelten Klagen. Über Lautsprecher wurden alle in Hörweite auf Englisch, Arabisch, Russisch und Japanisch aufgefordert: »Verlassen Sie sofort Kernsektor eins. Katastrophaler Druckabfall in Kernsektor eins. Verlassen Sie sofort Kernsektor eins …«

Proboda schrie so laut in den Kommfunk, daß sie fast taub wurde. »Ist bei Ihnen alles in Ordnung? Was ist denn bloß da oben passiert? Troy?« Aber niemand antwortete ihm.

18

Die lebenswichtigen Systeme einer Raumstation sind sowohl voneinander unabhängig als auch redundant. Jemandem, der Port Hesperus sehr gut kannte, war es gelungen, das gesamte den Sternen zugewandte Viertel der Achse zu isolieren, die Hauptversorgungsleitungen vom Kernreaktor zu unterbrechen und die Leitungen zu den Solarzellen zu kappen. Und das genau in dem Augenblick, als ein Druckschott im Sicherheitssektor herausplatzte ...

Bis die Notbatterien einspringen konnten, würde es sehr dunkel sein.

Nicht allerdings für Sparta, die ihr Sehzentrum auf Infrarot umstellte und sich durch eine merkwürdige Welt aus glimmenden Schatten tastete. Die gesamte Umgebung glich gespenstisch dem riesigen Plastikmodell eines gewaltigen Organismus, das nur von rotem Neon beleuchtete wurde. Die ansonsten dunklen Lampen glühten noch von der Wärme ihrer Dioden. Drähte hinter den Wandverkleidungen glühten noch vom Widerstand des Stroms, der noch kurz zuvor hindurchgeflossen war, selbst die Wandverkleidungen glommen noch schwach von der verströmten Wärme.

Obwohl die meisten der microminiaturisierten Geräte in

der Station nur äußerst geringe Mengen Strom verbrauchten, sorgte ihre extreme Dichte für glühende Wärmepunkte in jedem Tele- oder Datenfunkgerät. Auf sämtlichen Bild- und Videoschirmen glommen noch die Umrisse der Alphanumerics, Graphiken oder menschlichen Gesichter, die beim Stromausfall darauf zu sehen gewesen waren. Jede Stelle, die in der letzten Stunde von menschlichen Händen oder Füßen berührt worden war, glühte noch von der Wärme dessen, der vorbeigekommen war. Hätte es Ratten in den Wänden gegeben, Sparta hätte sie gesehen.

Draußen in den Hallen und Korridoren sprangen die Notlichter rasch an. Sie wurden von eingebauten Batterien gespeist und warfen harte Lichtstrahlen und abgehakte Schatten durch die bevölkerten Durchgänge. Die Menschen schwammen wie Schwärme von Tintenfischen rasch durch diese blitzenden Durchgänge; sie hatten nur ein Ziel: in das Zentrum des Kernbereichs zu gelangen. Die meiste Zeit bewegten sie sich geräuschlos, hin und wieder gab es verängstigte Schreie, gefolgt von ruhigen Anweisungen. Der Bereitschaftsdienst nahm verängstigte Neulinge unter seine Fittiche und brachte sie zielstrebig in Sicherheit.

Druckverlust war die Hauptangst im Raum, aber die ständigen Einwohner von Port Hesperus waren durch häufige Alarmübungen bereits derart daran gewöhnt, daß der Ernstfall ihnen fast wie Routine vorkommen mußte. Die Alteingesessenen blieben ruhig, denn sie wußten, daß die Luftmenge selbst in nur einem Viertel des Kernstücks von Port Hesperus so gewaltig war, daß es acht Stunden dauern würde, bevor der Druck von dem gegenwärtigen, angenehmen Meeresniveau auf das der Andenwipfel absinken konnte. Bis dahin hätten die Reparaturmannschaften alles längst wieder in Ordnung gebracht.

Sparta hielt sich im Dunkeln, vermied die belebten Gänge und schwamm durch die düster infrarot glühenden Eingangsluken, durch Transportschächte, vorbei an Röhren und Kabelträgern in den Belüftungstunnels, bis sie in den Bereich der zerstörten Luke kam. Sie bewegten sich gegen den Strom der Menschen, aber mit der Luft. Sie brauchte nur einen Augenblick zu lauschen, um die Windrichtung ausmachen zu können, denn er heulte durch das explodierte Druckschott und pfiff durch das Kernstück wie durch eine riesige Orgelpfeife.

Sie spürte die Brise, anfangs nur schwach, dann aber stetig stärker. Zwanzig oder dreißig Meter vom Loch entfernt erreichte der Luftstrom die Geschwindigkeit eines Hurrikans; sollte sie diese Grenze überschreiten, würde sie sofort in einen Überschalltrichter gesogen und wie eine Gewehrkugel in den Raum geschossen werden.

Die offene Luke befand sich in der Sicherheitsschleuse Q3, und sofort war ihr der Zweck dieses zweiten Sabotageaktes klar – jemand hatte eine Ablenkung erzeugen und die Leute von der *Sternenkönigin* weglocken wollen, indem er den Bereich, in dem sie lag, unsicher machte. Jemand, der sehr viel gerissener war, als Sparta vermutet hatte. Also nahm Sparta den Weg durch die Nebenwege der Raumstation, um so schnell wie möglich zur *Sternenkönigin* zu gelangen, solange der Täter noch an Bord war.

Als sie sich durch ein letztes Stück eines Belüftungskanals der Luke näherte, kam ihr der Gedanke, daß diese Ablenkung nicht nur gerissen, sondern einfach genial war. Sie erzeugte ein Maximum an Schrecken bei einem Minimum an Verletzungsrisiko. Die einzigen Menschen in unmittelbarer Nähe des explodierten Schotts waren die Wärter in den Raumanzügen, und die wären selbst dann noch geschützt gewesen, hätte es sie ins All hinausgezogen. Hatte der Schurke etwa ein weiches Herz?

Wer den Sauerstoffvorrat der *Sternenkönigin* vernichtet hatte, jedenfalls nicht. Die Sicherheit war in diesem Fall wohl eher scheinbar als real, eher ein zufälliges Nebenprodukt eines ansonsten ausgeklügelten Plans.

Sparta schlug das Stück Verkleidung aus der Öffnung des Belüftungsschachts und sah, wie es vom Luftstrom davongeschleudert wurde. Von ihrem Loch aus blickte sie in schwarze, heulende Trostlosigkeit.

Der Zugang zum Sicherheitsschleuse war verlassen. Man hatte die Wärter bestimmt längst abgezogen, wenn sie nicht ohnehin zur falschen Zeit am falschen Ort waren und es sie hinausgezogen hatte. Und genau das hatte der Verbrecher geplant und gewollt.

Und wenn Sparta recht hatte, mußte er sich noch an Bord des Schiffes befinden, denn die Eingangsluke stand weit offen. Er hatte wohl keine Zeit gehabt, einen Raumanzug anzulegen und mußte jeden Augenblick wieder herauskommen.

Sparta wollte ihm die Flucht vereiteln. Sie zog sich aus dem Belüftungsschacht. Sie mußte sich an die Wand drükken, um sich gegen das saugende Vakuum stemmen zu können, und zog sich Stückchen für Stückchen in die Anlegeröhre der *Sternenkönigin*. Während der Wind ihr in den Ohren brauste, arbeitete sie sich zentimeterweise vor. Schließlich hatte sie die Hauptluke der *Sternenkönigin* erreicht.

Als sie im Schiff war, drückte sie einige Schalter und sah zu, wie sich die Luke langsam hinter ihr luftdicht schloß. In der Luftschleuse herrschte Stille. Auf einigen Schaltern und den Leitersprossen entdeckte sie den roten Schimmer der Handabdrücke des Eindringlings.

Sparta beugte sich über einen der schimmernden Abdrücke und inhalierte seine chemischen Bestandteile. Es war niemand, den sie auf Port Hesperus kennengelernt hatte, auch niemand, mit dem sie in den letzten Wochen in Berührung gekommen war. Sobald sie sich ein komplettes Bild vorstellen wollte, regte das Muster aus scharfen Aminosäuren ihr Erinnerungsvermögen an; es lag aber zu tief im verborgenen ...

In einem Szenario befand sich Sondra Sylvester im Laderaum und versuchte, die *Sieben Säulen der Weisheit* zu stehlen. Sondra Sylvester war jedoch vor zwei Minuten noch zwei Kilometer entfernt gewesen. In einem anderen Szenario – das Sparta besser gefiel – befand sich Nikos Pavlakis auf dem Steuerdeck des Schiffs, wo er die Automatik so einstellte, daß er ablegen und sich seinen Weg aus der Station und zur Sonne sprengen konnte, um so sämtliche Beweise seines Verrats für immer zu vernichten. Aber ohne Komplizen hatte Pavlakis nicht genug Zeit, die Ableitung einzustellen.

Sparta zog sich vorsichtig weiter ins Schiff, vorbei am Lagerdeck. Dort wartete sie einen Augenblick, bevor sie weiter zum Steuerdeck schwebte. Das Schimmern der batteriegespeisten Lichter auf den Steuerpulten ergab in der Dunkelheit ein sanftes, kreisförmiges Kaleidoskop. Sie hielt erneut inne und lauschte.

Eine vorsichtige Bewegung weit weg; das Streifen eines Handschuhs vielleicht oder das Kratzen eines Schuhs auf Metall. Dann hatte sie es geortet: Ihr Opfer befand sich im Frachtcontainer A. Es war niemand, den sie erwartet hatte.

Wenn nicht Sylvester im Laderaum war, mußte es einer ihrer Agenten sein. Auf keinen Fall Nancybeth, sie war in ihrer gesamten physischen Erscheinung noch ein Kind und daher gar nicht in der Lage, sich für mehr als eine Minute auf etwas anderes zu konzentrieren als ihre eigenen Bedürfnisse und Vergnügungen. Man hatte sämtliche Übertragungen von und zur *Helios* streng überwacht, es mußte also jemand von der *Helios* sein. Jetzt wußte Sparta, daß sie dumm gewesen war ...

Schwerelos kroch sie durch den Korridor des Versorgungsdecks, alle ihre erweiterten Sinne waren aufs höchste erregt. Sie schob sich durch die offenstehende Luke der Laderaumluftschleuse, bis ihr Gesicht nur noch Zentimeter von der Außenluke von Laderaum A entfernt war. Sie bewegte sich so leise sie konnte, sie tastete sich nur mit dem Druck ihrer Fingerspitzen bis in die Luke vor.

»Sie brauchen keine Angst vor mir zu haben«, sagte er. Seine Stimme klang so warm wie zuvor, aber diesmal wirkte sie tiefer und gefestigter. Er war ganz in der Nähe. »Ich mußte unbedingt etwas herausfinden.«

Sie fand seine Beherrschung außergewöhnlich. Hätte sie einen Abdruck seiner Stimme gemacht, hätte er bestimmt keine Spur von Unsicherheit gezeigt.

Sie hielt auf der Stelle an, wagte nicht zu atmen und dachte nach. Sie konnte ihn hören und riechen, sie wußte in etwa, wo er steckte, aber sie war unbewaffnet, und sehen konnte sie ihn auch nicht.

»Sie brauchen sich nicht zu zeigen«, sagte er. »Ich weiß nicht genau, wo Sie sind, aber ich nehme an, Sie können mich deutlich hören. Lassen Sie mich erklären.«

Einige Sekunden verstrichen, während sie sich näher an die Innenluke heranschob. Die Dunkelheit im Innern des Laderaums wirkte kalt und schwarz, zumindest in dem Teil, den sie übersehen konnte, nur einige Stellen, die er berührt hatte, glommen rot.

Ihre Verteilung verriet, hinter was er her war – die Stelle, wo die Styrenkiste mit dem Buch gestanden hatte, war eine kalte, leere Höhle.

»Ich gehe einfach mal davon aus, daß Sie bereit sind zuzuhören«, sagte er.

Jetzt hatte sie ihn lokalisiert, aber immer noch nicht so präzise, wie sie es sich gewünscht hätte. Er lauerte innen gleich hinter der Luftschleuse. Das Geräusch, das sie gehört hatte, stammte wahrscheinlich von seiner Hand oder seiner Hüfte, die leicht gegen die Ummantelung des Laderaums gestreift war – kaum ein oder zwei Fuß von ihrem Kopf entfernt. Sie mußte dafür sorgen, daß er weiterredete, weiterredete und sich dabei so bewegte, wie man es normalerweise beim Reden macht, er mußte noch eine halbe Minute weiterreden, dann würde sie wissen, wo sie zupacken mußte …

»Ich mußte mir das Buch unbedingt ansehen, bevor Sie die Erlaubnis zum Ausladen geben«, sagte er. »Sie haben zwar gesagt, es wäre hier, aber ich mußte wissen, ob Sie das echte Buch gesehen haben. Sie sind schließlich kein Experte, ich schon.«

Sie schob sich noch näher heran, sie atmete so vorsichtig ein und aus, daß es außer ihr selbst unmöglich jemand hören konnte. Sie war jetzt so nah, daß sein Atem als warme Dunstwolke sichtbar wurde, die sich langsam rhythmisch in der dunklen Luft hinter der Schleuse bewegte.

Dreißig Zentimeter weiter in der Dunkelheit begann er zu erklären: »Es ist durchaus vorstellbar, daß jemand mit genügend Zeit und Geld ein Buch aus den Anfängen des 20. Jahrhundert gefälscht hat. Erst einmal müßte er Leute finden, die in Metalltypen setzen können – und Drucker, die bereit wären, ein Buch auf die alte Art Zeile für Zeile zu drucken, und das bei einem Text von mehr als 300000 Wörtern. Und sie hätten die Typen gießen müssen; selbst wenn der Betreffende sehr geschickt wäre, würde das Monate dauern, es sei denn, die Originaltypen existierten noch und man käme an sie heran. Dann hätten sie das richtige, alte Papier finden oder reproduzieren müssen, mit Wasserzeichen und allem Drum und Dran. Dann kommt das Binden, die marmorierte Schutzhülle, der Ledereinband ... stellen Sie sich das handwerkliche Geschick, das unglaubliche Können vor!«

Er schien Sparta vorübergehend vergessen zu haben, während er leidenschaftlich diesen Gegenstand, dieses eigenartige, alte Buch beschrieb.

Sie zögerte, dann flüsterte sie so leise, daß nur er es hören konnte. »Ich höre.« Keine Antwort. Vielleicht hatte ihn ihre Nähe erschreckt. »Warum müssen Sie es sich unbedingt jetzt ansehen? Warum können Sie nicht warten?« flüsterte sie.

»Weil das echte Buch vielleicht immer noch an Bord ist.«

Hatte er gehofft, das echte Buch als erster zu finden? Oder war das alles nur eine geschickte Ausrede, weil sie ihn bereits mit dem echten Buch in der Hand ertappt hatte?

»Sondra Sylvester flog nach Washington und dann zurück nach London, drei Wochen, bevor sie an Bord der *Helios* ging«, sagte sie. »Außerdem ist sie mehrfach von Frankreich nach England gereist. Was hat sie dort gemacht?«

»Sie war in Oxford. Sie hat ein Buch machen lassen.« Seine Stimme klang jetzt etwas fester und dunkler. »Ich halte es hier in meiner Hand.«

In ihrem Kopf klickte es; sie faßte einen Entschluß. Sie ließ ihre Hände über den Lukenrand gleiten, zog fest und schoß in den Laderaum. Vor den Stahlregalen gegenüber der Luke richtete sie sich auf, drehte sich um und sah ihn an. In der Dunkelheit war er nur ein glühendes, rote Etwas neben der offenen Luke. Was er in der Hand hielt war ... ein Buch – tatsächlich nur ein Buch.

»Können wir Licht machen?« fragte er.

»Warum nicht?«

Seine Hand fuhr nach oben und drückte auf den Schalter neben der Luke. Grüne Arbeitslichter erhellten den Laderaum, und Spartas Sehvermögen schaltete wieder auf das sichtbare Spektrum um. Blake sah ihr einen Augenblick lang in die Augen. Er wirkte etwas verlegen, so als würde er das ganze Chaos bedauern.

Dann kam ihr ein seltsamer Gedanke – plötzlich fand sie ihn mit seinen roten, zerzausten Haaren und seinem völlig zerknitterten Anzug richtig charmant.

Er hielt das Buch in die Höhe. »Eine wunderbare Fälschung. Das Druckbild ist perfekt, das Papier ebenfalls – das gleiche, auf dem man immer noch die Bibel druckt. Die Bindung ist außerordentlich gut. Eine chemische Analyse wird ergeben, daß das Buch neu ist, aber wenn Sie das Original nie gesehen haben, werden Sie eine ganze Menge hierdrin lesen müssen, bevor sie auch nur Verdacht schöpfen.«

Sie beobachtete ihn und hörte ihm zu. Er hatte sich tatsächlich verändert. »Und woran kann man es erkennen?« fragte sie.

»Es muß eine ganze Bande in verschiedenen Druckereien gewesen sein, die wie besessen an der Linotypemaschine gearbeitet haben. 300000 Wörter. Einige der Setzer haben allerdings nicht so sorgfältig gearbeitet wie andere.«

»Druckfehler.«

»Nur wenige Typen. Wirklich nur wenige, bemerkenswert.« Er lächelte. »Für sorgfältiges Korrekturlesen war einfach nicht genug Zeit.«

Jetzt wußte sie, worauf er hinauswollte. »Darlington hätte es wahrscheinlich sowieso nicht gelesen.«

»Soweit ich ihn kenne, hätte er wahrscheinlich nicht einmal hineingesehen.« Er lächelte. »Na ja, vielleicht hätte er einen Blick auf die Titelseite geworfen.«

»Und wie kommen Sie darauf, daß das Original noch immer an Bord ist?«

»Weil ich das Buch persönlich in einem Shuttle an Bord gebracht und gesehen habe, wie es, nur wenige Stunden, bevor die *Sternenkönigin* die Erde verließ, hier in diesem Regal verstaut wurde. Wenn es das Schiff nicht sofort wieder verlassen hat, muß es hier sein.«

»Ist das die Originalkiste?« Die graue Styrenkiste schwebte neben ihm.

»Ich bin mit ziemlich sicher. Das Schloß hat mir nicht so viel Kopfzerbrechen bereitet. Ein zu allem entschlossener Dieb mit reichlich Zeit und Zugang zum Computer ... ich dachte, ich wüßte, was Sylvester vorhatte, aber ich hätte es nie für möglich gehalten, daß sie so schnell handelt. Als die Nachricht über den Meteoriteneinschlag kam, fiel mir wieder ein, wie sehr sie auf einen pünktlichen Start der *Sternenkönigin* gedrängt hatte. Dann erfuhr ich, daß man Inspektor Ellen Troy mit dem Fall beauftragt hatte ...«

Wie hatte er das erfahren? Darüber konnte sie sich später den Kopf zerbrechen – sie hatte bestimmt reichlich Zeit, Blake Redfield zu verhören. »Also gut, Mr. Redfield. Geben Sie mir jetzt bitte diese diese ausgezeichnete Fälschung. Beweisstück A.« Wehmütig fügte sie hinzu: »Und vielen Dank für Ihre Hilfe – ich werde bei der Verhandlung ein gutes Wort für Sie einlegen. Wenn Sie Glück haben, ändert man den Ort des Gerichtsstandes.«

»Tut mir leid, daß ich ein Loch in die Station sprengen mußte. Aber es ging nicht allein um das Buch – wenn es das auch wert wäre.« Er machte keinerlei Anstalten, es ihr zu geben. »Ein weiser Händler hat einmal zu mir gesagt, jeder verkäufliche Gegenstand hat genau den Wert, auf den sich Käufer und Verkäufer einigen. Gemessen daran sind die *Sieben Säulen* eineinhalb Millionen Pfund wert. Diese Fälschung dürfte Sylvester ein halbe Million gekostet haben, an Arbeitszeit, Material, Bestechungs- und Schmiergeldern.«

Sie mochte seine Stimme, aber er redete zuviel. »Das Buch, bitte.«

Sein Blick wich nicht von ihren Augen. »Ich wußte, daß nur Sie mich noch an Bord der *Sternenkönigin* erwischen konnten. Genaugenommen, habe ich sogar darauf gerechnet.«

Wieder war ihr etwas entgangen. Wieder fing ihr Herz plötzlich an zu rasen. Sie hatte Blake Redfield einmal sehr gut gekannt, so gut, wie sich Kinder eben untereinander kennen. Wieso war er ihr jetzt ein Rätsel?

»Sparta«, sagte er ruhig. »Ich habe nie geglaubt, was man uns über dich erzählt hat, was deiner Familie passiert ist und warum man das Programm beendet hat. Ich habe dich sofort erkannt, damals auf der Straße in Manhattan. Aber du wolltest nicht einmal, daß ich von deiner Existenz erfahre. Also habe ich ...«

Ein lautes metallisches Knirschen und Reißen schnitt ihm mitten im Satz das Wort ab. Das widerwärtige Kreischen zerstörte die Wärme seiner Stimme.

Als sie auf ihn zugekrochen war und noch nicht wußte, wer es war, hatte sie gesehen, daß der andere Laderaum offenstand, aber sie hatte nicht weiter darauf geachtet. »Bleiben Sie hinter mir«, schrie sie und tauchte an ihm vorbei durch die Schleuse.

Im Korridor versengte ihr ein Hitzeschwall fast das Gesicht. Die offene Luftschleuse von Laderaum C war der reinste Hochofen. Sie schlug das Schott zu und kurbelte an dem Rad. »Weg hier, Blake!«

Als er aus dem Laderaum kletterte, hatte er das gefälschte Buch immer noch unter den Arm geklemmt. »Schnell, hierher«, drängte sie ihn. »Wir müssen raus aus dem Schiff, und zwar schnell!«

Blake zog sich durch die Eingangsluke; im selben Augenblick wurde der Lukendeckel von einem gewaltigen Stoß eingedrückt, so daß er seitwärts von der Leiter geworfen wurde. Sparta hievte ihn hoch und sprang hinterher. Augenblicke später fraß sich der diamantbesetzte Saugrüssel durch die Stahlplatte der Luke wie eine Kettensäge durch ein dünnes Furnier. Überall flogen schwerelose Splitter herum. Der Rolls-Royce-Roboter bahnte sich seinen Weg durch die verschlossenen Luke.

Der Minenroboter, den man durch die äußere Druckschleuse eingeladen hatten, war nicht nur für die normale Luftschleuse zu groß, sondern auch für den Korridor. Um vorwärtszukommen, mußte er das Schiff in Stücke reißen, aber davon ließ er sich keineswegs abhalten.

Blake segelte an den Kabinen vorbei, durch das Steuerdeck, das Lagerdeck, immer in Richtung Hauptluftschleuse. Mit der einen Hand zog und steuerte er, in der anderen hielt er das Buch. Sparta folgte dichtauf, nur einmal blieb sie stehen und schlug die Luke im unteren Teil des Korridors hinter sich zu.

Blake erreichte den oberen Teil der Mannschaftskapsel. Er schleuderte gegen die äußere Luke der Hauptluftschleuse, kam zum stehen und wollte gerade auf die Schalter drücken –

– und mußte seine Hand zurückziehen, als hätte er sich verbrüht.

Unter ihm hielt sich Sparta fest und kam ebenfalls zum Stehen. »Los, Blake, weiter!« brüllte sie ihn an. Erst dann sah sie, was er längst bemerkt hatte. Das grelle Rotlicht: ACHTUNG. VAKUUM. »Sie müssen die Sicherheitszone abgeriegelt und dem Vakuum überlassen haben«, sagte sie.

»Raumanzüge – dort an der Wand neben Ihnen.«

Fast wollüstig arbeitete sich der Roboter immer weiter vor und zerstörte alles, was ihm in die Quere kam. Jeden Augenblick konnte er den Rumpf durchstoßen, und dann wären sie im luftleeren Raum verloren.

»Die Zeit reicht nicht«, sagte sie. »Unsere einzige Chance ist, das Ding außer Gefecht zu setzen.«

»Was sollen wir tun?»

»Nicht hier. Wir sitzen in der Falle.«

Sie tauchte zurück nach unten auf das Steuerdeck. Er tastete sich hinter ihr her. Für ihn war es hier abgesehen von den Lämpchen auf den Steuerpulten stockdunkel, aber sie sah alles. Sie konnte sogar durch das Stahldeck hindurchsehen. Was sie dort erblickte, ähnelte dem Schimmern eines schnell näherkommenden Zwergsterns.

»Lassen Sie doch das verdammte Buch!« brüllte sie Blake an – aber er hielt sich an der Fälschung fest, als hinge davon sein Leben ab. Der Roboter erreichte das Steuerdeck zur gleichen Zeit wie er, es war ein alptraumhaftes Geschöpf, das vom Schein seiner Radiatoren angekündigt wurde. Er hatte die Korridoröffnung mit seinem Sägezahnrüssel erweitert, und schon erschienen seine borstigen Fühler als erstes über dem Rand des Lochs. Millisekunden später schob sich sein samuraihelmartiger Kopf in den Raum. Der Kopf drehte sich schnell und ruckartig, in den diamantbesetzten Facettenaugen spiegelte sich der vielfarbige Widerschein des Steuerpultes.

Die Hitzewelle seiner Radiatoren zwang Blake und Sparta, sich schlagartig zurückzuziehen.

Die glitzernden Augen des Roboters fixierten Sparta. Seine Beinmotoren heulten auf, und er setzte mit seinen fünfeinhalb schwerelosen Tonnen und den ausgestreckten Erzschaufeln zum Sprung an. Er zielte genau in die Ecke der Decke, in der Sparta zusammengekauert hockte. Sie besaß nur einen Bruchteil der Masse dieser Maschine und konnte daher wesentlich schneller beschleunigen. Als er krachend in die Decke des Steuerdecks schlug, stieß sie sich bereits wieder vom Boden ab.

»Den Feuerlöscher!« rief Blake, und eine halbe Sekunde lang dachte sie, er wäre durchgedreht und hätte den Verstand verloren – was kann man mit einem Feuerlöscher schon gegen einen Kernreaktor ausrichten? –, aber in der nächsten Halbsekunde sah sie, daß die Hitze ihn auf eine Idee gebracht hatte.

Sie hatten in diesem Kampf einen Vorteil – der Roboter war nicht dafür geschaffen, im freien Fall zu arbeiten. Einen anderen Vorteil, kaum weniger dürftig, hatte sie erkannt, als sie losspringen mußte, um seinen Fängen zu entgehen. Die Maschine ging so brutal vor, als hegte sie einen persönlichen Groll gegen sie. Der Roboter wollte nicht nur einfach ein Loch in den Rumpf schlagen und sie an Sauerstoffmangel sterben lassen. Er wollte sie in Stücke reißen und genüßlich dabei zusehen.

Irgend jemand blickte durch seine Augen hindurch und kontrollierte jede Bewegung –

– bis Blake plötzlich auf seinen Kopf zuschwebte, beim Näherkommen mit dem Feuerlöscher zielte und abdrückte, bis die Augen mit Schaum bedeckt waren ...

»Aaaaaah!« Blakes Schrei war scharf, wurde aber schnell erstickt. Der Roboter hatte sich gedreht, als er vorbeischwebte, einer der Strahler war bis auf Zentimeter an seinen Arm herangekommen. Die *Sieben Säulen der Weisheit* waren in Flammen aufgegangen. Voller Panik richtete er den Feuerlöscher erst auf das Buch, dann auf sich selbst und auf seine brennende Jacke.

Der riesige Roboter bekam einen Wutanfall, er schlug um sich und war nicht mehr zu halten. Er hatte sein Ziel aus den Augen verloren, konnte nichts mehr sehen und glich einem auf dem Rücken liegenden Käfer. Aber wenige Sekunden später würde er etwas zu fassen kriegen und sich weiter in irgend etwas hineinfressen. Wer ihn steuerte, würde dann seine persönlichen Rachegefühle vergessen und sich mit einer effektiven Todesart begnügen müssen. Er würde mit der Maschine einfach die Fenster der *Sternenkönigin* durchstoßen.

Inzwischen hatte der wild wütende Roboter auf dem Steuerdeck die Oberhand gewonnen und versperrte ihnen den Fluchtweg. Auch wenn er nie einen guten Stand fand, konnte er sie töten, indem er sie in Brand steckte und die Kabine um sie herum einschmolz.

Sparta wußte, was sie zu tun hatte. Sie würde sich eine gefährliche Blöße geben müssen. Ein Gedanke schoß ihr durch den Kopf: Konnte sie Blake Redfield überhaupt trauen? Aber sofort beruhigte sie ihr Verstand und sagte: eins nach dem anderen.

Sie ließ sich in Trance fallen. Der ultrahochfrequente Datenstrom, der zudem nach Panik aussah, dieser haßerfüllte Datenstrom, der den Antrieb des Roboters kontrollierte, schoß durch ihren Kopf. Sie hob Arme und Hände und formte aus ihnen einen Antennenbogen. In ihrem Magen brannte es. Dann übermittelte sie die Nachricht.

Der Roboter zuckte krampfartig zusammen; seine Bewegung gefror.

Jetzt hatte sie ihn wie eine Katze im Nacken gefaßt, allerdings nicht mit der Hand, sondern mit ihrem Verstand – und es kostete sie ihre gesamte Konzentration. Sie konnte das starke Signal des Senders ganz in der Nähe nur deswegen überlagern, weil sie nur wenige Meter von dem Roboter entfernt war. Die Energie in den Batterien neben ihrer Lunge würde in weniger als einer Minute verbraucht sein.

»Blake!« stieß sie hohl hervor. »Ziehen Sie das Brennelement heraus.« Ihr Funkstrahl schwankte, und die Maschine zuckte wild.

Blake starrte sie mit aufgerissenem Mund an. Sie schwebte wie eine minoische Priesterin in einer Aura gespentischen Lichts. Ihre Arme waren zu Haken gebogen, und sie erteilte einen primitiven Segen. Sie mußte sich zu den Worten zwingen, sie waren so dünn wie vertrocknete Hülsen: »In seinem Bauch. Ziehen Sie es heraus.«

Endlich bewegte er sich, kroch drunter zwischen seine sich hin und her bewegenden Beine und Krallen. Die Decke über der paralysierten Maschine verkohlte bereits in der Hitze der Radiatoren. Die schwelende Plastikbeschichtung sonderte beißenden Rauch ab. Blake machte sich am Treibverschluß zu schaffen – sie wollte ihm sagen, was er zu tun hatte, wagte es aber nicht –, und nach einer Weile hatte er es raus und konnte den Verschluß öffnen.

Dann war er wieder außer Gefecht gesetzt. Er regte sich nicht und starrte die Konstruktion des Brenneinsatzes endlose Sekunden lang an.

Er sah, daß er nach Kriterien der Einfachheit und Sicherheit konstruiert worden war. Schließlich war es ein Rolls-Royce. Er umfaßte die Chromfasern des Brenneinsatzes, stemmte sich mit den Füßen gegen die Verkleidung des Roboters und zog.

Das Brenneinsatz glitt heraus. Beim Herausziehen schob sich die Brennelementhülse teleskopisch vor, um ihn abzuschirmen. Er hatte den Roboter ausgenommen, er war sofort wie tot. Die Radiatoren begannen, abzukühlen –

– aber es war schon zu spät: Die Decke ging explosionsartig in Flammen auf.

»Verdammt, hoffentlich gibt es hier noch einen Feuerlöscher«, brüllte er.

Es gab noch einen. Sparta riß ihn aus seiner Halterung, zielte den Strahl an ihm vorbei und bedeckte die lichterloh brennende Deckenverkleidung mit cremigem Schaum. Sie leerte den gesamten Löscher und schleuderte ihn dann weg.

Sie sahen sich an – beide waren bis aufs äußerste angespannt, gereizt, angesengt und voller Ruß; in dem beißenden Rauch bekamen sie kaum Luft. Dann brachte er ein Lächeln zustande. Sie zwang sich, es zu erwidern. »Ziehen wir die Raumanzüge an, sonst ersticken wir noch.«

Er zog McNeils an, sie den von Wycherly. Als sie etwas von Wycherlys Sauerstoff in McNeils leeren Tank umfüllte, hielt sie plötzlich inne. Ihr war wieder eine Idee gekommen.

»Blake ... Sylvester hat das Buch gestohlen – stehlen lassen. Und ich glaube, ich weiß, wo es jetzt ist.«

»Sie hatte noch eine Kiste mit Büchern an Bord, aber dort habe ich schon nachgesehen ...«

»Ich auch. Es ist nur so eine Idee. Machen Sie mir keine Vorwürfe, wenn ich mich irre.« Sie zerrte an den übergroßen Handschuhen des Raumanzugs und zog sie aus.

»Was haben Sie vor?«

»Hierfür brauche ich meine Finger.«

Sie zog sich wieder zurück auf das Steuerdeck. Dann schwebte sie zwischen den Beinen und Klauen des reglosen Roboters, bis sie den Zugang zu seinem Hauptprozessor gefunden hatte. Sie öffnete den Verschluß und griff hinein.

Blake beobachtete sie von der Decke aus, man konnte ihn in der Dunkelheit kaum erkennen. »Was machen Sie denn da drinnen?« Sie machte sich bereits eine ganze Weile daran zu schaffen.

»Ich muß den Brenneinsatz wieder hereinschieben. Keine Sorge, es ist jetzt nicht mehr kritisch.«

Er sagte nichts. Er hätte auch gar nicht gewußt, was er sagen sollte, höchstens, daß sie verrückt war.

Als der Brenneinsatz wieder in den Roboter hereinglitt, wackelte sein Kopf, seine Klauen klappten schlaff zusammen, und seine Bewegungen waren die eines betäubten

Rhinozeros. Sparta, die in Wycherlys Anzug winzig wirkte, kam wieder in Reichweite des Roboters und griff in den Prozessor hinein. Motoren heulten auf. Der Unterleib des Roboters riß in der Mitte auseinander. Schicht für Schicht lösten sich die Verbundkammern, bis die komplizierten metallischen Eingeweide der Aushöhlung, in der die Erze verarbeitet wurden, offenlag. In dem schaurigen Licht sah es aus, als hätte die Maschine ihre Eingeweide geleert.

Sparta zog sich über den Rückenpanzer des ausgeweideten Roboters und blickte ins Innere. Dort, eingeklemmt zwischen zwei gewaltigen Schneckengetrieben und einem Wirrwarr aus Rohrmündungen und Verstrebungen lag eingebettet in seine Schutzhülle ein wunderbares Buch.

19

Als erstes gingen die Lichter wieder an, dann schwebten Arbeiter in Raumanzügen rasch in die menschen- und luftleere Sicherheitszone, um das zerborstene Druckschott zu ersetzen. Bereits eine halbe Stunde nach dem Unfall konnte man das Kernstück wieder unter Druck setzen, und alles ging wieder seinen gewohnten Gang.

Zuvor jedoch, noch während die Luft in die Schleuse Q3 zurückströmte, war ein Patrouille in Druckanzügen und mit gezückten Betäubungsgewehren in die *Sternenkönigin* eingedrungen. Es waren alles erfahrene Polizisten, die den häufigen Umgang mit Betrunkenen, Mördern und anderen Irren unter den Menschen auf einer Raumstation gewohnt waren, aber das Ausmaß dieser Verwüstung verblüffte sogar sie.

Sie hatten nur sehr selten Gelegenheit, die Roboter, die über die Planetenoberfläche unter ihnen streiften, aus der Nähe zu betrachten, also die Maschinen, denen sie ihre Gehälter zu verdanken hatten. Als sie jetzt einen davon mitten zwischen den Trümmern der Brücke der *Sternenkönigin* entdeckten, ergriff sie schlichte Angst. Sie näherten sich der Maschine wie Taucher einem großen, weißen Hai im Koma.

Abgesehen von dem ziemlich beschädigten Roboter, war das Schiff verlassen. Es dauerte lange, bis einer aus der

Patrouille bemerkte, daß die beiden Raumanzüge fehlten, die normalerweise auf dem Lagerdeck hingen.

Sparta und Blake hatte die Anzüge fünf Minuten nach dem Anziehen schon wieder abgelegt. Sie waren wieder durch die dunklen Schächte für die Belüftung und die Versorgungsleitungen gekrochen. Er kannte den Rückweg natürlich nicht so gut wie sie, schließlich hatte sie über tausend Konstruktionspläne in ihrem Gedächtnis abgespeichert, aber er hatte daran gedacht, sich vor seinem Abflug von der Erde alles einzuprägen, was er über die Anlage von Port Hesperus wissen mußte. Bereits da hatte er seinen Anschlag auf die *Sternenkönigin* geplant.

»Für das Druckschott drei Kilo Plastiksprengstoff mit einem Zeitzünder«, erzählte er ihr. »Die Hilfskabel habe ich mit einem Elektroschneider durchtrennt, ebenfalls mit Zeitzünder. Die Hauptleitungen habe ich persönlich gekappt – ich wollte sichergehen, daß kein wirklicher Schaden entsteht. Ein paar von den Arbeitern im Kraftwerk werden ein Ätherkater haben ...«

»Und C4? War das kein Knallgold? Haben Sie das mit Acetylen gemacht?« Sie unterhielten sich, während sie hintereinander durch den dunklen Irrgarten schwebten.

»Diesen Mist benutzt doch kein Mensch mehr. Das Zeug ist brandgefährlich.«

»Höchstens jemand, dem die Gefahren egal sind und der wollte, daß es aussieht wie eine Explosion in einem Treibstofftank.«

»Dann hat man die *Sternenkönigin* sabotiert?«

»Sie sind wahrscheinlich der letzte im ganzen Sonnensystem, der davon erfährt. Oder haben Sie es vielleicht sogar selbst getan?«

Er mußte lachen.

»Bevor ich entscheiden kann, was mit Ihnen geschehen soll, Blake, müssen Sie mir noch den Rest Ihrer Geschichte erzählen.«

»Warten wir hier einen Augenblick«, sagte er. Sie waren

einem Bündel von Leitungen gefolgt und hatten den mittleren Teil des Kernstücks erreicht. Sie befanden sich jetzt in einer Schaltstation, umgeben von riesigen Pumpen und Transformatoren; das schummrige Zwielicht wurde von hellen Lichtstreifen durchteilt, die durch ein Gitter unter ihnen fielen und langsam mit der Rotation der Raumstation dahinkrochen. Durch die Gitterstangen konnten sie geradewegs in die Zentralkugel sehen, die rings von Bäumen und Gärten umgeben war und in deren Mitte sich die beiden offenen Plätze des gesellschaftlichen Zentrums der Station befanden.

»Ich habe beim Projekt SPARTA keine Kurse in Sprengstoffkunde belegt, Linda ...«

»Sie dürfen mich nie wieder so nennen.« Ihre verärgerte Warnung schallte in der Metallkammer wider.

»Zu spät. Die wissen bereits, wer Sie sind.«

»So? Jedenfalls weiß ich, wer die sind.« Ihre Stimme verriet sie, denn sie war müde, und ihre Angst kam an die Oberfläche. »Nur wo sie sind, weiß ich nicht.«

»Einer von ihnen befindet sich hier, auf der Station. Er sucht nach Ihnen. Deswegen habe ich auch das ganze Feuerwerk inszeniert – ich wollte Sie alleine sprechen, bevor die es tun.«

»Und wer ist es?«

»Ich würde ihn – oder sie – vermutlich nicht wiedererkennen. Aber Sie vielleicht.«

»Verdammt.« Sie seufzte. »Am besten, fangen Sie ganz von vorne an.«

Er holte tief Luft, schloß die Augen und atmete langsam wieder aus. Als er seine dunklen Augen wieder aufmachte, funkelten sie in dem warmen Licht, das von unten hereindrang. »SPARTA wurde ein Jahr, nachdem sie es verlassen hatten, aufgelöst. Es gab damals ungefähr ein Dutzend, die auf meinem Niveau waren, sie waren alle 16 oder 17 Jahre alt – Ron, Khalid, Sara, Louis, Rosaria ...«

Sie unterbrach ihn. »An diese ganz frühe Zeit kann ich mich ausgezeichnet erinnern.«

»Im Frühjahr nach Ihrem Weggehen tauchten ein paar

merkwürdige Typen von der Regierung auf, sie wollten sich uns ansehen. Es waren Anwerber, die nach Freiwilligen für ein Ergänzungstrainingsprogramm suchten. Sie ließen etliche Bemerkungen über die dunklen Seiten der Angelegenheit fallen. Wir alle waren überzeugt, daß Sie sich vor uns gemeldet hatten ... und Sie waren für uns alle natürlich das Vorbild.«

»Sie meinen, der Sündenbock.«

»Manchmal auch das.« Bei dem Gedanken mußte er lächeln. »Jedenfalls fielen wir auf das Gerede herein. Ich, zumindest. Ich schrieb mich ein; es gab eine ziemlich lautstarke Auseinandersetzung mit meinen Eltern, schließlich gaben sie aber doch nach – dann zog ich mit ein paar anderen in ein Sommerlager. Das war im Osten von Arizona, in den Mogollon-Bergen. Dort blieben wir ungefähr drei Wochen. Sie wußten, daß wir in ausgezeichneter Verfassung waren, also fingen sie sofort mit dem intellektuellen Zeug an. Überlebenstraining. Berechnungen. Zerstörungen. Geräuschloses Töten. Später fand ich heraus, daß das noch vergleichsweise einfach war, ein Kinderspiel. Es war eine Probezeit, man wollte die Talente unter uns herausfischen. Die, die psychologisch beeinflußbar waren.«

»Wen haben sie herausgefischt? Sie und wen noch?«

»Niemanden. Eines Nachmittags tauchte Ihr Vater auf. Bei ihm waren ein paar schwere Jungs in Zivil, möglicherweise vom FBI. Ich hatte ihn nie so verärgert gesehen. Er machte diesen harten Burschen, die das Camp leiteten, die Hölle heiß. Zu uns jungen Leuten sagte er nicht viel, aber wir konnten sehen, daß es ihm das Herz brach. Eine Stunde später saßen wir bereits in Transportern auf dem Rückweg nach Phoenix. Damit war unser Sommercamp beendet.« Blake machte eine Pause. »Damals habe ich Ihren Vater zum letztenmal gesehen. Ihre Mutter habe ich auch nie wieder gesehen.«

»Sie sind tot. Offiziell wenigstens. Ein Hubschrauberunfall in Maryland.«

»Ja. Waren Sie bei dem Begräbnis?«

»Vielleicht. Vielleicht auch nicht. Das fällt in das Jahr, an das ich mich nicht mehr erinnern kann.«

»Ich kenne keinen, der bei dem Begräbnis dabeigewesen wäre. Wir waren schon einen Monat wieder zu Hause, als wir von dem Unfall hörten. SPARTA hat sich daraufhin einfach aufgelöst. Im folgenden Herbst wurden wir dann in alle Himmelsrichtungen verstreut, die meisten kamen auf Privatcolleges. Dort hielten uns alle Leute für zurückgeblieben. Wir hatten noch eine ganze Menge zu lernen. Was aus Ihnen wurde, hat nie jemand erfahren.«

»Was ist denn aus mir geworden?«

Blake sah sie an, sein Blick wurde noch freundlicher. »Was ich Ihnen jetzt erzähle, habe ich bei meinen Nachforschungen herausgefunden«, sagte er. »In einigen der Tagebücher kann man etwas darüber finden, daß es ungefähr um diese Zeit ein Projekt gab, bei dem man selbst-regenerierende Biochiops in menschliche Testpersonen einpflanzen wollte. Angeblich stand es unter Aufsicht der Marine, weil dort die Biochip-Experten saßen, und nicht unter der Aufsicht des Gesundheits- oder Wissenschaftsministeriums, wie man vielleicht hätte denken können. Die erste Testperson war angeblich eine klinisch Tote, eine Gehirntote.«

»Eine hübsche Geschichte.« Sie lachte, aber ihre Stimme klang bitter. »Sie haben also lediglich Ursache und Wirkung vertauscht.«

Er wartete, aber sie sagte nichts mehr. »Anfangs hat diese Versuchsperson angeblich bemerkenswerte Fortschritte gezeigt, dann wurde sie aber zunehmend verwirrt und mußte unter ständige Beobachtung gestellt werden. In einer Privatklinik in Colorado.«

»Biochips waren nicht das einzige, Blake«, flüsterte sie. »Sie hatten eine Menge zu verbergen.«

»Darauf bin ich auch allmählich gekommen«, sagte er. »Sie haben getan, was sie konnten. Vor vier Jahren wurde diese Privatklinik in Colorado bei einem Brand zerstört. Dabei kamen ein Dutzend Leute um. Das war das Ende meiner Spur.«

»Soweit war ich auch schon gekommen«, sagte sie ungeduldig.

»Hätte ich Sie nicht lebend getroffen, ich hätte längst aufgegeben. Wie sind Sie geflohen?«

»Der Arzt, der eigentlich mein Wachhund hätte sein sollen – ich nehme an, sein Gewissen hat ihm zu schaffen gemacht. Er hat versucht, die von ihnen verursachten Schäden mit Biochips wieder zu reparieren. Allmählich kam meine Erinnerung zurück ...« Sie drehte sich zu ihm um und packte ihn fest am Arm. »Was ist in dem Jahr passiert, das mir fehlt? Was hatten sie wirklich vor? Wieso haben sie plötzlich Angst vor mir bekommen und mich in einen Zombie verwandelt?«

»Vielleicht haben Sie irgend etwas herausgefunden«, sagte er.

Sie wollte etwas sagen, zögerte dann aber; sein Tonfall hatte sie gewarnt. Möglicherweise gefiel ihr nicht, was er ihr zu sagen hatte. Sie zog ihre Hand zurück und fragte ruhig: »Was könnte das Ihrer Meinung nach gewesen sein?«

»Ich glaube, Sie sind dahintergekommen, daß SPARTA mehr war, als Ihre Eltern zugeben wollten. Es war die Spitze eines Eisbergs.« Er beobachtete sie; die Station drehte sich weiter durch das All, und die hellen Lichtstreifen, die durch das Gitter fielen, schnitten seine schattenhaften Gesichtszüge in Streifen. »Es gibt eine Theorie. Ein Ideal. Im Namen dieses Ideals sind Männer und Frauen verbrannt worden. Andere, die daran geglaubt haben, sind als große Philosophen geachtet worden. Und einige der Gläubigen gewannen Macht und wurden zu Monstern. Je weiter ich mich in diese Sache vertiefe, desto mehr Querverbindungen entdecke ich, die immer weiter zurückreichen. Im 13. Jahrhundert waren sie als Anhänger des freien Geistes bekannt, als ›prophetae‹, aber ganz gleich, welchen Namen sie auch benutzten, sie sind nie ausgerottet worden. Göttlichkeit war immer ihr Ziel. Perfektion. Der Übermensch.«

Sparta wurde leicht schwindelig; Bilder tanzten im Halbdunkel umher, waren aber längst wieder verschwunden, bevor sie sie sich ins Bewußtsein rufen konnte. Eine seltsame Vibration bemächtigte sich ihrer Sehkraft. Sie drückte ihre Finger auf die geschlossenen Lider. »Meine Eltern waren Psychologen, Wissenschaftler«, flüsterte sie.

»Es hat immer schon Licht und Schatten, Schwarz und Weiß gegeben.« Er wartete geduldig, bis sie ihre Augen wieder öffnete. »Der Mann, der M. I. leitete, hieß Laird«, sagte er. »Er wollte, daß niemand von seiner Mitarbeit erfuhr.«

»An den Namen kann ich mich erinnern.«

»Laird kannte Ihre Eltern schon seit Jahren, seit Jahrzehnten. Schon vor ihrer Einwanderung. Vielleicht wußte er etwas, das ihnen peinlich war.«

»Nein«, flüsterte sie. »Nein, Blake, ich glaube, er hat sie mit der Verheißung eines leichteren Wegs zur Perfektion verführt.«

»Ist Ihnen noch etwas Neues eingefallen?«

Sie sah sich nervös und beunruhigt um. »Sie haben mir sehr geholfen, Blake. Es wird langsam Zeit, daß wir die Sache zu Ende bringen.«

»Laird hat seinen Namen geändert, vielleicht auch sein Aussehen, aber ich glaube, er sitzt immer noch an einflußreicher Stelle in der Regierung.«

»Darüber kann ich mir später noch genug Gedanken machen.«

»Wenn er Sie hätte unter seine Kontrolle bringen können, wäre für ihn nichts mehr unmöglich gewesen.« Er wartete. »Vielleicht hätte er sogar Präsident werden können.«

»Aber das hat er nicht geschafft. Und perfekt hat er mich auch nicht machen können.«

»Ich glaube eher, er wollte den Beweis seines Scheiterns vernichten.«

»Das sehe ich auch so. Aber das ist einzig meine Angelegenheit.«

»Mittlerweile auch meine«, sagte er.

»Tut mir leid. Aber dieses Spiel muß ich alleine spielen.« Ihre Stimme hatte ihre alte Zuversicht zurückgewonnen. »Bringen wir erst mal das jetzige Spiel zu Ende. Haltet den Dieb.«

»Inspektor Ellen Troy von der Raumkontrollbehörde.«

Der Ausdruck auf Vincent Darlingtons rundem Gesicht schwankte zwischen Abscheu und Unglauben. »Was ist denn jetzt bloß wieder ...?« Dann beschloß er, sich der Autorität zu beugen. Widerstrebend öffnete er die Türen zum Port Hesperus Museum.

Sparta steckte ihre Dienstmarke wieder ein. »Ich nehme an, Sie kennen Mr. Blake Redfield aus London.«

»Du liebe Güte, Mr. Redfield«, sagte Darlington aufgeregt. »Bitte kommen Sie doch herein, alle beide. Sie müssen das schreckliche Durcheinander entschuldigen. Ich hatte eine kleine Feier geplant ...«

Es sah aus wie in einer Leichenhalle. An den Wänden standen von weißen Tüchern bedeckte, lange Tische, auf denen allerhand aufgefahren war. Große, schwere Ölgemälde hingen überall in verzierten Rahmen an den Wänden. Alles war in das bunte Licht der Glaskuppel getaucht.

»Also!« Darlington hielt Blake zögernd seine plumpe Hand hin. »Es ist ... mir eine große Freude, Sie endlich einmal persönlich kennenzulernen.«

Blake schüttelte ihm fest die Hand, während Darlingtons Blick auf den verkohlten Ärmel seines Jacketts fiel. »Tut mir leid, aber ich hatte etwas mit dem Druckverlust zu tun«, sagte er, »und hatte bis jetzt noch keine Gelegenheit, mich umzukleiden.«

»Du meine Güte, war das fürchterlich. Was ist denn nur passiert? Jedesmal, wenn so etwas geschieht, wünsche ich mir wieder festen Boden unter den Füßen.«

»Die Ermittlungen laufen noch«, sagte Sparta. »Mittlerweile hat man sich dazu durchgerungen, Ihr Eigentum auf der *Sternenkönigin* freizugeben. Ich denke, hier bei Ihnen ist es genauso sicher.«

In seiner linken Armbeuge hielt Blake ein rechteckiges, in weißes Plastik eingewickeltes Paket. »Ihr Buch, Sir«, sagte er und hielt ihm das Paket hin. Er ließ das Plastik heruntergleiten, so daß das marmorierte Papier der Schutzhülle sichtbar wurde.

Darlington bekam hinter seiner dicken, runden Brille

große Augen, sein Mund verzog sich entzückt. Ohne ein Wort nahm er das Buch von Blake entgegen, betrachtete es einen Augenblick, dann trug er es feierlich zu dem Schaukasten am Kopfende des Saales.

Darlington legte das Buch oben auf das Glas und ließ den Lederband aus seiner Schutzhülle gleiten. Der Goldschnitt leuchtete eigenartig in dem dramatischen Licht auf. Darlington strich so vorsichtig über den braunen Einband, als wäre es lebendige Haut. Dann drehte er den unschätzbaren Gegenstand in seinen Händen, um dessen makellosen Einband zu studieren. Anschließend legte er es ehrfürchtig wieder hin und schlug es auf – auf der Titelseite.

So ließ er es liegen. Blake sah Sparta an. Sie grinste.

»Haben Sie es etwa so abgeschickt?« sagte Darlington plötzlich. »Dieses wunderbare Buch hätte doch ... völlig verschmutzen können.«

»Den Transportbehälter halten wir als Beweisstück zurück«, antwortete Sparta. »Ich habe Mr. Redfield gebeten, sich das Buch anzusehen und seine Echtheit zu bestätigen.«

»Ich wollte dafür sorgen, daß es sicher in Ihre Hände gelangt, Mr. Darlington.«

»Ja, verstehe. Also gut!« Darlington lächelte aufgeräumt und sah sich, einer plötzlichen Eingebung folgend, im Raum um. »Der Empfang! Wer hätte das gedacht! Es ist durchaus noch nicht zu spät. Ich werde sofort alle anrufen!«

Darlington schritt in Richtung Büro, aber nach zwei Schritten fiel ihm ein, daß er die *Sieben Säulen der Weisheit* offen liegengelassen hatte. Er machte peinlich berührt kehrt.

Er fummelte an den komplizierten Schlössern des Schaukastens herum und legte das Buch vorsichtig auf ein Samtkissen. Dann schob er den Schaukasten zu.

Nachdem er die Magnetschlösser eingestellt hatte, blickte er auf und lächelte Sparta verlegen an. Sie nickte zustimmend. »Wir werden jetzt gehen. Bitte halten Sie das Buch für den Fall bereit, daß wir es noch als Beweisstück brauchen.«

»Es wird immer hier sein, Inspektor. Genau hier!« Darlington tätschelte den Schaukasten, dann huschte er an einen der Tische, entfernte das Tuch mit großer Geste und legte den Blick auf einen Berg Garnelen frei. Er war so aufgeregt, daß er beinah geklatscht hätte.

Blake und Sparta gingen zur Tür.

»Ach übrigens, Sie müssen mir den Gefallen tun, und zu meiner Party kommen«, rief ihnen Darlington hinterher, als die Eingangstür aufglitt. »Und zwar alle beide! ... Aber zuerst wollen Sie sich sicher ein wenig frisch machen.«

Der Platz vor dem Museum war voller Passanten. Sie befanden sich gegenüber des Vancouver-Gartens. Sie überquerten eilig das Metallpflaster und liefen dann einen Weg zwischen farnbedeckten Felsen hinunter. Sie suchten den Schutz der sich wölbenden Kiefernzweige und Totempfähle. Als sie alleine waren, sagte Blake: »Wenn Sie mich nicht mitkommen lassen, werde ich Darlington beim Wort nehmen und sein Angebot annehmen müssen. Ich bin völlig ausgehungert.«

Sie nickte. »Blake, ich muß feststellen, Sie sind ein genauso gerissener Heimlichtuer wie ich. Ich hatte etwa mit der Geschichte zu tun ...«

»Sie machen sehr feinsinnige Unterschiede. Wenn man bewußt einen falschen Eindruck erweckt, dann lügt man, basta.«

»Das gehört nun mal zu meinem Job«, sagte sie kurz. »Und was haben Sie zu Ihrer Verteidigung zu sagen?«

Als sie sich umdrehte, faßte er sie vorsichtig am Ellenbogen. »Passen Sie auf sich auf. Ich weiß nicht, was man alles mit Ihnen angestellt hat, aber den Killerinstinkt hat man bei Ihnen jedenfalls vergessen.«

Sie fand das Paket wieder, das sie in der Schaltstation versteckt hatte, dann drückte sie auf den Kommfunk in ihrem Ohr, dessen aufdringlichen Signalton sie vor einer halben Stunde abgestellt hatte.

»Wo in aller Welt haben Sie gesteckt?« Probodas Mischung aus Besorgnis und Panik war beinahe rührend.

»Ich habe unser Opfer unterschätzt, Viktor. Ich war noch einmal auf der *Sternenkönigin*, weil ich gehofft hatte ...«

»Sie waren tatsächlich an Bord?« schrie er so laut, daß sie sich den Kommfunk aus dem Ohr reißen mußte.

»Verdammt, Viktor ... ich hatte gehofft, den Täter auf frischer Tat zu ertappen«, fuhr sie fort, und hielt sich den Kommfunk vorsichtig wieder ans Ohr. »Leider ist mir ein riesiger Roboter in die Quere gekommen.«

»Du lieber Gott, Ellen, haben Sie denn nicht gehört, was an Bord des Schiffes passiert ist?«

»Ich hab Ihnen doch gerade gesagt, ich war da«, sagte sie aufgebracht. »Ich möchte Sie im Büro der Ishtar-Minengesellschaft treffen. Und zwar alleine. Jetzt gleich.«

»Commander Antreen ist furchtbar verärgert, Ellen. Sie will, daß Sie sich umgehend hier melden.«

»Dafür habe ich jetzt keine Zeit. Sagen Sie ihr, ich mache ihr sobald ich kann einen vollständigen Bericht.«

»Ich kann unmöglich – ich meine, auf eigene Verantw...«

»Viktor, wenn Sie nicht zur Ishtar-Minengesellschaft kommen, muß ich sehen, wie ich mit Sondra Sylvester alleine fertig werde. Und ich bin viel zu müde, um höflich zu sein.« Sie unterbrach die Verbindung. Diesmal log sie nicht; zu ihrem eigenen Schrecken zitterte sie bereits vor Erschöpfung. Hoffentlich war sie für ihre letzte Aufgabe nicht längst zu erschöpft.

Die beiden großen Minengesellschaften auf Port Hesperus bildeten die ökonomische Grundlage der gesamten Kolonie. Ishtar und Azure Dragon gingen freundlich miteinander um, waren aber ernsthafte Konkurrenten. In einem vorstehenden Arm auf der Planetenseite der Station lagen sich die beiden Verwaltungsgebäude gegenüber. An der Außenseite waren diese Einrichtungen mit Antennen übersät, die verschlüsselte Telemetrie empfingen und sendeten. Nur Spione bekamen das Innenleben der gepanzerten Erzshuttles der beiden Widersacher zu sehen; die Schmelzöfen und die weiterverarbeitenden Anlagen befanden sich in einigen Kilometern Entfernung auf Satellitenstationen.

Nachdem Sparta ihre Dienstmarke vor einem Videomonitor gezeigt hatte, durfte sie das Ishtargebäude durch die bronzebeschlagene Tür, das sogenannte Ishtartor, betreten. Dahinter befand sich ein langer Gang, der vom schwerelosen Zentrum spiralförmig nach außen verlief, wo normale Erdschwerkraft herrschte. Wächter waren keine zu sehen, aber sie hatte die ganze Zeit das Gefühl, beobachtet zu werden. Am Ende des Ganges kam sie in einen großzügig mit Mahagoni getäfelten Raum, auf dessen Boden persische und chinesische Teppiche lagen. Es war kein weiterer Ausgang zu sehen, aber das wußte Sparta besser. In der Mitte des abgedunkelten Raumes beleuchtete ein kleiner Scheinwerfer eine goldene Statuette der alten babylonischen Göttin Ishtar. Es war eine moderne Darstellung des bekannten Künstlers aus dem Hauptgürtel, Fricca.

Sparta blieb wie gebannt davor stehen und richtete ihr Macrozoomauge darauf, um sie einer mikroskopisch genauen Untersuchung zu unterziehen. Es war ein verblüffendes Werk; es war nur winzig, aber strahlte dennoch eine unglaubliche Kraft aus, es war geschmeidig, aber nicht zu verschlungen, vergleichbar mit den Wachsstudien Rodins. Um den Sockel herum hatte man Buchstaben eingraviert, die an Keilschrift erinnern sollten. Es waren die Verse einer uralten Hymne: *Ishtar, die Göttin des Abends, bin ich. Ishtar, die Göttin des Morgens, bin ich. Den Himmel zerstöre ich, die Erde verwüste ich, in meiner höchsten Macht. Den Berg wische ich fort, in meiner höchsten Gewalt.*

»Kann ich Ihnen helfen?« Das Angebot war nicht ernst gemeint, die Frage klang ziemlich spöttisch. Sie kam von einer jungen Frau, die leise aus den Schatten getreten war.

»Inspektor Troy, Raumkontrollbehörde«, sagte Sparta und drehte sich zu ihr um. Die Empfangsdame trug einen langen violetten Umhang aus einem Stoff, der an zerknitterten Samt erinnerte. Sparta wurde sich ihrer versengten Haare, ihres dreckbeschmierten Gesichts und ihrer zerrissenen, fleckigen Hosen bewußt. »Bitte unterrichten Sie Mrs. Sylvester«, – sie mußte sich räuspern – »daß ich hier bin, um mit ihr zu sprechen.«

»Werden Sie erwartet, Inspektor?« – Aalglatt, abweisend und alles andere als kooperativ wirkte die Frau.

Der Name der Empfangsdame war auf einem Abzeichen aus purem Gold eingraviert. Für normale Augen wäre das Abzeichen unsichtbar gewesen, nicht aber für Spartas.

Ein überdurchschnittlicher Polizist zeichnet sich unter anderem dadurch aus, daß er mehrere Dinge auf einmal sagen kann. In ganz schlichten Aussagen verbergen sich oft eine Menge Anspielungen (entweder Sie tun, was ich sage, oder Sie landen im Knast), und auch der Trick mit dem Vornamen kann nie schaden, selbst wenn jemand dadurch nur wütend wird. »Ich verlange volle Zusammenarbeit von Ihnen, Barbara.«

Barbara zuckte zusammen. Das Bild auf dem Handvideoschirm, den sie gerade konsultieren wollte, erstarrte.

»Ich bin hier, weil ich Sondra Sylvester dringend in einer offiziellen Angelegenheit sprechen muß«, sagte Sparta zu ihr. »Es geht um die *›Sieben Säulen der Weisheit‹*.«

Die Empfangsdame tippte pikiert einen dreistelligen Code ein und sprach leise in den Apparat. Kurz darauf erfüllte Sylvesters volle, rauhe Stimme den Raum. »Bringen Sie Inspektor Troy sofort in mein Büro.« Die junge Empfangsdame legte ihre Hochnäsigkeit ab. »Folgen Sie mir bitte«, hauchte sie.

Sparta folgte ihr durch die doppelte Wandtür, die geräuschlos zur Seite glitt. Ein geschwungener Gang führte in den nächsten, und dort tat sich ein verwirrender Anblick auf, als wäre das Gebäude von Escher entworfen worden: Unterhalb und seitlich von Sparta befanden sich geschwungene Rauchglasfenster, die auf Kontrollräume hinaussahen, in denen Dutzende von Leuten vor grünen und orangefarbenen Bild- und Videoschirmen saßen. Unter und über ihr kreuzten sich weitere geschwungene gläserne Korridore, und durch weit entfernte Fenster konnte man zusätzliche Kontrollräume sehen. Auf vielen der Monitore erkannte Sparta graphische Darstellungen oder Zahlenkolonnen, auf anderen liefen Liveübertragungen aus einer bizarren Welt unter Glas. Es war ein ungeheuer buntes Treiben.

Irgendwo auf der Oberfläche des Planeten unter ihnen – entweder auf der hellen sichtbaren Seite oder in der Dunkelheit, versteckt hinter der Lichtgrenze – wurden Roboter von Radiosignalen gleichgeschalteter Satelliten ferngesteuert, die dort nach Erzen schürfen, sie ausgraben, verarbeiten und ablagern sollten. Der Blick durch die sich bewegenden Monitore war ein Blick mit Roboteraugen in die Hölle.

Plötzlich hatten sie die Kontrollräume hinter sich gelassen. Sparta folgte der Dame vom Empfang durch eine Tür, einen weiteren Gang entlang und schließlich in ein Büro von solchem Reichtum, daß sie anfangs zögerte, einzutreten.

Vor einer grob strukturierten, geschwungenen Bronzewand stand ein Schreibtisch aus poliertem Chalzedon. Ein wechselndes, rötliches Licht überflutete die Wand, beleuchtete Statuen in ihren Nischen, alles ausgezeichnete Arbeiten der besten Künstler des Sonnensystems: ein Duplikat von Friccas Ishtar, daneben Werke von Innanna, Astarte, Cybele, Mariana, Aphrodite, Lakshmi. Eine andere Wand war voller Bücherregale, die in farbigem Leder gebundene Bände mit Gold- und Silberprägung enthielten. Durch die stark abgedunkelten Fenster sah man, wie sich Schwefelwolken im Zwielicht über die Oberfläche des Planeten rollten.

Ein Raum, aus dem paradoxerweise nichts als Verzweiflung sprach – ein Gefängnis, in dem die Anhäufung von Luxusgegenständen die ungebundene Einfachheit eines freien Lebens aufwiegen sollten.

»Sie können uns jetzt alleine lassen, Barbara.«

Sparta drehte sich um und entdeckte Sylvester hinter sich. Sie trug immer noch den gleichen dunklen Seidenumhang, den sie auch beim Verlassen der *Helios* getragen hatte. Als Sparta sich umsah, war die Empfangsdame bereits verschwunden. Plötzlich wünschte sich Sparta, daß Proboda auftauchen würde.

»Sie sind viel kleiner, als ich erwartet habe, Inspektor Troy.«

»Videoschirme haben oft diesen Effekt.«

»Den Sie ohne Zweifel beabsichtigt haben«, sagte Sylvester. Sie durchquerte den mit Teppich ausgelegten Raum und setze sich an ihren Schreibtisch aus Stein. »Unter normalen Umständen würde ich Sie bitten, Platz zu nehmen, aber im Augenblick habe ich unglaublich viel zu tun. Oder wollen Sie etwa meine Ladung freigeben?«

»Nein.«

»Was kann ich Ihnen über die ›*Sieben Säulen der Weisheit*‹ erzählen?«

Sparta war zu müde für Feinsinnigkeiten; sie war sogar selbst von der Direktheit der Frage überrascht. »Was hat Sie die Fälschung gekostet? Genausoviel, wie Sie für das echte hätten bezahlen müssen?«

Sylvster lachte erschreckt auf. »Ihre Frage zeugt von Einfallsreichtum – leider gibt es keine Antwort darauf.« Aber im Gegensatz zu Sparta war Sylvester eine schlechte Lügnerin; sie hielt sich zu sehr im Zaum. Ihre Kühle war lediglich das Ergebnis langwieriger Bemühungen, ihr aufbrausendes Temperament in den Griff zu bekommen.

»Am Tag nach Ihrer Ankunft auf der Isle du Levant verließen Sie Ihre Villa dort bereits wieder, nahmen eine Magnetbahn von Toulon nach Paris und von dort eine Maschine nach Washington, D.C. Dort verbrachten Sie den ganzen Tag in der Kongreßbibliothek damit, den gesamten Inhalt der einzigen noch erhaltenen und öffentlich zugänglichen Oxford-Ausgabe der *Sieben Säulen der Weisheit* auf Chip zu überspielen. Dann flogen Sie nach London, wo Sie mit Hilfe der Buchhändlerin Hermione Scrutton – die wegen ihrer bekannten Beteiligung an literarischen Fälschungen in gewissen Kreisen bereits als Berühmtheit gilt – ein Treffen mit verschiedenen Leuten in Oxford arrangierten. Dort wird die Kunst des Buchdrucks noch gepflegt, und dort existieren auch noch die alten Werkzeuge, sogar die alten Schriftarten werden dort als Schätze in den Museen gehütet, vor allem werden in Oxford die altehrwürdigen Techniken gelegentlich noch angewendet. Mit Hilfe verschiedener Buchdrucker und -binder, alles Leute, deren Liebe zu ihrem Handwerk so groß ist, daß sie sich sogar an einer Fälschung beteiligt haben, nur um ihr Können noch einmal unter Beweis zu stellen, stellten Sie eine beinahe perfekte Kopie der *Sieben Säulen der Weisheit* her. Vergleichsweise einfach war es dann, ein Mitglied der Besatzung der *Sternenkönigin*, das für seine Genußsucht bekannt ist, zu bestechen, damit er seine Rechenkünste an einer verschlossenen Kiste erprobt, aus der Ladung seines eigenen Schiffes ein Buch stiehlt, und durch Ihre Fälschung ersetzt.«

Während Sylvester dem Vortrag lauschte, wurde die Farbe auf ihren blassen Wangen immer kräftiger. »Eine außergewöhnliche Geschichte, Inspektor. Leider kann ich mir überhaupt nicht vorstellen, welche Art Kommentar Sie jetzt von mir erwarten.«

»Bestätigen Sie sie einfach.«

»Ich bin nicht dazu da, Ihre Phantastereien zu bestätigen.« Sylvester bemühte sich, entspannt zu wirken. »Bitte gehen Sie jetzt. Meine Zeit ist knapp bemessen.«

»Bei meiner ersten Untersuchung auf der *Sternenkönigin* war ich nicht umsichtig genug – ich wußte, daß einer Ihrer Roboter erprobt worden war, ich dachte, damit wäre seine Restradioaktivität erklärt. Ich hatte nicht daran gedacht, die Brennelemente zu untersuchen.«

»Raus!« sagte Sylvester tonlos.

»... aber manchmal ist es gefährlich, wenn man zuwenig weiß. Hätte ich den heißen Roboter untersucht, hätte ich bemerkt, daß McNeil die Brennelemente wieder eingesetzt hatte, so daß er die Maschine öffnen konnte. Dieser kleine Fehler hat mich und Blake Redfield fast das Leben gekostet. Sie hatten es in Ihrer Hand.«

»Sie reden völligen Unsinn ...«

Mit zwei schnellen Schritten war Sparta am Schreibtisch. Sie hob das in Plastik eingewickelte Paket hoch, das sie die ganze Zeit in der Hand gehalten hatte, und schmetterte es auf die polierte Steinplatte. »Hier, das ist von Ihrem Buch noch übriggeblieben, Mrs. Sylvester.«

Sylvester erstarrte. Sie blickte auf das Paket. Ihre quälende Unentschlossenheit war so deutlich zu erkennen, daß Sparta den Schmerz und die Besorgnis dieser Frau beinahe körperlich spürte.

»Wenn Sie bluffen, gewinnen Sie bestenfalls ein wenig Zeit«, sagte Sparta. »Vielleicht habe ich mich in dem einen oder anderen Detail geirrt, aber sobald ich Ihre finanziellen Unterlagen in der Hand habe, werde ich mich mit den Leuten unterhalten, die Bescheid wissen. Mit McNeil, zum Beispiel. Die Einzelheiten und die Zeugen werden in Kürze zur Verfügung stehen. Hier haben Sie Ihr Buch.«

Dort lag es, ein rechteckiges, in Plastik eingewickeltes Bündel.

»In seinem gegenwärtigen Zustand ist es natürlich schwer wiederzuerkennen«, sagte Sparta bissig. Endlich gingen ihre Angst und ihr Ärger über den Angriff auf ihr Leben in Wut über. Ihr Einfühlungsvermögen, das ihre Urteilsfähigkeit bedroht hatte, war wie ausgelöscht. »Vielleicht wären Sie jetzt so freunlich, mir zu sagen, um welches der beiden Exemplare es sich handelt.«

Sylvester seufzte. Mit zittrigen Händen griff sie nach der dünnen Plastikhülle und riß sie herunter ... ein verkohlter Klumpen Papier lag vor ihr. »Das ist zu grausam«, hauchte sie. Sylvester richtete sich in ihrem Sessel auf und umfaßte die Ecken ihrer Schreibtischplatte so fest, daß ihre Knöchel weiß hervorstanden. »Wie soll ich das wissen?«

Sparta zog das Buch herum und löste mühsam zwei Seiten voneinander. »Tagträumer sind gefährliche Menschen«, las sie, »denn sie durchleben ihre Träume offenen Auges, um sie wahr zu machen. Eigentlich müßte es Traum heißen, Einzahl.« Sparta drehte das zerstörte Buch wieder herum beugte sich über den Schreibtisch und schob es zu Sylvester hin. »Von Blake Redfield weiß ich, daß der Text eine Menge ähnlicher Fehler enthält. Dies ist die Fälschung. Das Original hat der rechtmäßige Eigentümer erhalten.«

»Darlington?«

»Ganz r...«

Sparta war zu erschöpft und hatte sich zu sehr an der Frau rächen wollen, die versucht hatte, ihr das Leben zu nehmen. Sie war unaufmerksam geworden. In Sylvesters Hand erschien plötzlich eine schwarze Pistole. Spartas Reaktion war lächerlich langsam.

20

Blake Redfield verbrachte kurz einige Minuten in seinem Zimmer mit Venusblick im Port Hesperus Hilton, dann zog er los, bekleidet mit einem weißen Hemd, kastanienbrauner Krawatte und einem elegant geschnittenen dunklen Seidenanzug, um dem Museum von Port Hesperus ein zweites Mal seine Aufwartung zu machen.

Die Abenteuer der letzen Stunde hatten ihn unschlüssig und unruhig gemacht. Sein zufälliges Treffen mit Linda an jener Straßenecke in Manhattan hatte etwas in ihm erweckt, ein Gefühl, das zu Beginn nicht drängend gewesen war, das sich aber nicht abschütteln ließ und zunehmend intensiver wurde.

Es war ihm nicht schwergefallen, das Erforschen des mysteriösen Verschwindens seiner Jugendfreundin mit seiner Sammelleidenschaft zu verbinden. Denn nirgendwo fühlte er sich mehr zu Hause als in alten Buchhandlungen, zwischen den Regalen einer Bibliothek und in Aktendateien. Und so war er auch über den absichtlich im dunkeln gehaltenen Pfad dieses düsteren Kults gestolpert, den er erst in letzter Zeit mit den ›*prophetae*‹ des Freien Geistes hatte in Verbindung bringen können. Mit seinem Riecher für

Schlußfolgerungen und beweisbaren Hypothesen hatte er mehr als erwartet herausfinden können.

Lange vorher waren in ihm andere, viel wildere Leidenschaften erweckt worden. Damals, in den Bergen Arizonas, war er noch ein Teenager gewesen. Er hatte mit seinen Lehrer nicht ganz ernstgemeinte Spiele als Geheimagent gespielt, sich mit Schuhcreme eingeschmiert, sich gegenitig beschlichen und mit Kapseln voller roter Farbe beschossen und alles mögliche in die Luft gesprengt.

Er hatte seine Ausbildung auf eigene Faust fortgesetzt. Mit roter Farbe spielte er jetzt allerdings nicht mehr.

Aber als er dann Linda aufspüren wollte, oder Ellen, wie sie sich nannte, war alles gar nicht so phantastisch gewesen wie erwartet. Als er sie schließlich fand, hatte er gedacht, als Seelenverwandter begrüßt zu werden. Aber sie war voller Dinge, die sie nicht bereit war zu teilen: all die Sorgen und Verstrickungen, ihre vielschichtigen Fähigkeiten – all das ergab ein undurchschaubares Zusammenspiel. Sie war geschickt im Verstecken ihrer Gedanken und Gefühle vor anderen, zu geschickt. Und er hatte gehofft, hinter ihr Geheimnis zu kommen.

Jetzt fragte er sich, ob seine dramatischen Enthüllungen wirklich so eine Überraschung für sie gewesen waren. Es war schon mysteriös, wie sie Dinge meisterte, die er kaum wahrnahm.

Vincent Darlington war der gesellschaftliche Erfolg zu Kopf gestiegen. Er begrüßte Blake überschwenglich und führte ihn in die nachgebildete Kapelle. Das Gesellschaftsleben auf einer Raumstation gedieh wie in einem Treibhaus, es war ständig im Fluß, inzestuös, und übertriebenes Sich-zur-Schau-Stellen gehörte einfach dazu. Federbüsche und Glitzerkonstruktionen wankten auf Köpfen, deren Haare entweder vollkommen geschoren waren oder die man mit aller Gewalt in extra-ordinäre Formen gezwungen hatte. Sie glichen Wagen- oder Sperrädern, mittelalterlichen Morgensternen, Korkenziehern. Die Gesichter darunter leuchteten in sämtlichen natürlich und einigen künstlichen Farben. Man hatte sie mit Farbtupfern belebt, und bei Männern waren sie vereinzelt mit Bartbüscheln durchsetzt. Der Raum war brechend voll, und es schien, als wollten alle auf denselben Plätzen stehen, und zwar in der Nähe des Buffets. Offenbar waren dies alles Leute, die Darlingtons Geschmack teilten, und wenn nicht in der Kunst, dann zumindest bei Champagner und *Hors d'oeuvres*.

Blake erkannte ein paar seiner Reisegefährten von der *Helios*, darunter zu seiner Überraschung auch Sondra Sylvesters Begleiterin Nancybeth, die sich plötzlich vor ihm aufbaute, als er versuchte, sich näher an den Schaukasten mit den *Sieben Säulen der Weisheit* heranzudrängeln. Sie sah prächtig aus in ihren grünen, kniehohen Plastikstiefeln, über denen sie einen Minirock aus echtem Leder trug. Er war weiß gefärbt und hing von ihrem groben Hanfgürtel in Fetzen herab. Oben herum war sie nur leicht von einem tief ausgeschnittenen, purpurrot eloxierten Aluminiumgeflecht verhüllt. Es paßte gut zu ihren violetten Augen.

»Mund auf, Augen zu«, säuselte sie mit vorgeschobenem Kinn und runden Lippen. Er wollte sie gerade fragen: »Warum denn«, kam aber nicht weiter als bis, »Warum«, und schon hatte sie die Öffnung gefunden, die sie brauchte, um ihm etwas Längliches, Matschiges zwischen die Zähne zu schieben. »Sie sehen hungrig aus«, sagte sie, als er anfing, zu kauen.

»War ich auch«, sagte er und schluckte schaudernd.

»Ich meine nicht nur Ihren Magen, Blakey. Sie haben auch hungrige Augen.« Ihre Stimme wurde um ein paar Dezibel leiser, so daß er sich ein wenig näher zu ihr beugen mußte, um sie zu verstehen. Ihre fünfzehn Zentimeter großen Spiegelohrringe schwangen wie Pendel und drohten, ihn zu hypnotisieren. »Ich habe die ganze Reise über schon gespürt, wie Sie mich mit Ihren hungrigen Augen aufgefressen haben.«

»Das muß für Sie ja scheußlich gewesen sein«, sagte er. Es entfuhr ihm lauter als beabsichtigt. In der Nähe drehten sich etliche Köpfe um.

Nancybeth erschauderte. »Was für ein Unsinn, Blake! Verstehen Sie denn nicht, wie ich das meine?«

»Das wäre mir jedenfalls lieber!« Er nutzte ihren vorübergehenden Rückzug und arbeitete sich etwas näher an sein Ziel heran. »Haben Sie das Buch schon gesehen? Darlington hat ihm hier in seinem Mausoleum ein würdiges Begräbnis gegeben, meinen Sie nicht auch?«

»Wie meinen Sie das?« fragte sie argwöhnisch. Ihr Kinn befand sich jetzt direkt hinter seiner Schulter, wohlmöglich wurde sie nach hinten abgedrängt. »Vince hat einen ausgezeichneten Geschmack. Ich finde, der Goldschnitt paßt sehr gut zur Decke.«

»Genau das habe ich gemeint.« Endlich hatte er den Altar mit der aufgebahrten Reliquie erreicht, mußte aber feststellen, daß man praktisch nichts sehen konnte; die in der Nähe herumstehenden Partygäste benutzten die Glasplatte des Schaukastens als willkommene Abstellfläche für ihre Teller und Weingläser. Blake drehte angeekelt ab, Nancybeth war immer noch bei ihm.

»Ich bin überrascht, Sie hier ohne Mrs. Sylvester zu sehen«, sagte er grob.

Sie war nicht sonderlich intelligent, aber wenn es um die Bedürfnisse anderer ging, hatte sie einen sechsten Sinn. Blakes Offenheit kam bei ihr an; sie antwortete in der gleichen Art. »Vince spricht nicht mehr mit Sondra. Mich hat er schon lange vorher eingeladen – er dachte, ich würde sie mitschleppen. Er hatte geglaubt, sie wollte ihm mich unter die Nase halten, und er wollte es ihr dann mit dem Buch zeigen.«

Blake lächelte. »Sie sind in Ordnung, Nancybeth. Sie sagen es genau so, wie Sie es sehen.«

»So sehe ich es jetzt. Und so sage ich es auch. Aber das ist keine Antwort auf meine Frage.«

»Tut mir leid. Aber eigentlich suche ich nach jemand anderem.«

Ihr Blick wurde kalt. Sie zuckte mit den Schultern und drehte ihm den Rücken zu.

Er schob sich durch die Menge und suchte die Gesichter

der Fremden ab. Nachdem er sich am Buffet bedient hatte, versuchte er, aus dem Gedränge zu entkommen. Er fand sich plötzlich in einem kleinen, kapellenähnlichen Raum wieder, seitlich neben dem grotesken, von einer Glaskuppel überdachten Hauptschiff von Darlingtons Kathedrale. In diesem kleinen Raum waren ganz andere Dinge ausgestellt als die abscheulichen Kinkerlitzchen, die Darlington ins Rampenlicht gerückt hatte. Blake erkannte in den Schaukästen die Fossilien des Lebens auf der Venus, die Darlingtons alberne Kunstgalerie im Sonnensystem bekannt gemacht hatte.

Es waren verstaubte rote und graue Bruchstücke von Gegenständen zweifelhafter Zusammensetzung. Er hatte keine Ahnung von Paläontologie, trotzdem wußte er, daß es echte Überreste von Kreaturen waren, die sich in einer kurzen paradiesischen Zeit vor Millionen von Jahren, als sich flüssiges Wasser und gasförmiger Sauerstoff kurzfristig hatten durchsetzen können, grabend und kriechend, vielleicht sogar flügelschwingend und gleitend fortbewegt hatten. Erst dann hatte der katastrophale Treibhauseffekt die Venus in das übersäuerte Hochdruckinferno von heute verwandelt.

Die Überreste waren nicht allzu aussagekräftig, dafür regten sie die Phantasie an. Man hatte diesem Dutzend Steinbrocken etliche gelehrte Bücher gewidmet, aber niemand konnte mit Gewißheit sagen, welche Tiere diese Fossilien erzeugt oder hinterlassen hatten. Man wußte nur, daß es Lebewesen gewesen sein mußten.

Blake grübelte unglücklich über ein Rätsel nach, das für ihn wahrlich nicht neu war. So viele Menschen vom Schlage des Vincent Darlington besaßen Dinge, deren Wert sie überhaupt nicht zu schätzen wußten – sie kannten bestenfalls den Geldwert.

Plötzlich wurde er in seinen Gedanken gestört.

Der Schrei einer Frau im angrenzenden Raum übertönte das Geplapper, ein Mann brüllte los. Dann konnte man sieben laute Schläge hören – gefolgt vom Splittern von Glas.

Für einen Augenblick schien die Luft stillzustehen und

widerzuhallen, dann fing alles auf einmal an, zu schreien, zu kreischen und in Panik übereinanderzustürzen. Blake wich einigen panisch Flüchtenden aus, und Sekunden später war er alleine im Raum. Ihm bot sich ein blutiger Anblick.

Sondra Sylvester wand sich in der Umklammerung von Percy Farnsworth und der verängstigten Nancybeth. Ihr schweres Seidengewand war von scharfkantigen Glassplittern aufgeschlitzt worden. Aus einer Schnittwunde am Kopf lief ihr das Blut über das aschfahle Gesicht. Sie hielt ihren rechten Arm stocksteif hoch, und Nancybeth versuchte, ihn herunterzureißen, um an die schwarze Pistole heranzukommen, die Sylvester noch immer stahlhart umklammert hielt. Sie schrie auf sie ein: »Syl, hör auf, hör damit auf ...« Farnsworth hatte Sylvester inzwischen um die Hüfte gepackt und versuchte, sie auf den glasübersäten Boden zu zerren. Er hatte wie Nancybeth Schnittwunden an Kopf und Schultern erlitten. Sylvesters Finger spannte sich um den Abzug, und schon krachte eine achte Kugel in die bereits durchlöcherte Glaskuppel. Wieder rieselten Trümmerteile zu Boden.

Dann ließ Sylvester die Pistole fallen, sie hatte das Magazin leergefeuert. Sie sank beinahe elegant in die Arme der anderen, die sie jetzt halten mußten, damit sie nicht stürzte.

Blake half den beiden, sie aus den Glassplittern in den Nebenraum zu tragen. Das Blut strömte Sylvester über die Augen, daß sie kaum etwas erkennen konnte. Schnittwunden am Kopf bluten stark, auch wenn sie nicht gefährlich sind. Als sie die ersten Kugeln auf Vincent Darlingtons Körper abgefeuert hatte, hatte sie allerdings noch vollkommen klar gesehen.

Darlington lag auf dem Rücken in einer schnell größer werdenden Pfütze. Mit aufgerissenen Augen starrte er durch die zerschmetterte Glaskuppel in die Wipfel der Bäume auf der gegenüberliegenden Oberfläche der Zentralkugel. Seine Leiche war mit pulverisiertem Glas wie überzuckert.

In dem Schaukasten hinter ihm, der Abstellfläche für beschmierte Teller und schmutzige Gläser, ruhte das Objekt von Sylvesters Leidenschaft.

Sparta befand sich in einem Kaleidoskop, in dem sich die Glassplitter zu immer neuen symmetrischen Mustern zusammensetzten, um sich endlos bis an den Rand ihres Gesichtsfeldes und darüber hinaus fortzusetzen. Ein sich langsam drehender Wirbel aus zerrissenen Farbfetzen zog sie in die Unendlichkeit. Mit jeder Umdrehung schien eine Kette von pfeifenden Explosionen durch ihren Kopf zu hallen. Das Ganze war schwindelerregend und äußerst lebhaft –

– und mit einem Teil ihres Bewußtsein stand sie daneben und sah genüßlich zu. Dabei erinnerte sie sich an einen Bilderwitz, den sie an der Wand ihres Augenarztes gesehen hatte: Ein Auto rast auf einer endlosen Geraden durch die Wüste und passiert ein Schild mit der Aufschrift, ›Fluchtpunkt 10 Meilen‹.

Sie mußte lachen, und wachte dadurch auf.

Sie öffnete ihre blauen Augen und stellte fest, daß Probodas rosiges Gesicht sich über sie beugte. »Wie fühlen Sie sich?« Seine blonden Brauen zuckten vor Besorgnis.

»Als hätte mir jemand den Schädel eingeschlagen. Worüber habe ich denn gelacht?« Sie setzte sich mit seiner Hilfe auf. In ihrem Wangenmuskel verspürte sie einen heftigen Schmerz, der sie an einen entzündeten Backenzahn erinnerte. Vorsichtig berührte sie ihre Wange. »Autsch! Das sieht bestimmt hübsch aus.«

»Ich glaube, der Kiefer ist nicht gebrochen. Das würden Sie merken.«

»Na, wunderbar. Versuchen Sie eigentlich immer, das Beste aus allem zu machen, Viktor?« Sie versuchte, mit seiner Hilfe auf die Beine zu kommen.

»Wir sollten Sie in die Klinik bringen. Bei einer Prellung muß man sofort ...«

»Einen Moment, bitte. Sind Sie auf dem Weg hierher unser Freundin Sondra Sylvester begegnet?«

Man sah Proboda an, daß ihm die Frage sehr unangenehm war. »Ja, draußen, gleich vor dem Ishtartor. Ich habe ihr im Gesicht angesehen, daß irgend etwas nicht stimmte. Sie sah mich an, erkannte mich aber nicht einmal. Und ich mußte daran denken, was dieser Minenroboter auf der *Sternenkönigin* angerichtet hatte, und daß Sie wahrscheinlich deswegen hier waren. Aus diesem Grund wollte ich Sie unbedingt finden.«

»Das ist nett von Ihnen ... verdammt!« Sie faßte sich ans Ohr, aber ihr Kommfunk war herausgefallen. »Sie hat ihn mir herausgeschlagen. Viktor, rufen Sie an, und lassen Sie sofort eine Streife zum Port Hesperus Museum schicken. Rufen Sie auch im Museum an, und versuchen Sie, Darlington zu warnen. Ich fürchte, sie will ihn umbringen.«

Er war nicht so dumm, Erklärungen zu verlangen. Er stellte den Notkanal ein, aber sobald er das Port Hesperus Museum erwähnte, unterbrach ihn die Einsatzzentrale.

Er hörte offenen Mundes zu und unterbrach dann die Verbindung. Er sah Sparta an. »Zu spät.«

»Ist er tot?«

Er nickte. »Sie hat ihn mit vier Kugeln aus einer 32er erwischt. Nachdem man sie gepackt hatte, hat sie weitere vier durch die Glaskuppel gejagt. Es war reines Glück, daß sie auf der anderen Seite der Station niemanden umgebracht hat.«

Sie berührte ihn am Arm. Teils drängte sie ihn, zu gehen, teils wollte sie den großen, traurigen Polizisten trösten – sie merkte, daß ihm Sylvester leid tat, die er bewundert hatte, und nicht etwa Darlington, diesen schleimigen Idioten. »Los, gehen wir«, sagte sie.

In der Tür stand eine große Frau, Karen Antreen. Mit ihrer grauen Entschlossenheit, ihrer düsteren Strenge wirkte sie in Sylvesters luxuriösem Büro fehl am Platz. »Viktor, ich werde umgehend die Ermittlung im Fall Vincent Darlington übernehmen. Er ist erschossen worden.«

Proboda blieb verblüfft stehen. »Da gibt es nicht viel zu untersuchen, Captain. Der ganze Raum war voller Zeugen ...«

»Genau, es wird bestimmt nicht lange dauern«, sagte Antreen.

»Aber die *Sternenkönigin* ...«

»Ihrer Pflichten bezüglich der *Sternenkönigin* sind Sie enthoben«, sagte Antreen schlicht. Sie blickte Sparta von der Seite her an, sie wollte sehen, ob sie es wagte, zu widersprechen. »Das ist jetzt ein völlig neuer Fall.«

Sparta zögerte erst, dann nickte sie. »Richtig, Viktor. Sie haben mir sehr geholfen, ich möchte mich bei Ihnen bedanken ...«

Probodas unglückliches Gesicht wurde immer länger.

»Captain Antreen und ich werden die Angelegenheit ziemlich schnell erledigt haben«, sagte Sparta.

Proboda wirkte beleidigt. Inspektor Ellen Troy hatte ihn beeindruckt, und er war so weit aufgetaut, es ihr auch zu zeigen. Er hatte sie sogar seinem Boß gegenüber verteidigt. Und jetzt hatte sie die erstbeste Gelegenheit beim Schopf ergriffen, ihn von dem Fall zu entbinden. »Ganz, wie Sie meinen«, murrte er. Er marschierte an Antreen vorbei hinaus, ohne noch einen Blick zurück auf Sparta zu verschwenden.

Als die beiden Frauen alleine waren, sahen sie sich schweigend an. Antreen in ihrem grauen Wollanzug sah makellos aus, Sparta war müde, aber immer noch vorzeigbar.

»Sie haben wiederholt geschickt versucht, mir aus dem Weg zu gehen, Inspektor Troy«, sagte Antreen. »Warum dann dieser plötzliche Gesinnungswandel?«

»Ich glaube, dies ist nicht der richtige Ort, sich darüber zu unterhalten, Captain«, sagte Sparta und wies mit ihrem Kinn auf die unsichtbaren Wanzen und Spione, mit denen das Zimmer sicherlich ausgerüstet war. »Gesellschaften wie diese sind gut im Bewahren von Geheimnissen. Dennoch könnte man es als Bruch der verbürgten Rechte des Verdächtigen ansehen.«

»Ja, gewiß.« Antreen senkte die Lider über ihre grauen Augen. Sparta sah sofort, daß sie eine exzellente Lügnerin vor sich hatte, die sich selbst dann nicht verriet, wenn man ihr bereits zwei Gedankensprünge voraus war. »Also, dann zurück ins Hauptquartier?« schlug Antreen vor.

Sparta ging selbstbewußt an ihr vorbei; Antreen schloß sich ihr sofort an. Sie betraten den spiralförmigen, durchsichtigen Korridor, von dem aus man die Kontrollräume übersehen konnte.

Sparta blieb am Geländer stehen.

»Stimmt etwas nicht?« fargte Antreen.

»Nein. Beim Eintreten hatte ich nur keine rechte Gelegenheit, mir das alles anzusehen. Ich war zu beschäftigt. Für jemanden, der die Erde noch nie verlassen hat, ist der Anblick wirklich imposant.«

»Das denke ich auch.«

Sparta und Antreen standen zehn Meter über den Kontrollräumen hinter dem geschwungenen Glas und blickten auf die Männer und Frauen vor den Schaltpulten von Ishtar herab. Einige waren angestrengt und aufmerksam bei der Arbeit, andere ruhten sich aus und unterhielten sich, nippten an ihrem Kaffee oder zogen an ihrer Zigarrette, während sie auf den riesigen Bildschirmen beobachteten, wie die Roboter der Gesellschaft sich durch die Unterwelt schaufelten und fraßen.

Antreen hatte ihre rechte Hand in der Außentasche ihrer Jacke. Sie lehnte sich dicht an Sparta, eine Bewegung, die einem Araber oder Japaner kaum aufgefallen wäre. Aber sie war nahe genug, um eine typische Europäerin nervös zu machen.

Sparta wandte sich ihr wieder zu. Sie war entspannt, aber auf der Hut. »Hier können wir uns unterhalten«, flüsterte sie. »In diesem Stück habe sie die Augen und Ohren weggelassen.«

»Sind Sie ganz sicher?«

»Ich habe mich beim Hereinkommen davon überzeugt«, sagte sie. »Wir können jetzt mit den Spielchen aufhören.«

»Wie bitte?«

Antreen war vorsichtig; sie spielte die beleidigte Unschuld, und das unglaublich gut. Sparta übertrieb jetzt absichtlich ein wenig. »Ich nehme an, jetzt haben Sie die Akten, die ich von der Zentrale angefordert habe, oder?« Sie spielte jetzt die harte Polizistin aus der Zentrale, die die hiesigen Beamten in die Schranken weist.

»Ja, natürlich.«

Sie überspielte ihre Verwirrung überzeugend mit Ärger, aber Sparta lachte ihr ins Gesicht. »Sie haben doch überhaupt keine Ahnung, wovon ich spreche.«

Plötzlich war Antreen argwöhnisch bis in die Haarspitzen. Sie sagte aber nichts.

Sparta bedrängte sie hart. »Die Akten über die Pavlakis-Linie. Bringen Sie Ihre Leute endlich auf Vordermann!« Trotz ihres verächtlichen Grinsens auf ihrem von blauen Flecken übersäten Gesicht mußte Sparta kämpfen, um ihr Selbstbewußtsein nicht zu verlieren. Die Splitter des Kaleidoskops tauchten wieder am Rand ihres Gesichtsfeldes auf. »Hätten Sie die Berichte gelesen, dann wüßten Sie, daß dieser Affe Dimitrios Pavlakis alles hat in die Schuhe schieben wollen. Aus Rache. Denn der Junge hat dem 40jährigen Versicherungsbetrug von Dimitrios und seinem Vater ein Ende gemacht. Als Pavlakis Wycherly zu seinem Schutz anheuerte, spielte er ihm in die Hände – denn er gehörte längst mit dazu, brauchte Geld mehr als jeder andere, und war praktisch schon ein toter Mann. Haben Sie das begriffen?«

»Diese Informationen sind uns bekannt«, fuhr Antreen sie an. Diesmal überlagerte sie ihre pure Erleichterung mit Ärger, denn endlich sprach Sparta über Dienstliches. »Wir haben die Aussagen von Dimitrios und der Witwe. Pavlakis hat sich gestellt, bevor wir ihn schnappen konnten – noch vor dem Unfall. Angeblich hatte er schon die ganze Zeit über vermutet, daß Dimitrios einen Unfall vortäuschen wollte.«

»Ach, tatsächlich?« Sparta mußte grinsen, aber auf ihrem geschwollenen und zerschundenen Gesicht sah es komisch aus. »Und was wollen Sie dann hier?«

»Nun, ich wollte Ihnen sagen ...« Diesmal konnte Antreen den Schock nicht verbergen. »... daß ...«

»Sie sind wegen mir gekommen. Gut, hier bin ich. Es hat ja ewig gedauert, bis Sie mich endlich alleine erwischt haben.«

»Sie wissen Bescheid!« Antreen sah sich aufgeregt um. Allein waren sie nun wirklich nicht. Aber von den Arbeitern trennte sie eine Glasröhre, die keine Ohren hatte. Wie sollten sie die Zeugen nachher zusammenreimen, was jetzt geschah?

Dabei würde ihnen Captain Antreen schon helfen.

Antreen riß ihre rechte Hand heraus und hoch, aber sie stand zu nahe – es war ein Fehler gewesen, so nahe heranzukommen. Sparta brachte ihre Rechte zwischen die beiden Körper und packte Antreen am Handgelenk, sobald sie ihre Hand aus der Tasche hatte. Antreen geriet sofort ins Stolpern. Sparta zog sie zur Seite, in die Richtung, die ihr widerspenstiger Arm vorgab. Antreen versuchte verblüfft, mit ihrem linken Bein Halt zu finden, traf aber nur Spartas linken Oberschenkel. Antreen wollte wegtauchen, doch das ließ Sparta nicht zu. Sie ließ Antreens rechte Hand nicht mehr los; sie hatte die Waffe jetzt sicher im Griff. Antreen wirbelte im Fallen herum und landete auf dem Rücken. Sie schlug hart auf dem mit Teppich ausgelegten Boden auf.

Wäre Sparta ein wenig stärker, ein wenig größer, ein bißchen weniger müde – also perfekt – gewesen, hätte sie vielleicht verhindern können, was jetzt geschah. Aber Antreen war im unbewaffneten Nahkampf ebenso schnell, kräftig und geübt wie sie. Mit der Hebelkraft ihrer langen Beine und dem freien Arm rollte sie zur Seite und zog Sparta über sich. Sparta bog Antreen den Arm im Rollen kräftig auf dem Rücken; noch eine halbe Umdrehung, dann würde sich Spartas Griff lockern, und Antreen wäre über ihr ...

Antreen schrie auf, als sie sich den Dorn selbst zwischen die Wirbel stieß.

Der Schmerz war überwältigend, aber sie schrie nicht nur deswegen. Sie schrie, weil sie entsetzt mitansehen mußte, was jetzt mit ihr geschah, was gleich mit ihr geschehen würde – schnell zwar, aber nicht schnell genug.

Beinahe augenblicklich riß Sparta ihr das Ding wieder aus dem Rücken. Erst dann erkannte sie die Waffe. Sie wußte, es war zu spät –

– denn die Teleskopnadel hatte sich bereits gelöst und wand sich sich auf der Suche nach ihrem Hirn wie ein haarfeiner Wurm durch Antreens Wirbelkanal. Sie schrie noch immer, obwohl sie den sich rasch nähernder Gehirntod nicht mehr spüren konnte.

Sparta warf das Röhrchen mit der leeren Injektionsnadel auf den Boden und lehnte sich mit ausgebreiteten Beinen zurück, stützte sich auf ihre nach hinten gestreckten Arme und ließ sich tief Luft holend auf den Boden sinken. Stiefel donnerten den Korridor entlang, und schon tauchte an der Ecke eine Streife Uniformierter auf. Sie hatten ihre Betäubungsgewehre gezückt. Sie kamen stolpernd, aber in perfekter Formation zu stehen. Der Dienstälteste kniete sich vor Sparta hin. Ein halbes Dutzend Gewehrläufe war auf Sparta gerichtet.

Antreen war immer weiter gerollt, bis sie auf dem Rücken liegenblieb. Jetzt weinte sie. Sie schluchzte tief vor Selbstmitleid, ihr Bewußtsein schwand.

Viktor Proboda bahnte sich einen Weg durch die Patrouille und kniete neben ihr nieder. Er streckte seine großen Hände aus, zögerte dann. Er hatte Angst, sie zu berühren.

»Sie können nichts mehr für sie tun, Viktor«, flüsterte Sparta. »Sie hat keine Schmerzen.«

»Was ist denn mit ihr los?«

»Sie ist dabei, zu vergessen. Sie wird alles vergessen. In wenigen Sekunden wird sie aufhören, zu weinen, denn sie wird nicht mehr wissen, warum.«

Proboda sah Antreen ins Gesicht, das hübsche, von glatten, grauen Haaren eingerahmte Gesicht, das sich kurz zur Maske der Medusa zu verzerren schien, aber aus dem selbst in diesem Augenblick das Entsetzen schwand und auf dem die Tränen trockneten. »Können wir wirklich nichts mehr für sie tun?«

Sparta schüttelte den Kopf. »Im Augenblick nicht. Später vielleicht, wenn die das wollen?«

»Wen meinen Sie mit *die*?«

Sparta winkte ab. »Später, Viktor.«

Proboda beschloß, abzuwarten; Inspektor Troy sagte eine Menge Dinge, die beim erstenmal unbegreiflich schienen. Er stand da und brüllte: »Wo ist die Bahre? Fangen wir endlich an.« Er trat über Antreen hinweg zu Sparta und hielt ihr die Hand hin. Sie griff danach, und er zog sie auf die Füße. »Sie sind praktisch von sämtlichen Angestellten der Gesellschaft beobachtet worden. Man hat uns sofort benachrichtigt.«

»Ich habe ihr gesagt, hier wäre es in Ordnung. Sie war so versessen darauf, mich zu erwischen, daß sie mir geglaubt hat. Bestimmt wäre mir sonst dasselbe passiert wie ihr ...«

»Woher wußten Sie, daß man uns benachrichtigen würde?«

»Ich ...« Dann besann sie sich eines Besseren. »Glück gehabt.«

Die Polizisten waren in Bewegung geraten, man trug die Bahre hindurch. Als die beiden Träger neben Antreen knieten, sprach sie ruhig und vollkommen klar. »Wachsein ist alles«, sagte sie.

»Leben meine Eltern noch?« fragte Sparta sie.

»Die Geheimnisse der Adepten darf man nicht mit Uneingeweihten teilen«, antwortete Antreen.

»Gehören meine Eltern zu den Eingeweihten?« fragte Sparta. »Und Laird auch?«

»Das gehört nicht zur weißen Kategorie«, sagte Antreen.

»Jetzt erinnere ich mich«, sagte Sparta. »Jetzt weiß ich, was Sie mir angetan haben.«

»Haben Sie eine Q-Vollmacht?«

»Ich erinnere mich an Ihr Haus in Maryland. Dort hatten Sie ein Eichhörnchen, das sich an einem Draht herunterließ.«

»Kenne ich Sie?« fragte Antreen.

»Jetzt weiß ich, was Sie mit mir angestellt haben.«

»Kenne ich Sie?« wiederholte Antreen ihre Frage.

»Hat das Wort SPARTA für Sie irgendeine Bedeutung?« fragte Sparta.

Antreen kräuselte unsicher die Stirn. »Ist das ... ist das ein Name?«

Sparta merkte, wie es ihr die Kehle zuschnürte, wie ihr die Tränen in die Augen stiegen. »Auf Wiedersehen, graue Lady. Jetzt gehören Sie wieder zu den Unschuldigen.«

Blake Redfield wartete in dem schwerelosen Korridor vor dem Ishtartor. Er hatte sich unter die schwebende Menschenmenge aus Schaulustigen und Reportern gemischt, die, geradezu gierig auf Neuigkeiten, der Polizei hinterhergelaufen waren. Sparta schlüpfte unter dem gelben Band hindurch und fand ihn.

Anfangs war er nur überrascht, als er ihr Gesicht sah, dann besorgt. Sie ließ sich von ihm die Wunden untersuchen. »Ich habe auf meinen Rücken aufgepaßt, genau wie Sie gesagt haben.« Sie versuchte, trotz ihrer geschwollenen Lippen zu grinsen. »Aber sie hat mich von vorn erwischt.«

Er hielt ihr die Hand hin, und sie drückte sie. So konnten sie leichter die Fragen ignorieren, mit denen sie die Reporter bombardierten. Sie fluchten, als wären sie bereit, für ein verwendbares Zitat einen Mord zu begehen. Als dann Karen Antreen auf ihrer Schwebebahre vorbeigezogen wurde, richteten sich alle Fotogrammrecorder auf sie. Alles wollte die Prozession verfolgen. Die Reporter schwammen ihr nach wie Haie einem Stück Beute. Sparta und Blake blieben noch eine Weile dort –

»Wollen Sie die Abkürzung nehmen?«

– und waren wenige Sekunden später verschwunden.

Durch die dunklen Tunnel und Leitungen schossen sie zusammen auf die Zentralkugel zu. »Wußten Sie schon die ganze Zeit, daß es Antreen war?« fragte Blake.

»Nein, aber als ich sie zum erstenmal sah, dämmerte es bei mir. Ganz tief unten, so daß ich es mir nicht ins Bewußtsein rufen konnte, sagte mir etwas, daß es das beste wäre, ihr aus dem Weg zu gehen. Das gerade war schon ihr zweiter Versuch. Sie war es, die mit dem Roboter auf uns losgegangen ist.«

»Ich dachte, das wäre Sylvester gewesen!«

»Ich auch. Wut ist der Feind aller Vernunft. Ich war so verägert, daß ich nicht klar denken konnte … Sondra Sylvester wollte diese Buch mehr als alles andere, viel mehr als Nancybeth oder die Demütigung von Darlington. Sie hätte das echte Buch nie aufs Spiel gesetzt, selbst wenn sie uns belauscht und gewußt hätte, daß sie am Ende war. Antreen hat das Schiff mit Wanzen bestückt und uns abgehört.«

Sie schwebten schweigend weiter, bis sie zu einer Stelle kamen, von wo sie die Zentralgärten überschauen konnten. Dort landeten sie. Als sie plötzlich in dem schwingenden Kasten aus Licht waren, wurden sie plötzlich seltsam schüchtern.

Sparta zwang sich, weiterzusprechen. »Antreen ging an Bord der *Sternenkönigin* und schob ein Brennelement in den Roboter, während ich meinen Vortrag über Sabotage hielt und damit eine Falle für die falschen Leute baute.« Sie lachte matt. »Die Gelegenheit kam zu früh für sie. Sie war noch nicht darauf vorbereitet. Mit Ihnen hatte sie bestimmt nicht gerechnet. Als das mit dem Roboter nicht funktionierte, merkte sie plötzlich, wie schwierig es werden würde, mich einfach umzulegen, zumindest, wenn sie den Verdacht nicht sofort auf sich ziehen wollte. Also versuchte sie es über mein Erinnerungsvermögen. Das hatte schließlich schon einmal funktioniert. Als nächstes wären Sie dran gewesen.«

»Haben Sie etwas über Ihre Eltern herausbekommen können?« fragte er ruhig aber eindringlich. »Und über all die anderen?«

Sparta schüttelte den Kopf. »Es war schon zu spät«, sagte sie traurig. »Selbst wenn sie gewollt hätte, Antreen hätte uns nichts mehr erzählen können.« Diesmal ergriff sie zärtlich seine Hand.

Er legte seine Hand darüber, dann umfaßte er ihr Kinn. »Dann werden wir es wohl alleine machen müssen. Wir beide werden sie finden. Aber diesmal müssen Sie mich mitspielen lassen.«

Der Geruch, der von ihm ausging, berauschte sie beinahe. »Das hätte ich längst tun sollen.« Sie beugte sich schwerelos vor und drückte ihre zerschundenen Lippen auf seinen Mund.

EPILOG

Als sie ihn das nächste Mal zur Rede stellte, erzählte McNeil rundheraus den Rest der bislang verschwiegenen Wahrheit. Er hatte die Klinik verlassen und sich ein Zimmer in den Durchgangsquartieren für Mannschaften gemietet. Die meiste Zeit verbrachte er jedoch in seinem französischen Lieblingsrestaurant auf dem Platz gegenüber den Pappeln von Samarkand. In den nahen Bäumen erschallte süß der aufgezeichnete Gesang eines Wiesenstärlings.

»Ich wußte, daß Sie noch einmal zurückkommen würden«, sagte er. »Kann ich Ihnen etwas von diesem ausgezeichneten St. Emilion anbieten?«

Sie lehnte ab. Sie erzählte ihm, was sie wußte, und er erzählte ihr den Rest der Geschichte. »Was meinen Sie, wenn ich völlig mit denen zusammenarbeite, wie lange werde ich dann wohl bekommen?« fragte er herausfordernd.

»Nun ja, man hat das Eigentum sicherstellen können ...«

»Vergessen Sie nicht, daß es Ihnen schwerfallen dürfte, mir einen Vorsatz nachzuweisen, vorausgesetzt, mein Anwalt ist intelligent genug, mich nicht in den Zeugenstand zu rufen«, sagte er gutgelaunt.

»Wohl kaum. Aber auf jeden Fall kriegen wir Sie wegen der Weinflaschen dran.«

»Nur ist der Besitzer dieser Güter leider verstorben.«

Sparta wußte, daß sie der Gerechtigkeit keinen guten Dienst erweisen würde, wenn sie jetzt lauthals auflachte, also versuchte sie ernst zu nicken. »McNeil, Sie werden wenigstens vier bis sechs Monate Zeit haben, Ihr Mütchen in einer Zelle zu kühlen.«

»Sehr schade. In der Zeit könnte man fast einen kleinen Trip in den Hauptgürtel machen. So etwas wollte ich eigentlich immer vermeiden.«

»Vielleicht trinke ich doch ein Gläschen«, sagte sie.

Er schenkte ihr ein, und sie nahm einen Schluck. Sie bedankte sich. McNeil wurde ernst. »Eines haben Sie vielleicht übersehen, Inspektor. Es ist wirklich ein phantastisches Buch, und nicht einfach nur ein Gegenstand. Es sollte jemandem gehören, der seinen Inhalt auch zu schätzen weiß. Und auch seine Verarbeitung.«

»Wollen Sie damit etwa andeuten, daß Sie das alles nicht nur aus purer Geldgier getan haben, Mr. McNeil?«

»Ich habe Sie noch nie belogen, Inspektor. Ich habe Mrs. Sylvester bewundert. Es ist sehr schmerzlich für mich, sie ruiniert zu sehen.«

»Ich glaube Ihnen, McNeil. Ich habe Ihnen immer geglaubt.«

McNeil konnte für sich selbst sorgen. Blake Redfield aber brauchte Hilfe. Die Untersuchung des unverständlichen und krankhaften Verhaltens von Karen Antreen würde ohne Zweifel noch Monate, wenn nicht gar Jahre dauern. Sparta bedauerte nur kurz, Sünden auf sich genommen zu haben, mit denen sie eigentlich nichts zu tun hatte. Blake geriet nie in den Verdacht, das Druckschott gesprengt, die Versorgungsleitungen gekappt und Arbeiter niedergeschlagen zu haben, um einbrechen und von der Regierung beschlagnahmte Güter stehlen zu können. Im Gegenteil, er trat völlig hinter Sparta zurück ...

Viktor Prodoba war zum Landungsdock gekommen, um sie mit einem Strauß Astern aus einer Hydrokultur zu verabschieden. Blake und Sparta wurden von einem Haufen Reporter begleitet. Sie wollten gerade ihren Fuß an Bord der *Helios* setzen; es wäre der erste Schritt auf dem langen Weg zurück zur Erde gewesen.

»Ich habe mich sehr gefreut, Viktor. Wenn es überhaupt noch Gerechtigkeit gibt, werden wir schon bald ...« Ihr Kommlink läutete leise. »Sekunde.«

Sie neigte den Kopf zur Seite und hörte zu, was der Mann aus der Einsatzzentrale atemlos zu sagen hatte. »Inspektor Troy! Inspektor Troy! Neue Anweisungen von der Erdzentrale! Ihre Reise ist abgesagt – Melden Sie sich umgehend in der hiesigen Zentrale!«

»Was soll das?« Sie sah hoch und entdeckte bereits einen Trupp von Blauröcken, die auf sie zugeschwommen kamen – ihre Eskorte zur hiesigen Zentrale.

Als sie ein paar Sekunden später Zeit fanden, auf Prodobas und Blakes drängende Fragen zu antworten, sagte sie, »Wir müssen uns später darüber unterhalten, Blake. Ich kann Ihnen jetzt nicht sagen, was passiert ist. Sie würden es mir ohnehin nicht glauben.«

Während der ganzen letzten Wochen, in denen die Bewohner von Port Hesperus ihr ganzes Augenmerk auf den vielschichtigen Skandal gerichtet hatten – während all der Begräbnisse, Amtsenthebungen, Verhöre und Prozesse, hatten sie nicht etwa aufgehört, zu arbeiten. Fünf der riesigen, neuen Roboter von Ishtar waren sofort nach ihrer Freigabe auf die Oberfläche der Venus gebracht worden. Den sechsten erhielt Ishtar zurück, nachdem die Labors des Gerichts das letzte Molekül eines Beweisstücks von ihm und dem Schiff, das er verwüstet hatte, entfernt hatten. Er folgte sofort seinen Kollegen.

Die Gruppe von neuen Robotern sollte ein vielversprechendes Gebiet auf dem Glacis des riesigen Lakshmi-Plateaus erkunden – ein Bereich, der bislang nur ungenau an der Oberfläche abgesucht worden war. Ein seltsames Fragment, das man bei diesen Probeschürfungen gefunden hatte, weilte jetzt im Port Hesperus Museum. Es war eins von nur einem Dutzend Fossilien von der Venus.

Man hielt es für durchaus möglich, noch weitere Fossilien in dieser Gegend zu finden, aber dazu mußte man erst einmal anfangen, ernsthaft zu schürfen. Man hatte das Bedienungspersonal auf Port Hesperus angewiesen, ein waches Auge auf ihre Bildschirme zu halten, sollte etwas Derartiges eintreten.

Die Atmosphäre auf der Oberfläche der Venus ist so dicht und das Sonnenlicht so stark gestreut, daß die Aufgabe, einen dieser glühenden Roboter zu steuern, in vielerlei Hinsicht der Steuerung eines Nodularschürfgeräts auf dem Boden des Erdozeans glich. Es war nicht immer leicht, zu erkennen, was man auf den Bildschirmen tatsächlich sah. Man bekam eine schüsselförmige Welt präsentiert, deren nahe Horizonte auf allen Seiten steil hochstanden. Überall erglühten die ausgebrannten Felsen in einem dunklen Orange. Es war, als blickte man durch den Boden eines Aschenbechers aus dickem, orangefarbenem Glas auf die Welt. Es war anstrengend und oft irreführend, einen riesigen Roboter durch eine enge Schlucht und unter einem Überhang aus Gesteinsschichten zu steuern, der dabei noch alle paar Meter Proben aus den zutage liegenden Felsen nehmen sollte. Man mag dem Steuermann des Rolls-Royce-Roboters also verzeihen, wenn er bei aller Aufmerksamkeit nicht sofort erkannte, daß der Schürfrüssel der Maschine sich in eine Höhle fraß, die nicht, wie es erst schien, natürlichen Ursprungs war. Die Formen, die im Widerschein der weißglühenden Radiatoren plötzlich aufleuchteten, waren derart bizarr, daß der Steuermann nur Bruchteile von Sekunden Zeit hatte, zu reagieren – und selbst diese Augenblicke wurden noch durch die Zeitverzögerung des Fernsteuersignals gefährlich verlängert –, um die Zerstörung unglaublich vieler Zeilen einer Keilschrift und der schauerlich-monströsen Abbildungen zu verhindern, die plötzlich seinen Bildschirm füllten.

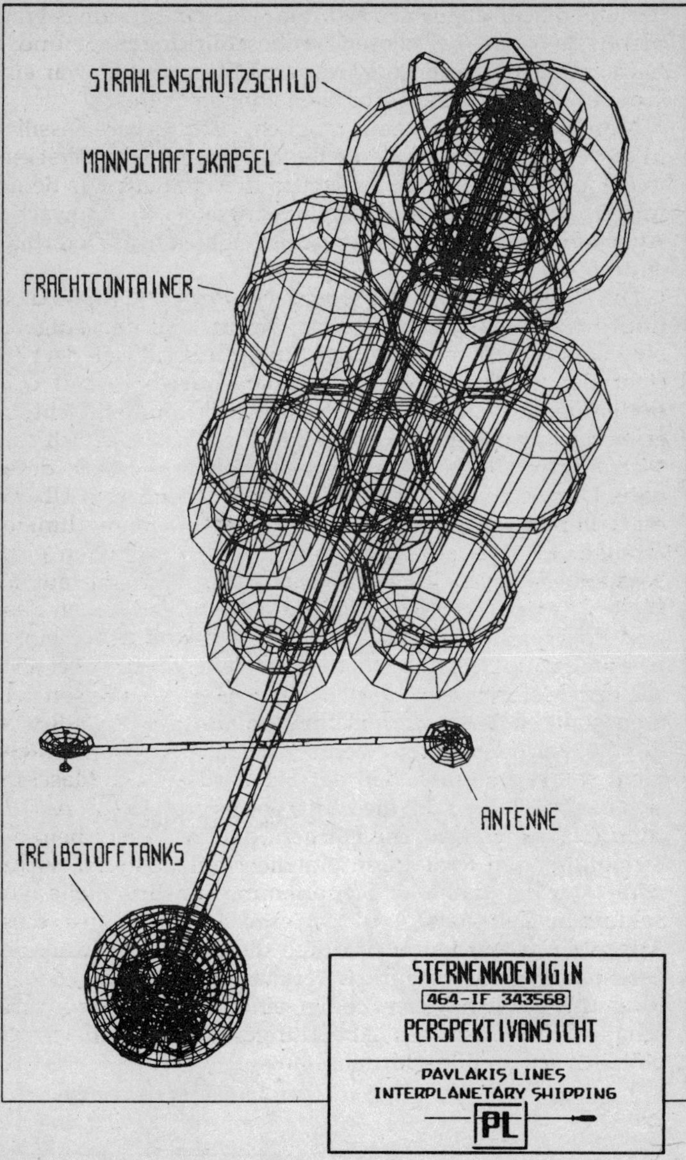
STRAHLENSCHUTZSCHILD
MANNSCHAFTSKAPSEL
FRACHTCONTAINER
ANTENNE
TREIBSTOFFTANKS
STERNENKOENIGIN
464-IF 343568
PERSPEKTIVANSICHT
PAVLAKIS LINES
INTERPLANETARY SHIPPING
PL

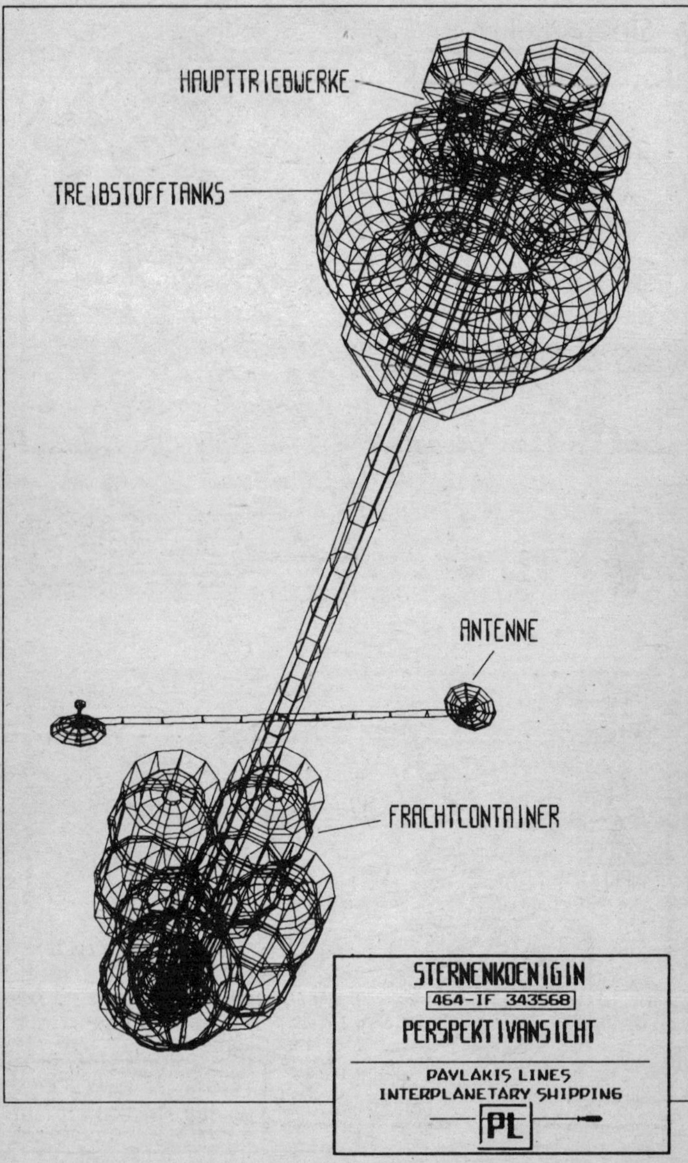
HAUPTTRIEBWERKE
TREIBSTOFFTANKS
ANTENNE
FRACHTCONTAINER
STERNENKOENIGIN
464-IF 343568
PERSPEKTIVANSICHT
PAVLAKIS LINES
INTERPLANETARY SHIPPING
PL

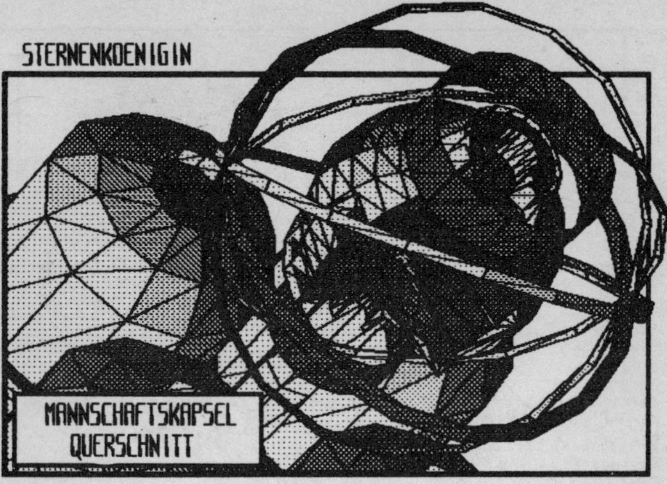
STERNENKOENIGIN
MANNSCHAFTSKAPSEL
QUERSCHNITT

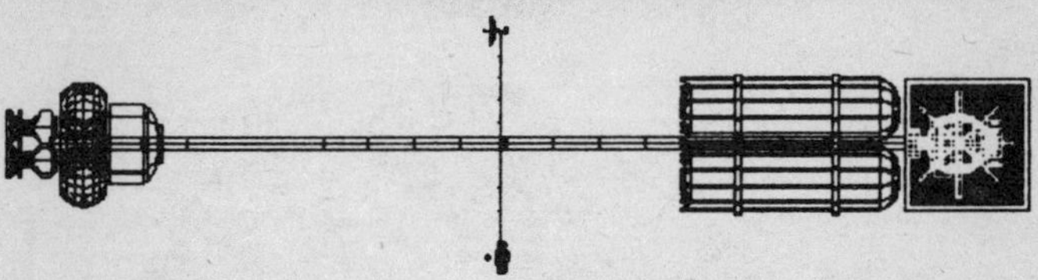

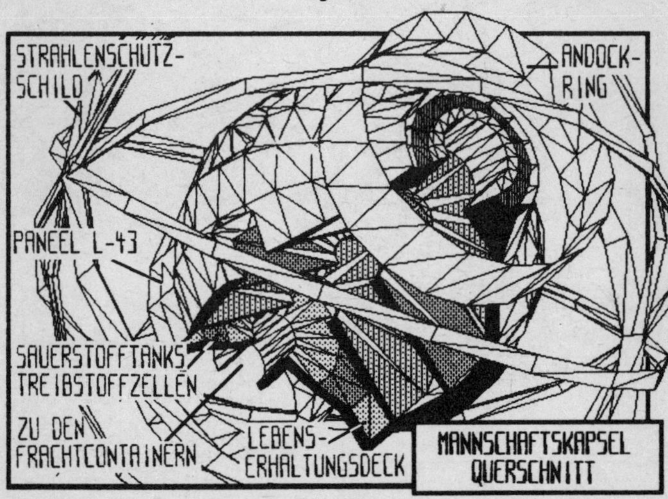
STRAHLENSCHUTZ-
SCHILD
ANDOCK-
RING
PANEEL L-43
SAUERSTOFFTANKS
TREIBSTOFFZELLEN
ZU DEN
FRACHTCONTAINERN
LEBENS-
ERHALTUNGSDECK
MANNSCHAFTSKAPSEL
QUERSCHNITT

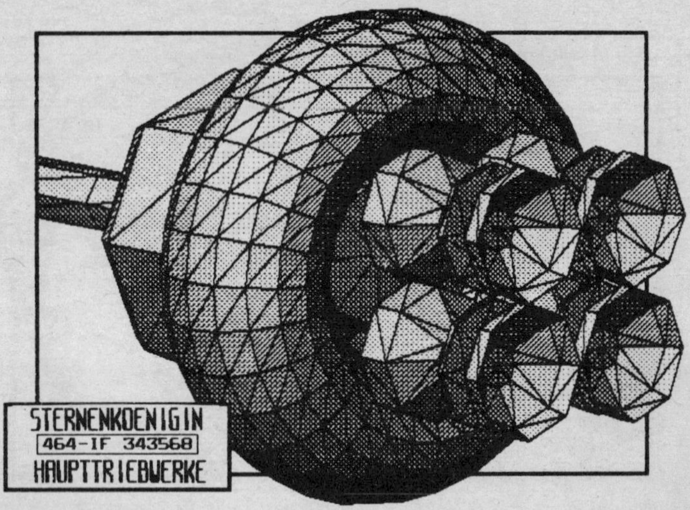
STERNENKOENIGIN
464-IF 343568
HAUPTTRIEBWERKE

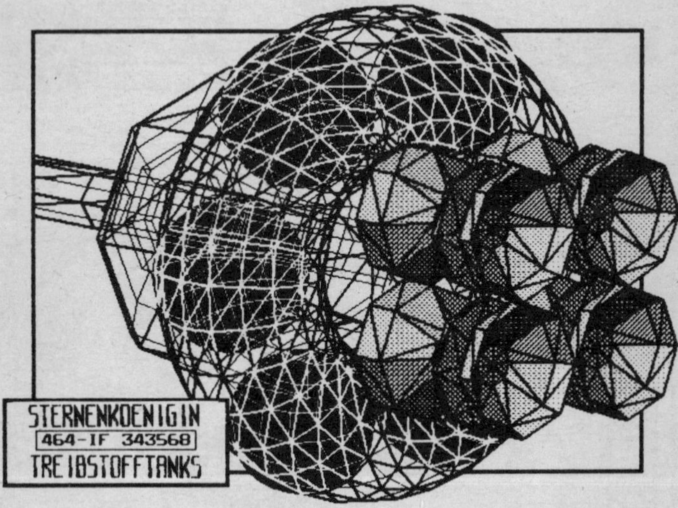
STERNENKOENIGIN
464-IF 343568
TREIBSTOFFTANKS

PORT HESPERUS

90° - QUERSCHNITT

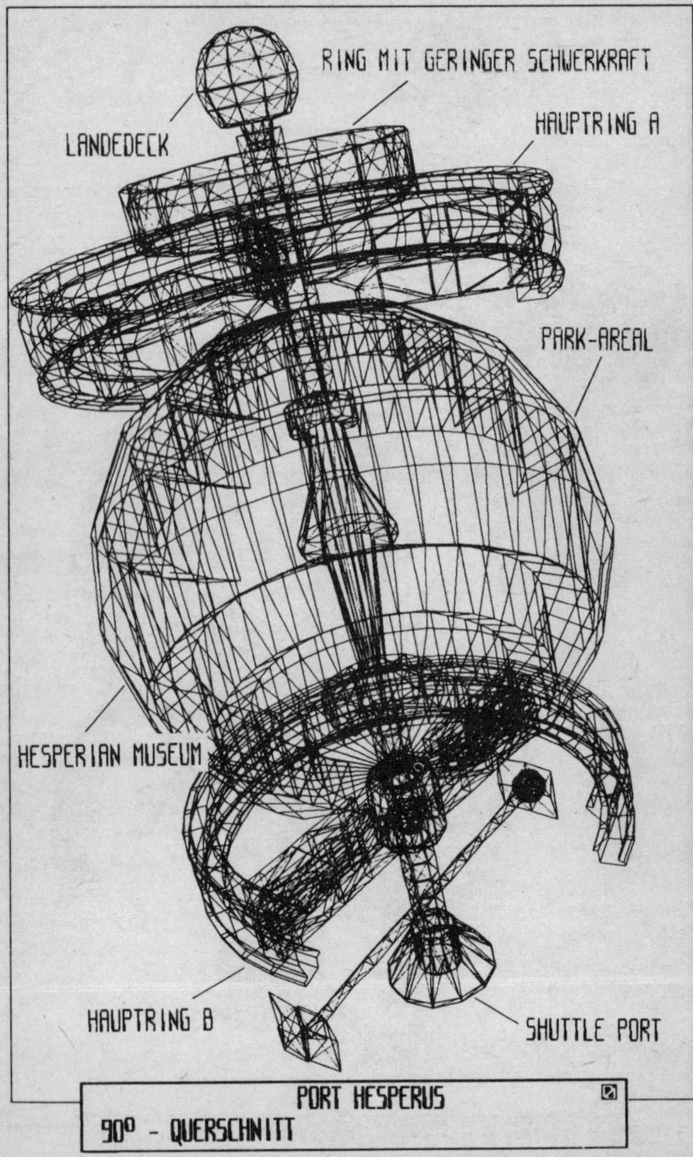

PORT HESPERUS

90° - QUERSCHNITT

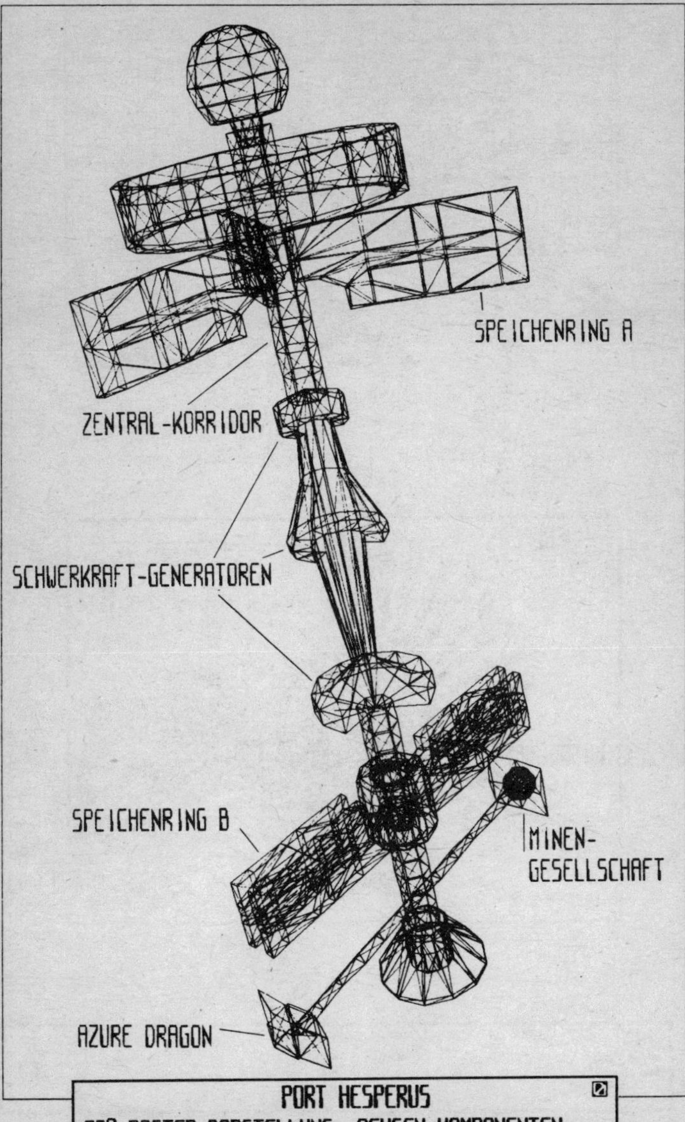

PORT HESPERUS

90°-RASTER-DARSTELLUNG: ACHSEN-KOMPONENTEN

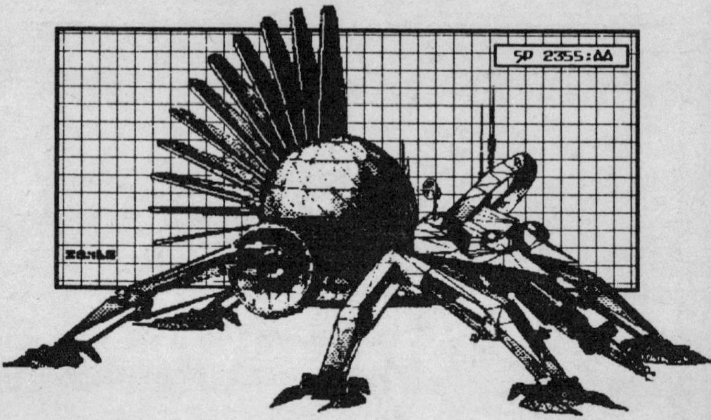

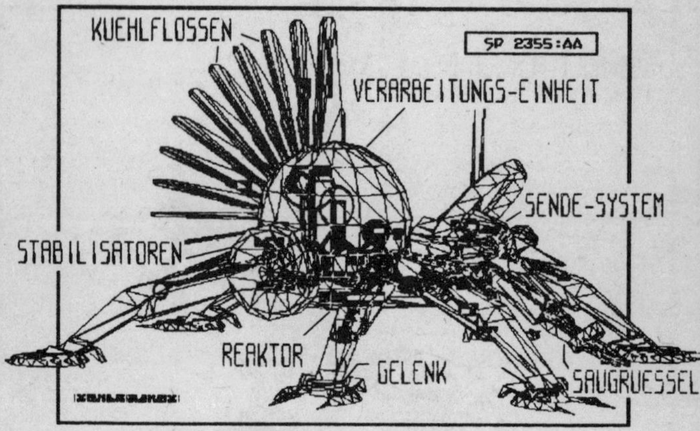

RRC
CUSTOM
ROBOTICS
DIVISION

SP 2355:AA
MINEN-ROBOTER
FIRMA: ISHTAR CORPORATION

I.A. PAT. PEND. 237-22
238-22
244-22
245-23

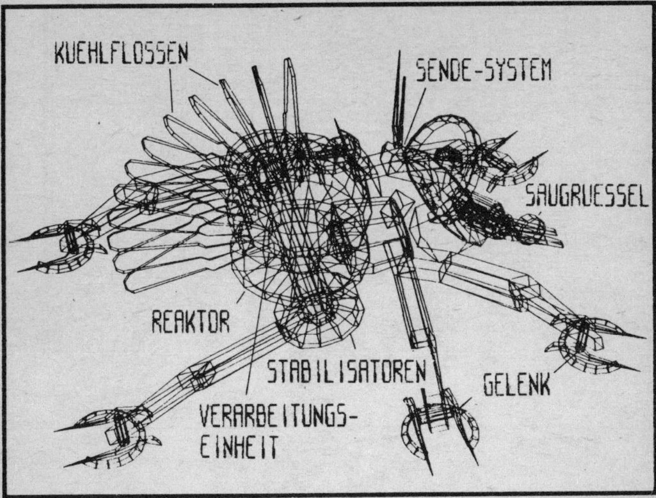

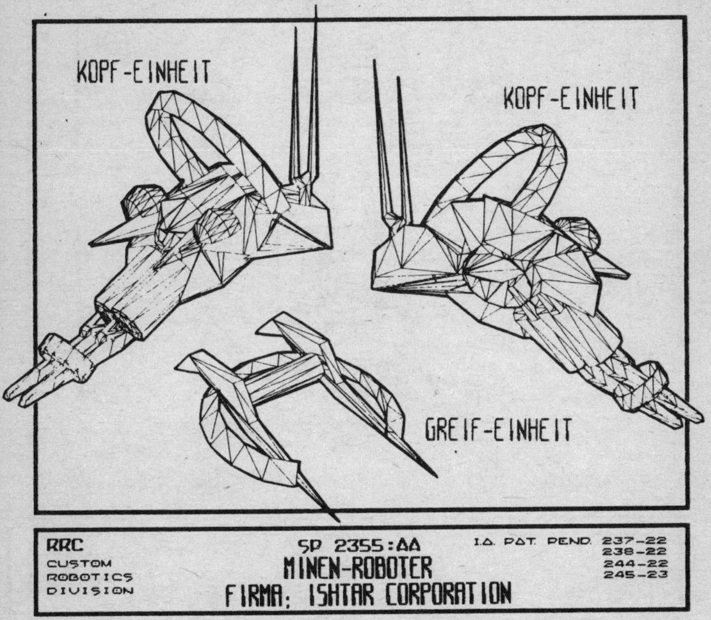

RRC
CUSTOM
ROBOTICS
DIVISION

SP 2355:AA
MINEN-ROBOTER
FIRMA: ISHTAR CORPORATION

I.A. PAT. PEND. 237-22
238-22
244-22
245-23

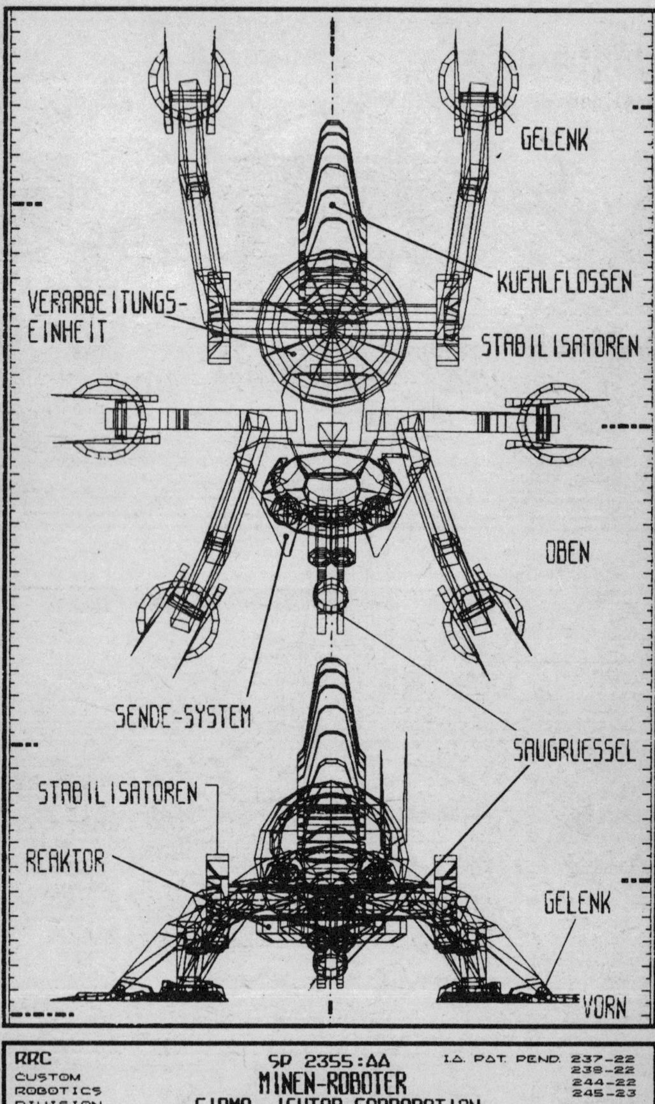
GELENK
KUEHLFLOSSEN
VERARBEITUNGS-
EINHEIT
STABILISATOREN
OBEN
SENDE-SYSTEM
SAUGRUESSEL
STABILISATOREN
REAKTOR
GELENK
VORN
RRC
CUSTOM
ROBOTICS
DIVISION
SP 2355:AA
MINEN-ROBOTER
FIRMA: ISHTAR CORPORATION
I.A. PAT. PEND. 237-22
238-22
244-22
245-23

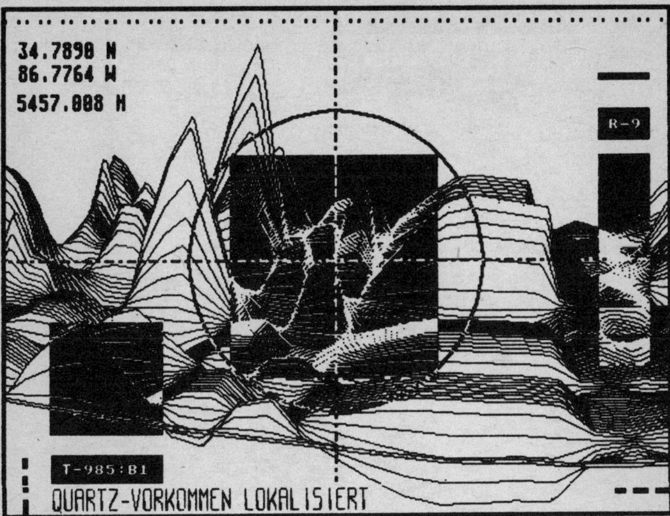
34.7898 N
86.7764 W
5457.008 M
R-9
T-985:B1
QUARTZ-VORKOMMEN LOKALISIERT

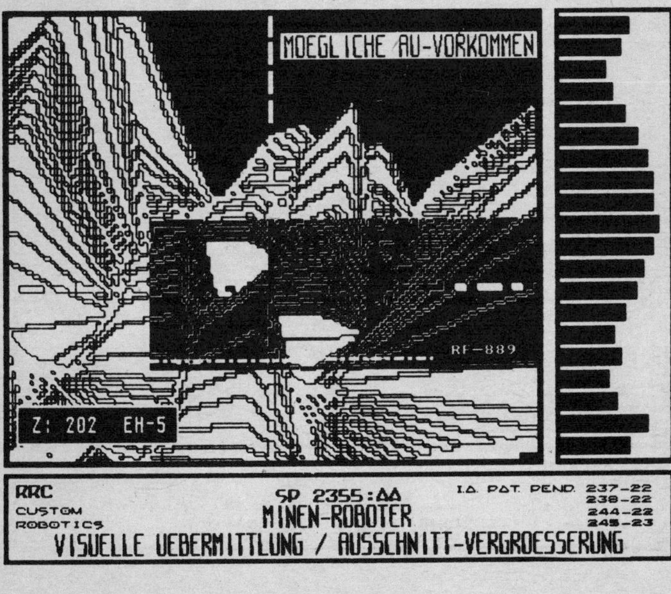
MOEGLICHE AU-VORKOMMEN
RF-889
Z: 202 EH-5
RRC
CUSTOM
ROBOTICS
SP 2355:ΔΔ
MINEN-ROBOTER
I.Δ. PAT. PEND. 237-22
238-22
244-22
245-23
VISUELLE UEBERMITTLUNG / AUSSCHNITT-VERGROESSERUNG

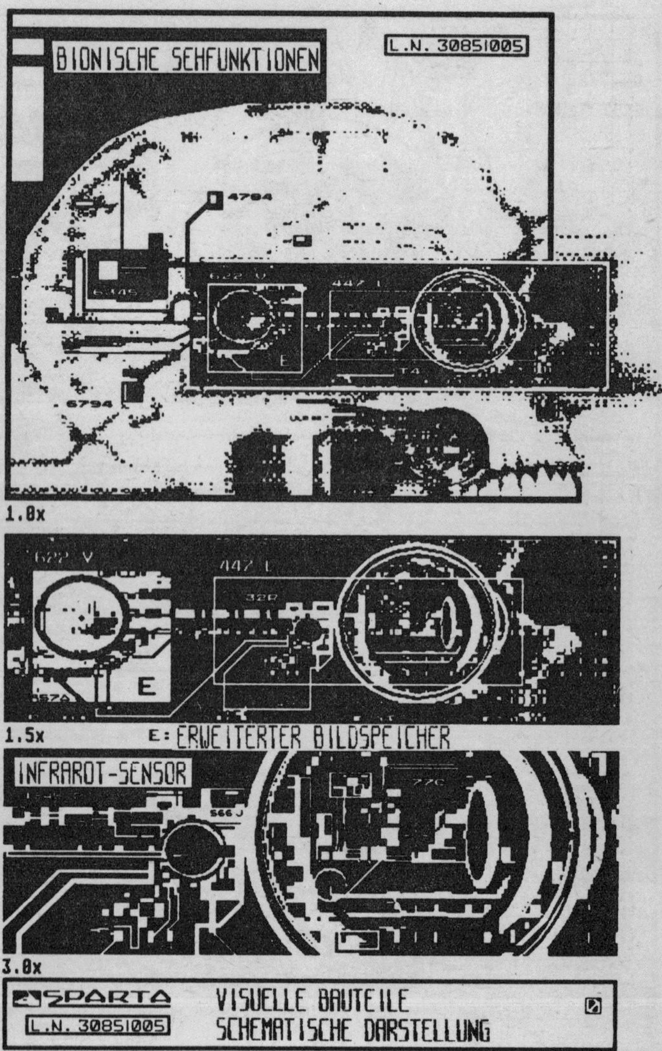
BIONISCHE SEHFUNKTIONEN
L.N. 30851005
4794
6794
622 V
447 L
E
T4
1.0x
622 V
447 L
32R
E
1.5x
E: ERWEITERTER BILDSPEICHER
INFRAROT-SENSOR
S66 J
77C
3.0x
SPARTA
L.N. 30851005
VISUELLE BAUTEILE
SCHEMATISCHE DARSTELLUNG

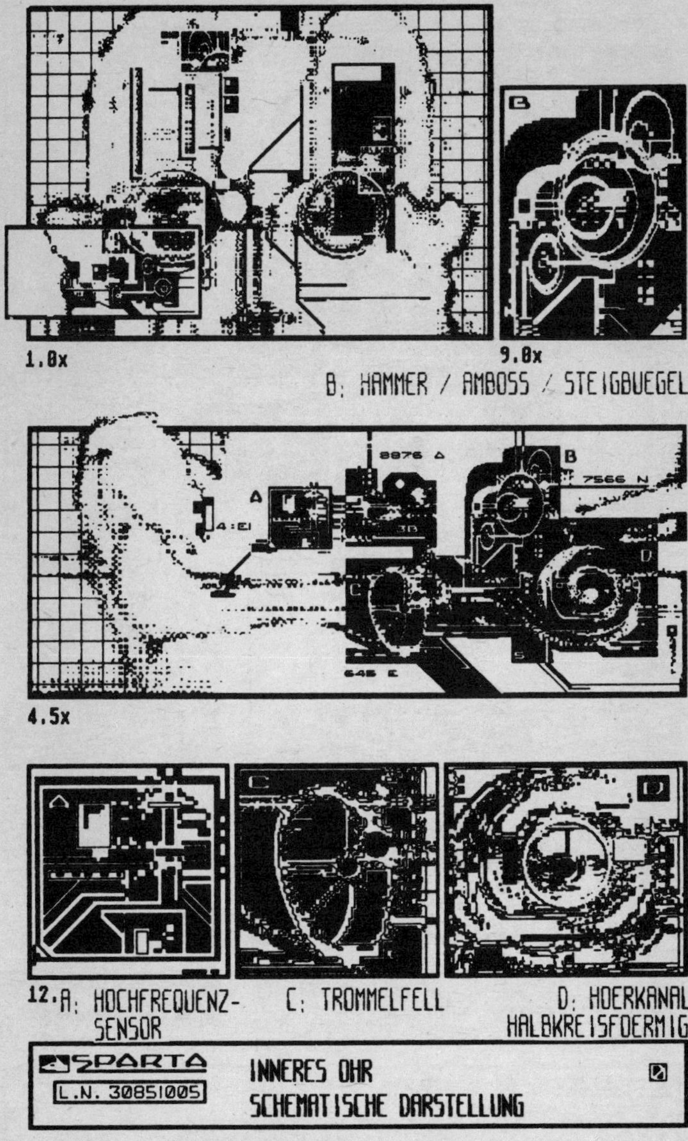
1.0x
B
9.0x
B: HAMMER / AMBOSS / STEIGBUEGEL
8876 Δ
B
7566 N
A
4:EI
3B
C
D
645 E
4.5x
A
C
D
12.
A: HOCHFREQUENZ-
SENSOR
C: TROMMELFELL
D: HOERKANAL
HALBKREISFOERMIG
SPARTA
L.N. 30851005
INNERES OHR
SCHEMATISCHE DARSTELLUNG

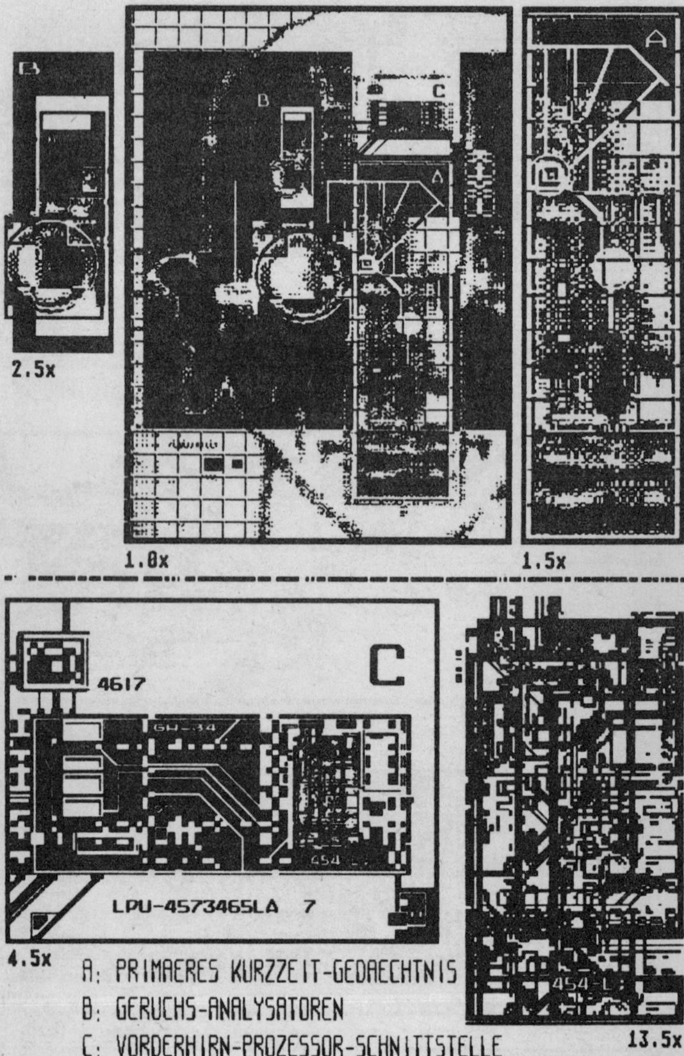
B
C
A
B
A
2.5x
1.0x
1.5x
C
4617
GH-34
454
LPU-4573465LA 7
454-L
4.5x
13.5x
A: PRIMAERES KURZZEIT-GEDAECHTNIS
B: GERUCHS-ANALYSATOREN
C: VORDERHIRN-PROZESSOR-SCHNITTSTELLE
SPARTA
L.N. 30851005
GERUCHS-SYSTEM
SCHEMATISCHE DARSTELLUNG

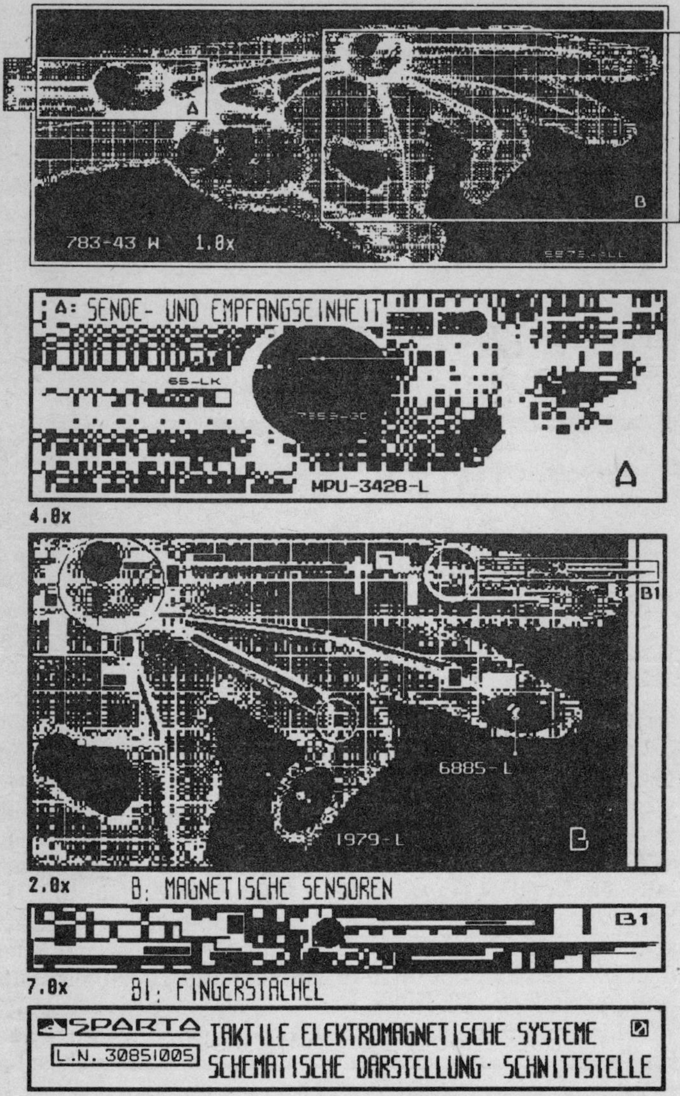

783-43 W 1.0x
A
B
A: SENDE- UND EMPFANGSEINHEIT
65-LK
MPU-3428-L
A
4.0x
B1
6885-L
1979-L
B
2.0x
B: MAGNETISCHE SENSOREN
B1
7.0x
B1: FINGERSTACHEL
SPARTA
L.N. 30851005
TAKTILE ELEKTROMAGNETISCHE SYSTEME
SCHEMATISCHE DARSTELLUNG · SCHNITTSTELLE

NACHWORT VON ARTHUR C. CLARKE

Im Gegensatz zu einigen anderen Autoren habe ich nie sehr viel von Gemeinschaftsproduktionen auf dem Gebiet der Science Fiction gehalten und habe daher alle meine Romane alleine geschrieben. Es gab allerdings einige wenige bemerkenswerte Ausnahmen. In den sechziger Jahren arbeitete ich mit dem Regisseur Stanley Kubrick an dem damals realistischen SF-Film zusammen; es war ein ehrgeiziges, kleines Projekt mit dem Titel *2001: Odyssee im Weltraum*. Mehr als anderthalb Jahrzehnte später traf ich mit einem Hollywoodregisseur namens Peter Hyams zusammen, der die visuell eindrucksvolle Adaption meiner Fortsetzung ›2010‹ verfilmte und produzierte.

Beide Filme waren lohnende Erfahrungen, und einige der Ergebnisse haben mich sowohl überrascht als auch sehr erfreut. Und jetzt bin ich erneut an einer fesselnden Gemeinschaftsproduktion beteiligt, die auf einer Originalgeschichte von mir basiert, ›Breaking Strain‹ (dt. ›Das Recht zu überleben‹).

Die Novelle (ein schreckliches Wort!) wurde im Sommer 1948 geschrieben. Ich machte damals gerade mein Examen am Kings College in London. Mein Agent, Scott Meredith, damals gerade Anfang 20, verkaufte sie an *Thrilling Wonder Stories*. Es ist aber einfacher, diese Geschichte in meinem ersten Sammelband mit dem Titel *Expedition to Earth* (dt. *Begegnung im Morgengrauen*) (1954) zu finden.

Kurz nach dem Erscheinen von ›Breaking Strain‹ bemerkte ein aufmerksamer Kritiker, daß ich offenbar der Kipling des Alls werden wollte. Auch wenn es mir damals nicht bewußt war, schien es mir ein erstrebenswertes Ziel – zumal ich mir damals nicht hätte träumen lassen, daß der Anbruch des Raumfahrtzeitalters nur noch neun Jahre vor uns lag.

Und wenn man mir gestattet, den unbescheidenen Vergleich auszuweiten, Kipling hatte zwei ausgezeichnete Versuche unternommen, zum Clarke des Zeitalters der Luftfahrt zu werden: ›With the Night Mail‹ und ›As Easy As ABC‹. ABC steht übrigens für Aerial Board Control; in diesen Zeiten der Flugzeugentführungen und der Bomben auf den Flugplätzen brauchen wir etwas mit Biß.

Richtig, ›Breaking Strain‹. Die ursprüngliche Geschichte ist natürlich mittlerweile leicht veraltet, allerdings weniger, als ich nach vierzig Jahren vermutet hätte. Aber das spielt keine Rolle; die beschriebene Situation ist in der Vergangenheit sicher unzählige Male vorgekommen und wird uns – in immer komplexerer Form – bis an das Ende der menschlichen Rasse begleiten.

Und tatsächlich weist die dramatische Beinahekatastrophe beim Flug der Apollo 13 im Jahr 1970 einige nahe Parallelen auf. An meiner Wand habe ich immer noch die erste Seite des Flugberichts hängen, auf der Tom Paine aus der NASA-Verwaltung geschrieben hat: ›Genau, wie Sie immer gesagt haben, Arthur‹.

Der Planet Venus, jedoch, ist dahin. Die Trauer über diesen Verlust hat mein Freund Brian Aldiss im Titel seiner Anthologie zusammengefaßt: *Farewell, Fantistic Venus …*

Wo sind die großen Flüsse und Meere, die Heimat der gigantischen Monster, die für Helden vom Schlage eines Edgar Rice Burroughs noch eine lohnende Herausforderung darstellen? (Stimmt, ERB war ein paarmal zu Besuch dort, als es ihm auf dem Mars zu langweilig geworden war.) Sie sind vom 1000 Grad Fahrenheit heißen Wind aus verdampfter Salzsäure verweht worden …

Aber noch ist nicht alles verloren. Wenn auch kein menschliches Wesen je seinen Fuß auf die Oberfläche der Venus setzen wird, so wie sie jetzt ist, in ein paar Jahrhunderten – oder Jahrtausenden – sind wir vielleicht in der Lage, den Planeten nach unseren Herzenswünschen zu gestalten.

Dann wird der wunderbare Abendstern vielleicht zum Zwilling der Erde, für den wir ihn einmal gehalten haben, und die entfernten Nachfolger der *Sternenkönigin* werden regelmäßig zwischen den Welten verkehren.

Paul Preuss, der um all diese Dinge weiß, hat meine Geschichte mit Geschick auf den neuesten Stand gebracht und ein paar Elemente eingebaut, die ich mir nie hätte träumen lassen (wenn ich auch völlig verblüfft war, daß die *Sieben Säulen der Weisheit* schon im Original vorkamen; wenn ich den neuen Text lese, halte ich das immer für Pauls Erfindung). Ich finde es zwar bedauerlich, daß Kriminalgeschichten so weltweit Anklang finden, trotzdem bin ich überzeugt, jemand wird noch einen Tag, bevor das gesamte Universum im Schwarzen Loch verschwindet, versuchen, einen schnellen, unehrlichen Dollar mit dem Verkauf einer Lebensversicherung zu machen.

Es ist außerdem eine interessante Aufgabe, die beiden Genres SF und Kriminalroman miteinander zu verbinden, vor allem, wenn einige Experten behaupten, das sei unmöglich. Mein einziger Beitrag zu diesem Thema ist ›Trouble with Time‹ (dt. ›Die Sirenengöttin‹); und selbst wenn ich es nicht gerne tue, so muß ich gestehen, daß Isaac Wie-heißt-er-gleich in seinem *Caves of Steel* (dt. *Der Mann von drüben*) hervorragend damit zurechtgekommen ist.

Jetzt ist Paul an der Reihe. Ich glaube, er hat seine Sache gut gemacht.

Arthur C. Clarke
Colombo, Sri Lanka

ISAAC ASIMOV'S
ROBOT CITY
Michael P. Kube-McDowell
DIE ODYSSEE
BASTEI LÜBBE